KNAUR

NINA BILINSZKI

TWO HEARTS ONE *Lie*

ROMAN

KNAUR

Besuchen Sie uns im Internet:
www.droemer-knaur.de

MIX
Papier | Fördert gute Waldnutzung
FSC® C083411

Originalausgabe Oktober 2024

Ein Imprint der Verlagsgruppe
Droemer Knaur GmbH & Co. KG, München

Dieses Buch wurde vermittelt von der Literaturagentur
erzähl:perspektive, München (www.erzaehlperspektive.de).
Redaktion: Michelle Stöger
Covergestaltung: Alexander Kopainski, www.kopainski.com
Coverabbildung: Collage von Alexander Kopainski
unter Verwendung verschiedener Motive von Shutterstock.com
Illustratives Element im Innenteil von Kumer Oksana / Shutterstock.com
Satz und Layout: Adobe InDesign im Verlag
Druck und Bindung: CPI books GmbH, Leck
ISBN 978-3-426-44810-6

2 4 5 3 1

Für Antje
Danke, dass du Glencoe
mit mir entdeckt hast.

PLAYLIST

Alle sagen das – Die Toten Hosen
Zombie – Bad Wolves
June – Cold Years
After Life – Five Finger Death Punch
Last Man Standing – Rise Against
We Are Fucking Fucked – Muse
Talking To Ourselves – Rise Against
The Fight Of Our Lives – Anti-Flag, Tim McIlrath, Brian Baker
Blow – Eva Under Fire feat. Ice Nine Kills
Only The Dead – Kissin' Dynamite
The Retaliators Theme – The Retaliators, Mötley Crüe, Asking Alexandria
Behind Your Walls – The Offspring
Times Like These – Five Finger Death Punch
Temple Of Ekur – Volbeat
Lost – Linkin Park
Breathless – The Corrs
Unstoppable – Eva Under Fire
Savior – Rise Against
Surrender – Godsmack
Moving On – Asking Alexandria
I Hate Myself For Loving You – Joan Jett & the Blackhearts
Hurricane – I Prevail
Whiskey In The Jar – Metallica
Love From The Other Side – Fall Out Boy
Eine letzte letzte Runde – Donots

1. KAPITEL

ISLA

Es gibt Tage, da weiß man bereits beim Aufstehen, dass man besser im Bett geblieben wäre.

Heute war so ein Tag. Zuerst streikte meine Kaffeemaschine. Und ich meinte damit nicht, dass sie mich auf die herkömmliche Art disste – Wassertank füllen, Satzbehälter leeren, Bohnen nachfüllen, entkalken. Nein, sie sprang einfach nicht an. Egal wie oft oder fest ich auf den Startknopf drückte. Ich probierte es sogar mit einer anderen Steckdose, in der Befürchtung – oder eher Hoffnung –, dass die alte kaputt sein könnte, aber auch das brachte nichts. Meine Kaffeemaschine hatte den Geist aufgegeben, einfach so, obwohl sie gestern noch einwandfrei funktioniert hatte.

Als ich endlich meine Wohnung verließ und zu meinem Auto ging, war ich eigentlich schon zu spät dran für die Arbeit in den *Glencoe View Lodges*. Zwar war mein Chef Adrien da nicht sonderlich streng, trotzdem war ich ungern zu spät. Ich mochte es einfach nicht, irgendwo anzukommen, wenn *alle anderen* schon da waren. Wenn sich alle Blicke auf einen richteten und man ihnen an der Nasenspitze ansehen konnte, dass sie Vermutungen anstellten, was man getrieben hatte, um die Zeit zu vergessen.

Außerdem hatte Adrien uns heute vor Arbeitsbeginn für eine Teamsitzung einberufen, und die wollte ich auf keinen Fall verpassen.

Ich stieg in meinen kleinen Kia, schmiss meinen Rucksack auf die Rückbank, schnallte mich an und steckte den Schlüssel ins Schloss. Der Motor röhrte, sobald ich ihn umdrehte, stotterte … und ging dann aus.

»Nicht dein verdammter Ernst«, murmelte ich und versuchte es noch einmal. Erneut röhrte der Motor, stotterte – ich bildete mir sogar ein, dass es diesmal einige Sekunden länger anhielt –, aber am Ende grüßte mich Stille, die in meinen Ohren dröhnte.

Das konnte doch nicht wahr sein. Okay, mein Kia hatte schon einige Jahre auf dem Buckel, mein Dad lag mir schon länger damit in den Ohren, dass ich ihn gegen ein neueres Modell austauschen sollte, aber bisher war er immer einwandfrei gelaufen. Nicht mal bei der Hitzewelle im letzten Jahr, wo wir selbst in den schottischen Highlands über dreißig Grad gehabt hatten – etwas, das hier eigentlich nie vorkam –, hatte er Mucken gemacht. Was war also heute nur los? Zwar hatten wir meteorologisch auch Sommer, aber wie für die Region üblich, lagen die Temperaturen bei kuscheligen sechzehn Grad, die Sonne schaffte es nur ganz selten, sich zwischen den Wolken hervorzuschieben, und für später war feiner Nieselregen angesagt.

Mein Kia hatte wirklich keinen Grund, sich derart anzustellen.

Für einen Moment schloss ich die Augen und lehnte die Stirn gegen das Lenkrad. »Bitte lass mich nicht im Stich. Oder willst du, dass Dad seinen Willen bekommt und wir dich austauschen?«

Erneut drehte ich den Schlüssel um. Der Motor röhrte, stotterte … und sprang endlich an. Erleichterung durchzuckte mich wie ein Stromschlag, und ehe das Auto es sich anders überlegen konnte, legte ich den Rückwärtsgang ein und fuhr aus meiner Einfahrt hinaus.

Ich brauchte nur fünfzehn Minuten, bis ich mein Ziel erreicht hatte, begleitet von einem unglaublichen Panorama. Vor mir ragten hohe Berge in die Höhe, von denen der rechte, der Glencoe Mountain, mein Ziel war. Links von mir lag der Loch Linnhe, dessen Wasseroberfläche so ruhig war, dass sich die umliegenden Berge und Wolken darin spiegelten. Rechts von mir befand sich der alte Schiefertagebau, der heute ein beliebtes Ausflugsziel war. Der Berg, der auf einer Seite grün bewachsen war und auf der anderen Seite schwarzen Schiefer zeigte, war eins der Wahrzeichen von Glencoe.

Sobald ich von der Hauptstraße auf den einspurigen Weg abbog, der sich den grünen Hang hinaufschlängelte, konnte ich die *Glencoe View Lodges* sehen. Die Lodges bestanden aus Campingfässern, die wie überdimensionale Weinfässer aussahen. Bis zu drei Personen konnten in einem übernachten, und es gab zudem auch ein kleines Badezimmer mit Toilette und Waschbecken darin. Sie fügten sich perfekt in den massiven Berg ein, als würden sie seit jeher dorthin gehören, dabei gab es sie erst seit vier Jahren.

Damals hatte Adrien die Idee gehabt, mit ihnen ein kleines Bed & Breakfast am Hang des Glencoe Mountain zu eröffnen. Aus den Fenstern konnte man das Tal mit der eigentlichen Stadt und dem Loch Linnhe überblicken sowie auf der anderen Seite die berühmten *Three Sisters of Glencoe,* einen Berg mit drei Gipfeln. Etwas höher gelegen gab es danach benannt auch das *Three Sisters Resort,* von wo der Sessellift zum Skigebiet auf der Bergspitze startete.

Mit fünf Campingfässern war Adrien damals gestartet, und der Andrang war von Anfang an riesig gewesen. Innerhalb weniger Monate waren wir für ein komplettes Jahr ausgebucht gewesen und begannen, weitere Fässer, einen Gemeinschaftsraum und einen großen Duschraum zu bauen. Gleichzeitig hatten wir auch damit angefangen, diverse Aktivitäten anzubieten. Wandern, Klettern, Bogenschießen, Mountainbiking sowie einige Wassersportarten im Sommer. Mittlerweile umfassten die

Lodges achtzehn Campingfässer und mehrere Kurse, die immer gut besucht waren.

Ich kannte Adrien schon seit meiner Jugend. Obwohl er fast sechs Jahre älter war als ich, war er wie ganz Glencoe ein regelmäßiger Gast im Pub meiner Eltern, in dem ich schon ausgeholfen hatte, sobald ich ein Tablett halten konnte.

Meine offizielle Jobbezeichnung war *Outdoor Guide,* aber ich sah mich selbst eher als Mädchen für alles. Gerade am Anfang hatte ich Adrien auch im Büro unter die Arme gegriffen, und auch heute half ich oft bei Planungen und allem, wo er nicht weiterwusste.

Bis vor zwei Jahren war auch alles rundgelaufen. Es gab mehrere fest angestellte Mitarbeitende wie mich, die das ganze Jahr über den Laden in Schuss hielten, und zusätzlich einzelne Saisonkräfte, die vor allem im Sommer dazugeholt wurden.

Doch dann kam der Brexit, und wir hatten die Auswirkungen voll gespürt. Die Hilfsarbeitskräfte blieben aus, und wir bekamen nicht mehr genug Personal zusammen, um alle Aktivitäten anbieten zu können. Notgedrungen hatten wir den Plan so gut es ging zusammengestrichen, hatten alle mehr Überstunden gemacht als je zuvor, um trotz allem möglichst viel präsentieren zu können, aber es war nicht ausreichend gewesen. Auf Urlaubsplattformen hatte es viele enttäuschte Bewertungen gegeben, unsere Gesamtpunktzahl war stetig gesunken, und nach dem Sommer waren wir alle absolut ausgelaugt.

Für dieses Jahr hatte Adrien Besserung versprochen, was genau der Grund war, warum er uns heute zu einem Meeting zusammengetrommelt hatte. Die Sommerferien standen bevor, unsere Lodges waren für die kommenden Monate komplett ausgebucht, und ich hoffte darauf, dass Adrien uns heute mindestens zwei neue Mitarbeitende vorstellen würde.

Und genau deshalb ärgerte es mich doppelt, dass ich zu spät war.

Doch als ich meinen Kia auf den Parkplatz lenkte, entdeckte ich nur Autos, die ich bereits kannte. Da waren der blaue Seat meiner besten Freundin Kyleen, Finlays Pick-up und der Audi von Adrien. Dazu die Autos von Gästen, die bereits seit einigen Tagen in den Lodges übernachteten.

Ich stieg aus dem Wagen, nahm meinen Rucksack von der Rückbank und ging auf das Holzhaus zu, in dem der Gemeinschaftsraum, die Küche und die Duschen untergebracht waren. Es war ein einstöckiger Bau mit einer Terrasse, die vorne die gesamte Breite abmaß. Tische, Stühle und sogar eine Hollywoodschaukel standen darauf, auf denen man den Abend ruhig ausklingen lassen oder morgens den Sonnenaufgang über den Bergen genießen konnte, wenn das Wetter es zuließ.

Die Stufen knarzten unter meinen Wanderschuhen, und das Quietschen der Tür verdeutlichte, dass sie mal wieder geölt werden musste. Außerdem machte es jeden auf mein Eintreffen aufmerksam.

Sämtliche Köpfe drehten sich in meine Richtung. Der Duft von Kaffee und schwarzem Tee drang mir in die Nase und machte mir erneut schmerzlich bewusst, dass ich bisher nichts als ein Glas Wasser zu mir genommen hatte.

Ich ignorierte meinen knurrenden Magen und wandte mich meinen Arbeitskollegen zu, die zugleich auch meine Freunde waren. Adrien hatte seine blonden Haare wie so oft unter einem Basecap versteckt. Er trug Jeans, ein kariertes Flanellhemd und schwere Boots. Seine Augenbrauen hoben sich, und er warf einen Blick auf seine Uhr, um mir still mitzuteilen, dass ich zu spät war – als wüsste ich das nicht selbst –, aber das Zucken in seinen Mundwinkeln verriet, dass er mir deswegen nicht böse war.

Neben ihm saß meine beste Freundin Kyleen. Ihre roten Haare waren zu einem hohen Pferdeschwanz gebunden, ihr Gesicht mit unzähligen Sommersprossen übersät, und eine

Brille mit schwarzem Rahmen saß auf ihrer Nase. Sie grinste breit und zwinkerte mir zu, ehe sie sich nach rechts wandte, um Finlay etwas zuzuflüstern, das ich nicht verstehen konnte.

Finlays Blick blieb auf mir haften, während er sich nach unten beugte, um Kyleen zuzuhören. Er war groß, über eins neunzig, und so breit wie ein Schrank. Sein gütiges Gesicht stand im krassen Gegensatz zu seiner Statur. Ich kannte niemanden, der so viel und so gerne lachte wie er. Sein hellbraunes Haar, das ihm wie immer wirr vom Kopf abstand, unterstrich seinen jugendlichen Charme, obwohl er mit fünfundzwanzig der Älteste von uns war.

Zuletzt fiel mein Blick auf Duncan und Toby. Toby war der Letzte, den Adrian fest eingestellt hatte, und seit fast zwei Jahren bei uns. Sein Kopf war rasiert, und auch, wenn ich es wegen seines Sweaters nicht sehen konnte, wusste ich, dass seine Arme von oben bis unten mit Tattoos übersät waren. Duncan war unser Mountainbike-Spezialist, und so sah er auch aus. Kurze dunkle Haare, und obwohl er sehr dünn war, war er gleichzeitig drahtig und muskulös.

»Wie ich sehe, habe ich noch nichts verpasst.« Ich schälte mich aus meiner windfesten Jacke und hängte sie über die nächstbeste Stuhllehne.

»Finn ist auch erst kurz vor dir gekommen«, haute Kyleen ihn in die Pfanne. Ich grinste ihr dankbar zu, auch wenn ich mir das denken konnte. Pünktlichkeit war noch nie seine Stärke gewesen.

Unbekümmert zuckte er mit den Schultern. »Ich war vor Isla da. Zum ersten und vermutlich einzigen Mal in meinem Leben, aber ich hätte nie gedacht, dass das jemals passiert, also sollte ich mir den Tag rot im Kalender anstreichen.«

»Wir haben auf euch gewartet.« Adrien taxierte erst mich und dann Finlay aus seinen grauen Augen, und ich zog den Kopf ein, auch wenn nichts Anklagendes in seiner Stimme lag.

»Sorry. Erst hat meine Kaffeemaschine den Geist aufgegeben, und dann wollte der Wagen nicht anspringen. Scheint, als hätten sich heute alle technischen Geräte gegen mich verschworen.«

Adriens Mundwinkel zuckte. »Ich würde dir ja anbieten, dir einen Kaffee aus der Küche zu holen, aber das klingt, als solltest du der heute besser fernbleiben. Nicht, dass die Spülmaschine explodiert, nur weil du an ihr vorbeiläufst.«

»Haha«, entgegnete ich und verdrehte die Augen. »Erzähl uns lieber, warum du uns heute herbestellt hast. Ich hatte gehofft, du würdest uns neue Mitarbeiter präsentieren.« Ich sah in die Runde. Dass niemand außer den bekannten Gesichtern da war, gab mir zu denken.

Finlay schüttelte den Kopf. »Vielleicht hat er sie für später bestellt, weil er zuerst mit uns reden will. Geh doch nicht immer gleich vom Schlimmsten aus.«

Mit einem Seufzen ließ ich mich auf den Stuhl neben ihm fallen. Laut Finlay war ich eine Pessimistin, während ich mich selbst eher als Realistin bezeichnen würde. Ich betrachtete die Dinge eher nüchtern, dann wurde ich am Ende seltener enttäuscht. Trotzdem spürte ich ebendiese Enttäuschung gerade meine Kehle hinaufkriechen, dabei hatte ich mir vorgenommen, nicht zu viel Hoffnung in dieses Meeting zu setzen.

Aber vielleicht hatte Finn recht. Vielleicht war noch nicht alles verloren, und ich sollte erst mal abwarten, was Adrien zu sagen hatte.

Der presste die Lippen fest aufeinander.

Ich unterdrückte ein Seufzen. »Hast du beschlossen, dass wir die nächsten Monate einfach nicht mehr schlafen, um alle Kurse anbieten zu können?« Es war als Scherz gemeint, aber vielleicht steckte auch ein klitzekleines Fünkchen Befürchtung darin.

»Oh, absolut nicht«, ging Kyleen dazwischen, ehe Adrien mir

antworten konnte. »Ich brauche meine acht Stunden Schlaf pro Nacht.«

»*Niemand* wird euch vom Schlafen abhalten«, sagte Adrien nachdrücklich und schüttelte den Kopf. Er trank einen Schluck des Kaffees, der vor ihm stand und um den ich ihn beneidete. »Ich habe euch eine Lösung für den Sommer versprochen, und ich habe eine gefunden …« Die letzten Worte klangen zögerlich, als würde noch ein *aber* folgen.

Duncan räusperte sich. »Deine Lösung scheint nicht zu beinhalten, dass du weitere Leute eingestellt hast.«

»Leider nein, dabei gab es etliche Bewerbungen, und ich habe auch einige Gespräche geführt. Aber die Bewerber müssen nicht nur ihren Job beherrschen und sich in der Gegend auskennen, sie müssen auch ins Team passen.« Der Reihe nach betrachtete er uns. »Ich kann hier keine Unruhestifter gebrauchen, das wisst ihr selbst. Es kann gefährlich werden, wenn man sich auf dem Berg überschätzt.«

Er spielte damit auf Pete an, der vor zwei Jahren im Sommer ausgeholfen hatte. Pete war Student in Dundee gewesen und hatte die Semesterferien in Glencoe verbracht. Um sich etwas dazuzuverdienen, hatte er bei Adrien angeheuert. Nur war er daran gar nicht interessiert gewesen. Die ersten Tage hatte er mich begleitet, um die Wanderrouten zu lernen, die wir mit den Gästen durchführten. Doch weder hatte er zugehört, welche Dinge es zu beachten gab noch bei welchem Wetter welche Steige nicht passierbar waren. Stattdessen hatte er sich lieber die Nächte mit hübschen Frauen in diversen Pubs um die Ohren geschlagen. Ich hatte Adrien davon erzählt, aber er war trotzdem der Meinung gewesen, dass wir schauen sollten, wie sich Pete bei den ersten eigenen Führungen schlug.

Es kam, wie es kommen musste. Bei starkem Regen war Pete mit der Gruppe auf den Gipfel hochgewandert, obwohl die Route bei der Wetterlage nicht sicher war. Er hatte versucht, mit den Leuten, von denen einige ungeübte Wanderer waren, den Bergkamm zu überqueren. Zwei Gäste waren ausgerutscht, hatten sich dabei die Knöchel verstaucht, woraufhin andere in Panik geraten waren und sich geweigert hatten, weiterzugehen. Am Ende hatte Pete die Mountain Rescue rufen müssen, die die komplette Gruppe mit ihrem Hubschrauber nach unten in Sicherheit gebracht hatte.

Man hätte das Ganze noch als Anfängerfehler einstufen können, wenn Pete danach wenigstens einsichtig gewesen wäre. Doch als Adrien ihm eine Standpauke gehalten hatte – gemeinsam mit mir, weil ich ihn während unserer gemeinsamen Tour vorgewarnt hatte –, hatte er die Schuld den Gästen geben wollen, die seinen Anweisungen keine Folge geleistet hätten. Adrien hatte sofort die Reißleine gezogen und Pete entlassen.

Und seitdem achtete er schon vorab darauf, ob jemand uns Probleme bereiten könnte.

»Aber wie sieht dann deine Lösung für die kommenden Wochen aus, wenn wir keine zusätzlichen Leute bekommen?«, stellte Kyleen die Frage, die uns wohl allen unter den Nägeln brannte. Ich kannte meine beste Freundin gut genug, um zu erkennen, wie nervös sie war. Mit dem Zeigefinger der rechten Hand knibbelte sie den Nagellack an ihrem Daumen ab, und ihre Schultern waren hochgezogen. Auch Finlay schien es zu bemerken, denn er strich ihr beruhigend mit einer Hand über den Rücken.

Adrien seufzte und rieb sich mit Daumen und Zeigefinger über die Augen. »Okay, lasst mich bitte zu Ende reden, ehe ihr was dazu sagt.«

Ein fieser Klumpen breitete sich schwer in meinem Magen aus. *Ich hätte im Bett bleiben sollen,* schoss es mir erneut durch den Kopf. Eigentlich glaubte ich nicht an Vorahnung und so einen Quatsch, aber vielleicht hatte das Universum – oder was auch immer – mich mit der Kaffeemaschine und meinem Auto vorwarnen wollen, damit ich mir einfach die Decke über den Kopf zog.

Nicht, dass ich das Unvermeidliche damit hätte aufhalten können. Wäre ich aus welchen Gründen auch immer nicht hier, würde Kyleen mich anrufen, sobald das Gespräch vorbei war, um mir alle Infos brühwarm zu erzählen.

Alle Blicke waren auf Adrien gerichtet, der unruhig auf seinem Stuhl herumrutschte und sichtbar schluckte, ehe er mit der Sprache rausrückte.

»Ich konnte zwar keine neuen Leute einstellen, aber ich habe dafür eine Abmachung getroffen, die uns deutliche Arbeitserleichterung verspricht. Wir tun uns mit jemand anderem zusammen, der ähnliche … überwiegend die gleichen Aktivitäten anbietet wie wir. So können wir unsere Kräfte bündeln, vielleicht sogar auf lange Sicht mehr Aktivitäten anbieten, und müssen niemanden enttäuschen, der bereits bei uns gebucht hat.«

Eine dumpfes Gefühl kroch meinen Nacken hinauf, wer dieser *Jemand* sein könnte, von dem Adrien sprach. Es gab eigentlich nur eine Möglichkeit, denn nur ein anderes Hotel bot so ziemlich genau dieselben Sachen an wie wir. Als wir damals gestartet waren, hatte es deswegen sogar versucht, unsere Touren zu boykottieren. Wenn ich recht informiert war, hatten sie sich sogar juristischen Beistand geholt, ob es eine Möglichkeit gab, uns unsere Angebote verbieten zu lassen. Natürlich ging das nicht, weil sie kein Urheberrecht auf Sachen erwerben konnten, die in jedermanns Freizeitplan standen, aber seitdem war das ohnehin schon angespannte Verhältnis zu ihnen restlos hinüber.

»Das *Three Sisters Resort* wird für den Moment unser Kooperationspartner werden«, bestätigte Adrien meinen Verdacht.

Es wurde so still im Raum, dass man eine Stecknadel hätte

fallen hören können. Gleichzeitig meinte ich, die dröhnenden Gedanken von allen hören zu können, und sie alle schrien eine ähnliche Version von: *Bist du jetzt völlig übergeschnappt, Adrien?*

Er schien es selbst zu wissen, denn er hob abwehrend die Hand, ehe einer von uns seine Bedenken laut aussprechen konnte. »Ich weiß, was ihr sagen wollt, aber lasst mich erklären …«

»Da gibt es nichts zu erklären, Mann«, platzte Toby heraus. »Die haben uns so oft hintergangen, um uns die Gäste wegzunehmen, du glaubst doch nicht, dass sie jetzt plötzlich mit uns *zusammenarbeiten* wollen.«

»Toby.« Adriens Stimme wurde schärfer. Nicht lauter, aber sie hatte diesen Klang an sich, der keinen Widerspruch duldete. »Ich weiß genau, was die letzten Jahre passiert ist. *Ich war dabei.* Und seid euch gewiss, dass ich nicht von mir aus auf sie zugegangen wäre. Leon ist an mich herangetreten, und …« Adrien legte eine bedeutungsschwere Pause ein, und ich konnte praktisch fühlen, wie wir kollektiv die Luft anhielten, um seine nächsten Worte nicht zu verpassen.

Bevor ich vor Neugierde oder Angst platzen konnte, sprach Adrien weiter. »Sie haben dieselben Probleme wie wir. Nicht in dem Ausmaß, weil sie mehr fest angestelltes Personal haben, aber vor allem bei den Sommeraktivitäten fehlen ihnen ebenfalls Leute. Leon hat im letzten Jahr einiges abgefangen, aber er sagt, dieses Jahr schafft er es allein nicht. Er hat angeboten, dass wir unsere Kurse – zumindest einen Teil davon – zusammenlegen und sie unter den Lodges und dem *Three Sisters Resort* aufteilen. Dadurch werden wir größere Gruppen haben, aber ihr seid Profis genug, um es damit aufzunehmen. Das steht übrigens nicht zur Diskussion. Ich informiere euch hiermit lediglich darüber. Der Vertrag ist längst unterschrieben. Er ist wasserdicht, natürlich habe ich ihn prüfen lassen. Leon und ich haben auch schon grob mit der Aufteilung begonnen, aber dafür hätten wir gern euren Input.«

Für einen Moment war ich zu schockiert, um etwas zu sagen. Ich wusste nicht, wie es den anderen ging, aber ich hatte nicht damit gerechnet, heute eine *Lösung* präsentiert zu bekommen, mit der ich weder leben konnte noch wollte. Leon McLachlan war der Sohn der Besitzer des *Three Sisters Resort*. Er war mit einem Großteil von uns zur Schule gegangen und schon damals ein unausstehliches, überhebliches Arschloch gewesen.

Aber das war noch nicht alles. Leon war zusätzlich für die größte Demütigung meines Lebens verantwortlich. Noch heute wurde mir schlecht, wenn ich daran dachte.

Ganz generell führten die McLachlans sich wie die High Society von Glencoe auf, dabei war wohl keine Stadt in Schottland weiter davon entfernt, glamourös zu sein. Trotzdem gaben sie einem das Gefühl, als wären sie besser als das gemeine Fußvolk und alle müssten nach ihrer Pfeife tanzen. Und das bloß, weil sie seit vier Generationen ein Hotel führten, das selbst von wohlmeinenden Gutachtern kaum drei Sterne bekommen würde.

»Mir gefällt das nicht«, sagte ich ehrlich. »Ich traue Leon nicht über den Weg. Er macht das doch nur, damit am Ende für *ihn* was rausspringt.«

Für einen Moment presste Adrien die Kiefer aufeinander. »Natürlich springt auch für ihn etwas dabei heraus. Dieselbe Arbeitserleichterung wie für uns. Deswegen ist er ja an uns herangetreten.«

Wut ballte sich in meinem Bauch zu einem festen Knoten zusammen. Ich sah den siebzehnjährigen Leon vor mir, der mir etwas versprochen und mich dann böswillig hintergangen hatte. Ich traute keinem einzigen Wort mehr, das aus seinem Mund kam.

»Es würde mich nicht wundern, wenn noch viel mehr dahintersteckt. Ich hoffe wirklich, wir bereuen das am Ende nicht.« Ich konnte es einfach nicht gut sein lassen, dabei wusste ich, dass mein Widerstand auf taube Ohren stieß. Adrien hatte es deutlich gesagt, und ich sah es auch an seiner unbeugsamen Miene: Das hier war unsere einzige Möglichkeit, über den Sommer zu kommen, ohne ein Drittel unserer Kurse zu streichen, und wir würden es durchziehen.

»Leon ist nicht kein so schlechter Kerl, wie ihr alle denkt.« Adrien verschränkte die Arme vor sich auf dem Tisch. »Gebt ihm erst mal eine Chance. Ich bin sicher, dass die Zusammenarbeit funktionieren wird.«

Finlay, der sonst der gütigste Mensch war, den ich kannte, schüttelte den Kopf. »Ich weiß nicht, Mann. Ich stimme Isla zu, mir gefällt das nicht.«

Unruhig stand Adrien auf und tigerte an der Länge des Tisches auf und ab. »Ich verstehe eure Bedenken. Das tue ich wirklich. Das waren genau meine Gedanken, als Leon vor einem Monat bei mir angerufen und mir diesen Plan vorgeschlagen hat.« Er lachte leise. »Im ersten Moment wollte ich sogar auflegen, ohne ein Wort mit ihm zu wechseln.«

Ich schmunzelte, denn genau das hätte ich auch getan.

»Aber Leons Absichten sind ehrliche. Er ist bereit, genauso viele Aktivitäten abzugeben, wie er dazugewinnt. Ich bitte euch, ihm eine faire Chance zu geben. Wenn es gar nicht klappt, brechen wir das Experiment nach dem Sommer wieder ab und überlegen uns für nächstes Jahr eine neue Strategie. Aber aktuell ist es die einzige Möglichkeit, ohne Streichungen und finanzielle Einbußen die Hauptsaison zu überstehen.«

Ich war immer noch nicht überzeugt, aber ich wusste auch, wann ich mich geschlagen geben musste. Adrien war zwar auch ein Freund, aber vor allem mein Chef. Während er ein lockeres Arbeitsumfeld prägte und unsere Meinung bei großen Entscheidungen immer miteinbezog, wurde deutlich, dass es hier keine Alternative gab. Und so wenig mir das gefiel, würde ich nichts tun, was den Erfolg der Lodges gefährden könnte.

Vor allem wollte ich nicht ein weiteres Mal unsere Gäste enttäuschen, die sich teilweise das ganze Jahr auf diesen einen Urlaub gefreut hatten und dann nur eine abgespeckte Version davon bekamen. »Und was genau habt ihr jetzt geplant?«

Dankbar nickte Adrien mir zu. »Wir legen die Wander- und Klettergruppen zusammen. Sie werden abwechselnd von uns und Leons Leuten durchgeführt. Dafür zeigen wir ihnen unsere Routen, und sie werden euch in ihre einführen, damit wir die Pläne auch mal spontan ändern können. Mountainbiking wird komplett von uns übernommen, auch Bogenschießen bleibt bei uns. Dafür wird Leon bei sich ebenfalls Listen auslegen und die entsprechenden Personen, die sich dafür eintragen, zu uns schicken. Paragliding geht ins Resort, genauso wie Wildwasser-Rafting. Beides wird ja ohnehin von oben begonnen und kann nur an spezifischen Tagen überhaupt angeboten werden. Zudem steht uns das Resort ab jetzt für Pausen zur Verfügung und wird für uns und unsere Gäste ein Büfett vorbereiten.«

Meine Augenbrauen hoben sich, und mein Blick fand den von Kyleen, die genauso überrascht wirkte wie ich. Damit hatte ich nicht gerechnet. Bisher hatten wir immer Snacks auf den Berg geschafft, wenn wir die Wanderrouten dorthin unternommen hatten, weil es uns untersagt gewesen war, das Resort überhaupt zu betreten. Keine Pausen mit belegten Brötchen mehr vorbereiten und alles auf den Berg schleppen zu müssen, würde uns die Arbeit durchaus erleichtern.

»Ja, genau.« Adrien deutete unsere Blicke richtig. »Es ist nicht alles schlecht. Gebt dem Ganzen eine Chance. Gebt vor allem *Leon* eine Chance.«

Ich presste die Lippen aufeinander, denn ich hatte nichts dergleichen vor. Seine *Chance* hatte Leon vor vielen Jahren verspielt, und egal, was Adrien sagte, ich glaubte nicht an seinen plötzlichen Sinneswandel.

»Wie genau sieht denn jetzt der Fahrplan aus?« Duncan lehnte sich in seinem Stuhl zurück und schlug die Beine übereinander. Eine tiefe Furche grub sich in seine Stirn, er wirkte alles andere als begeistert. Aber wie auch der Rest von uns würde er sich fügen – zumindest solange Leon nicht versuchte, uns zu hintergehen.

Adrien bückte sich und holte zwei Zettel aus seiner Tasche hervor. »Heute läuft alles wie gehabt. Ab morgen werden wir Leon und seine Leute in unsere Routen einarbeiten und umgekehrt. Die entsprechenden Unternehmungen findet ihr hier aufgelistet.«

Duncan zog einen der Zettel zu sich heran, und ich las über seine Schulter mit. Für heute war wie erwartet Bogenschießen bei mir eingetragen, allerdings schluckte ich etwas bei der Zahl der Teilnehmenden. Zweiunddreißig Leute. Mit so vielen hatte ich noch nie zu tun gehabt. Ich war gespannt, wie das ausgehen würde.

Und damit war meine Schonfrist dann gleich vorbei. Für morgen war ich zusammen mit Leon eingetragen, um ihm die *The-Lochan-Wanderroute* zu zeigen, die unser Herzstück war. Sie begann hier bei den Lodges, führte ein Stück den Berg hinauf, um dann an und teilweise in einem Wasserfall hinunter ins Tal zu gehen, wo wir in einer kleinen Hütte im Wald zum Mittagessen einkehren würden. Es war eine mittelschwere Tour, die insgesamt dreizehn Kilometer lang war, einige Steigungen enthielt, die fordernd waren, aber vor allem umgeben von einem wunderschönen Panorama war.

Und das Wichtigste: Sie konnte bei jedem Wetter durchgeführt werden.

Ich unterdrücke ein genervtes Stöhnen, denn ich wollte nicht die Erste sein, die sich mit Leon McLachlan herumschlagen musste. Noch weniger wollte ich einen ganzen Tag mit ihm verbringen, aber es schien, als hätte ich keine andere Wahl. Oder?

2. KAPITEL

ISLA

Kurz darauf beendete Adrien die Besprechung. Ich machte mich auf den Weg nach draußen, wo meine Gruppe fürs Bogenschießen bereits auf mich wartete. Für einen Moment konnte ich sie nur anstarren. Sie sahen nach deutlich mehr als den zweiunddreißig aus, die sich angemeldet hatten. Mir schwante, dass ich heute nicht bereits am Vormittag mit dem Kurs durch sein würde. Einerseits war das gut. Ich wurde nach Stunden bezahlt, und je länger wir uns hier aufhielten, desto mehr würde ich verdienen. Andererseits fühlte ich mich anhand der Teilnehmerzahl überfordert. Sollten auch nur ein oder zwei Unruhestifter dabei sein, könnte es bei so einer großen Gruppe schnell ausarten. Bogenschießen war kein ungefährlicher Sport und konnte zu Verletzungen führen, wenn man mit dem Bogen unachtsam umging.

»Wir sehen uns heute Abend im *Tavern*«, raunte Kyleen mir zu und stupste mich sanft mit der Schulter an, als sie an mir vorbeilief. Ich nickte, ohne mich zu ihr umzudrehen. Das *Lanky Tavern* gehörte meinen Eltern, und Montagabend war unser typischer *Mädels-und-Burger-Abend,* seit Kyleen und ich befreundet waren.

Kurz sah ich meiner besten Freundin hinterher, die in Richtung der Lodges ging, vermutlich um die Check-outs abzuwickeln, dann wandte ich mich meiner Bogenschießen-Gruppe zu. Ich klatschte dreimal in die Hände, um ihre Aufmerksamkeit zu erlangen.

»Hey, schön, dass ihr alle hier seid. Mein Name ist Isla, und ich bin heute eure Trainerin. Gibt es jemanden, der Bogenschießen schon mal gemacht hat?«

Ein Junge, den ich auf neun oder zehn schätzte, hob seine Hand, genauso wie die Frau daneben, die vermutlich seine Mutter war. Ich wartete noch einige Sekunden, ob sich noch jemand melden würde, was leider nicht der Fall war. Wären es mehrere gewesen, hätte ich die große Gruppe aufteilen und mit zwei kleineren arbeiten können, aber so machte es keinen Sinn.

»Alles klar. Wir starten gleich mit einer Sicherheitseinführung, dann werdet ihr lernen, wie ihr den Bogen richtig haltet, wie ihr stehen müsst und wie ihr am besten zielt. Wir beginnen mit großen Zielscheiben, die nur eine kurze Distanz entfernt sind, und arbeiten uns dann zu kleineren vor, die weiter weg stehen. Wenn ihr euch gut macht, probieren wir es am Ende sogar mit beweglichen Zielen. Aber zuerst …« Mit ausgebreiteten Armen drehte ich mich im Kreis, um darauf hinzudeuten, dass hier noch nichts nach Bogenschießen aussah. »Zuerst brauchen wir das Zubehör, und dafür brauche ich vier starke Helfer.«

Zielstrebig ging ich auf unseren Schuppen zu, in dem alles verstaut war, nur um kurz darauf stehen zu bleiben, weil mir niemand folgte.

»*Irgendjemand* von euch muss mir helfen, sonst sind wir morgen noch nicht fertig.«

Einige Sekunden später trat endlich ein Typ vor und kam auf mich zu. Angespornt von ihm, folgten zwei weitere.

Hoffentlich würde die Gruppe jetzt etwas mehr auftauen.

»Principessa.« Dad legte einen Arm um mich und drückte mir einen Kuss auf die Stirn. Er war weit davon entfernt, Italiener zu sein, aber seit einem Urlaub in Sizilien, als ich ungefähr acht gewesen war, bei dem mich alle Kellner im Hotel so genannt hatten, hatte er diesen Namen übernommen. Und irgendwann hatte ich aufgehört, mich dagegen zu wehren. »Du siehst müde aus.«

Ich schnaubte bloß und rutschte auf einen Stuhl an der Bar. Das *Lanky Tavern* war ein typisch britischer Pub. Die komplette Einrichtung war in dunklem Holz gehalten, es roch nach Bier und Gebratenem aus der Küche. Auf der rechten Seite dominierte eine große Theke den länglichen Raum, während es gegenüber Nischen mit kleineren Tischen gab, die zumindest den Anschein von Abgeschiedenheit erweckten. An den Wänden hingen Bilder der schottischen Geschichte, vor allem des Schiefertagebaus, den es in und um Glencoe herum bis in die 1860er-Jahre gegeben hatte, dazu einige Dudelsäcke und Kilts, die dem Raum das speziell schottische Flair verliehen.

»Machst du mir ein Guinness?« Dad nickte und griff nach einem Glas, um es mir zu zapfen.

In dem Moment kam Mum aus der Küche. »Isla.« Sie trat um die Theke herum und drückte mir einen Kuss auf die Wange. Ihre dunklen Haare, die keine grauen Strähnen aufwiesen, weil sie sie seit Jahren färbte, waren zu einem akkuraten Dutt frisiert, aus dem sich nie auch nur eine Strähne löste. »Wie war die Arbeit?«

Obwohl ich mittlerweile dreiundzwanzig war, fühlte ich mich bei dieser Frage noch immer, als würde sie mich nach der Schule fragen. »Wie immer.« Auch das war schon früher meine Standardantwort gewesen.

Mum lächelte. »Kommt Kyleen auch noch?«

»Klar, wie immer.« Jetzt grinsten wir beide.

»Schön. Sagt Bescheid, wenn ihr essen wollt.« Damit ließ sie mich allein und ging zurück in die Küche.

Ein Blick auf die Uhr verriet mir, dass es noch etwas dauern würde, bis Kyleen auftauchte. Überpünktlich zu sein war eine ziemlich unvorteilhafte Angewohnheit von mir. »Was weißt du über Leon McLachlan?«, fragte ich Dad, als er mein Guinness vor mir abstellte.

Dad sah auf und zog die Augenbrauen zusammen. »Den Jungen vom *Three Sisters Resort?*«

Ich verkniff mir ein Grinsen. Leon war zwei Jahre älter als ich und schon lange kein *Junge* mehr, aber für Dad alterte niemand über das Teenageralter hinaus, den er bereits als Kind gekannt hatte. »Genau der.«

»Hmm.« Er stützte sich mit den Unterarmen auf der Theke ab. »Nicht viel. Er war ein Rabauke während der Schulzeit, aber das weißt du wohl selbst am besten.« Ich verzog den Mund, denn damit hatte er recht. »Ist zum Studieren nach Edinburgh gegangen und arbeitet sich jetzt in die Geschäfte im Resort ein, um es später mal zu übernehmen.«

Das war … enttäuschend. »Erzählt man sich sonst nichts über ihn?« Dad arbeitete im größten Pub der Umgebung. Jeder hier wurde redselig, sobald er oder sie ein Pint zu viel intus hatte – und das kam verdammt regelmäßig vor. Da müsste Dad doch etwas bessere Gerüchte auf Lager haben.

Die Hände auf der Arbeitsplatte abgestützt, lehnte er sich näher zu mir. Seine buschigen Augenbrauen hoben sich, und ein amüsiertes Schmunzeln zupfte an seinen Lippen. »Was soll man sich denn über ihn erzählen?«

»Keine Ahnung. Vielleicht macht er nebenbei eine Ausbildung zum Axtmörder. Glencoe wäre der perfekte Ort dafür, so bewölkt und nebelig, wie es hier immer ist.« Und trotz der ganzen Touristen gab es in den Wäldern genug einsame Ecken, in denen man eine Leiche vergraben könnte.

Jetzt lachte er richtig. »Du hast zu viele Horrorfilme gesehen.«

»Vielleicht will ich mich damit nur auf das richtige Leben vorbereiten.« Ich sagte es mehr zu mir selbst, denn Dad hatte sich längst abgewandt, um einen anderen Gast zu bedienen. Ich nahm einen kräftigen Schluck von meinem Guinness und sah mich im *Lanky Tavern* um. Obwohl es noch früh war, war der Pub schon gut gefüllt. Die Nachmittags-Crowd war bereits da. Ein Teil davon waren Leute, die ich kannte. Einwohner aus Glencoe und den umliegenden Dörfern, die für ein Feierabendbier und etwas Gesellschaft nach der Arbeit herkamen. Aber auch einige Touristen waren anwesend, die man an ihren Wanderschuhen, Windbreakern und großen Rucksäcken erkannte, in die sie die Verpflegung für den Tag gepackt hatten.

Die Tür wurde aufgestoßen, und Kyleen kam herein. Ihr Blick wanderte einmal durchs *Tavern*, landete auf mir, und ihre Lippen verzogen sich zu einem breiten Lächeln. »Hey, Is.« Sie kam auf mich zu, umarmte mich kurz und rutschte dann auf den Stuhl neben mich. »Wie war dein Tag?«

»Lang«, stöhnte ich. »Bogenschießen mit über dreißig Leuten, die alle keine Ahnung davon haben, ist echt …« Ich suchte nach dem richtigen Wort, das meine Stimmung am besten ausdrückte, aber nicht zu abwertend klang.

»Anstrengend?«, half Kyleen mir auf die Sprünge.

»Ja, das auch. Und nervig. Ich kam kaum dazu, mal bei jemandem in Ruhe die Position zu korrigieren, weil mich gleich drei unterbrochen haben, ob sie es denn richtig machen würden. Weiß nicht, ob es auf Dauer so eine gute Idee ist, mit so großen Gruppen zu arbeiten.«

»Glaube, das kommt echt drauf an, was du mit den Leuten machst. Kann mir gut vorstellen, dass das beim Wandern deutlich entspannter wird. Da musst du ja niemandem erklären, wie man einen Fuß vor den anderen setzt.«

»Hoffentlich.«

Wir sahen uns an und begannen gleichzeitig zu lachen. Nichts tat so gut, wie mit meiner besten Freundin unbeschwert zu sein. Doch Kyleens Lachen hielt nicht lange an. Mit einem

Mal zog sie die Mundwinkel herab und sah – ich konnte es nicht anders beschreiben – beschämt aus.

»Ich hab etwas unheimlich Dummes getan.«

»Was?« Ich konnte mir nicht vorstellen, was das sein sollte, denn das war überhaupt nicht ihre Art. Normalerweise tat sie nichts, ohne vorher gründlich darüber nachzudenken. Ganz im Gegensatz zu mir, die oftmals viel zu impulsiv reagierte.

»Na ja, Mel hat Finn heute von der Arbeit abgeholt, und natürlich sind wir ins Gespräch gekommen. Sie hat erzählt, dass Finn heute mit den Jungs unterwegs ist, sie allein zu Hause wäre, und …« Mit einem Stöhnen vergrub sie das Gesicht in den Händen. »Es kann sein, dass mir herausgerutscht ist, sie könnte den Abend hier mit uns verbringen, wenn sie nicht allein sein will.« Bevor ich etwas antworten konnte, sackte Kyleen noch weiter in sich zusammen, wie ein Ballon, dem man die Luft rausgelassen hatte. »Und ganz eventuell hat sie ganz begeistert zugestimmt.«

Für einen Moment konnte ich sie nur sprachlos anstarren, weil ich so ziemlich mit allem gerechnet hatte, aber nicht damit. Dabei war es nicht einmal so, dass ich etwas gegen Mel hatte. Sie war nett, keine Frage, aber … »Du hast der Freundin von dem Typen, in den du seit Jahren heimlich verschossen bist, gesagt, dass sie den Abend mit uns verbringen kann?«

Kyleen sackte noch weiter in sich zusammen. Dass sie bisher noch nicht von ihrem Stuhl gerutscht war, grenzte an ein Wunder. »Ich *sagte* doch, dass ich etwas unheimlich Dummes getan hab.«

Da konnte ich ihr nicht widersprechen. »Soll ich ihr schreiben, dass es mir nicht gut geht und das Treffen deswegen ausfallen muss?« Ich war kein Fan von Lügen, aber für meine beste Freundin würde ich auch eine Leiche im Wald verscharren und ihr unter Eid ein Alibi geben, wenn es sein musste.

Sie warf einen Blick auf die Uhr. »Sie ist sicher schon unterwegs, außerdem würde das vermutlich irgendwann rauskommen, und wie stehe ich dann da?« Sie ließ den Kopf vor sich auf die Theke sinken. »Warum konnte ich nicht einfach meine Klappe halten?«

»Und ich dachte, du hättest nur ein Problem damit, *Nein* zu sagen«, zog ich sie auf.

»Ganz offensichtlich hab ich auch ein Problem damit, wenn die Freundin meines besten Freundes, in den ich seit Jahren so offensichtlich verliebt bin, dass es die ganze Stadt weiß, nur er es nicht checkt, mich aus ihren braunen Rehaugen ganz verzweifelt ansieht. Das wusste ich bisher selbst nicht über mich.«

Damit entlockte sie mir ein Lachen. »Sollen wir gleich zum Gin übergehen, damit du dich besser fühlst?«

»Das wäre super.« Sie lehnte sich über die Bar, bestellte bei Dad zwei Gin Tonic und sagte ihm, dass wir mit der Essensbestellung noch warten würden, weil Mel noch zu uns stieße. Ebenso überrascht wie ich zog er die Augenbrauen hoch, sagte aber nichts dazu, sondern nahm den Hendrick's Gin aus dem Regal.

»Also, was hältst du davon, dass wir jetzt mit dem *Three Sisters Resort* zusammenarbeiten müssen?« Ich machte mir gar nicht erst die Mühe, Kyleen zu fragen, ob sie vorab davon gewusst hatte, denn eine Neuigkeit wie diese hätte sie niemals für sich behalten können.

Ihre fest aufeinandergepressten Lippen bestätigten das. »Zuerst dachte ich, jetzt hat Adrien endgültig den Verstand verloren, aber je länger ich darüber nachdenke, desto besser gefällt mir die Idee. Es ist eine Chance für uns alle, das alte Kriegsbeil zu begraben. Und wenn wir dadurch gemeinsam mehr Gäste glücklich machen können, heißt das, dass vielleicht auch mehr von ihnen wiederkommen.«

Natürlich hatte Kyleen längst ihren Frieden damit geschlossen. Ich musste lächeln, obwohl mein Inneres weiterhin aufgewühlt war. »Glaubst du wirklich, dass sie sich geändert haben? Noch vor zwei Jahren wollten sie uns anzeigen, damit wir die Wanderroute den Berg hinauf nicht mehr gehen können.« Die eine Wanderroute, die direkt am Resort vorbeiführte, was ihnen noch lange nicht das Recht gab, den kompletten Berg für sich beanspruchen zu wollen.

Dad tauchte vor uns auf und stellte uns die Gin Tonics hin. Wir stießen an und tranken einen Schluck.

Dann legte Kyleen den Kopf schief und dachte über meine Frage nach. Schließlich zuckte sie mit den Schultern. »Ich weiß nicht, ob das wichtig ist. Offenbar brauchen sie uns genauso dringend wie wir sie, und niemand sagt, dass wir jetzt beste Freunde werden müssen.«

»Aber was, wenn sie das zum Anlass nehmen, um uns zu hintergehen und sämtliche Aktivitäten an sich zu reißen?« Ich bekam einfach nicht aus dem Kopf, dass Leon genau das mit mir getan hatte, als wir noch zur Schule gegangen waren. Er hatte mir etwas versprochen und mir dann den Dolchstoß in den Rücken verpasst, indem er genau das Gegenteil davon getan hatte. Adriens Eröffnung, dass wir von nun an mit dem *Three Sisters Resort* zusammenarbeiten würden, hatte all die vergrabenen Erinnerungen wieder hochgeholt. Sie versuchten mich mit ihrem Gewicht zu erdrücken und machten es mir unmöglich, den Verrat von damals zu vergessen.

Lachend schüttelte Kyleen den Kopf. »Manchmal bist du echt paranoid. Wie sollen sie das denn anstellen, wenn sie selbst zu wenig Leute haben? Adrien ist nicht unvorsichtig. Manchmal etwas schusselig, aber keineswegs naiv. Er wird sich auf nichts einlassen, was uns am Ende auf die Füße fallen kann. Und wir sollten froh sein, dass wir nicht wieder Kurse absagen und Gäste enttäuschen müssen.«

Vielleicht hatte sie recht und ich reagierte über, aber ich konnte dieses dumpfe Gefühl in meinem Bauch einfach nicht ignorieren. Meistens hatte es recht, wenn es mich auf diese Weise warnte.

Zum Glück musste ich nicht darauf antworten, denn in diesem Moment kam Mel ins *Tavern* geschneit. Ihre blonden Haare waren zu einem hohen Dutt zusammengefasst, sie trug helle Jeans und bequeme Boots. Sie schälte sich bereits aus ihrer Jacke, und darunter kam eine mit Blumen bestickte Bluse zum Vorschein.

»Hey«, begrüßte sie uns, legte Jacke und Tasche auf einen Barhocker und umarmte uns kurz zur Begrüßung. »Danke, dass ich dazukommen durfte. Ich hätte heute wirklich nicht gut allein bleiben können.«

Obwohl ich Mel kaum kannte – dabei wohnte sie in Ballachulish, was nur knappe vier Meilen von Glencoe entfernt lag –, hörte ich diesen gepressten Unterton in ihrer Stimme, der darauf hindeutete, dass sie etwas bedrückte.

»Möchtest du drüber reden?«

Sie zögerte, die Augen unfokussiert, als würde sie etwas sehen, was gar nicht da war. »Es ist eigentlich … wir wurden heute zum *Three Sisters Resort* gerufen, weil es einen Notfall mit einem kleinen Mädchen gab. Sie ist wohl plötzlich ohnmächtig geworden, einfach so, ohne ersichtlichen Grund. Um sie schnellstmöglich nach Oban ins Krankenhaus zu fliegen, wurden wir gerufen. Ich dachte, das wird ein kurzer, problemloser Einsatz, aber … unterwegs hat das Mädchen plötzlich einen Krampfanfall bekommen, wir hatten die Eltern mit im Heli, die, verständlicherweise, völlig hysterisch geworden sind, und ich weiß nicht, ob ich die Bilder, die sich in mein Hirn gebrannt haben, jemals vergessen werde. Es war einfach völlig chaotisch. Der Notarzt hat versucht, das Mädchen zu stabilisieren, und ich musste die Eltern davon abhalten, sich abzuschnallen und durch den Hubschrauber zu ihrer Tochter zu klettern.«

»Wie furchtbar. Ich kann mir gar nicht vorstellen, wie das für dich gewesen sein muss.« Mel arbeitete wie Finlay ehrenamtlich bei der Mountain Rescue. Eigentlich waren sie dafür zuständig, in Not geratene Wanderer oder im Winter Skifahrer mit dem Helikopter vom Berg herunterzuholen, aber manchmal mussten sie auch Notfälle – so wie heute – in die umliegenden Krankenhäuser fliegen, weil es in Glencoe selbst keins gab.

Kyleen griff nach ihrer Hand. »Das tut mir so leid, dass du das erleben musstest. Warum hast du Finn nicht davon erzählt? Er hätte seinen Männerabend doch sicher abgesagt.«

Mel seufzte, verdrehte die Augen, und die Andeutung eines Lächelns zupfte an ihren Mundwinkeln. »Natürlich hätte er das, aber das wollte ich nicht. Der Abend ist in den letzten Wochen so oft ausgefallen, und er hat sich riesig darauf gefreut, das wollte ich ihm nicht kaputt machen.«

Aus den Augenwinkeln sah ich zu Kyleen, die ein Gesicht machte, als hätte sie in eine saure Zitrone gebissen. Ich wollte mir gar nicht vorstellen, wie es für sie sein musste. Da saß die Freundin des Typen hier, in den sie seit Langem heimlich verliebt war, und dann war sie so nett und rücksichtsvoll, dass man sie nicht einmal hassen konnte.

»Ich würde vorschlagen, du brauchst auch ganz dringend einen Drink.«

Mel sah auf die nur noch halb vollen Gläser von Kyleen und mir. »Wenn es okay ist, würde ich lieber einen doppelten Whisky nehmen.«

Wie auf Kommando tauchte Dad vor uns auf. »Welcher genau schwebt dir denn da vor?« Dann sah er in die Runde, mit diesem strafenden Dad-Blick, der mich als Teenager in den Wahnsinn getrieben hatte und mir noch heute ein Schaudern verschaffte. »Und ihr bestellt jetzt auch langsam was zu essen, sonst gibt es keinen weiteren Alkohol mehr.«

Es war weit nach Mitternacht, als ich die Tür zu meinem Häuschen aufschloss. Stille und Dunkelheit empfingen mich, doch sobald ich den Lichtschalter betätigte, grüßte mich ein lautes Mauzen aus dem Wohnzimmer. Zwei Sekunden später kam mein Kater Frodo um die Ecke stolziert. Sein Fell war weiß-braun-grau getigert, aber an den Pfötchen komplett schwarz. Sein strafender Blick traf mich, als verurteilte er mich im Stillen dafür, den ganzen Tag weg gewesen zu sein, dabei ignorierte er mich meistens, wenn ich denn mal zu Hause war.

Ganz davon abgesehen, dass er durch die Katzenklappe in der Tür selbst kommen und gehen konnte, wie es ihm beliebte.

Ich hängte meine Jacke an der Garderobe auf, kickte die Schuhe von meinen Füßen und ließ sie achtlos im Flur stehen, als ich in die Küche ging. Frodos Napf war noch zur Hälfte gefüllt, also konnte er zumindest keinen Hungertod gestorben sein. Trotzdem nahm ich den Napf hoch, schüttete das restliche Nassfutter, das an einigen Stellen schon angetrocknet war, in den Mülleimer und holte eine frische Packung aus dem Kühlschrank. Nachdem ich den Napf gespült hatte, schüttete ich es hinein und stellte ihn zurück auf den Boden. Frodo beäugte das Futter misstrauisch, ignorierte es und rieb sich stattdessen an meinen Beinen.

Ich seufzte. »Was ist jetzt schon wieder falsch damit?« Ich warf einen Blick auf die Verpackung. »Hühnchen magst du doch normalerweise.«

Ein klägliches Mauzen war die Antwort, als wollte Frodo mir mitteilen, dass ihm jetzt gerade eingefallen war, dass Hühnchen eben doch nicht so geil war. Dieser Kater würde mich noch in den Wahnsinn treiben. Ich kannte niemanden – weder Mensch noch Tier –, der derart pingelig mit seinem Essen war und zudem im Zweiwochenrhythmus seine Meinung änderte.

Frodo rieb sich weiterhin an meinem Bein, als würde ihn das alles gar nicht kümmern. Immerhin stand im Wohnzimmer der Snackautomat mit Trockenfutter, an dem er sich jederzeit bedienen konnte, und wenn er ganz fancy drauf war, verschwand er durch die Katzenklappe nach draußen und jagte eine Maus oder was er sonst so bevorzugte. Ein Schaudern durchlief mich, denn so genau wollte ich das gar nicht wissen.

Ich bückte mich, nahm den Kater auf den Arm und schob mein Gesicht in sein weiches Fell. Er war ein Maine Coon und so flauschig, als würde man einen Perserteppich an seinem Gesicht reiben … und vor allem mochte er es gar nicht, gekuschelt zu werden. Sofort begann er sich in meinen Armen zu winden, was für mich nur Anlass war, ihn noch etwas fester zu halten. »Das ist deine gerechte Strafe, wenn du mein Essen verschmähst«, murmelte ich in sein Fell. Jetzt konnte ich das ganze Hühnchenfutter wieder an Freunde oder das örtliche Tierheim verteilen, deren Katzen weniger wählerisch waren. Zudem stand ein weiterer Test an, was denn für die nächsten zwei Wochen ein akzeptables Fressen für Frodo war.

Frodo fauchte, was das Zeichen für mich war, ihn endgültig loszulassen, wenn ich keine von ihm gewischt bekommen wollte. Und ich wollte morgen wirklich nicht mit Striemen im Gesicht herumlaufen, wenn ich das erste Mal seit einer langen Zeit auf Leon McLachlan traf. Das würde mir gerade noch fehlen.

Das Ziehen in meinem Magen war zurück, während ich ins Bad ging, um mich bettfertig zu machen. Was genau waren seine Gründe, dass er Adrien diesen Deal vorgeschlagen hatte? Es wäre schön, wenn er damit auch nur seinen Personalmangel in den Griff kriegen wollte … leider aber auch zu schön, um wahr zu sein. Irgendwas sagte mir, dass da noch mehr war, dass das nicht alles sein konnte.

Beim Zähneputzen schwor ich mir, dass ich es herausfinden würde. Egal, welche Geheimnisse Leon McLachlan mit sich herumtrug, ich würde dahinterkommen. Und wehe ihm, wenn es etwas war, das meinem Team und mir schaden sollte.

3. KAPITEL

ISLA

Am nächsten Morgen sprang mein Auto zum Glück beim ersten Versuch an. Erleichterung erfasste mich, denn ich hatte schon befürchtet, dass es etwas Ernsteres sein könnte und ich den Wagen in die Werkstatt bringen müsste. Ich hatte weder das Geld noch die Zeit dafür, ganz davon abgesehen, dass ich auf die Karre angewiesen war. Zwar konnte ich in Glencoe auch alles zu Fuß erreichen, aber zu den Lodges zu kommen, würde mich eine Stunde kosten – eine Stunde, die ich lieber im Bett verbrachte.

Meine Kaffeemaschine war allerdings immer noch tot. Es war der zweite Tag in Folge, der mit einem Koffeindefizit begann, und es war nur noch eine Frage der Zeit, bis ich anfangen würde, meine Mitmenschen infolgedessen zu ermorden. Hoffentlich war in den Lodges noch Kaffee übrig, den ich mir in meinen Thermobecher schütten konnte, sonst wusste ich nicht, wie lange ich Leon würde ertragen können.

Ich stellte meinen Kia auf dem Parkplatz neben den Lodges ab, und sobald ich die Tür öffnete, hörte ich das laute Röhren eines Motorrades. Obwohl ich es auf der sich windenden Straße zwischen all dem Grau und Grün noch nicht ausmachen konnte, war ich mir ziemlich sicher, dass es vom *Three Sisters Resort* den Berg herunterkam. Ich kniff die Augen zusammen und starrte den Hang hinauf. Das Röhren wurde lauter, und kurz darauf konnte ich die schwarze Rennmaschine sehen, die um die letzte Kurve bog, ehe die Straße geradewegs bis zu den Lodges führte. Zuerst dachte ich, das Motorrad würde an mir vorbei hinab ins Tal fahren, doch dann bog es auf den Parkplatz ab und blieb direkt vor mir stehen.

Der Fahrer stieg ab. Durch das getönte Visier seines Helmes konnte ich sein Gesicht nicht erkennen, aber es gab nur eine Person, die in der Lederkluft stecken konnte.

Leons Stimme, die sich viel zu selbstverliebt anhörte, fragte: »Na, gefällt dir die Aussicht?«

Erst da fiel mir auf, dass ich ihn schon viel zu lange anstarrte. Nicht erst seit er hier stand, sondern schon während er den Berg hinuntergefahren war. Und seiner Frage nach zu urteilen, hatte er das natürlich bemerkt.

»Ich wollte nur wissen, welcher Idiot hier am frühen Morgen die Ruhe stört, aber das hätte ich mir ja denken können.« Ich wandte mich von ihm ab und schlug endlich die Tür meines Autos zu.

»Sei ehrlich, du hast nach mir Ausschau gehalten, weil du es nicht erwarten konntest, die Wanderung mit mir zu machen.«

Leon zog den Helm von seinem Kopf, und am liebsten hätte ich ihm diesen sofort wieder übergestülpt, damit ich dieses selbstgefällige Grinsen nicht sehen musste. Dass er dabei so unverschämt zufrieden wirkte, machte die Sache nicht besser. Als wüsste er genau, wie sehr mich seine bloße Anwesenheit nervte, und als würde es ihm gefallen.

Seine dunkelbraunen Haare standen in alle Himmelsrichtungen ab. Er fuhr sich mit einer Hand hindurch, was es aber nur bedingt besser machte. Vermutlich waren sie genauso störrisch wie der Rest von ihm und ließen sich nie bändigen. Seine Augen waren eine Mischung aus Blau und Grün. Sie hätten hypnotisierend sein können, wenn ich weniger Überheblichkeit darin entdeckt hätte. Seine Nase war gerade, seine Wangenknochen scharf und von einem Fünftagebart überzogen.

Schnell riss ich meinen Blick von ihm los, weil mich das alles überhaupt nicht interessierte.

»Was haben sie dir als Kind in die Milch getan, dass du so von dir eingenommen geworden bist? Und was soll eigentlich dieser Aufzug? Willst du in Lederkluft wandern gehen?« Ich schnaubte verächtlich und schob mich an ihm vorbei in Richtung Gemeinschaftsraum.

Ein paar Leute standen bereits davor, aber bei Weitem nicht genug, um die volle Gruppe für die Wanderung zu sein. Es war aber auch noch eine halbe Stunde bis zum vereinbarten Zeitpunkt.

Dass Leon genauso überpünktlich war wie ich, störte mich gleich doppelt. Jetzt musste ich mich mit ihm auseinandersetzen, bevor ich einen ersten Kaffee gehabt hatte.

Leon lief neben mir her und deutete auf den Rucksack, den er über eine Schulter geworfen hatte. »Schon mal was davon gehört, dass man sich *umziehen* kann?«

»Schon mal was davon gehört, dass man morgens auch gleich die Sachen anziehen kann, in denen man den Tag verbringen wird?«, feuerte ich zurück. Ich sah ihn nicht an, war mir seiner Präsenz neben mir aber überdeutlich bewusst. »Oder musstest du den großen Macker raushängen lassen und die paar Meter mit dem Motorrad fahren, die du auch einfach hättest laufen können?« Unwillkürlich zuckte mein Blick hoch zum *Three Sisters Resort*, das über uns auf dem Berg thronte. Für den Weg hätte er auch zu Fuß kaum eine Viertelstunde gebraucht.

»Hier sind die Umkleiden«, wies ich Leon an, ehe er etwas erwidern konnte, und zu meinem Glück bog er in die Richtung ab.

Ich nahm einen tiefen Atemzug, um mein Herz zu beruhigen, das aus einem unerklärlichen Grund viel zu schnell schlug, und ging weiter in den Gemeinschaftsraum. Kaum hatte ich die Tür aufgezogen, schlug mir der Geruch von frisch gebrühtem Kaffee entgegen. Duncan und Toby saßen gemeinsam mit Adrien an einem Tisch, eine volle Kanne vor sich.

»Bitte sagt mir, dass noch was für mich übrig ist.« Ich setzte mich auf einen freien Stuhl und zog die Kanne zu mir heran, um meinen To-go-Becher zu füllen.

»Auch dir einen guten Morgen.« In Adriens Mundwinkeln zuckte es verräterisch. »Schön, dass du heute pünktlich bist.«

Ich ignorierte seinen kleinen Seitenhieb, trank einen Schluck von meinem Kaffee … und verbrannte mich prompt. »Au … shit.«

»Das kommt davon, wenn man zu gierig ist.« Toby grinste mich über den Rand seiner Tasse hinweg an.

»Ich gehe davon aus, deine Maschine funktioniert immer noch nicht?« Duncan klang etwas mitfühlender – wenn auch nur ein kleines bisschen.

»Ich weiß wirklich nicht, was das Teil gegen mich hat«, nuschelte ich, während ich versuchte, den Schmerz in meiner Zunge zu ignorieren.

»Vielleicht ein Wackelkontakt im Kabel? Das hatte meine auch mal und konnte recht schnell behoben werden.« Toby lehnte sich in seinem Stuhl zurück.

Ich zuckte die Schultern. »Keine Ahnung. Wäre schön, wenn es so etwas Einfaches wäre, das schnell zu beheben ist.« Aber bei meinem Glück momentan führte vermutlich kein Weg daran vorbei, eine neue zu holen, weil die Reparaturkosten in etwa genauso hoch wären.

Die Tür hinter mir wurde aufgestoßen, und ein kühler Luftzug wehte mir meinen Pferdeschwanz über die Schulter. Ich drehte mich um … und konnte mich nur mit Mühe davon abhalten, dass mir die Kinnlade runterfiel.

Leon trat ein, und er sah komplett verändert aus. Dunkle Wanderhosen schmiegten sich eng an seine Oberschenkel, betonten muskulöse Beine und vermutlich einen ebenso wohlgeformten Hintern. Er trug ein schwarzes Funktionsshirt, eine Sonnenbrille steckte in seinen noch immer verstrubbelten Haaren, und eine Softshell-Jacke hing über seinem Arm. Was mich jedoch am meisten anzog, war sein Lächeln, das jetzt weniger süffisant wirkte als noch zuvor auf dem Parkplatz. Es war irgendwie echter, als hätte er vergessen, in seine vorgefertigte Rolle zu schlüpfen.

Trotzdem war die Anspannung an unserem Tisch sofort spürbar.

»Leon«, begrüßte Duncan ihn knapp.

»Seid ihr mein Empfangskomitee? Das ist aber nett.« Und da war es wieder, das arrogante Grinsen, als hätte er es in dieser Sekunde angeknipst.

»Freu dich nicht zu früh, vielleicht wollen wir nur sicherstellen, dass du keine Dummheiten machst.«

Mit zusammengekniffenen Augenbrauen sah Leon sich um. »Was für Dummheiten sollte ich denn hier machen? Einen dieser hässlichen Stühle klauen?«

Ich hätte gerne gekontert, leider hatte er damit vollkommen recht. Die Stühle *waren* hässlich. Es waren die einfachsten, billigsten, die Adrien und ich damals hatten finden können, und wir hatten sie aus genau dem Grund gekauft: damit niemand auf die Idee kam, sie mitzunehmen. »Dann erfüllen sie ihren Zweck«, entgegnete ich knapp und schüttete den letzten Rest meines Kaffees runter. »Wir sollten dann auch mal raus.«

Kurz wirkte Leon verwirrt ob meines plötzlichen Themenwechsels, dann folgte er mir jedoch zur Tür hinaus. Draußen waren deutlich mehr Leute versammelt als vorhin, aber auf den ersten Blick konnten es noch nicht die vollen dreißig Personen sein, die sich für die Wanderung angemeldet hatten. Leon hielt sich im Hintergrund, während ich uns vorstellte und die bereits Anwesenden von meiner Liste abhakte. Ich kontrollierte auch, ob sie festes Schuhwerk anhatten. Man mochte es ja kaum glauben, aber es gab immer einige Verrückte, die dachten, Flipflops oder Anzugschuhe ohne Profil wären für unsere Wanderungen geeignet. Heute trugen jedoch zumindest alle Turnschuhe, ein Großteil sogar richtige Wanderschuhe.

»Die heutige Tour wird insgesamt circa acht Stunden dauern«, erklärte ich der Gruppe. »Wir haben zwei moderate Anstiege und einen schmalen Pass dabei, ansonsten wird es eher gemütlich zugehen. Dafür gibt es ordentlich was zu sehen. Zwei Wasserfälle liegen auf unserem Weg, ihr werdet von oben auf Glencoe hinabschauen können. Es geht durch dichte Wälder, und wir werden hoffentlich einige Tiere zu Gesicht bekommen. Habt ihr Fragen?«

Die meisten schüttelten den Kopf, aber eine rothaarige, zierliche Frau mit ebenso vielen Sommersprossen wie Kyleen hob die Hand. Ich nickte ihr zu. »Gibt es unterwegs Toiletten?«

Ich verkniff mir ein Grinsen, diese Frage wurde beinahe jedes Mal gestellt. »Wir machen mittags Pause in einem Restaurant im Wald, dort gibt es auch Toiletten, ansonsten werden wir uns nur in freier Natur bewegen. Ihr könnt hier aber noch mal gehen, wenn ihr wollt.« Ich deutete auf die Duschräume, in denen sich auch Klos befanden.

Wie auf Kommando stellten sechs Leute ihre Rucksäcke auf den Boden und bewegten sich in die Richtung. »Sie sind unisex«, rief ich ihnen hinterher. »Also nehmt einfach irgendeine, aber hinterlasst sie sauber.«

Leon blickte mich fragend an. »Unisex?«

Ich konnte seinen Ton nicht deuten. War er eher anklagend, abwertend, einfach nur überrascht? Oder alles zusammen? Sein Gesichtsausdruck gab keinen Aufschluss darüber, was er dachte.

Vielleicht war ich aber auch einfach nicht in der Lage, ihn zu lesen, weil wir uns praktisch nicht kannten. »Ist einfacher für alle«, entgegnete ich. »Wir haben auch die Duschräume und Umkleiden danach konzipiert. Es gibt abgetrennte Kabinen sowohl bei den Duschen als auch den Umkleiden, die von jedem genutzt werden können, und wir schließen niemanden aus, der sich weder mit der weiblichen noch mit der männlichen Anrede wohlfühlt. In den Fässern gibt es zwar auch Kabinen mit Toilette und Waschbecken, aber die sind schon ziemlich eng, und zum Duschen müssen die Leute eh raus.«

Mit einem Mal wirkte Leon mehr interessiert als alles andere. »Habt ihr damit gute Erfahrungen gemacht?«

Unschlüssig zuckte ich mit den Schultern. »Mir sind zumindest keine Beschwerden bekannt. Muss aber auch zugeben, dass wir generell jüngere Gäste hier haben, die auch sonst eher auf Campingplätzen anstatt in Fünf-Sterne-Bunkern übernachten.« Diese kleine Spitze konnte ich mir nicht verkneifen. Zwar war das *Three Sisters Resort* weit davon entfernt, ein Sternehotel zu sein, aber man konnte manchmal den Eindruck bekommen, so, wie die McLachlans darüber redeten.

»Nur weil dir keine bekannt sind, heißt es nicht, dass es keine Beschwerden gibt.«

Anstelle einer Antwort rollte ich bloß mit den Augen. Würde das den ganzen Tag so gehen? In einer Sekunde wirkte Leon ganz erträglich, nur um in der nächsten einen blöden Spruch von sich zu geben. »Ich bin mir ziemlich sicher, dass es dazu negative Bewertungen geben würde, sollte sich wirklich jemand daran gestört haben«, konterte ich.

Kurz darauf waren alle da, die sich für die Wanderung angemeldet hatten, und wir liefen los. Zuerst ging es an den Lodges vorbei zu einem kleinen Pfad, der schräg den Hang hinaufführte. Hier achtete ich immer besonders darauf, wie gut alle mitkamen. Die Schräge war moderat und damit ein guter Indikator, um das Fitnesslevel der Leute einzuschätzen. Wenn auf diesem ersten Anstieg bereits jemand zurückblieb, drosselte ich das Tempo, um diejenigen nicht von vornherein zu überfordern. Heute kamen jedoch alle gut mit. In kleinen Grüppchen liefen sie hinter uns her, unterhielten sich, und die Ersten hatten bereits ihre Handys gezückt, um Fotos zu machen.

Die Landschaft war auch wirklich atemberaubend. Rechts von uns ragte der Glencoe Mountain in die Höhe. Grüne, saftige Wiesen, gespickt mit Wildblumen und vereinzelten Bäumen ergossen sich auf seinen Hängen. Links sah man ins Tal hinab, auf Glencoe und Loch Linnhe, der im Sonnenschein glitzerte. Seine Oberfläche war glatt, nicht von Wellen durchbrochen, und er spiegelte die umliegenden Berge, was von hier oben noch dramatischer aussah, als wenn man direkt vor ihm stand.

»Seit wann machst du das schon?«, riss mich Leons Stimme aus meinen Gedanken.

Ich wandte mich ihm zu. Seine dunklen Haare waren ihm vom Wind aus der Stirn geweht worden, seine Jacke hatte er mittlerweile übergezogen, aber nicht geschlossen, und hätte ich es nicht besser gewusst, hätte ich ihn für einen Backpacker gehalten, die es hier zuhauf gab. »Was genau? Die Wanderungen im Speziellen oder allgemein für Adrien in den Lodges arbeiten?«

»Das alles, schätze ich.«

»Von Anfang an. Adrien hatte die Idee eines Abends im *Tavern*. Eigentlich haben wir nur rumgesponnen, dass es eine coole Idee wäre, eine Unterkunft nur mit den Campingfässern aufzubauen, und wie gut es sich in den Berg integrieren würde.«

Genauer gesagt, hatten wir explizit nach etwas gesucht, das eine Konkurrenz zum *Three Sisters Resort* darstellte, dabei aber sehr viel cooler als der Bunker auf dem Berg war, aber das verriet ich Leon besser nicht.

»Auf Bierdeckeln haben wir uns Notizen gemacht und kleine Zeichnungen angefertigt, wie alles aussehen könnte. Für mich war das in dem Augenblick nur Spielerei, aber am nächsten Morgen hat Adrien mich noch vor Sonnenaufgang angerufen und gesagt, dass er das verwirklichen möchte und ob ich Bock hätte, ihm zu helfen.«

So war aus Spaß schnell Ernst geworden, denn kaum eine Woche später hatte Adrien das Stück Land auf dem Berg erworben, auf dem wir die ersten Wohnfässer errichtet hatten.

»Also bist du zum Studieren nicht weggegangen?«

Ich unterdrückte ein Seufzen. Da war sie, die Frage, bei deren Beantwortung sich mir noch immer der Magen umdrehte. »Ich habe nicht studiert.«

Leons Augenbrauen hoben sich, und ich konnte die Verurteilung in seinem Blick geradezu spüren. »Warum nicht?«

»Weil ich keine Lust darauf hatte.« Nicht nur aufs Studieren an sich, sondern auch darauf, danach in einem Nine-to-five-Job festzustecken, der mich womöglich dazu gezwungen hätte, in eine Großstadt weit weg von Glencoe zu ziehen.

»Aber du warst immer so gut in der Schule.«

Ich schnaubte verächtlich. »Nur weil man gut in etwas ist, heißt das noch lange nicht, dass es einem Spaß macht. Ich wollte nie weg hier, also für was hätte ich studieren sollen? In Glencoe habe ich alles, was ich brauche. Hier bin ich glücklich.«

Wenn möglich, hoben sich Leons Augenbrauen noch weiter. »Wenn das dein glückliches Gesicht ist, will ich nicht wissen, wie dein unglückliches aussieht.«

Mit dem Zeigefinger machte ich einen Kreis über mein Gesicht. »Was du hier siehst, ist die genervte Isla, weil sie wenig Lust darauf hat, sich ständig wegen ihrer Entscheidungen rechtfertigen zu müssen. Außerdem will ich nicht mit dir zusammenarbeiten.«

In seinen Mundwinkeln zuckte es. »Siehst du, vielleicht hättest du doch etwas anderes lernen sollen, dann müsstest du dich jetzt nicht mit mir herumschlagen.«

»Oder *du* hättest einfach in deinem *Three Sisters Resort* bleiben sollen. Die letzten Jahre wolltet ihr doch auch nichts mit uns zu tun haben«, schoss ich zurück und sah mich um, aber der Rest der Wandergruppe beachtete uns gar nicht. Sie liefen einige Schritte hinter uns und bestaunten noch immer die Umgebung, also hörte uns hoffentlich niemand.

Eine Empfindung huschte über Leons Gesicht, die ich nicht deuten konnte. »Wenn es einen Weg gegeben hätte, das hier zu umgehen«, er deutete von sich zu mir und wieder zurück, »dann hätte ich ihn gefunden. Glaub mir, ich mache das genauso ungern wie du. Aber noch viel weniger möchte ich meine Gäste ein zweites Jahr infolge enttäuschen, und wie es scheint, geht es Adrien genauso, also …« Er ließ den Rest des Satzes in der Luft hängen, aber zum ersten Mal wusste ich in etwa, was er dachte. Wir mussten uns mit dieser Konstellation arrangieren, ob wir wollten oder nicht.

Wenn es einen Weg gegeben hätte, das *hier zu umgehen, dann hätte ich ihn gefunden.*

Diese Aussage hallte in meinem Kopf nach. Eigentlich sollte sie mich beruhigen, zeigte sie doch, dass sich das Resort in einer ebenso verzwickten Lage befand wie unsere Lodges. Aber vielleicht hatte er das auch nur gesagt, um mich in Sicherheit zu wiegen. Kyleen würde mich sicher wieder als paranoid bezeichnen, aber ich konnte meine nächsten Worte nicht verhindern.

»Oder du versuchst jetzt auf diese Weise, uns die Aktivitäten streitig zu machen.«

Für ein, zwei Sekunden starrte Leon mich sprachlos an, dann warf er den Kopf in den Nacken und begann schallend zu lachen. »Bist du jetzt völlig verrückt geworden?«, japste er. Sobald er sich etwas beruhigt hatte, wurde er umgehend wieder ernst. »Warum sollte ich so etwas tun?«

»Wäre ja nicht das erste Mal. Du wolltest uns auch verklagen, schon vergessen?«

Seine Augen verengten sich. »Das war mein alter Herr, damit hatte ich nichts zu tun.« Damit wandte er sich ab.

Ich sah ihm hinterher, wie er mit strammen Schritten davonmarschierte, seine Schultern angespannt, und ich konnte die Wut, die von ihm ausging, beinahe greifen. Fast kam es mir vor, als hätte ich einen wunden Punkt bei ihm getroffen, aber das konnte eigentlich nicht sein, oder?

Erneut fiel mir der Leon aus der Schulzeit ein, der mich mutwillig hintergangen hatte. Damals hatte er nicht mit der Wimper gezuckt und mir danach sogar ins Gesicht gelacht. Es hatte ihn nicht gekümmert, dass ich sauer auf ihn war. Heute wirkte er jedoch anders. Fast, als wäre es eine persönliche Beleidigung, was ich ihm unterstellte.

Mir schwirrte der Kopf, weil ich das alles nicht unter einen Hut bekam. Und ich hatte jetzt keine Zeit mehr, die einzelnen Fäden zu entwirren, denn wir waren beim Wasserfall angekommen, und der Rest der Gruppe schloss zu uns auf.

Die meisten hatten ihre Handys weiterhin in der Hand, schossen Fotos vom Wasserfall oder den Berg hinab, wo man in der Ferne Glencoe, Loch Linnhe und Ballachulish sehen konnte. Ich wartete, bis alle dicht bei mir standen, dann begann ich zu erklären.

»Dieser Wasserfall ist einer von vielen in Schottland, die nur existieren, wenn es in den Tagen zuvor geregnet hat. Etwas größer ist er noch im Frühjahr, wenn die Schneeschmelze eintritt. Sobald es zwei Tage komplett trocken ist, kommt hier kein Tropfen mehr herunter. Diese Region wird auch das *Tal der Tränen* genannt.« Ich drehte mich um, zeigte auf die umliegenden Berge, an denen sich ebenfalls überall kleine Wasserfälle ihren Weg nach unten bahnten, als würden etliche Tränenspuren über ein Gesicht laufen.

Einige *Ahs* und *Ohs* waren zu hören, mehr Leute wandten sich dem Wasserfall zu, aber eine kleine, blonde Frau trat einen Schritt vor. »Macht ihr diese Wanderung dann nicht, wenn der Wasserfall nicht runterkommt?«

Ich musste schmunzeln. »Doch, ich gehe dann dieselbe

Route, erkläre, dass hier normalerweise ein Wasserfall ist, den wir nur gerade nicht sehen, weil es zu wenig geregnet hat. Aber ehrlich gesagt trifft das höchstens ein paarmal im Jahr zu.« Und dann meistens im Winter, wenn es so kalt war, dass auch bis hier unten der Niederschlag als Schnee herunterkam.

»Und was ist im Winter?«, fragte ein Mann mit kurz geschorenen Haaren und einer großen, randlosen Brille.

»Im Winter kommt niemand zum Wandern her«, sagte Leon, ehe ich etwas erwidern konnte.

Für einen Moment schloss ich die Augen, um ihm keine patzige Antwort zu geben, dann wandte ich meine Aufmerksamkeit dem Mann zu. »Im Winter machen wir Schneewanderungen. Dafür geben wir Schuhe mit einem stärkeren Profil raus, wenn die Gäste sie nicht haben, und die Wanderungen sind auch verkürzt, werden aber wie gewohnt angeboten.«

»Trotzdem kommen die Leute im Winter eher zum Skifahren und Snowboarden her.«

Warum konnte Leon es nicht gut sein lassen? Und warum musste er zudem recht haben? Im Winter waren die Wanderungen spärlich gebucht. Mit Glück kamen gerade mal fünf Leute pro Tour, was eigentlich nicht ausreichend war. Wir ließen sie trotzdem stattfinden. Überwiegend, weil ich sonst im Winter arbeitslos wäre. Oder noch weniger zu tun hätte als ohnehin schon, denn ich kam im Winter nur deswegen über die Runden, weil ich zusätzlich bei meinen Eltern im *Tavern* jobbte.

Die Gäste hatten offenbar genug Fragen gestellt, denn sie gingen wieder dazu über, den Wasserfall zu fotografieren oder Selfies zu machen.

Auf dem Absatz drehte ich mich zu Leon um. Mir war nicht klar gewesen, dass er direkt hinter mir stand und ich den Kopf in den Nacken legen musste, um ihn ansehen zu können. Wer hatte ihm erlaubt, so unfassbar groß zu werden, dass ich mich daneben klein und unbedeutend fühlte?

»Musst du immer das letzte Wort haben?«, zischte ich ihm zu.

Einen Moment lang bildete ich mir ein, die Andeutung eines Lächelns auf seinen Lippen zu sehen. »Mir scheint, als würdest du selbst gern diskutieren.«

Ich warf einen Blick über meine Schulter. Die Gäste standen weit genug von uns weg und schenkten uns keinerlei Beachtung, trotzdem bemühte ich mich, meine Stimme leise zu halten. »Gar nicht wahr.« Nun gut, grundsätzlich stimmte das schon, ich diskutierte nur nicht gerne mit ihm. »Ich mag es nur nicht, wenn man meine Autorität untergräbt.«

»Das habe ich nicht, ich habe lediglich die Fakten dargelegt.«

»Und du denkst, das hätte ich nicht gekonnt, weswegen du mir ins Wort gefallen bist?«

Leon nahm einen tiefen Atemzug, und ich konnte praktisch dabei zusehen, wie seine ruhige Fassade zu bröckeln begann. »Nein, aber Ski- und Snowboardkurse bietet ihr gar nicht an, daher dachte ich, du denkst vielleicht nicht daran.«

Fast hätte ich gelacht. »Und warum bieten wir sie wohl nicht an? Weil wir es nicht dürfen.« Das stimmte nur halb. Natürlich konnte uns niemand verbieten, auf dem Berg Kurse anzubieten, aber was das *Three Sisters Resort* uns verbieten konnte – und verboten hatte –, war, in dem dem Hotel zugehörigen Restaurant zu Pausen einzukehren. Und da sie das einzige Lokal auf dem Berg waren, machten Kurse für uns daher keinen Sinn. Niemand wollte mit zuvor abgepackten Broten seine Pause im Schnee sitzend verbringen.

Eine nachdenkliche Falte legte sich zwischen Leons Augenbrauen. »Was auch immer da gelaufen ist, dafür ist mein Dad verantwortlich.«

Ich kniff mir in die Nasenwurzel. Mit einem Mal war ich zu

müde, um weiterzudiskutieren. »Es ist mir ehrlich gesagt egal, ob du, dein Dad oder euer verdammter Hund das in die Wege geleitet habt. Das Endergebnis ist dasselbe. Es ist uns einfach nicht möglich, Skikurse anzubieten.«

Ich wollte mich bereits abwenden, da sagte Leon: »Wir haben gar keinen Hund.«

Und obwohl ich es nicht wollte, konnte ich nicht verhindern, dass sich meine Mundwinkel hoben. Hoffentlich hatte ich mich schnell genug umgedreht, damit er es nicht bemerkte.

Ich wartete noch fünf Minuten, bis alle genug Fotos geschossen und ihre Handys wieder eingesteckt hatten, dann deutete ich den Hang hinunter. »Wir gehen jetzt neben dem Wasserfall nach unten bis in das kleine Waldstück. Passt bitte auf, wo ihr hintretet. Es hat heute Nacht geregnet und könnte rutschig sein.«

Ich ging voran und hoffte, dass Leon diesmal etwas Abstand zu mir halten würde, aber natürlich heftete er sich sofort wieder an meine Fersen. »Wieso mischst du dich nicht unter die Gäste, wenn du dich doch genauso wenig mit mir abgeben willst wie ich mich mit dir?«

Flüchtig sah er über die Schulter, ehe seine Aufmerksamkeit wieder mir galt. »Aber wie soll ich dann was von dir lernen?«

Mit zusammengekniffenen Augen taxierte ich ihn. Ich hatte keine Ahnung, ob er das ernst meinte oder er sich über mich lustig machte. Genauso wie ich war Leon in Glencoe geboren und aufgewachsen. Wir waren auf dieselbe Schule gegangen, er kannte diese Berge genauso gut wie ich.

»Was genau soll *ich* dir noch beibringen?« Erst ausgesprochen wurde mir klar, wie zweideutig es klang.

»Also, wenn du schon so fragst …«, erwiderte er prompt, und ein anzügliches Grinsen erschien auf seinem Gesicht.

In meinem Magen flatterte es, und ich verfluchte meinen

Körper dafür, dass er darauf auch noch reagierte. »Nein, sprich nicht weiter.« Ich hielt eine Hand hoch, und zum Glück diskutierte Leon zum ersten Mal nicht weiter mit mir. »Lass uns einfach nur diese Wanderung hinter uns bringen.«

Ich hatte das Gefühl, dass es ein langer Tag werden würde.

4. KAPITEL

LEON

Es machte eindeutig zu viel Spaß, Isla aufzuziehen. Bei jedem meiner Kommentare konnte ich praktisch dabei zusehen, wie sie kurz davor war, in die Luft zu gehen. Ihre Augen feuerten unaufhörlich Blitze in meine Richtung ab, und bei jedem an mich gerichteten Wort teilte mir ihr Unterton deutlich mit, dass sie gerade überall anders lieber wäre als bei mir.

Ich konnte es ihr nicht einmal verdenken. Nach der Highschool waren wir alles andere als gut auseinandergegangen. Generell hatte ich den Ruf eines Arschlochs gehabt, und der war mehr als berechtigt gewesen. Mittlerweile wusste ich es, konnte es deutlich sehen, auch wenn ich damals alle anderen als empfindlich bezeichnet hatte.

Ich unterdrückte ein Seufzen, während ich weiter hinter Isla den Berghang hinablief. Gerade schob sich die Sonne hinter einer Wolke hervor und blendete mich. Ich nahm meine Sonnenbrille vom Kopf und setzte sie mir auf die Nase. Gleichzeitig wurde es so warm, dass ich meine Jacke ausziehen musste.

Sommer in Schottland bedeutete die unablässige Frage, wie man sich richtig anziehen sollte, weil das Wetter ständig umschlagen konnte. Bei Regen und Wind war es kalt, doch sobald sich die Sonne blicken ließ, könnte man in kurzen Klamotten herumlaufen.

Isla warf einen Blick hinter sich, vermutlich um zu checken, dass unsere Gruppe noch immer beisammen war, aber dadurch sah sie auch mich an. Für ein, zwei Sekunden verhakten sich unsere Blicke, und aus einem mir unerklärlichen Grund stolperte mein Herz. Ich war so überrascht davon, dass ich nicht darauf achtete, wohin ich meinen nächsten Schritt setzte.

Prompt rutschte ich auf einem Stein weg. Ich ruderte mit den Armen, um das Gleichgewicht nicht vollständig zu verlieren, trotzdem befürchtete ich für einen Moment, dass ich der Länge nach auf den Boden knallen würde. In letzter Sekunde fand mein Fuß wieder sicheren Boden und hielt meinen Sturz auf.

»Fuck«, fluchte ich. Das Herz raste in meiner Brust, und mein ganzer Körper kribbelte, weil er sich bereits auf einen Sturz eingestellt hatte, der dann doch nicht eingetreten war.

Ich sah auf und damit direkt in Islas graue Augen, die mich besorgt musterten. Zum ersten Mal konnte ich darin keine Abneigung lesen. Sie hatte eine Hand in meine Richtung ausgestreckt, als hätte sie nach meinem Arm greifen wollen, es sich aber in letzter Sekunde anders überlegt. »Ist alles in Ordnung?«, fragte sie leise.

Ich nickte, weil ich meiner Stimme nicht traute, und schluckte gegen die plötzliche Trockenheit in meiner Kehle an. Vorsichtig verlagerte ich mein Gewicht von einem Fuß auf den anderen, um zu überprüfen, ob mir auch wirklich nichts wehtat, aber meine Knöchel schienen den Vorfall unbeschadet überstanden zu haben. Zum Glück. Die Wanderung hatte gerade erst begonnen, ich wollte den Rest des Weges wirklich nicht humpelnd hinter mich bringen.

»Alles klar, Mann?« Eine Hand landete auf meiner Schulter, und einer der Gäste erschien neben mir.

Ich nickte auch ihm zu und rappelte mich wieder auf. »Alles gut, ich bin nur auf einem Stein weggerutscht«, erklärte ich etwas lauter, weil hinter ihm noch weitere standen, die ihm neugierig über die Schulter schauten. »Der Boden kann tückisch sein. Seid euch nie zu sicher, dass ihr alles im Griff habt, sonst passiert euch dasselbe wie mir.«

»Brauchst du noch ein paar Minuten, oder sollen wir weiter?« Erneut sprach reine Fürsorge aus Islas Worten, und es erstaunte mich, wie sehr sie das veränderte. Ihre Züge wurden weicher, und da war eine Wärme in ihrem Blick, die ich lange nicht mehr gesehen hatte. Es erinnerte mich an die junge Isla, mit der ich zur Schule gegangen war. Damals, bevor ich sie dazu gebracht hatte, mich zu hassen.

»Geht schon«, murmelte ich.

Für ein, zwei Sekunden sah Isla mich an, dann nickte sie und wandte sich der Gruppe hinter mir zu. »Nix passiert«, sagte sie so laut, dass auch die Letzten sie verstehen konnten. »Wir gehen weiter.«

Die Gruppe setzte sich wieder in Bewegung. Diesmal bildete ich das Schlusslicht der Gruppe und achtete besser darauf, wohin ich trat. Ich ließ mich nicht mehr von Isla aus dem Konzept bringen und versuchte auch nicht mehr, sie mit meinen Sprüchen zu piesacken. Egal, wie viel Spaß es mir machte, niemandem war geholfen, wenn es dazu führte, dass sich am Ende jemand von uns auf diesem verdammten Berg verletzte.

Ohne weitere Zwischenfälle kamen wir den Berg hinunter und erreichten eine Stunde später den Wald. »Wir legen hier eine kurze Pause ein«, erklärte Isla. Sie ließ ihren Rucksack von den Schultern gleiten und setzte sich auf einen umgekippten Baumstamm. »Ruht euch kurz aus und trinkt vor allem was, bis zur nächsten Pause sind es noch knapp zwei Stunden.« Aus ihrem Rucksack holte sie eine Wasserflasche, schraubte den Verschluss ab und trank mehrere Schlucke daraus.

Nach etwa zehn Minuten gingen wir weiter. Unser Weg führte tiefer in den Wald hinein. Der Duft von Pinien, Moos und feuchter Erde begleitete uns. Unsere Schritte klangen gedämpft auf dem weichen Boden.

Einige Minuten später kamen wir an eine Weggabelung.

Isla blieb stehen und betrachtete mich nachdenklich. »Von hier aus können wir zwei unterschiedliche Wege nehmen. Einmal den eher befestigten Trampelpfad«, sie deutete auf den breiten Weg, der rechts tiefer in den Wald hineinführte, »oder den etwas abenteuerlichen.« Jetzt zeigte ihr Finger mitten ins Gestrüpp. Es dauerte einige Sekunden, bis ich den Trampelpfad erkennen konnte und realisierte, dass dort zuvor schon mal Leute entlanggegangen sein müssten.

Augenblicklich hoben sich meine Mundwinkel. »Ich würde den letzteren nehmen.« Er wäre herausfordernder, machte aber sicher auch mehr Spaß.

Isla nickte, etwas Kalkulierendes im Blick. »Das ist auch mein Favorit. Denkst du, wir können den mit der Gruppe versuchen? Gibt es jemanden, dem der Weg Probleme bereiten könnte?«

Ich ließ meinen Blick über die Gruppe schweifen, erstaunt, dass Isla meine Meinung hören wollte. Während des Wegs hierher hatte ich die Gruppe immer wieder beobachtet. Etwas, das ich bei jeder Aktivität machte, um das *schwächste Glied* zu erkennen. Nicht, um jemanden auszuschließen oder weil daran etwas falsch war, sondern um das Tempo und die Schwierigkeit genau daran anzupassen. Jede und jeder, der bei uns eine Aktivität buchte, sollte das bestmögliche Erlebnis geboten bekommen und mit einem guten Gefühl wieder nach Hause gehen.

»Die Frau in dem weißen Windbreaker, sie humpelt leicht.« Ich nickte in ihre Richtung. Sie saß auf einer Bank einige Meter entfernt, besagtes Bein lang ausgestreckt. »Keine Ahnung, ob es eine akute Verletzung oder nur eine schwache Hüfte ist, aber beides könnte ein Problem sein. Ich sage *könnte*, weil ich den Weg nicht kenne und nicht weiß, wie schwierig er tatsächlich ist.«

Isla nickte, und ich deutete auf eine zweite Person. »Und der Typ mit dem Bier in der Hand. Der hatte schon eine Fahne, als wir an den Lodges losgegangen sind. Alkoholisierte Personen neigen dazu, sich zu überschätzen und unaufmerksam zu sein.

Auf die beiden müssen wir achtgeben, aber sonst sehe ich keine Probleme.«

Islas Blick ruhte auf mir. »Sehr gut«, sagte sie und stand auf. Erst als sie der Gruppe erklärte, wie es weitergehen würde, realisierte ich, dass es ein Test gewesen war. Sie wollte prüfen, wie aufmerksam ich war und ob ich die Schwächen der Gäste registrierte. Vielleicht wollte sie auch sehen, ob ich mir eine eigene Meinung bildete oder mich auf sie verließ. Oder schlicht, ob ich auch wirklich aufpasste, nachdem ich bei dieser Tour ja etwas von ihr lernen sollte.

Ich wusste nicht, was ich dazu denken oder fühlen sollte. Einerseits zeigte es, dass Isla diese Tour und das Wohl der Gäste am Herzen lagen und dass sie ebenso akribisch arbeitete wie ich. Andererseits befürchtete ich dadurch, dass sie mir nicht zutraute, mit einer Gruppe Wanderer unterwegs zu sein, ohne dass jemand zu Schaden kam. Wie ein kleiner Junge, der nicht in der Lage war, sich die Schuhe zuzubinden.

Ich schluckte und rieb über mein Sternum, hinter dem es dumpf pochte. Ich wusste, dass Isla mich nicht mochte, und sie hatte jedes Recht, mir zu misstrauen. Aber es war noch mal etwas anderes, so deutlich gezeigt zu bekommen, dass die andere Person nicht wusste, ob sie sich auf einen verlassen konnte. Ich hatte gehofft, dass ich Isla trotz unserer Vergangenheit recht schnell von mir überzeugen konnte, aber es schien, dass in der Hinsicht ein größeres Stück Arbeit vor mir lag.

Kurz darauf gingen wir weiter. Wie auch schon beim letzten Stück teilten Isla und ich uns auf. Sie übernahm die Vorhut, führte uns durch den Wald, und ich ging ans Ende, um sicherzustellen, dass niemand zurückblieb.

Da es in den letzten Tagen geregnet hatte, war der Boden feucht und weich, auf den Blättern glitzerten noch Wassertropfen, und es roch frisch. Nach Gras, Wald und dem Heidekraut, das momentan überall blühte. Kaum etwas verband ich so sehr mit Heimat wie diesen Geruch, weshalb ich tief einatmete, während ich der Gruppe folgte.

Isla führte uns sicher durch den Wald. Alle zwanzig Minuten blieb sie stehen und wartete, bis alle zusammen waren, ehe sie die nächste Etappe anging. Und bei jeder Pause erkundigte sie sich bei den Gästen, ob sie das Tempo angemessen fanden und problemlos mitkamen oder ob wir langsamer machen sollten.

Ich musste gestehen, dass sie ihre Sache gut machte. Sie war aufmerksam, passte sich an die langsameren Gäste an und sagte immer im Vorfeld, welche Hindernisse uns in der kommenden Etappe erwarteten. Zudem hatte sie ein umfangreiches Wissen über die Geschichte von Glencoe. Immer wieder streute sie kleine Anekdoten ein, was in unterschiedlichen Jahren der Vergangenheit hier geschehen war. Sei es der Schiefertagebau mit der daraus resultierenden Revolution der Arbeiter, das Massaker von Glencoe gegen den Clan der MacDonalds in 1692, der Beginn der Mountain Rescue oder der florierende Tourismus seit den Achtzigerjahren. Isla war informiert und streute Fakten in kleinen Häppchen ein. Die Gäste hingen an ihren Lippen, wann immer sie sprach. Es gab kaum jemanden, der sich desinteressiert abwandte.

Ich konnte nicht einmal sagen, warum mich das überraschte. Als Adrien die Lodges erbaut und mit seinen Leuten die Aktivitäten begonnen hatte, war ich noch auf der Uni in Edinburgh gewesen. Damals hatte ich kaum mitbekommen, was hier ablief, wenn man von den einseitigen Berichten von meinem Dad absah. Und ich wusste, dass die Lodges durchweg gute Bewertungen auf diversen Reiseportalen bekommen hatten. Das war immer ein untrügliches Zeichen dafür, dass die Anbieter wussten, was sie taten. Denn Leute, die in ihrem Urlaub Geld für etwas ausgaben, verziehen nur wenig.

Vielleicht hatte ich mich doch mehr von meinem Dad beeinflussen lassen, als mir bewusst war. Von ihm hatte ich damals erfahren, dass Adrien die Lodges baute und Touren anbieten wollte. *Da pfuschen Leute in unseren Geschäften herum, die keine Ahnung davon haben. Im schlimmsten Fall wird das für uns alle böse enden.* Das waren seine exakten Worte gewesen, als er mich angerufen hatte. Offensichtlich lag er damit falsch, und auch mir würde es guttun, diese Worte aus dem Kopf zu bekommen.

Pünktlich um zwölf Uhr kehrten wir ins *The Old Wild Inn* ein. Das Restaurant gehörte zu einer Pension, und im Inneren waren schon einige Tische für uns gedeckt. Die Einrichtung war in dunklem Holz gehalten und vermittelte das Flair einer Jägerhütte. Hirschgeweihe hingen an den Wänden, Tische und Stühle waren aus massivem Holz gestaltet, und der Geruch von gebratenem Fleisch empfing uns.

Isla wartete, bis sich alle gesetzt hatten, und wandte sich dann an die Gruppe. »Wir machen jetzt anderthalb Stunden Pause. Das Wasser, das bereits auf dem Tisch steht, ist im Preis der Wanderung inbegriffen. Außerdem bekommen wir gleich noch Brote sowie Käse- und Wurstteller. Selbstverständlich könnt ihr davon abgesehen etwas von der Karte bestellen, das müsst ihr dann aber selbst zahlen.«

Sie hatte kaum zu Ende gesprochen, da griffen die Ersten nach den Wasserkaraffen und füllten ihre Gläser. Andere nahmen die Speisekarten zur Hand, um einen Blick hineinzuwerfen. Und drei Leute zogen ihre Jacken wieder an und gingen vor die Tür, vermutlich, um in Ruhe eine zu rauchen – etwas, das Isla ihnen für unterwegs verboten hatte, um die Natur nicht mit ihren Kippen zu verschmutzen.

»Das war wirklich super bis hierhin«, sagte ich und setzte mich zu Isla an den Tisch.

»Hmm.« Ohne mich anzusehen, griff sie nach einer Speisekarte und blätterte darin, dabei musste sie sie vermutlich auswendig kennen, so oft wie sie diese Wanderung schon durchgeführt hatte.

Ich verstand, dass ich mich bisher bei Isla nicht beliebt gemacht hatte, aber ich war gewillt, das zu ändern. »Arbeitet ihr auch bei anderen Touren mit örtlichen Lokalen zusammen, um Pausen anzubieten?«

»Wir versuchen, das bei sämtlichen Aktivitäten zu machen. Es ist eine Win-win-Situation für alle. Wir haben reservierte Tische für unsere Pause, selbst im Sommer, wenn die Lokale auch mittags voll sein könnten, und die Restaurants bekommen regelmäßige Einnahmen mittags, wenn der Laden oft leer bleibt. Funktioniert natürlich nicht überall.« Sie sah mich direkt an, und ihr Blick teilte mir mehr als unmissverständlich mit, dass sie damit das *Three Sisters Resort* meinte. Als hätte ich mir das nicht eh schon gedacht.

Ich überging diesen Kommentar, denn ich konnte die Fehler meines Dads aus der Vergangenheit nicht rückgängig machen. »Du machst das übrigens richtig gut, finde ich. Du führst nicht nur einfach die Wanderung durch, du nimmst die Leute richtig mit, streust immer wieder Infos über Glencoe ein und achtest darauf, dass niemand zurückbleibt.«

Islas Blick, der nach wie vor auf mir ruhte, wurde zweifelnd. Ich konnte praktisch dabei zusehen, wie es hinter ihrer Stirn zu arbeiten begann. Vermutlich fragte sie sich, ob ich das ernst meinte oder was meine tieferen Absichten dahinter waren. Ich konnte sie sogar verstehen, aber ich hatte keine, und irgendwann würde ich ihr das hoffentlich begreiflich machen.

Ehe ich etwas sagen konnte, trat die Kellnerin zu uns an den Tisch und fragte, ob sie uns abseits des vorab Georderten noch etwas bringen durfte. Isla bestellte einen Kaffee, und ich verneinte. Überwiegend, weil ich nicht in die Karte geschaut hatte und mit den Gedanken gerade eh ganz woanders war.

Als sie weiter zum nächsten Tisch mit den ersten Gästen gegangen war, lehnte ich mich näher zu Isla. »Du kannst mir ruhig glauben.«

Sie schnaubte verächtlich. »Was passiert, wenn ich dir glaube, haben wir ja während der Schulzeit gesehen.«

Ihre Worte waren wie ein Schlag in die Magengrube – vornehmlich, weil sie mit jedem davon recht hatte. »Das war was anderes.«

Jetzt lachte sie ohne ein Fünkchen Humor. Dafür sprühten ihre Augen Feuer. »Ach ja? Inwieweit war es *anders?* Du hast mir versprochen, dass du den Selbstverteidigungskurs in das Programm des Schultages mit aufnehmen würdest. Du meintest, es wäre *gar kein Problem, die Turnhalle vier Stunden dafür zu blocken.* Und dann hast du mich hintergangen. Ich habe den Trainer gebucht, alle meine Freundinnen mobilisiert, damit auch ja genug Leute an dem Kurs teilnehmen. Aber ihr habt die Halle hinter meinem Rücken für einen Rugby-Kurs verbucht. Du hast mich voll auflaufen lassen, indem du mir nicht vorher Bescheid gegeben hast. Und dann hast du mich vor dem Trainer und meinen Freundinnen auch noch blamiert, indem du gesagt hast, *oh, vielleicht kann der Selbstverteidigungskurs ja nächstes Jahr stattfinden.*«

Sie ahmte meine Stimme erstaunlich gut nach. Gleichzeitig pulsierte die Wut, die sie noch immer deswegen empfand, in Wellen aus ihr heraus. »Aber das hat es doch auch. Im folgenden Jahr wurde deinem Selbstverteidigungskurs ein ganzer Tag beim Schulfest gewidmet.«

»Ja, weil *du* da nicht mehr auf der Schule warst und ihn boykottieren konntest.«

»Ich hab es nicht …«, begann ich mich zu rechtfertigen, wurde aber prompt von Isla unterbrochen.

»Ich will es gar nicht wissen. Du hast mich damals auf mehrere Arten blamiert. Vor dem Trainer, der sich den Tag extra für uns freigehalten hatte, vor meinen Freundinnen, denen ich schon gesagt hatte, dass es den Kurs geben würde, und vor den vielen anderen Leuten, die dafür erschienen sind. Und vor meinen Eltern, von denen ich mir das Geld für die Anzahlung geliehen hab und denen ich es nach und nach zurückzahlen musste. Ich musste sogar einen Job neben der Schule annehmen, um es abstottern zu können. Es ist mir mittlerweile egal, warum du das gemacht hast, aber wundere dich jetzt nicht, warum ich dir nicht glaube oder an der Echtheit deiner Aussagen zweifele. Denn das hast du dir alles selbst zuzuschreiben.«

Damit griff sie nach ihrem Wasserglas, stand auf und setzte sich an einen anderen Tisch.

5. KAPITEL

ISLA

Ich war noch immer wütend auf Leon, als ich abends meine Wohnung betrat. Hatte Leon wirklich gedacht, dass ich so einfach vergessen würde, wie er mich hintergangen hatte? Oder dachte er, ein paar nette Worte in meine Richtung würden mich schon besänftigen? Funktionierte das in seiner Welt so? Denn falls ja, würde er sich an mir die Zähne ausbeißen. Ich hatte kein Interesse daran, so zu tun, als könnten wir uns plötzlich alle gut leiden, auch wenn ich gestehen musste, dass die Wanderung mit ihm deutlich weniger schlimm gewesen war als befürchtet. Wenn man davon absah, dass es nicht lange gedauert hatte, bis wir auf den Vorfall zu sprechen gekommen waren.

Eiskalt lief es mir den Rücken hinunter, wenn ich daran zurückdachte, wie beschämt ich mich damals gefühlt hatte. Dabei lag es nicht nur daran, dass Leon den Selbstverteidigungskurs nicht mit aufgenommen hatte, obwohl er es mir versprochen hatte. Oh nein, das allein hätte ich vielleicht noch verkraften … oder zumindest bis heute überwinden können.

Aber was mir noch immer die Schamesröte ins Gesicht trieb, war die Tatsache, dass er mit mir geflirtet hatte und ich gedacht hatte, es würde ihm etwas bedeuten. Ich hatte mich von seinen schönen Augen, dem charmanten Lächeln und seinen netten Worten einlullen lassen, hatte geglaubt, dass er echtes Interesse an mir hatte und wir auf ein Date gehen würden, sobald der Stress mit der Planung des Schulfestes vorbei war.

Vielleicht war es naiv von der sechzehnjährigen Isla gewesen, zu glauben, dass der zwei Jahre ältere Leon überhaupt Interesse an ihr haben könnte. Der coolste Typ der Schule, auf den fast alle Mädchen standen und von dem ich nie vermutet hatte, dass er überhaupt mit mir reden würde. Aber das lag vor allem daran, weil Leon mir das Gefühl vermittelt hatte, mich wirklich gut zu finden. Andauernd hatte er mich wie zufällig berührt oder mich über den Pausenhof hinweg zu lange angesehen. Für die Planung des Schulfestes hatten wir viel Zeit miteinander verbracht, und auch wenn wir früher mit allen Tagesordnungspunkten durch waren, war Leon immer noch geblieben, um sich mit mir über alles Mögliche zu unterhalten. Er hatte vor mir gesessen, mit diesem entwaffnenden Lächeln und diesen verfluchten grünblauen Augen, und hatte mir erzählt, wie gern er Zeit mit mir verbrachte. Er hatte mich sogar geküsst. Es war an dem Abend vor dem Schulfest gewesen, und wir hatten gerade die letzten Planungen abgeschlossen. Außer uns und dem Hausmeister war niemand mehr in der Schule gewesen. Leon hatte gerade die Sporthalle abgeschlossen, und in dem dunklen Flur hatten wir so nah beieinandergestanden, dass man es nicht mehr als zufällig beschreiben konnte. Ich hatte vermutet, dass Leon sofort vor mir zurückweichen würde, doch stattdessen hatten sich unsere Blicke ineinander verhakt.

Seiner war von meinen Augen zu meinen Lippen gewandert, hatte sich wie eine Berührung angefühlt, und eine Sekunde später hatte sein Mund auf meinem gelegen. Zuerst dachte ich, ich würde mir das alles nur einbilden, aber dann drückte mich Leon mit seinem ganzen Gewicht gegen die Wand hinter mir. Endlich hatte ich mich in den Kuss fallen lassen und ihn erwidern können.

Welches andere Mädchen hätte sich da nicht auch Hoffnungen gemacht?

Der Aufprall auf dem Boden der Realität erfolgte hart und gnadenlos am Morgen des Schulfestes. Am Abend zuvor hatte ich zusammen mit Leon die Flyer mit dem Tagesprogramm ausgedruckt, auf denen der Selbstverteidigungskurs noch draufgestanden hatte. Doch als ich morgens die Schule erreichte, hingen dort andere Flyer. Ich erkannte es sofort, weil sie eine andere Farbe hatten – grün anstatt blau –, und im ersten Moment hatte ich es für einen Fehler gehalten. Vielleicht war es nur eine Verwechslung oder was auch immer, aber im ersten Moment war ich mir sicher gewesen, dass keine Absicht dahinterstecken könnte, dass mein Kurs plötzlich durch einen anderen ersetzt worden war.

Daher ließ ich mir nichts anmerken, ging mit dem Trainer und meinen Freundinnen zur Turnhalle, wo auch schon die anderen Leute – überwiegend Mädchen – versammelt waren, die sich für den Selbstverteidigungskurs angemeldet hatten. Wir waren gerade dabei, Matten auszulegen, die wir für die Übungen brauchten, als Leon hereinkam, hinter ihm eine ganze Reihe großer, bulliger Kerle. Ich erkannte William, den Star der Rugbymannschaft, und einige andere Typen aus seiner Gefolgschaft.

Sobald sie uns entdeckten, feixten sie untereinander und begannen die Matten wieder einzusammeln. Kyleen stellte sich ihnen entgegen, wollte sich nicht so leicht geschlagen geben, doch William schob sie zur Seite, als wäre sie nur eine lästige Fliege, die ihm im Weg war.

Leon sprach derweil mit dem Rugbytrainer, tat so, als würde er mich gar nicht bemerken, als wäre ich überhaupt nicht mit ihnen im Raum. Als würde ich überhaupt keine Rolle spielen.

Doch das war nicht alles, was ich bei ihm gesehen hatte. Schuld stand über sein ganzes Gesicht geschrieben, und er konnte mir nicht in die Augen schauen. Ich wusste, was Sache war, bevor er überhaupt ein Wort an mich gerichtet hatte, aber gleichzeitig verstand ich es bis heute nicht. Warum hatte er das gemacht? Warum hatte er so viel Zeit und Energie darin investiert, mir das Gefühl zu vermitteln, mich zu mögen, wenn er von vornherein wusste, dass er meinen Kurs nicht aufnehmen würde? Hatte es ihm Spaß gemacht, mit mir zu spielen und mich dann vor dem gesamten Komitee zu blamieren? Meine Wangen wurden heiß, wenn ich nur daran zurückdachte, wie ich mich damals gefühlt hatte. Zu viele neugierige Augenpaare waren auf mich gerichtet gewesen, als Leon mir eine Abfuhr wegen des Selbstverteidigungskurses erteilt hatte. Dabei hatte er nicht einmal viel zu mir gesagt, bloß, dass es eine kurzfristige Änderung im Plan gegeben hatte. Dass ich nicht traurig sein sollte und wir das ja beim kommenden Schulfest nachholen könnten.

Fast wäre ich in dem Augenblick in Tränen ausgebrochen. Dort, vor all diesen Menschen, von denen mich das Rugbyteam auf eine Weise betrachtete, als würden sie darauf warten. Als würden sie sich sogar daran erfreuen. Doch unser Trainer rettete den Moment. Er schlug vor, dass wir einfach einen anderen Raum suchten, und so zogen wir ab.

An der Tür drehte ich mich noch mal zu Leon um. Ich wusste nicht, was ich erwartet hatte. Vielleicht, dass es ihm leidtat oder er mir ebenfalls mit Sehnsucht hinterhersah, aber er beachtete mich gar nicht. Er stand bei der Gruppe der beliebten Rugbyspieler und lachte über irgendwas, das William gesagt hatte. Lauthals und als hätte er keine Sorge in der Welt.

Schnell wandte ich mich ab und folgte den anderen. Doch wir fanden keinen freien Raum, der noch dazu groß genug war, um den Kurs erfolgreich durchzuführen. In der Aula trainierte die Theater-AG, der Schulhof war für einen Parcours-Wettbewerb umgebaut worden, was wegen des strömenden Regens aber ebenfalls abgesagt worden war. Selbst die Mensa war wegen eines Kochkurses belegt. Nur einige Klassenzimmer waren frei, aber die waren allesamt zu klein für über fünfzig Leute, zudem wurden dort Tische und Stühle gelagert, die woanders im Weg gestanden hätten.

Mit jeder Möglichkeit, die sich uns verschloss, wurde die Scham in mir größer. Aber auch die Wut. Und während ich Erstere mittlerweile hatte ablegen können, hatte sich die Wut nur noch verstärkt. Denn das und alles, was danach gekommen war, hatte ich nur Leon zu verdanken. Und deswegen würde ich jetzt nicht so einfach tun, als wäre zwischen uns irgendwas in Ordnung.

Ich unterdrückte das kalte Schaudern, das mir über den Rücken rieseln wollte, und schloss meine Haustür auf. In der Wohnung war es absolut still, doch das hielt nicht lange an. Ich hatte kaum meinen Schlüssel an das Brett gehängt und meine Jacke ausgezogen, da kam Frodo um die Ecke stolziert. Er maunzte kläglich, kam aber auf mich zu und rieb sich an meinem Bein.

»Na, mein Kleiner?« Mit der Hand streichelte ich über seinen Rücken, einmal vom Kopf bis zu seinem Schwanz. Frodo blickte mich aus seinen Katzenaugen an, maunzte erneut und stolzierte vor mir davon. Ich folgte ihm in die Küche, wo er sich demonstrativ vor seinem leeren Futternapf zusammenrollte. Sein anklagender Blick ruhte auf mir, und prompt hatte ich ein schlechtes Gewissen, weil ich ihn erneut den ganzen Tag allein gelassen hatte. Aber er übertrieb mal wieder maßlos. Man könnte meinen, dass er hier mehrere Hungertode gestorben sei, seit ich heute Morgen das Haus verlassen hatte, dabei war der Snackautomat randvoll mit Trockenfutter.

Frodo miaute, als hätte er meinen Gedankengang mitbekommen und wollte mir mitteilen, dass das Trockenfutter aber nicht halb so gut schmeckte wie das Nassfutter – zumindest, wenn ich ausnahmsweise die richtige Sorte erwischte. Was ich offenbar getan hatte, denn der Napf war komplett leer geleckt. Ich öffnete den Deckel vom Mülleimer und sah nach, welche

Tüte ich dort zuletzt hineingeworfen hatte, denn ich konnte mich nicht daran erinnern, nach welcher Sorte ich heute Morgen noch im Halbschlaf gegriffen hatte. Lachs. Gute Wahl. Anerkennend nickte ich Frodo zu, öffnete den Kühlschrank und holte eine neue Tüte mit Lachs hervor.

Nachdem ich Frodo versorgt hatte, schob ich eine Tiefkühlpizza für mich in den Backofen und setzte mich auf die Couch. Den Rest des Tages würde ich mich mit einem Rewatch von *Friends* berieseln lassen und ansonsten nichts mehr tun. Das hatte ich mir verdient.

Am nächsten Morgen war ich schon um kurz nach acht an den Lodges, obwohl ich erst für den Nachmittag zu einer kurzen Wanderung eingetragen war. Zum Teil lag es daran, weil ich gestern noch vor zehn auf der Couch eingeschlafen und deswegen heute viel zu früh wach gewesen war. Vor allem lag es aber daran, dass meine Kaffeemaschine noch immer nicht funktionierte und ich auf eine kostenlose Ladung Koffein hoffte.

Ich stellte mein Auto auf dem Parkplatz ab, das beim Anlassen erneut gemuckt hatte. Drei Versuche hatte ich gebraucht, ehe es schließlich angesprungen war, und ich konnte nur hoffen, dass der Wagen nicht so bald den Geist aufgeben würde. Die Reparatur der Kaffeemaschine konnte ich mir gerade so leisten, aber weitere ungeplante Ausgaben waren aktuell nicht drin.

Ich lief auf den Gemeinschaftsraum zu, in dem auch die Küche untergebracht war. Etliche Gäste standen davor. Zuerst dachte ich, dass sie warteten, weil das Frühstück noch nicht fertig war, doch als ich an ihnen vorbeilief, ließen mich ihre Gespräche was anderes vermuten.

»Denkst du, dass das echt ist? Oder hat nur jemand vergessen einzukaufen?«

»Wirkt alles etwas chaotisch. Wer würde denn so was tun?«

»Warten wir doch mal ab, was sie uns als Entschädigung anbieten, ehe wir voreilige Schlüsse ziehen.«

Fast wäre ich stehen geblieben, um sie zu fragen, worum es in ihrem Gespräch ging, denn das alles ergab für mich überhaupt keinen Sinn. Aber dann entschied ich mich doch dafür, die paar Schritte bis zum Gemeinschaftsraum weiterzugehen, dort würde ich schon erfahren, worum es ging.

Ich stieß die Tür auf und hielt augenblicklich inne. Denn normalerweise müsste mir jetzt der Duft von gebrühtem Kaffee und Tee sowie frischem Toast und Rührei entgegenschlagen, doch stattdessen roch ich … überhaupt gar nichts.

Dafür hörte ich Kyleen lautstark fluchen. »Das ist doch eine riesengroße Scheiße!«

Und Kyleen fluchte normalerweise nie.

Ich beschleunigte meine Schritte und hastete in die Küche, aus der ich ihre Stimme vernommen hatte. Als ich dort ankam, blieb ich abrupt stehen. Traute meinen Augen kaum, was ich vor mir sah. Kyleen stand mitten im Kochbereich, der normalerweise picobello sauber war. Doch die ehemals glänzenden Edelstahloberflächen waren mit irgendetwas Braunem beschmiert, das wie Schokocreme aussah. Aber das war noch nicht alles. Sämtliche Pfannen waren aus den Schränken geholt und mutwillig auf den Boden geschmissen worden. Selbst von hier konnte ich sehen, dass etliche von ihnen verbogen und voller Dellen und damit nicht mehr zu gebrauchen waren. Zudem waren alle Schränke, Schubladen und auch der Kühlschrank geöffnet, und alles … war leer. Sämtliches Besteck und alle Lebensmittel – inklusive des Kaffees –, die wir besessen hatten, waren weg.

»Was …?« Zu mehr war mein Hirn aktuell nicht fähig. Ich

fühlte mich, als hätte es einen Kurzschluss erlitten und würde sich gerade in einem Reboot befinden, in dem die einzelnen Funktionen nach und nach wieder eingeschaltet und getestet wurden.

»Sie müssen nachts ein Fenster zerbrochen und darüber eingestiegen sein.« Kyleen reckte den Finger über ihre Schulter und deutete in den hinteren Bereich der Küche.

Ich ging an ihr vorbei, um mir den Schaden anzusehen. Tatsächlich war eins der Fenster an der Rückseite zerbrochen. Scherben lagen auf dem Boden verteilt, und als ich mich etwas weiter umsah, entdeckte ich zudem einen größeren Stein, mit dem sie die Scheibe wohl eingeschlagen hatten.

»Hast du Adrien schon Bescheid gegeben?«, rief ich Kyleen zu, während ich nach meinem Schlüssel kramte, um den Hintereingang aufzuschließen. Vielleicht konnte ich draußen irgendwelche Spuren der Eindringlinge feststellen.

»Noch nicht«, hörte ich ihre gedämpfte Stimme.

»Ich aber.« Eine Sekunde später trat unser Koch in mein Blickfeld. Jesse sah so gestresst aus, wie ich mich fühlte. Die blonden Haare standen ihm zu Berge, und eine Ader an seiner Schläfe pochte sichtbar. »Er sollte in 'ner Viertelstunde da sein.«

»Alles klar.« Ich schloss die Hintertür auf, als mir noch etwas einfiel und ich mich ein weiteres Mal umdrehte. »Und hat auch jemand die Polizei benachrichtigt?«

»Ja, die haben mir aber gesagt, dass es dauern könnte, weil die Beamten gerade zu einem großen Unfall auf dem Motorway raus sind.«

Ich verdrehte die Augen. Der Nachteil, mitten auf dem Land in den Highlands zu wohnen, war, dass dort zu wenig Verbrechen geschahen und die Polizeistaffel so dünn besetzt war, dass niemand verfügbar war, wenn man doch mal jemanden brauchte.

»Vielleicht sollten wir Fotos von allem machen. Wer weiß, wann die jemanden vorbeischicken können.«

»Hab ich auch schon gesagt«, stimmte Jesse mir zu.

Ich trat aus dem Hintereingang und sah mich nach allen Seiten um. Viel gab es jedoch nicht zu sehen. Ein schmaler Steinpfad führte vom Parkplatz um das Gebäude bis zu dieser Tür, dahinter erstreckte sich eine saftig grüne Wiese bis zu der Straße, die den Berg hinaufführte. Unter dem eingeschlagenen Fenster waren auch hier draußen einige Scherben zu sehen, aber das war es auch schon.

»Alles okay?«

Leons tiefe Stimme verursachte mir fast einen Herzinfarkt. Erschrocken fuhr ich zu ihm herum. Er trug Jeans und Wanderschuhe, und jetzt wurde mir klar, warum ich ihn nicht hatte kommen hören: weil er nicht mit seinem Motorrad unterwegs war.

»Was machst du denn hier?«, platzte es aus mir heraus. Wenn ich richtig informiert war, war er heute für keine Aktivität bei uns eingetragen.

Er zuckte mit den Schultern und setzte ein unschuldiges Lächeln auf, das ich ihm keine Sekunde abkaufte. »Ich wollte das schöne Wetter zu einem Spaziergang nutzen.«

Ich verengte die Augen. »Bist *du* dafür verantwortlich?«

»Wovon redest du?« Mit gefurchter Stirn begutachtete Leon das zerbrochene Fenster hinter mir und kam mir dabei so nah, dass mir sein Duft nach Citrus und Sandelholz in die Nase trat. In meinem Magen begann es zu prickeln, aber ehe ich das richtig verdaut hatte, fing Leon schallend an zu lachen.

»Du denkst, ich hätte euer Fenster eingeworfen?«

»Es ist nicht nur das Fenster«, grummelte ich. »Man hat auch die komplette Küche verwüstet, den Kühlschrank leergeräumt und all unsere Vorräte gestohlen.«

Er trat einen Schritt zurück und verschränkte die Arme vor der Brust. In seinen Augen loderte Feuer. »Unterstellst du mir ernsthaft, dass ich das war? Spinnst du? Warum sollte ich so was tun?«

»Woher soll ich das wissen? Aber es ist schon etwas auffällig, dass du genau jetzt hier auftauchst, wo wir den Gästen kein Frühstück anbieten können. Wahrscheinlich lädst du sie gleich ein, das bei euch oben im Resort nachzuholen.«

Ein Muskel zuckte in seinem zusammengepressten Kiefer. Es schien, als hätte ich ihn zum ersten Mal aus der Fassung gebracht. *Gut so.* Ich hatte genug von diesem aufgesetzten, freundlichen Leon, den er in den letzten Tagen hatte raushängen lassen.

Er beugte sich vor, bis unsere Gesichter nur noch wenige Zentimeter voneinander entfernt waren.

»Gar keine schlechte Idee, Isla.«

Damit rauschte er an mir vorbei. Mein Herz raste wie verrückt, und ich ließ langsam die Luft entweichen, die ich, ohne es zu merken, angehalten hatte.

Adrien traf kurz darauf mit seinem Partner Nihat ein, und eine halbe Stunde später folgten zwei Beamte der Polizei, die alles ganz genau unter die Lupe nahmen. Sie dämpften aber zugleich unseren Optimismus, dass die Randalierer gefunden würden. Für sie sah es nach einem Dummerjungenstreich aus, was auch meine erste Vermutung gewesen war. Oder eher Hoffnung. Dadurch konnten wir uns darauf einstellen, dass das kein zweites Mal passierte, aber die Wahrscheinlichkeit, dass die Widersacher gefunden wurden, war äußerst gering.

Die Polizei dokumentierte alles, was uns gestohlen wurde, und verfasste einen Bericht über das zerstörte Fenster und die kaputten Pfannen und Töpfe, damit uns zumindest diese von der Versicherung ersetzt wurden, dann zogen sie bereits wieder ab.

Kyleen und ich fuhren los, um Lebensmittel nachzukaufen und etwas als Entschädigung für das ausgefallene Frühstück der Gäste zu besorgen, während Adrien und Jesse mit dem Aufräumen begannen. Glencoe hatte zwar einen kleinen Tesco, in dem es alles Nötige gab, aber Kyleen und ich fuhren bis nach Fort William in einen Großmarkt für Geschäftskunden, der Industriegrößen sämtlicher Lebensmittel zu deutlich günstigeren Preisen als ein Supermarkt anbot. Normalerweise bekamen wir einmal in der Woche unsere Ware geliefert, aber da die nächste Lieferung erst in vier Tagen eintreffen würde, konnten wir nicht so lange warten.

»Hast du alles aufgeschrieben, was wir brauchen?« Kyleen saß hinter dem Steuer des Transporters, der zu den Lodges gehörte. Wie immer fuhr sie etwas über der Geschwindigkeitsbegrenzung – zumindest so lange, bis wir zu dem nächsten Auto aufschlossen, das langsamer unterwegs war.

»Ich denke schon.« Ein weiteres Mal überflog ich den Einkaufszettel, den ich in Windeseile mit Jesse zusammengestellt hatte, bevor wir aufgebrochen waren. Dann schweifte mein Blick nach links zum Beifahrerfenster, und ich sah nach draußen auf den Loch Linnhe, in dem sich neben uns das Sonnenlicht spiegelte. Der Loch war eigentlich ein Fjord, einer der größten der Gegend, und zog sich von Fort William an Glencoe vorbei bis hin nach Oban, wo er ins Meer mündete.

»Sollen wir beim Bäcker halten, Scones und Muffins und so für einen späten Brunch holen?«, fragte ich. Als wir den Gemeinschaftsraum verlassen hatten, hatten einige draußen vor der Tür gestanden und uns ihren Unmut entgegengeschleudert, dass wir sie um ihr Frühstück gebracht hätten, das wir laut Internetbeschreibung anboten.

Da noch welche vor den Lodges gewartet hatten, wusste ich nicht, ob Leon seine Drohung, die Gäste zum *Three Sisters Resort* einzuladen, wahrgemacht hatte. Ich könnte mich noch immer in den Hintern treten, dass ich das überhaupt vorgeschlagen hatte.

»Gute Idee«, stimmte Kyleen zu. »Vielleicht können wir sie damit ein bisschen besänftigen.«

»Wir können uns eigentlich keine weiteren schlechten Bewertungen mehr erlauben.«

Kyleen seufzte schwer. »Das war echt Pech jetzt.«

Ich schnaubte abfällig. »Mutwillige Zerstörung würde ich jetzt nicht unbedingt als *Pech* betiteln.«

»Na ja, dass es uns ausgerechnet jetzt getroffen hat, meine ich«, stellte Kyleen klar. »Ich kann mir gut vorstellen, dass es 'ne Mutprobe von irgendwelchen Jugendlichen war. Ist Freddie letztes Jahr nicht auch so was passiert?«

Freddie Buchanan war Leons bester Freund seit Kindertagen und hatte nach dem Schulabschluss eine Gin-Destillerie in Glencoe eröffnet. Zuerst hatte er sie aus dem Keller seines Elternhauses heraus betrieben, bis er genug Geld damit verdient hatte, um sich vor zwei Jahren ein eigenes Gebäude dafür anmieten zu können.

»Ja, aber bei ihm wurden, glaube ich, nur einige Gin-Flaschen gestohlen.«

»Kann sein, so genau erinnere ich mich nicht mehr daran.« Eine steile Falte erschien auf Kyleens Stirn, während sie angestrengt darüber nachdachte.

»Ist auch egal«, warf ich ein. »Ich finde, beides sollte nicht als *Dummerjungenstreich* deklariert werden, denn beides sind Straftaten, selbst wenn sie von Jugendlichen ausgeführt werden. Und sowieso, ich finde, diese Bezeichnung sagt Jungs unterschwellig, dass das schon okay ist, wenn sie das machen. *Das sind halt Jungs, die sind halt so, die wachsen da auch wieder raus.* Als könnte man nicht auch Jungs im Teenageralter begreiflich machen, dass das verboten ist, und sie mit Strafen belegen, wenn sie so 'nen Scheiß trotzdem tun.«

Kyleen nickte neben mir. »Stimmt. Aber ich befürchte, die Polizei hier ist nicht gut genug aufgestellt, um sich darum zu kümmern, weswegen sie es gerne als *Kleinigkeit* abtun, um kein schlechtes Gewissen haben zu müssen, wenn sie es ad acta legen.«

»Hmpf.« Kyleen hatte recht mit dem, was sie sagte. Und auch wenn mir das nicht gefiel, hatte ich leider keine Gegenargumente.

»Jetzt mal was ganz anderes.« Ein freches Grinsen erschien auf ihrem Gesicht. »Wie war denn deine erste Wanderung mit Leon gestern?«

Ich stöhnte laut und ließ den Kopf nach hinten gegen den Sitz fallen.

»So schlimm?«

»Nein, eigentlich nicht«, gestand ich. »Ich denke, dass Leon das ganz gut machen wird mit den Wanderungen. Er war aufmerksam, hat auf die Gäste geachtet und sich ebenfalls der langsamsten Person angepasst.« Ich war wirklich stolz auf mich, dass ich dieses objektive Statement abgegeben hatte.

Kyleens Blick bohrte sich in mich hinein, dabei sollte sie lieber auf die Straße achten. »Aber?«

»Aber er ist und bleibt ein arrogantes Arschloch, und ich bin jetzt schon froh, wenn ich keine Zeit mehr bei irgendwelchen Wanderungen mit ihm verbringen muss. Es hat keine halbe Stunde gedauert, bis er mir irgendwelche Sprüche gedrückt hat. Er hält sich immer noch für den Größten.«

»Ich denke ja, er steht auf dich.«

Vor Schreck verschluckte ich mich an meiner eigenen Spucke und fing an zu husten. »Du hast zu viele RomComs gesehen«, sagte ich, als ich mich wieder etwas beruhigt hatte. »Nicht alle, die sich nicht leiden können, sind heimlich ineinander verliebt. Manchmal findet man den anderen einfach wirklich nur scheiße.«

Kyleen zuckte mit den Schultern. »Da war mal was zwischen euch, das kannst du nicht abstreiten, und ich sehe, dass da immer noch was ist. Ich *spüre* das, wenn ihr zusammen in einem Raum seid.«

Ich schüttelte den Kopf. »Alles, was jemals zwischen uns gewesen sein mag, war nur von meiner Seite aus. Und das hat Leon für immer zerstört, als er mich hintergangen hat. Jetzt ist da nur noch Ablehnung zwischen uns, und egal, wie Leon sich während der Zusammenarbeit mit den Lodges anstellt, das wird sich auch niemals wieder ändern.«

Kyleen lenkte den Transporter auf den Parkplatz des Großmarktes und stellte ihn in einer Parklücke ab. Dann sah sie zu mir, und ihr Blick machte mehr als deutlich, dass sie mir kein Wort glaubte. »Wenn du meinst«, sagte sie jedoch, öffnete die Fahrertür und hüpfte aus dem Wagen.

Ich stieg ebenfalls aus und hoffte, dass wir nie wieder über dieses Thema reden würden.

6. KAPITEL

ISLA

Zwei Tage später fand meine nächste Wanderung mit Leon statt. Diesmal eine, die er anführte und bei der er mir einen Weg hoch oben auf dem Glencoe Mountain zeigte. Mit meinem Auto, das erneut erst nach Startschwierigkeiten ansprang, fuhr ich bis zum *Three Sisters Resort* hoch, wo unser Treffpunkt war.

Das Resort zu betreten, fühlte sich seltsam an. Jahrelang war es uns verboten gewesen, einen Fuß in den riesigen Hotelkomplex zu setzen, und jetzt begrüßte mich die Empfangsdame fast schon überfreundlich. Sie führte mich an die Bar, wo Leon bereits mit den ersten Gästen bereitstand, obwohl es noch zwanzig Minuten bis zum offiziellen Zeitpunkt waren.

Leon grinste breit, als er mich entdeckte, und schwenkte eine Flasche mit einer klaren Flüssigkeit. »Willst du auch mal von unserer neuen Eigenkreation kosten? Selbst gebrannter und garantiert alkoholfreier Marillenschnaps.«

Die Tochter zweier Pub-Besitzer in mir war schockiert. »Wenn es alkoholfrei ist, ist es kein Schnaps, sondern Saft.«

»Ha! Genau das hab ich ihm auch gesagt.« Einer der Gäste hielt mir die Hand hin, und ich schlug darin ein. Aber als ich mich umsah, bemerkte ich, dass tatsächlich einige der anderen Gäste ein Glas in Händen hielten. Hoffentlich war dieser sogenannte Schnaps wirklich alkoholfrei, sonst würde die Wanderung *witzig* werden – oder eben nicht.

Leon schüttelte entschieden den Kopf. »Saft ist nicht klar. Dann müsste es orange oder so sein.«

»Dann ist es halt Wasser mit ein bisschen Geschmack, das gibt dir aber noch lange nicht das Recht, es alkoholfreien Schnaps zu nennen. Das ist genauso bescheuert wie alkoholfreier Wein, der einfach nur Traubensaft ist.«

Einige stimmten mir murmelnd zu, während andere den Kopf schüttelten – unter ihnen Leon. »Ich will nicht mal sagen, dass du unrecht hast, aber durch den alkoholfreien Schnaps kommen die Gäste schon vor der Wanderung zu einem zwanglosen Get-together zusammen.«

Ich verdrehte die Augen. »Man könnte es auch einfach mit *unterhalten* versuchen, schon mal drüber nachgedacht?«

In einer fließenden Bewegung sprang Leon von seinem Stuhl und kam auf mich zu, zog mich von den Gästen weg in eine Ecke, wo man uns nicht belauschen konnte – und erst da wurde mir bewusst, wie unprofessionell es war, diese Diskussion vor den Gästen zu führen.

Hitze brach in meinem Nacken aus, was sich nur verschlimmerte, als Leon sich so weit zu mir hinabbeugte, dass sein Gesicht nur noch Zentimeter von meinem entfernt war. Sein Duft drang mir wieder in die Nase, diese Citrusnote machte mich ganz verrückt, und seine blaugrünen Augen sprühten Funken. »Ich weiß nicht, was dein Problem ist, aber das da«, er deutete zurück zur Bar, »verkauft sich besser als Traubensaft. Es ist also ein doppelter Gewinn. Die Gäste bedienen sich an alkoholfreien Alternativen vor der Wanderung, und wir machen trotzdem Umsatz.« Er sprach so leise, dass nur ich ihn verstehen konnte, trotzdem war ich mir der neugierigen Blicke der Gäste an der Bar überdeutlich bewusst.

Für einen Moment war ich zu perplex, um etwas zu sagen, dann schüttelte ich die Überraschung ab. »Und das ist das Einzige, was zählt, oder? Dass ihr den Umsatz habt.«

Leon verengte die Augen, und ich trat unwillkürlich einen Schritt zurück. Nicht, weil ich Angst vor ihm hatte, sondern weil mir seine Nähe zu viel wurde. Er breitete die Arme aus. »Wir führen ein Hotel mit zwanzig Mitarbeitenden. Natürlich ist der Umsatz wichtig, um sie bezahlen und ihre Arbeitsplätze sichern zu können. Ich denke, dass du auch nicht unentgeltlich arbeiten möchtest, also solltest du andere deswegen nicht verurteilen.«

Das saß, und das Schlimmste war, dass Leon mit jedem Wort recht hatte. Schamesröte schoss mir in die Wangen. Wo war das Loch, in das man sich verkriechen konnte, wenn man es brauchte?

»Ach, Leon, hab ich dir nicht gesagt, dass du netter zu den Gästen sein sollst?«, erklang plötzlich eine glockenhelle Stimme. Als ich mich in deren Richtung umdrehte, entdeckte ich Penny, Leons jüngere Schwester. Sie müsste jetzt neunzehn oder zwanzig sein, wenn mich nicht alles täuschte. Sie hatte dieselben dunklen Haare und blaugrünen Augen wie ihr Bruder, und ich musste gestehen, dass das eine wunderschöne Kombination bei ihr war.

»Isla ist kein Gast, sie soll die Wanderung mit mir zusammen machen und dabei etwas lernen«, brummte Leon.

Pennys Grinsen wurde nur breiter. »Deswegen ist sie trotzdem ein Gast, oder ist sie neuerdings bei uns angestellt?«

»Um Himmels willen, nein«, sagten Leon und ich gleichzeitig.

Jetzt lachte sie. »Schaut nur, wie ihr plötzlich einer Meinung sein könnt. Wenn das nicht die besten Voraussetzungen für eine erfolgreiche Wanderung sind.« Sie klopfte ihrem Bruder auf die Schulter, zwinkerte mir im Vorbeigehen zu und verschwand kurz darauf hinter einer Tür, auf der *Personal* stand.

Leon und ich starrten ihr beide hinterher, obwohl sie längst nicht mehr zu sehen war. »Deine Schwester ist eine Naturgewalt.«

»Ich weiß.« Leon seufzte schwer und rieb über seine Augen.

»Sie ist mir gleich sympathisch.« Auch wenn das eben nur eine Momentaufnahme gewesen war, war es offensichtlich, dass Penny ihn nicht mit seinem Bullshit durchkommen ließ. Mich würde interessieren, was sie davon hielt, dass wir jetzt zusammenarbeiten sollten, und wie sie generell zu diesem Konkurrenzgebaren stand, das seit Jahren zwischen dem *Three Sisters Resort* und den *Glencoe View Lodges* herrschte.

»Ihr würdet euch hervorragend verstehen.« Leon klang, als würde ihm das nicht gefallen.

Ich wandte mich ihm zu. Leon sah noch immer missmutig aus, wie er weiterhin die Tür anstarrte, hinter der seine Schwester verschwunden war. Aber da huschte auch noch eine andere Empfindung über sein Gesicht. Eine, die ich partout nicht benennen konnte. »Und das stört dich warum genau?«

»Weil meine Schwester es nur dazu nutzen würde, mir das Leben noch schwerer als ohnehin schon zu machen. Du hast sie doch erlebt. Sie taucht in den unmöglichsten Momenten auf, untergräbt meine Autorität und bringt mich jedes Mal aus dem Konzept. Ich wollte gerade noch irgendwas zu dir sagen, und ich bin mir fast sicher, dass es wichtig war … aber jetzt ist es einfach weg.«

Ich konnte nicht anders, als zu lachen. Leon wirkte wirklich verzweifelt, dabei war ich Penny eher dankbar, dass sie die Stimmung wieder aufgelockert hatte, nachdem ich mit vollem Anlauf ins Fettnäpfchen getreten war.

Noch dazu in eines, das ich nicht einmal ernst meinte. Es war mir nur herausgerutscht, weil ich nach etwas gesucht hatte, mit dem ich Leon provozieren konnte. Das war mir offenbar gelungen, aber auf andere Weise als erwünscht. Schätze, das hatte ich verdient. Ich hatte ihm wirklich nicht das Gefühl vermitteln wollen, ich würde ihn dafür verurteilen, mit seiner Arbeit Geld verdienen zu wollen.

»Wenn es wirklich wichtig war, fällt es dir wieder ein«, sagte ich zu Leon. »Meistens dann, wenn du an was ganz anderes denkst.«

Sein Mundwinkel zuckte zum Anflug eines Lächelns. »Vermutlich.« Dann wandte er sich von mir ab. »Wir sollten dann so langsam mal vor die Tür gehen.«

Er wandte sich den Gästen zu, die noch immer um die Bar versammelt waren. »Es geht los«, rief er ihnen zu. Sie schnappten sich ihre Rucksäcke und folgten Leon durch die Lobby zur Tür hinaus. Ich bildete den Abschluss und sah mir die Gäste in Ruhe an. Sie waren alle männlich und im selben Alter – ich schätzte sie auf Anfang bis Mitte zwanzig –, was mich vermuten ließ, dass sie sich kannten und gemeinsam Urlaub hier machten.

Auf dem Weg nach draußen nahm einer von ihnen einen zweiten in den Schwitzkasten und rieb ihm mit den Knöcheln seiner Faust über den Kopf. Er war ein blonder, breitschultriger Typ mit kantigem Gesicht und einem sorglosen Lächeln, das leicht ins Überhebliche schwang. Seine Wanderklamotten waren nagelneu und von einer Marke, die alles andere als günstig war. Alles an ihm schrie, dass seine Eltern Geld hatten und ihn extra für diesen Urlaub eingekleidet hatten. Hoffentlich war er wenigstens schlau genug gewesen, die Schuhe einzulaufen, bevor er hergekommen war.

Draußen standen weitere Leute herum, die sich uns anschlossen, unter ihnen auch etliche Frauen, sodass wir wieder eine bunt gemischte Truppe waren.

Leon versammelte uns am Eingang zum Sessellift. Ich zählte fünfundzwanzig Gäste, die sich für die Wanderung eingefunden hatten. Etwas weniger als bei der Wanderung, die ich angeführt hatte, aber immer noch ordentlich, wenn man bedachte, dass die heutige einen schwierigeren Grad hatte.

»Schön, dass ihr alle pünktlich seid«, begrüßte Leon die Gruppe. »Wir werden jetzt gleich mit dem Lift bis auf den Gipfel fahren. Ihr könnt die Bergspitze gerade nicht sehen, weil sie von Wolken eingehüllt ist, aber genau das wird unser Vorteil sein. Unsere Kameras auf dem Gipfel zeigen nämlich, dass er über den Wolken liegt und wir dort Sonne haben werden. Ich hoffe also, ihr seid alle mit Sonnenschutz eingecremt. Wenn nicht, holt das noch nach. Die Wanderung heute wird ungefähr fünf Stunden dauern, und es gibt wenig Schatten dort oben.«

Kaum hatte Leon zu Ende gesprochen, entfernten sich fünf Leute von der Gruppe und gingen zurück in das Resort. Der blonde Typ, der seinen Freund gerade in den Schwitzkasten genommen hatte, schnaubte hämisch. »Das bisschen Sonne bringt uns schon nicht um.« Seine Haut war so weiß, dass ich wirklich nicht sicher war, ob das so eine schlaue Idee von ihm war. Hoffentlich hatte er wenigstens Wasser dabei. Dehydriert und in praller Sonne kam ein Sonnenstich schneller, als man gucken konnte.

Zehn Minuten später war die Gruppe wieder vollzählig, und wir gingen zum Sessellift, wo wir paarweise auf den Gipfel hinauffuhren. Leon und ich halfen den anderen beim Einsteigen und Bügelrunterziehen, bis am Ende alle außer uns unterwegs waren. Und erst da wurde mir bewusst, dass ich mir einen Sessel mit Leon teilen musste. Dass wir für zwanzig Minuten eng nebeneinandersitzen würden, bis wir den Gipfel erreicht hatten.

Ich schluckte und sah zu Leon hinüber, der gerade nach dem nächsten verfügbaren Sessel Ausschau hielt. Ausnahmsweise wirkte er völlig entspannt, und als der nächste Sessel um die Kurve glitt, winkte er mich zu sich.

Ich stellte mich neben ihn, hüpfte auf den Sitz und stellte den Rucksack auf meinen Schoß ab. Leon zog den Bügel nach unten, der uns sicher auf dem Sessel einschloss, da fuhren wir auch schon den Berg hinauf.

Nach wenigen Minuten verschwanden wir in den dichten

Wolken, was mir noch mehr das Gefühl vermittelte, völlig abgeschnitten von der Welt zu sein. Die Gondel vor uns war kaum zu erkennen, so dicht war der Nebel um uns herum. Dadurch kamen mir auch die Geräusche gedämpft vor. Das Zwitschern der Vögel war leiser, selbst der Wind schien sich gelegt zu haben, als würde er kurz den Atem anhalten.

»Gibt es irgendwas, das ich vor der Wanderung wissen sollte?«, fragte ich Leon, als ich die Stille zwischen uns nicht mehr aushielt. Auch wenn ich eigentlich nicht mit ihm reden wollte, ertrug ich es gerade auch nicht, ihn anzuschweigen.

»Du willst Tipps von mir? Ich dachte, du wärst so eine gute Routenführerin, dass du das nicht nötig hast?«

Nur mit Mühe schaffte ich es, nicht die Augen zu verdrehen. »Wie kommst du darauf? Das hab ich nie behauptet.« Also, klar war ich gut, aber ich war auch selten auf dem Glencoe Mountain unterwegs, daher gab es sicher einige Dinge, die ich über den Berg lernen konnte.

»Adrien sagt das über dich. Eigentlich sagt es jeder, mit dem ich über dich gesprochen habe.«

Meine Augenbrauen hoben sich, weil Leon mit anderen Leuten über mich sprach. Sie vielleicht nach mir ausfragte? Aus meinem Mund kam jedoch etwas anderes. »Du hältst mir vor, was *andere* über mich sagen? Wow. Vielleicht ist genau *das* der Grund, warum sie das über mich sagen. Weil ich das selbst nicht denke und mich vor jeder Wanderung gründlich informiere und vorbereite.«

»Ich halte dir überhaupt nichts vor. Das ist eigentlich ein Kompliment. Vielleicht solltest du einfach mal lernen, so etwas anzunehmen.«

So wie Leon es aussprach, klang es nach sehr vielem, aber keinesfalls nach einem Kompliment. Was mich zu der Frage führte, ob wir zwei es jemals schaffen würden, ein vernünftiges Gespräch zu führen.

»Also«, ging ich gar nicht auf seine Worte ein, »gibt es irgendwelche Tipps und Tricks, die du mir verraten willst?«

Leon drehte den Kopf in meine Richtung, und unsere Blicke verhakten sich. Ich versank in seinen blaugrünen Augen. Eine Sekunde. Zwei Sekunden. Zu lange. Ich war unfähig, etwas anderes zu tun, als ihn anzustarren. Für einen Moment vergaß ich sogar zu atmen. Mein Kopf war wie leergefegt, und tief in meinem Unterleib setzte ein Prickeln ein, das da eigentlich nicht sein dürfte.

Das alles hier durfte eigentlich nicht sein. Es fühlte sich falsch an und gleichzeitig richtiger als alles, was ich im vergangenen Jahr getan hatte. Etwas in mir wollte mich näher zu Leon ziehen. Ich spürte es direkt hinter meinem Bauchnabel und in meinem Herzen, das plötzlich viel zu schnell schlug. Gleichzeitig wusste der rationale Teil von mir, dass ich besser auf Abstand bleiben sollte. Aber ich konnte nicht, egal wie oft ich mir das sagte.

Dann räusperte sich Leon, und der Bann zwischen uns war gebrochen. »Es ist nicht viel anders als die Wanderung, die wir vorgestern gemacht haben, nur dass wir mehr Steigungen drin haben. Da müssen wir etwas drauf achten, dass alle zusammenbleiben. Außerdem gibt es eine Gratwanderung, wo wir einen schmalen Pass überqueren. Dort lassen wir die Gruppe einen nach dem anderen entlanggehen, immer nur eine Person, bis sie auf der sicheren Seite angekommen ist, ehe wir die nächste losschicken. Ich würde vorschlagen, dass wir beide dann die Nachhut bilden und als Letztes gehen. Es sei denn, niemand traut sich, den Anfang zu machen, dann müsste einer von uns ihnen zeigen, wie es geht.«

»Oh, ich bin mir sicher, dass sich *jemand* trauen wird.« Ich spielte auf den blonden Typen ab, der gerade schon den großen Macker heraushängen lassen musste. Ich würde mein letztes Hemd darauf verwetten, dass er sich sofort melden würde.

»Stimmt, irgendwer muss sich immer beweisen.« Leon grinste süffisant und schüttelte den Kopf. »Jetzt im Sommer sind besonders viele Unvorsichtige dabei, die sich vor ihren Freunden keine Blöße geben wollen. Wenn man dann noch eine hübsche Frau in der Gruppe hat«, Leon sah mich so intensiv an, dass mir ganz heiß wurde, »will sie jeder zuerst beeindrucken.«

Ich schnaubte, auch wenn meine Wangen noch immer glühten. Dachte Leon wirklich, dass ein paar Jungs Anfang zwanzig sich gegenseitig überbieten würden, um mir zu imponieren? Ausgerechnet mir? Das konnte ich mir beim besten Willen nicht vorstellen. Auch wenn ich nicht viel älter war als sie, kam es mir vor, als würden wir in völlig unterschiedlichen Ligen spielen. Sie wirkten noch sehr unreif, studierten vermutlich und gingen jedes Wochenende feiern. Etwas, das ich nie getan und an dem ich auch kein Interesse hatte.

Aber was sollte Leon sonst meinen? Die Alternative wäre, dass er mit mir flirtete, und das war noch viel abwegiger. So abwegig, dass man einer Kuh vermutlich eher das Fliegen beibringen würde.

»Stell das nicht so hin, als wäre ich die eigentliche Gefahr hier, nur weil ein paar Typen ihre Hormone nicht im Griff haben.«

Leon lachte. Laut und überraschend. So überraschend, dass sich auch meine Mundwinkel hoben. »Das habe ich nicht gesagt. Das hast du in meine Worte hineininterpretiert. Ich habe ja nicht einmal gesagt, dass ich mit der hübschen Frau *dich* meine.«

Jetzt grinste er breit und anzüglich, und mir wurde bewusst, dass ihm das hier Spaß machte, wie wir uns gegenseitig aufzogen. Vermutlich nicht erst seit heute, sondern die letzten Tage schon.

Tja, so ein Pech, dass mir das keinen Spaß machte. So überhaupt nicht.

Ich warf Leon einen vernichtenden Blick zu. »Und als Nächstes erzählst du mir wahrscheinlich, dass du dich nach jeder Wanderung kaum vor Angeboten anderer hübscher Frauen retten kannst?«

Leon drehte sich im Sessellift, bis er mir komplett zugewandt war. Im selben Augenblick durchbrachen wir die Wolkendecke und fanden uns in gleißendem Sonnenlicht wieder. Ich blinzelte und kramte in meinem Rucksack nach meiner Sonnenbrille.

»Ich will ja nicht angeben oder so, aber es passiert schon ab und an, dass Frauen mir nach den Wanderungen ihre Nummer zustecken.«

»Vielleicht bist du dann eher derjenige, der eine Gefahr darstellt, denn mir ist das mit Männern bisher noch nie passiert.« Okay, vielleicht machte das hier doch ein klitzekleines bisschen Spaß.

»Frauen stacheln sich aber nicht mit gefährlichen Aktionen gegenseitig an, um sich zu überbieten.« Es war durchaus blöd, dass Leon damit recht hatte. »Also zumindest die meisten nicht.«

Ich setzte meine Sonnenbrille auf, um Leon in der Sonne, die direkt hinter ihm stand, besser sehen zu können. »Die meisten?« Ich witterte eine Story hier, und meine Neugierde brachte mich dazu, mich näher zu ihm zu lehnen, um bloß nichts zu verpassen.

Leon stöhnte, aber in seinen Mundwinkeln zuckte es. »Im letzten Winter gab es eine, die dachte, sie könnte sich während der Fahrt aus dem Sessellift schieben und von oben auf den Schnee fallen lassen. Sie hat das wohl in irgendeinem TikTok gesehen und wollte es unbedingt ausprobieren.«

Ganz automatisch sah ich nach unten, und ein Schaudern raste über meinen Rücken. »Das sind bestimmt zehn Meter bis zum Boden.« Ich hatte keine Höhenangst – zum Glück –, trotzdem wurde mir sofort mulmig und ein wenig schwindelig, wenn ich nach unten sah.

»Teilweise sind es sogar mehr«, stimmte Leon zu, »aber das scheint sie nicht gestört zu haben. Ich habe es auch erst gar nicht mitbekommen, sie saß zwei Gondeln vor mir, und ich habe ihr nicht viel Beachtung geschenkt, bis sie plötzlich unter dem Sessel hing. Die Bügel sind ja während der Fahrt blockiert und lassen sich nicht lösen.« Er klopfte auf die Metallstange vor uns, die uns davor schützte, aus dem Sitz zu rutschen. »Daher musste sie sich zwischen Sitz und Bügel hindurchquetschen, wobei sie dann am Ende mit einem Ski irgendwo hängen geblieben ist. Anstatt also elegant, wie sie es in dem TikTok gesehen hatte, nach unten zu springen, hing sie kopfüber unter dem Sessel und konnte von Glück reden, dass die Bindung an ihrem Ski gehalten hat.«

Mit offen stehendem Mund sah ich Leon an und schüttelte den Kopf. »Die Leute sind doch …«

»Lebensmüde?«, half Leon mir auf die Sprünge.

»Ich verstehe einfach nicht, wie man so bescheuert sein kann, sich wegen irgendwelcher TikTok-Trends selbst in Gefahr zu bringen. Und damit wollte sie dich beeindrucken?«

Abwehrend hob Leon die Hände. »Ich weiß ehrlich gesagt nicht, ob sie damit mich oder sonst jemanden beeindrucken wollte. Sie saß wie gesagt zwei Gondeln vor mir, und obwohl sie eine Skitour bei uns gebucht hat, hat sie an dieser danach nicht teilgenommen. Die komplette Liftanlage musste gestoppt werden, um sie aus ihrem Sitz zu befreien, und danach ist sie abgehauen.«

Ich schnaubte. »Also war ihr die Aufmerksamkeit, die sie ursprünglich wollte, am Ende dann doch zu viel.«

»Na ja, wer hat schon gerne, dass sein absoluter Fail von allen beobachtet wird, mit denen du den Tag verbringen sollst, und dann vermutlich auch noch gefilmt und online gestellt wird.«

»Deswegen sage ich immer, man soll vorab darüber nachdenken, was man tun will, und sich überlegen, ob man mit den Konsequenzen leben kann.«

»Das setzt aber voraus, dass die Menschen wirklich nachdenken wollen … oder können. Und das ist ja einfach oft nicht der Fall. Nicht umsonst gibt es in vielen Beiträgen den Hinweis, dass man gewisse Experimente zu Hause nicht nachmachen soll.«

Mir fiel kein flapsiger Spruch dazu ein, weil Leon leider recht hatte. Verdammt!

Leon grinste. »Hat es dir etwa die Sprache verschlagen?«

»Pff«, gab ich nur von mir und sah in die entgegengesetzte Richtung.

»Du kannst ruhig zugeben, dass ich recht habe.«

Obwohl ich gerade dasselbe gedacht hatte, verengte ich die Augen. »Mach dich nicht lächerlich, McLachlan, so etwas würde ich nie sagen.«

Jetzt lachte er richtig, warf dabei den Kopf in den Nacken und wurde am ganzen Körper durchgeschüttelt. Obwohl ich es nicht wollte, spürte ich, wie sich meine Mundwinkel hoben.

»Es wird dich nicht umbringen, wenn du mir zustimmst«, sagte er, nachdem er sich etwas beruhigt hatte.

Ein amüsiertes Schnauben kam über meine Lippen. »Ich würde dafür nicht meine Hand ins Feuer legen. Und du willst es dir sicher nicht erlauben, dass gleich bei deiner ersten Wanderung ein Unglück geschieht und die Mountain Rescue kommen muss, um mich vom Berg zu retten.«

Leon schüttelte den Kopf, ein kleines Lächeln auf den Lippen, und murmelte etwas, das sich verdächtig nach »Sie muss immer das letzte Wort haben« anhörte. Dann fügte er etwas lauter hinzu: »Auch wenn du mir da sicher wieder nicht zustimmen wirst, aber ich glaube, dass wir bei Wanderungen ein gutes Team abgeben werden.«

Und er sollte recht behalten. Ich mochte ihn zwar immer noch nicht, fand viele seiner Sprüche überheblich, aber er war ein guter Routenführer. Er kannte jeden Stein auf dem Berg, wusste genau, was es auf welchem Steilhang zu beachten gab. Zudem hatte er die Gäste stets im Blick, passte sich an den oder die Langsamste an und achtete darauf, dass niemand zurückblieb. Er arbeitete ähnlich wie ich, und während der Wanderung verstanden wir uns fast ohne Worte. Einerseits war das erschreckend, andererseits aber auch ganz gut, denn sobald wir miteinander redeten, artete es meistens in Diskussionen aus, und für den Frieden vor den Gästen wäre es besser, wenn wir es gar nicht dazu kommen ließen.

Wir befanden uns bereits auf dem Rückweg. Die Sonne schien hier über den Wolken weiterhin und bot einen atemberaubenden Anblick. Unter uns breiteten sich die Wolken wie ein sanft waberndes weißes Meer aus. Ein bisschen kam es mir vor, als würden nur wir auf diesem Gipfel existieren, dabei wusste ich doch, dass Glencoe nur eine knappe Stunde entfernt war.

Leon trat neben mich und beugte sich zu mir herunter. »Da vorne kommt jetzt gleich der Bergpass, von dem ich gesprochen habe.«

Ich blickte auf und sah ihn bereits vor mir. Er war nur etwa fünf Meter lang, aber so schmal, dass man gerade einen Fuß daraufsetzen konnte. Zu beiden Seiten fiel der Hang steil nach unten ab. Geröll und Steine lagen darauf herum. Wenn man hier fiel, würde es verdammt wehtun. Vermutlich war deswegen ein Seil auf Hüfthöhe über den Pass gespannt, an dem man sich festhalten konnte.

Leon wartete, bis sich alle um uns herum versammelt hatten, dann richtete er das Wort an die Gruppe. »Dieser Pass ist etwas tricky, vor allem, wenn ihr Höhenangst habt. Haltet euch unbedingt an dem Seil fest und achtet darauf, wohin ihr eure Füße setzt. Es geht immer nur einer über den Pass, und erst, wenn er sicher auf der gegenüberliegenden Seite angekommen ist, geht der Nächste. Noch Fragen?« Die meisten schüttelten den Kopf, und leises Gemurmel erklang, weil sie schon wieder untereinander zu reden begannen. »Okay, wer will zuerst?«

Eine schlanke Frau mit mausbraunen Haaren, die zu einem Pferdeschwanz gebunden waren, hob die Hand und trat vor. »Ich würde es gern versuchen.«

»Alles klar.« Leon trat zur Seite, damit sie an das Seil herankam. Fest legte sie eine Hand darum und trat vorsichtig auf den schmalen Pass. Nach zwei zögerlichen Schritten schien sie sich sicherer zu fühlen, denn plötzlich wurden ihre Schritte fester, ihre Schultern straffer, und sie lief zügig weiter. Auf der anderen Seite angekommen, drehte sie sich um und strahlte uns an. »Ich hab es geschafft.« Sie klang selbst überrascht davon.

»Sehr gut gemacht«, lobte Leon sie, ehe er sich dem Rest der Gruppe zuwandte. »Wer will als Nächstes?«

Angespornt vom Erfolg der Ersten stellten sich die anderen in einer Reihe auf. Nacheinander gingen sie auf die andere Seite, wie wir sie angewiesen hatten. Es waren gerade fünf weitere Personen fertig, als Leon zu einem Mann weiter hinten gerufen wurde.

»Du kommst hier zurecht?«, vergewisserte er sich und wartete mein Nicken ab, ehe er mich allein ließ.

Die nächsten drei liefen ohne Probleme über den Pass, doch dann stand der blonde Unruhestifter vor mir. An seinem überheblichen Auftreten und dem von Alkohol verklärten Blick erkannte ich sofort, dass es jetzt nicht so glimpflich ablaufen würde.

»Ganz schön armselig, was für einen Aufstand ihr hier macht. Wir könnten so viel schneller drüben sein.« Er machte einen wackeligen Schritt auf den Pass zu.

»Halt dich bitte fest«, sagte ich, ohne auf seinen Kommentar einzugehen.

Er schnaubte und kam mir mit einem Mal so nah, dass unsere Gesichter nur wenige Millimeter voneinander entfernt waren. Ich roch den Schnaps in seinem Atem, der so säuerlich war, dass es mir eiskalt über den Rücken lief. »Und wenn nicht? Was machst du dann? Willst du mich dann festnehmen?«

Ich trat einen Schritt von ihm zurück, weil mir übel von seiner Fahne wurde. »Ich mache gar nichts. Ihr seid alle alt genug, eure eigenen Entscheidungen zu treffen, so waghalsig sie auch sein mögen. Pass nur auf, dass du da nicht runterfällst, sonst müssen wir die Mountain Rescue rufen, und das will niemand.«

Schneller, als ich es ihm zugetraut hätte, stand er wieder vor mir, und diesmal konnte ich nicht zurückweichen, weil ich eine weitere Person in meinem Rücken spürte. »Solltest du nicht etwas netter zu deinen Gästen sein, wenn du gute Bewertungen von uns bekommen willst?«

Ich verkniff mir jeglichen Kommentar, denn ich befürchtete, sobald ich den Mund öffnete, würde etwas herauskommen wie: *Du kannst dir die Bewertung gerne dahin schieben, wo die Sonne nicht scheint.*

Ihn schien mein Schweigen gar nicht zu beeindrucken, denn er wandte sich mit anzüglichem Grinsen seinem Kumpel zu. »Denkst du nicht auch, dass sie mal so richtig durchgefickt werden müsste, um weniger angespannt zu sein?«

Ich konnte nur müde die Augen verdrehen. Es war so ein verdammtes Klischee, dass einige Kerle immer noch dachten, wenn wir Frauen nicht sofort das taten, was sie sagten, müssten wir nur mal ordentlich gevögelt werden – von ihnen, verstand sich –, um lockerer zu werden. Wann kapierten sie endlich, dass der Kontakt mit Arschlöchern wie ihnen das Problem war? Wäre er gleich rübergegangen, würden wir nicht hier stehen und diskutieren.

Seine Begleitung wandte sich nun auch mir zu. Abschätzig wanderte sein Blick an mir hinab und wieder herauf. »Wir sollten sie zu zweit durchnehmen. Einer von vorne, einer von hinten.« Auch er trat nun dicht an mich heran, und zusammen schnitten sie mir jegliche Fluchtmöglichkeiten ab. Meine Kehle zog sich zusammen, und mein Herz galoppierte ängstlich in meiner Brust.

»Hört auf, euch wie Arschlöcher aufzuführen, und geht endlich über den Pass«, brummte ein anderer Mann. Er schob sich zu uns durch und stellte sich schützend an meine Seite.

Bevor sie reagieren konnten, wurden die beiden plötzlich zurückgezogen, und ich bekam wieder Luft. Erst verstand ich nicht ganz, was geschehen war, dann entdeckte ich Leon, der die beiden am Kragen gepackt und offenbar von mir entfernt hatte.

»Ich dulde so ein Verhalten bei meinen Touren nicht, kapiert?«, knurrte er die beiden an.

»Aber …«, setzte der Blonde an.

»Sie hat uns provoziert«, kam ihm sein Freund zu Hilfe. Würde mir der Schreck nicht immer noch in den Gliedern sitzen, hätte ich verächtlich geschnaubt. Natürlich drehten sie es jetzt so, dass ich die Schuldige war. War ja klar.

Leon ließ sich davon nicht beeindrucken. »Sie hat euch angewiesen, dass ihr beim Überqueren des Passes das Seil festhalten sollt. Das nenne ich nicht provozieren, sondern gesunden Menschenverstand. Ihr seid doch eher diejenigen, die schon den ganzen Tag auf Konfrontation aus sind. Wer frühmorgens schon mit klimpernden Bierflaschen im Rucksack zu einer Wanderung erscheint, ist in meinen Augen das eigentliche Problem und sollte besser den Ball flach halten.«

Die beiden noch immer festhaltend, drehte sich Leon mit ihnen um, bis sie dem Pass entgegensahen. »Ihr geht jetzt da rüber, schön nacheinander, und haltet euch dabei fest, und für den Rest der Wanderung will ich von euch keinen Mucks mehr hören. Haben wir uns verstanden?«

Der erste Unruhestifter drehte den Kopf und sah über Leons Schulter hinweg in meine Richtung. Seine Augen sprühten Feuer, und mir lief es heiß und kalt den Rücken hinab. »Die Schlampe hat dich ganz schön um den kleinen Finger gewickelt, Mann.«

Leon knurrte erneut und schob ihn auf den Pass zu. »Du solltest anderen Leuten wirklich mit mehr Respekt begegnen. Und jetzt geh.«

Nur widerwillig löste er den Blick von mir und wandte sich dem Pass zu. Wie aufgefordert griff er nach dem Seil und überquerte dann mit raschen Schritten den Pass. Nachdem er drüben war, folgte ihm sein Freund ohne weiteres Aufbegehren. Ich nahm einen tiefen, erleichterten Atemzug, als die beiden drüben waren. Meine Finger zitterten noch immer, weshalb ich meine Hände in die Hosentaschen schob, damit man mir mein Unbehagen nicht gleich ansah.

»Alles okay?« Leon stand neben mir, so dicht, dass sich seine beruhigende Präsenz über mich legte, ohne mich zu berühren.

»Glaub schon.« Ich räusperte mich. »Ich hab nicht damit gerechnet, dass sie so schnell hochgehen.«

Leon nickte und lehnte den Kopf etwas näher zu mir. »Ich ehrlich gesagt auch nicht, aber ich hatte sie trotzdem im Blick, weil es selten gut ausgeht, wenn Leute bereits alkoholisiert zu den Wanderungen erscheinen.«

»Danke, dass du auf mich aufgepasst hast.« Er hätte das nicht tun müssen, ich hätte niemals damit gerechnet, dass er nicht nur ein Auge auf mich hatte, sondern auch noch einsprang, um mich zu schützen. Dabei wäre ich auch allein mit der Situation klargekommen. Wahrscheinlich hatte gar keine richtige Gefahr bestanden. Trotzdem war es schön, wie Leon mir zur Seite gesprungen war. Vor allem, weil ich das niemals von ihm erwartet hatte.

Leons Blick traf auf meinen, bohrte sich regelrecht in mich

hinein. Unzählige Emotionen huschten über sein hübsches Gesicht, aber ich konnte keine davon wirklich fassen. Vielleicht lag es daran, weil ich mich nicht von seinen Augen losreißen konnte. Vielleicht war ich auch immer noch zu überrascht davon, dass Leon für mich eingesprungen war, obwohl ich bisher alles andere als nett zu ihm gewesen war. Oder ich war schlicht mit der Situation überfordert.

Ja, das musste es sein.

»Jederzeit«, sagte Leon leise. Er berührte mich kurz am Ellbogen, dann wandte er sich ab, um zu beaufsichtigen, dass auch der Rest der Gäste sicher den Pass überquerte.

7. KAPITEL

ISLA

»Also, was hältst du jetzt von unserer Vereinbarung mit dem *Three Sisters Resort?*«

»Ähm …« Abrupt blieb ich vor Adrien stehen, meine Kaffeetasse fest umklammert, als wäre sie meine Rettung, um diese Frage nicht beantworten zu müssen. Wir standen in seinem kleinen Büro, in das er mich zitiert hatte, kaum dass ich die Lodges erreicht und mir einen Kaffee genommen hatte.

Adriens Büro befand sich in einer abgetrennten Ecke des Gemeinschaftshauses, wodurch es hier den ganzen Tag nach Kaffee und den Überresten vom Frühstück roch. Durch ein kleines Fenster konnte man hinauf auf den Glencoe Mountain sehen. Grüne Wiesen, schroffe Felsen und vereinzelte Bäume vor einem heute blauen Himmel mit einigen Schönwetterwolken. Der Ausblick war atemberaubend, und ich verstand absolut, warum Adrien diese Ecke für sein Büro gewählt hatte.

»Komm schon, Isla.« Adrien verschränkte die Arme. Das Basecap auf seinem Kopf war heute von den New York Rangers, obwohl er noch nie in den USA gewesen war. »Die Sache läuft jetzt eine Woche, und du hast mehrere Touren mit Leon zusammen gemacht. Du musst doch irgendeine Meinung dazu haben.«

Ich seufzte und ließ mich ihm gegenüber in den Stuhl fallen. Der Vorfall in der Küche war mittlerweile drei Tage her, und seitdem hatte ich eine weitere Wanderung mit Leon gemacht, die ähnlich wie die ersten beiden abgelaufen war. Den Gästen gegenüber verhielt Leon sich absolut professionell, aber es dauerte nicht lange, bis wir uns gegenseitig Dinge an den Kopf warfen. Anfangs hatte ich gedacht, dass er mich ebenso wenig leiden könnte wie ich ihn, aber mich beschlich immer mehr das Gefühl, dass ihm unsere Kabbeleien im Grunde Spaß machten und er mich absichtlich aufzog.

Ich lehnte mich näher zu Adrien und senkte meine Stimme zu einem Raunen. »Ich kann nichts Negatives darüber sagen, wie Leon die Wanderungen führt. Er ist professionell, hat eine gute Übersicht und achtet immer auf das schwächste Glied in der Kette. Also ähnlich, wie wir auch vorgehen.«

Ein Schmunzeln zupfte an Adriens Mundwinkeln. »Wenn du nichts Negatives zu sagen hast, hättest du auch einfach mal was Positives sagen können.«

»Will ich aber nicht«, zischte ich. Dieser Moment zwischen Leon und mir fiel mir wieder ein, wie wir uns viel zu lange angesehen hatten und beinah eine stumme Kommunikation zwischen uns abgelaufen war. Mir wurde heiß und kalt zugleich, in meinem Magen begann es zu kribbeln, und ich wusste, dass ich mich damit gerade nicht auseinandersetzen konnte.

»Nur weil die Wanderungen gut verlaufen sind, heißt das nicht, dass ich Leon plötzlich traue.« Ich hob eine Hand, um Adrien davon abzuhalten, mich zu unterbrechen. »Ich weiß, dass du ein Abkommen mit ihm geschlossen hast und davon überzeugt bist, dass er seinen Teil des Deals einhalten wird. Ich kann das nicht. Noch nicht. Nicht nach allem, was zwischen uns vorgefallen ist. Ich bin fair zu Leon und gebe ihm eine Chance, aber erwarte bitte nicht von mir, dass ich in Begeisterungsstürme ausbreche.«

Adrien nickte langsam und fuhr sich mit einer Hand durch die Haare. »Ich verstehe, dass ihr eine etwas … *schwierige* Beziehung zueinander habt.«

»Untertreibung des Jahrhunderts«, murmelte ich, woraufhin Adrien die Augen verdrehte.

»Ich will dir da auch gar nicht reinreden, und ihr müsst auch nicht die besten Freunde werden, aber es wäre schön, wenn ihr die Sache an sich nicht boykottiert.«

Automatisch wich ich von ihm zurück. Dass er diesen Satz überhaupt an mich richtete, traf mich mehr, als ich zugeben wollte. »Du solltest mich besser kennen. Ich hab eine große Klappe und halte mich nicht damit zurück zu sagen, wenn mir etwas nicht passt oder ich von etwas nicht überzeugt bin. Aber ich würde nie – *nie* – etwas tun, das den Lodges Schaden zufügt.«

»Ich weiß, ich weiß.« Adrien rieb über sein Gesicht und sah mit einem Mal unfassbar müde aus. »Ich habe nur selbst Angst, dass irgendwas passiert, was dieses ganze Experiment zum Scheitern bringt. Unsere Zukunft hängt davon ab. Wenn das kein Erfolg wird und wir nicht die dementsprechenden Einnahmen dieses Jahr verbuchen können, weiß ich nicht, ob die Lodges das nächste Jahr erleben.«

Das saß. Adriens Worte fühlten sich wie ein Schlag ins Gesicht an. Ich schluckte schwer. Mir war nicht bewusst gewesen, wie prekär unsere Lage war. Ich legte Adrien eine Hand auf die Schulter und sah ihn eindringlich an. »Du kannst dich darauf verlassen, dass jede und jeder von uns alles tut, um das zu verhindern. Wir alle lieben die Lodges und arbeiten gern für dich. Niemand will, dass wir schließen müssen. Okay?«

Adrien nickte knapp und tat dann etwas, das ich nicht von ihm erwartet hätte. Er stand auf, kam um den Tisch herumgelaufen und zog mich in eine feste Umarmung, die mir beinahe die Luft abschnitt. Ich war so perplex, dass ich zuerst nicht reagierte. Denn Adrien war sonst niemand, der offen seine Gefühle zeigte oder sonderlich viel Körperkontakt suchte. Dass er mich an diesem kleinen Ausbruch teilhaben ließ, verriet mir, dass es wirklich ernst um die Lodges stand. Ernster, als er es uns bisher anvertraut hatte. Mein Herz zog sich schmerzhaft zusammen, und ich drückte Adrien noch ein wenig fester an mich. Versuchte ihm stumm mitzuteilen, dass alles gut werden und ich alles in meiner Macht Stehende tun würde, um eine Insolvenz zu vermeiden.

Ich erinnerte mich daran, mit wie viel Begeisterung Adrien damals die ersten Campingfässer hatte bauen lassen. Wie ich war er jemand, der nie aus Glencoe hatte weggehen wollen, und schon seit ich ihn kannte, hatte es ihm vorgeschwebt, etwas zu tun, das unserem kleinen Ort half. Und was wäre da besser geeignet, als mehr Touristen anzuziehen? Von Anfang an war er mit Herzblut dabei gewesen, hatte bei jedem Schritt Hand angelegt, obwohl er handwerklich nicht der Geschickteste war. Aber was ihm an Technik fehlte, machte er mit seinem unermüdlichen Einsatz wett. Er würde sein letztes Hemd für die Lodges geben, und mir ging es nicht anders.

Adrien räusperte sich, als er sich wieder von mir löste. »Danke, dass ich auf dich zählen kann.«

»Selbstverständlich. Du weißt, dass die Lodges auch für mich mehr sind als ein simpler Job. Ich war dabei, als du sie aufgebaut hast, ich werde mit dafür sorgen, dass wir auch in den kommenden Jahren Gäste hier empfangen dürfen.«

»Ich hoffe es.« Er lächelte leicht. »Außer dir weiß übrigens nur Kyleen, wie schlimm es um die Lodges steht. Es wäre also gut, wenn du es nicht an die große Glocke hängst. Ich will die anderen nicht verunsichern. Nicht momentan, wo sie ohnehin mit so vielen Veränderungen zu kämpfen haben.«

Das war typisch Adrien. Seine Sorgen mit niemandem teilen, alles allein durchstehen, weil er nicht wollte, dass andere sich zu viele Gedanken machten. »Von mir erfährt niemand was«, versprach ich. »Aber du weißt, dass alle dich unterstützen würden, wenn du sie einweihst?«

Mit einem Seufzen lehnte sich Adrien gegen den Schreibtisch und verschränkte die Arme vor der Brust. »Ich weiß, aber ich will niemanden unnötig beunruhigen. Außerdem habe ich es durchgerechnet – mehrfach –, wenn wir die Aktivitäten mit dem *Three Sisters Resort* wie vereinbart durchziehen und die Lodges bis Ende September ausgebucht bleiben, könnten wir ab November wieder schwarze Zahlen schreiben. Warum die Pferde scheu machen, wenn wir doch eigentlich alles im Griff haben?« Er lachte, aber es klang nervös und nach dem Gegenteil von zuversichtlich.

»Deswegen bist du den Deal mit Leon eingegangen?« Plötzlich war es so offensichtlich, dass ich mich fragte, warum ich es nicht eher erkannt hatte. Es ging nicht nur darum, schlechte Bewertungen auf diversen Plattformen zu verhindern, sondern vor allem darum, uns allen den Arbeitsplatz zu retten.

»Nicht nur«, sagte Adrien schnell. *Zu* schnell. »Also, es stimmt schon, dass ich sein Angebot als Möglichkeit gesehen habe, die Lodges zu retten, aber ich finde auch immer noch, dass es davon abgesehen eine gute Chance für uns ist. Dass das *Three Sisters Resort* jetzt auch unseren Flyer bewirbt, beschert uns einen wahren Besucheransturm. Für deinen Bogenschießenkurs heute sind wieder über dreißig Teilnehmende angemeldet. Das hatten wir vorher nie und es zeigt, dass Leon seinen Teil der Vereinbarung einhält.«

Ich konnte nur nicken, denn es stimmte, was Adrien sagte. Der Ansturm auf unsere Kurse war von noch nie da gewesenem Ausmaß. Es war fast, als hätten wir einen magischen Schalter gedrückt, der uns einen völlig neuen Kreis an Klienten erschloss. Dabei war die Realität so viel simpler als das.

Das Resort versuchte uns schlichtweg nicht mehr zu boykottieren.

»Wo du den Kurs gerade erwähnst … ich sollte wohl langsam mal nach draußen gehen, bevor sie noch denken, die Trainerin lässt sie im Stich.« Zwar waren es noch fünf Minuten, bis der Kurs offiziell begann, aber so könnte ich schon mal damit beginnen, die Teilnehmenden von meiner Liste zu streichen. Bei dreißig Leuten dauerte das immer etwas.

Draußen hatte ich erneut das Gefühl, dass mehr als die angemeldeten Personen vor mir standen. Bei der Begrüßung musste ich schreien, um von allen verstanden zu werden, aber wenigstens traten diesmal sofort zwei Männer vor, um mir zu helfen, das Zubehör aus dem Geräteschuppen zu holen. Auch das Wetter spielte mit. Zwar war es noch nass, weil es die ganze Nacht geregnet hatte, aber so langsam brach die Wolkendecke auf, und die Sonne schob ihre wärmenden Strahlen dazwischen. Die Luft roch frisch, nach schottischer Heide, Lavendel und gemähtem Gras, und ich spürte, dass ich richtig Bock auf den Kurs hatte.

Die Einführung verlief schnell und problemlos. Alle hörten aufmerksam zu und befolgten meine Anweisungen genau. Vielleicht war es das, was mich unaufmerksam werden ließ. Aber vielleicht hätte ich es dennoch nicht verhindern können, egal, wie ich mich verhalten hätte.

Ich erklärte gerade einem Mädchen die beste Technik, ihr Ziel anzuvisieren, als es passierte: Ein scharfer Schmerz riss durch meinen Oberarm, gleichzeitig gellte ein Schrei durch die Luft, der von einem Menschen stammen musste, sich aber eher wie der eines verwundeten Tieres anhörte.

Meinen eigenen Schmerz ignorierend wirbelte ich herum. Mehrere Augenpaare sahen mich erschrocken an, aber ich beachtete sie nicht und suchte weiter nach der Person, die so geschrien hatte. Dann entdeckte ich ihn. Ein Mann war auf die Knie gesunken, eine Hand auf das rechte Auge gelegt. So vorgekrümmt, wie er da hockte, war es offensichtlich, dass er Schmerzen hatte, und mein Puls jagte sofort in die Höhe.

Shit, shit, shit. Hoffentlich hatte er sich nicht wegen einer Unaufmerksamkeit meinerseits verletzt. Schlechte Bewertungen und vor allem den Rechtsstreit konnten wir aktuell so gar nicht gebrauchen.

In zwei Schritten war ich bei ihm, wobei mir auffiel, dass sich mein linker Oberarm seltsam anfühlte. Als würde hinten ein starkes Gewicht dranhängen, das bei jedem Schritt an mir zerrte. Doch der Gast, der unter meiner Aufsicht stand, hatte jetzt Vorrang. Ich hockte mich neben ihn und legte ihm eine Hand auf die Schulter. »Was ist passiert?«

Die Frau, die bei ihm stand, antwortete mir. »Die Sehne ist gerissen.« Sie hielt den Bogen hoch, mit dem er ausgestattet gewesen war. Sie hing schlaff in zwei Teilen von den Enden.

»Ich glaube, ich habe es ins Auge bekommen«, sagte er nun, und ein fetter Kloß setzte sich in meiner Kehle fest. Das war gar nicht gut. Überhaupt nicht. Ich sah die Schadensersatzklage schon vor mir.

Eine warme Hand legte sich auf meine Schulter, und bei dem Kribbeln, das dabei durch meinen Körper raste, wusste ich, dass es sich um Leon handelte, bevor er das Wort an mich richtete. »Isla, du solltest …«

»Nein«, unterbrach ich ihn. Was machte er hier? Wo kam er so plötzlich her? Er war heute doch überhaupt nicht an den Lodges eingeteilt. »Wir müssen …« Ich wandte mich dem verwundeten Mann zu. »Wie heißt du?«

»Jake.«

»Wir müssen Jake in ein Krankenhaus bringen.«

»Da gehörst du selbst hin.« Sanft, aber bestimmt dirigierte Leon mich von Jake weg, bis ich mich auf einen der liegenden Baumstämme setzen konnte, mit denen wir den Platz vor den Lodges eingezäunt hatten. »Schau nicht hin, aber der Pfeil, der bei Jakes gerissenem Bogen zum Querschläger wurde, steckt noch in deinem Oberarm.«

»*Was?*« Ich lachte hysterisch, und natürlich tat ich genau das, wovor Leon mich gewarnt hatte. Ich drehte den Kopf und schob meine Schulter vor, um mir die Rückseite meines Oberarms anzusehen. Ein schwarzer Pfeil steckte in meinem Oberarm, mitten in meinem Trizeps, wie es aussah. Die silberne Spitze war komplett in meinem Fleisch verschwunden, also musste er auch ordentlich tief stecken.

Die Sicht verschwamm vor meinen Augen, und mir wurde übel. Normalerweise hatte ich kein Problem damit, Blut oder Verletzungen zu sehen, aber zu wissen, dass da ein Pfeil in meinem Arm steckte, war noch mal was anderes.

Leon reichte mir eine Flasche Wasser. »Trink was, schau nicht hin und fass es vor allem nicht an. Es wird alles gut.«

»Danke«, krächzte ich und nahm die Flasche Wasser entgegen. Vorsichtig, denn nun, da ich den Pfeil in meinem Oberarm gesehen hatte, verspürte ich auch den höllischen Schmerz, der sich von meiner Schulter bis in die Fingerspitzen zog.

Ich beobachtete Leon dabei, wie er zuerst einen Gast anwies, die Mountain Rescue zu rufen, und eine andere Frau aufforderte, sich zu mir zu setzen und ein Auge auf mich zu haben. Dann entfernte er sich von mir, um Jake zu behandeln. Er nahm seine Hand von seinem Gesicht, unter der eine fette Schwellung zum Vorschein kam, auf die Leon ein Kühlpack legte. Zudem konnten wir von Glück reden, dass sich die Verletzung nicht direkt *am* Auge, sondern daneben befand. Ich wollte mir die Schlagzeile sonst besser nicht ausmalen. *Erblindung durch Bogenschießen. Die Gefahren auf dem Glencoe Mountain.* Nur beim Gedanken daran zog sich alles in mir zusammen.

Zwei Stunden später verließ ich die Notaufnahme in Fort William. Die Mountain Rescue hatte mich und den verletzten Gast hierhergebracht, und ich war sofort in einen Behandlungsraum geführt worden, wo sich ein Arzt um mich gekümmert hatte. Mein Oberarm war genäht worden, dick verbunden und taub von der lokalen Betäubung. Der Arzt meinte, ich hätte Glück gehabt, weil keine wichtigen Venen oder Sehnen verletzt worden waren. Der Pfeil war direkt in die Muskelmasse eingedrungen und hatte sich dort festgesetzt. Allerdings fühlte ich mich alles andere als glücklich. Ich verstand einfach nicht, wie dieser Unfall hatte passieren können. Ich prüfte die Bögen und Pfeile regelmäßig. Sie waren einwandfrei und hätten eigentlich nicht kaputtgehen dürfen. Nicht auf diese Weise.

Erschöpft rieb ich mir über die Augen, als ich aus dem Krankenhaus in die pralle Sonne trat. Ich scannte die Umgebung nach dem nächsten Taxistand ab, da ließ ein lautes Hupen mich zusammenfahren.

Ich sah in die Richtung, aus der es kam, und entdeckte Leon in einem schwarzen Pick-up. Was zur Hölle? Tauchte er jetzt immer da auf, wo ich Hilfe brauchte?

Aber ich wollte mich nicht beschweren. Eigentlich war ich froh, dass ich mir in meinem Zustand kein Taxi nehmen musste. Während ich auf sein Auto zulief, stieg Leon aus, um mir die Beifahrertür aufzuhalten.

»Danke.« Vorsichtig ließ ich mich auf den Sitz nieder und legte meinen linken Arm auf meinen Schoß.

»Gern.« Leon schlug die Tür zu, ging ums Auto herum und setzte sich hinter das Steuer. »Wie geht's?«

Ich zuckte die Schultern und sog zischend die Luft ein, als ein stechender Schmerz durch meinen Arm jagte. Die Betäubung ließ wohl langsam nach. »Okay so weit. Der Arzt meint, es wäre nichts Wichtiges verletzt. Ich soll es eine Woche ruhig angehen lassen, den Arm schonen, dann sollte ich das meiste wieder machen können.«

»Also hast du dich krankschreiben lassen?« In Leons Mundwinkeln zuckte es, als kannte er die Antwort bereits.

»Natürlich nicht. Den Bogenschießenkurs kann Adrien nächste Woche übernehmen, und für die Wanderungen brauche ich meinen Arm nicht. Das geht schon.« Es war nicht ganz so einfach gewesen, den Arzt davon zu überzeugen, dass ich keine Krankschreibung brauchte, aber ich wollte auf keinen Fall die komplette nächste Woche zu Hause verbringen. Zur Not konnte ich sicher auch irgendwelche Büroarbeiten in den Lodges übernehmen.

Er grinste und schüttelte den Kopf. »Ich glaube nicht, dass der Arzt das mit *schonen* meinte.«

»Es ist mir scheißegal, was du glaubst«, konterte ich, konnte ein Lächeln aber selbst nicht mehr unterdrücken. Er hatte ja recht. Und der Arzt, der mich dazu hatte überreden wollen, den Krankenschein anzunehmen, genauso. Ich war nur unheimlich schlecht darin, auf der Couch zu liegen und nichts zu tun. Vor allem, wenn es ein Mysterium aufzuklären galt.

»Hat sich Adrien den kaputten Bogen angesehen, weißt du das?«

Augenblicklich wurde Leon ernst. »Haben wir, und die Sehne wurde eindeutig angeschnitten.«

»*Was?*« Das Herz schlug mir bis zum Hals. »Bist du sicher?«

Er nickte, und, falls das möglich war, verdunkelte sich seine Miene noch mehr. »Wir haben uns danach auch die anderen Bögen angesehen, und auch bei ihnen gibt es welche, an denen die Sehnen angeschnitten sind. Nicht alle, aber grob die Hälfte, würde ich schätzen. Da hat sich auf jeden Fall jemand dran zu schaffen gemacht.«

»Das kann nicht sein.« Ich sagte es mehr zu mir selbst als zu Leon, weil ich einfach nicht begreifen konnte, was ich da hörte. »Wer würde so etwas denn machen? Außer uns Mitarbeitenden hat doch niemand Zugang zum Schuppen.« Und niemandem aus unserem Team traute ich eine derartige Abscheulichkeit zu.

Leon betrachtete mich zweifelnd von der Seite. »Und ihr lasst den tagsüber nie offen stehen? Oder vergesst mal, ihn abzuschließen?«

»Ich …« Keine Ahnung, was ich sagen sollte, denn natürlich hatte Leon recht. Wir waren nie sehr konsequent mit dem Geräteschuppen umgegangen, weil wir darin keine Gefahr gesehen hatten. Unsere Mitarbeitenden mussten Zugang dazu haben, weil sie regelmäßig Dinge für die Aktivitäten daraus brauchten. Und auch abseits davon konnten sich die Gäste zum Beispiel stundenweise Fahrräder ausleihen, weshalb es gar keinen Sinn machte, den Schuppen verschlossen zu halten.

»Fahr mich bitte zu den Lodges, ich muss mir das selbst ansehen.«

»Oh nein, ganz bestimmt nicht.«

Ich verengte die Augen. »Du hast mir nicht vorzuschreiben, was ich tun kann oder nicht.«

Leon seufzte. »Ich will dir gar nichts vorschreiben, aber du bist verletzt, die Sonne geht bald unter, und Adrien und ich haben den Schuppen fest verschlossen. Ruh dich heute aus, und morgen früh sind die Bögen immer noch da. Die laufen dir doch nicht weg.«

Seine Worte trugen überhaupt nicht dazu bei, mich zu beruhigen. »Ich möchte sie mir aber jetzt ansehen, wenn meine Erinnerung an den Vorfall noch frisch ist. Wenn sie wirklich jemand absichtlich angeschnitten hat, sollten wir das der Polizei melden.«

»Adrien hat schon Anzeige gegen Unbekannt erstattet. Die Polizei war bereits da, hat alles aufgenommen, Fotos gemacht und einige Leute befragt. Sie werden in den nächsten Tagen noch mal kommen, dann kannst du ebenfalls deine Aussage machen.«

So langsam begann mein Arm heftig zu pochen, und ich drehte mich im Sitz, bis der Schmerz ein wenig nachließ. »Haben sie eine Idee, wer es gewesen sein könnte?«

Leon sah mich aus den Augenwinkeln an. »Hast *du* eine?«

Ich seufzte. »Touché. Ich hab nicht den Hauch einer Ahnung,

wer das gewesen sein könnte. Ich meine, wer *macht* so was? Und *warum?*«

Natürlich war es auffällig, dass das genau dann passiert war, nachdem wir uns mit dem *Three Sisters Resort* zusammengeschlossen hatten. Ich hatte sogar erwartet, dass es Proteste gab oder Leute, die einzelne Aktivitäten boykottierten, indem sie nicht zur Arbeit erschienen.

Aber das? Dass etwas getan wurde, bei dem sich Leute verletzen konnten? Ein eisiges Schaudern raste über meinen Rücken. Wir konnten von Glück reden, dass nur ich richtig verletzt wurde. Der Mann, dem der Bogen gerissen war, hatte nur eine oberflächliche Prellung an der Wange davongetragen. Nicht auszumalen, was gewesen wäre, wenn es einen – oder mehrere – der Gäste getroffen hätte. Wer wäre so hinterhältig, das Wohlergehen unserer Gäste aufs Spiel zu setzen?

»Ich weiß es nicht.« Leons Stimme war ruhig und nachdenklich geworden. »Ich kann mir nicht vorstellen, dass es jemand war, den wir kennen.«

»Du meinst, es war jemand Fremdes?«

»Könnte doch sein, oder? Die Polizei konnte zwar keine Einbruchspuren am Schuppen feststellen, aber das heißt ja nicht, dass nicht irgendwer an den Schlüssel gekommen ist.«

»Moment.« Ein Ruck ging durch mich, und mein Herz verfiel in einen schnelleren Rhythmus. »Das Küchen-Desaster.« Meine Hand schoss vor und krallte sich in Leons Oberarm – seinen sehr festen, muskulösen Oberarm. »Es ist doch vor drei Tagen erst in die Küche eingebrochen worden und alle Lebensmittel wurden geklaut. Was, wenn das gar kein Dummerjungenstreich war? Was, wenn das nur ein Ablenkungsmanöver war, weil sie noch etwas viel Wichtigeres haben mitgehen lassen? Irgendwo in Adriens Büro muss es einen Ersatzschlüssel geben.«

Leon riss den Kopf in meine Richtung und sah mich aus aufgerissenen Augen an. »Shit, du könntest recht haben.«

»Bring mich zu den Lodges. Bitte«, sagte ich erneut, eindringlicher diesmal. Es ging mir nicht mehr nur darum, mir selbst ein Bild von dem manipulierten Bogen zu machen, ich wollte auch mit Adrien reden und schauen, ob meine Theorie stimmte. Ich hoffte inständig, dass sie sich nicht bewahrheitete. Dass ich erneut übertrieb und Dinge sah, die nicht da waren.

»Ich weiß nicht. Ich denke wirklich, dass du dich heute besser ausruhen solltest.«

Meine Hand verkrallte sich im Stoff von Leons Shirt, und erst da fiel mir auf, dass sie noch immer auf seinem Oberarm lag. Schnell zog ich sie zurück in meinen Schoß. »Du kannst nicht verhindern, dass ich zu den Lodges gehe. Du kannst mich entweder selbst da vorbeibringen, oder ich suche mir jemand anderen, der mich dorthin fährt.« Zur Not würde ich ein Taxi nehmen oder laufen, wenn es gar nicht anders ging.

Leon hielt an einer roten Ampel und wandte sich mir zu. Sein Blick bohrte sich in mich hinein. Mir wurde warm, so intensiv war er, und ich konnte mich partout nicht abwenden. Einem Teil von mir schien es sogar zu gefallen, so von Leon angesehen zu werden, auch wenn ich das nie laut zugegeben hätte.

»Okay, okay«, gab er schließlich nach. »Du gibst ja eh keine Ruhe, ich fahre dich also zu den Lodges.«

8. KAPITEL

LEON

Den Rest der Fahrt war Isla ungewöhnlich still. Einmal dachte ich sogar, sie wäre eingeschlafen, doch als ich in ihre Richtung sah, waren ihre Augen offen und starrten aus dem Beifahrerfenster nach draußen. Die grünen Hügel und Berge zogen an uns vorbei, als wir uns den Lodges langsam durch den Feierabendverkehr näherten.

Ich hatte kein gutes Gefühl bei der Sache. Irgendetwas störte mich daran, aber ich konnte noch nicht den Finger drauflegen, was genau es war. Das war auch der Grund, warum es mir lieber gewesen wäre, wenn Isla heute nicht mehr zu den Lodges gegangen wäre. Aber ich musste einsehen, dass ich sie nicht davon abhalten konnte. Stur, wie sie war, würde sie vermutlich sogar den Berg hinauflaufen, wenn ihr keine andere Möglichkeit blieb. Dann brachte ich sie lieber selbst hoch, so konnte ich zumindest sicherstellen, dass sie heil ankam.

Der Parkplatz vor den Lodges war voll, und als wir gerade ausstiegen, ging die Tür zum Gemeinschaftsraum auf, und Adrien steckte seinen Kopf heraus. Missbilligend sah er von mir zu Isla, während ich ihr dabei half, aus dem Auto auszusteigen und zum Gemeinschaftsraum zu gehen.

Kaum waren wir durch die Tür gekommen, sprang Kyleen auf und umarmte ihre beste Freundin vorsichtig. »Oh, Isla, du bist wieder da. Wie geht es dir? Ich hab mir solche Sorgen um dich gemacht. Brauchst du irgendwas?«

Vorsichtig schälte sich Isla aus der Umarmung. »Ich bin okay, wirklich. Es sieht schlimmer aus, als es ist.«

Währenddessen betrachtete mich Adrien kritisch. »Hatten wir nicht vereinbart, dass du Isla nach Hause bringst, damit sie sich wenigstens heute ausruht?«

»Kennst du sie?«, konterte ich. »Hast du mal versucht, mit ihr zu diskutieren, wenn sie sich etwas in den Kopf gesetzt hat?«

»Hey!« Isla baute sich zwischen uns auf. »Könnt ihr mal aufhören, über mich zu reden, als sei ich nicht da? Ich bin außerdem kein kleines Kind mehr, ich kann meine eigenen Entscheidungen treffen.«

»Nicht immer gute«, murmelte Adrien hinter mir, während Isla mit erhobenem Kopf in den Gemeinschaftsraum stolzierte. Ich musste mir das Lachen verkneifen und trat ebenfalls ein.

Kyleen setzte sich zurück an den Tisch, an dem die restlichen Mitarbeitenden der *Glencoe View Lodges* zusammensaßen. Finlay, der zudem ehrenamtlich bei der Mountain Rescue arbeitete, Duncan und Toby, die ich beide am wenigsten kannte und daher kaum einschätzen konnte. Beide betrachteten mich misstrauisch, aber das war etwas, das ich von ihnen gewohnt war.

»Ich will den Bogen sehen«, sagte Isla.

»Komm, ich bring dich rüber.« Adrien legte Isla eine Hand auf den Rücken, und die beiden verschwanden durch eine Seitentür. Auch Finlay stand auf und folgte ihnen. Jetzt war ich mit den anderen allein und fühlte mich überflüssig wie selten zuvor. Drei Augenpaare waren auf mich gerichtet. Kyleen erweckte zumindest den Anschein, freundlich schauen zu wollen. Duncan und Toby hingegen machten keinen Hehl daraus, dass sie mich nicht leiden konnten. Die Abneigung stand ihnen deutlich ins Gesicht geschrieben.

Ich könnte einfach gehen. Ich war niemandem hier etwas schuldig und hatte auch wirklich keine Lust, mich mit Leuten auseinanderzusetzen, die mir nicht einmal eine Chance geben wollten. Aber ich wollte auch sichergehen, dass es Isla gut ging und sie sicher nach Hause kam. Ich konnte nicht einmal erklären, woher dieses Bedürfnis kam, aber ich spürte es tief in mir. Daher zog ich einen Stuhl zurück und setzte mich zu den anderen an den Tisch.

»Hast du etwas damit zu tun?«

Na, immerhin rückte Toby gleich mit der Sprache heraus. Ich schüttelte den Kopf, auch wenn ich am liebsten gelacht hätte, weil das alles so absurd war.

»Was hast du dann hier getrieben? Du bist genau dann aufgetaucht, als Isla verletzt wurde, dabei warst du heute für nichts eingeteilt. Das kann doch kein Zufall sein.«

Weil ich Isla sehen wollte. Nur mit Mühe schaffte ich es, die Worte nicht auszusprechen. Sie würden mir sicher nicht helfen, ließen sie mich doch wie einen notorischen Stalker klingen. Außerdem wollte ich nicht, dass Isla davon erfuhr. Es war mehr als offensichtlich, dass sie mich bisher nur duldete und meinem Charme noch nicht erlegen war – falls es überhaupt jemals dazu kam.

»Adrien hat mich herbestellt, um etwas mit mir zu besprechen«, log ich, ohne mit der Wimper zu zucken.

Tobys Augen verengten sich. »Und was genau wollte er von dir?«

Ich zuckte mit den Schultern. »Das weiß ich nicht, wir konnten ja noch nicht darüber reden.« Sollte Toby Adrien gleich fragen, war ich wohl geliefert, aber ich vertraute darauf, dass sie – wie bisher – ihre Feindseligkeit mir gegenüber nur dann offen zur Schau trugen, wenn ihr Boss nicht in der Nähe war.

»Und du denkst, das glauben wir dir so einfach?«

Langsam ging Toby mir auf die Nerven. »Es ist mir ehrlich gesagt scheißegal, was du glaubst oder nicht.« Immer wieder zuckte mein Blick zu der Tür, hinter der Isla, Finlay und Adrien verschwunden waren, aber bisher war nichts von den dreien zu sehen.

»Aber mir …«

»Lass gut sein, Toby«, ging Kyleen dazwischen. Sie massierte ihre Schläfen, als hätte sie Kopfschmerzen. »Selbst wenn Leon es war, wird er das doch jetzt eh nicht zugeben.«

Mit hochgezogenen Augenbrauen wandte ich mich ihr zu. Sie grinste entwaffnend und hob die Schultern. Trotz ihrer Worte bekam ich bei ihr nicht das Gefühl, dass sie mich verdächtigte.

Toby hingegen grummelte etwas Unverständliches, schnappte sich seine Jacke und verließ den Gemeinschaftsraum. Die Tür fiel mit einem lauten Knall hinter ihm zu, und die eintretende Stille war so gegensätzlich, dass sie in den Ohren dröhnte.

Kyleen seufzte. »Sorry wegen Toby, er ist manchmal etwas …«

»Eigensinnig?«, half ich ihr auf die Sprünge.

»Er ist ein Arschloch, machen wir uns nichts vor.« Duncan sprach zum ersten Mal, seit ich den Gemeinschaftsraum betreten hatte. »Aber es geht nicht wirklich gegen dich. Er schlägt nur generell um sich, bis der wahre Täter gefunden ist.«

»Er steht auf Isla«, erklärte Kyleen. »Nicht, dass er je eine Chance bei ihr haben wird, aber dass sie verletzt wurde, fühlt sich trotzdem wie ein persönlicher Angriff für ihn an.«

Erneut sah ich zur Tür, hinter der Isla und Adrien verschwunden waren. Heiße Eifersucht ballte sich in meiner Brust zusammen. Sie war total irrational, das war mir bewusst, aber ich konnte trotzdem nichts dagegen ausrichten. »Ich war das nicht. Ich würde niemals …«

In dem Moment ging die Tür endlich auf, und Isla und Adrien kamen zurück. Mir fiel sofort auf, wie müde Isla aussah. Dunkle Schatten lagen unter ihren blauen Augen, die eingesunken und weniger strahlend wirkten als gewöhnlich. Ich wusste nicht, ob es an der Verletzung an sich, dem aufregenden Tag mit dem Angriff und dem Nachmittag im Krankenhaus, der nachlassenden Wirkung der Medikamente oder an einer Mischung aus allem lag, aber am liebsten hätte ich sie geschnappt, nach Hause gefahren und eigenhändig ins Bett gesteckt, um sicherzustellen, dass sie auch da ankam. Und vor allem dablieb.

Ganz davon abgesehen, dass mich das erneut übergriffig erscheinen ließ, würde Isla das niemals zulassen. Eher würde sie mir vermutlich in die Eier treten.

Dass sie direkt auf mich zukam, war schon überraschend genug. »Sie wurden tatsächlich angeschnitten.«

»Hast du das wirklich noch bezweifelt, nachdem wir dir das alle gesagt haben?«

»Nein, aber …« Hilflos zuckte sie mit den Schultern, und in dem Moment wurde mir etwas über Isla klar, das ich zuvor nicht begriffen hatte. Sie musste Dinge mit eigenen Augen gesehen oder erlebt haben, um sie fassen zu können, damit sie real für sie wurden. Nicht, weil sie kein Vertrauen in die Leute hatte, die ihr davon berichteten, sondern weil sie keinen Bezug dazu aufbauen konnte, wenn sie es nicht selbst sah. Sie war einfach so gestrickt.

Dann atmete Isla tief ein und straffte die Schultern. »Wir werden herausfinden, wer das getan hat.«

Kyleen stellte sich neben sie und legte einen Arm um ihre Hüfte. »Vielleicht sollten wir das besser der Polizei überlassen.«

Ich konnte das Schnauben nicht verhindern. »Was die Polizei macht, haben wir ja gerade gesehen. Sie wollten ja nicht einmal Fingerabdrücke nehmen. Sie haben zwar gesagt, dass es nur daran liegt, dass die Bogen von so vielen Leuten benutzt werden, dass es unmöglich ist, einzelne Fingerabdrücke zuzuordnen, aber es wurde schon klar, dass sie uns nicht für ganz voll nehmen.«

Isla schüttelte den Kopf und wandte sich Adrien zu. »Das ist jetzt schon der zweite Vorfall nach dem Einbruch in die Küche. Aber was, wenn auch das schon ein gezielter Angriff war? Was, wenn der Lebensmittelklau eigentlich nur von etwas anderem ablenken sollte?«

Verwirrung spiegelte sich in Adriens Augen. »Was meinst du?«

Isla sah in meine Richtung und nickte mir zu. Ich räusperte mich. »Wir haben uns doch vorhin gewundert, wie der Täter in den verschlossenen Schuppen gekommen ist. Was, wenn der Einbruch und der Diebstahl uns nur verwirren sollten, damit der Ersatzschlüssel unbemerkt aus deinem Büro gestohlen werden kann und die Person damit nachts unbemerkt in den Schuppen kommen konnte?«

Unwirsch schüttelte Adrien den Kopf. »Das kann nicht sein, das wäre mir doch aufgefallen.«

»Bist du ganz sicher?«, hakte Isla nach.

»Der Schlüssel hängt am Schlüsselbrett, ich habe ihn vorhin noch gesehen.« Adrien klang absolut überzeugt, und mir kamen langsam Zweifel an Islas und meiner Theorie. Vielleicht hatten wir doch zu viel in die Sache hineininterpretiert?

»Lass uns nachsehen«, sagte Isla, die sich mal wieder selbst davon überzeugen musste.

»Okay«, stimmte Adrien zu und ging vor in Richtung seines Büros. Er öffnete die Tür, schaltete das Licht ein, das flackernd ansprang, und ging auf ein Schlüsselbrett zu, das hinter seinem Schreibtisch an der Wand hing. »Da ist der …« Er brach ab, stutzte, sein Finger schwebte auf halbem Weg zum Brett in der Luft.

»Was?« Isla trat näher an ihn heran. »Was ist los?«

Adrien schluckte sichtbar. »Da hängt *ein* Schlüssel, aber es ist nicht der Schlüssel, der dorthin gehört. Wer auch immer den Ersatzschlüssel für den Geräteschuppen geklaut hat, war schlau genug, die Lücke mit einem anderen Schlüssel zu füllen, damit es mir nicht sofort auffällt.« Adrien ließ sich gegen den Schreibtisch sinken.

»Der Schlüssel da?« Isla hob die Hand, aber ich griff danach und zog sie nach unten. Ein Zittern lief durch meinen Körper, als meine Haut die ihre berührte.

»Nicht anfassen. Wenn der Täter den Schlüssel dahin gehängt hat, sind dort vielleicht noch seine Fingerabdrücke drauf.« Ich wandte mich Adrien zu. »Du solltest die Polizei morgen noch mal vorbeikommen lassen. Jetzt müssen sie reagieren. Das ist ein eindeutiges Zeichen, dass wir es hier mit vorsätzlichen Anschlägen zu tun haben.«

»Dann kann ich auch gleich meine Aussage wegen heute machen«, stimmte Isla mir zu.

»Ihr habt recht. Ich glaube zwar immer noch nicht, dass die Polizei groß etwas unternehmen wird, aber ich will es zumindest versuchen.«

Eine Stunde später war ich zurück im *Three Sisters Resort*. Ich hatte Isla noch nach Hause gefahren, wenn auch unter Protest. Sie hatte erst eingewilligt, nachdem Kyleen und Finlay ihr versichert hatten, dass sie ihr Auto später zu ihr bringen und vor der Tür abstellen würden.

Die Lobby des Resorts war fast ausgestorben, als ich sie betrat. Nur Janice saß hinter der Rezeption und tippte gelangweilt auf ihrem Handy herum, weil sie nichts zu tun hatte. Sie grüßte mich knapp, dann blickte sie wieder auf ihr Display.

Die Hotelbar war im Gegensatz dazu gut besucht. Jazzmusik drang aus den Boxen, war aber über das Geschnatter der vielen Personen kaum zu hören. Es roch nach Whiskey, Gin und den Erdnüssen, die als Snack auf jedem Tisch standen, vermischt mit den unterschiedlichen Parfüms der Damen.

Ich ging an der Bar vorbei durch eine Tür, auf der *Privat* stand. Dahinter befand sich die Anliegerwohnung, in der mein Dad, meine Schwester Penny und ich wohnten. Eigentlich wollte ich längst ausgezogen sein, aber da ich nach dem Studium gleich damit begonnen hatte, einen Teil der Aufgaben im Resort zu übernehmen, war ich noch nicht dazu gekommen, mich nach Alternativen umzusehen. Außerdem musste ich zugeben, dass es ganz angenehm war, morgens nicht aus Glencoe hierherfahren zu müssen.

»Leon.« Die schneidende Stimme meines Dads ließ mich innehalten. Ihm hier ständig ausgeliefert zu sein, war allerdings der Grund, warum ich dringend ausziehen sollte. »Ich hab dir von Anfang an gesagt, dass das keine gute Idee ist und uns nur Ärger einbringt.«

Ich seufzte und rieb mir über die Augen. Natürlich hatte er schon davon gehört. In diesem verdammten Dorf verbreiteten sich Gerüchte und Neuigkeiten in Lichtgeschwindigkeit. »Es ist nichts passiert«, sagte ich, obwohl das die größte Lüge überhaupt war.

Dad baute sich vor mir auf. Obwohl er einen halben Kopf kleiner war als ich, war er ein imposanter Mann, dessen Ausstrahlung Respekt einforderte. »Es hat Verletzte gegeben. Wenn es sich nur um die kleine Murray gehandelt hätte, könnte ich noch darüber hinwegsehen, aber es hat auch einen Gast getroffen. Das alles fällt negativ auf das *Three Sisters Resort* zurück, das ist dir hoffentlich klar. Dein kleines Experiment ist bisher nicht die *Verbesserung*, als die du sie mir angepriesen hast.« Beim Wort Experiment malte er mit den Zeigefingern Anführungszeichen in die Luft. Er hielt nichts davon, dass wir mit den Lodges zusammenarbeiteten, das hatte er mehr als einmal deutlich gemacht.

»Hätten wir die Aktivitäten wieder absagen müssen, wäre das ebenfalls negativ auf uns zurückgefallen.« Diese Diskussion hatten wir unzählige Male geführt, seit ich den Vorschlag gemacht hatte, uns mit den Lodges zusammenzutun. Ich wusste, dass sie zu nichts führte, aber ich konnte auch nicht meinen Mund deswegen halten.

»Ich hab dir gesagt, dass du einfach zwei von ihnen abwerben sollst. Sie wären sofort gekommen, weil wir sie besser bezahlen können. Dann hätten die Lodges gar nichts mehr anbieten können, außer vielleicht ihr geliebtes Bogenschießen … und wie gut sie darin sind, haben sie heute ja bewiesen. Wir hätten so zwei Fliegen mit einer Klappe schlagen können, aber mein Sohnemann muss ja unbedingt Alleingänge machen.« Dad ging an mir vorbei, und erst, als er in seinem Büro verschwunden war und die Tür hinter sich zuschlug, ließ ich die angehaltene Luft entweichen.

Für Dad waren die Lodges schon immer ein Dorn im Auge gewesen, auch wenn ich nie ganz verstanden hatte, warum. Denn wir hatten durch sie nie Einbußen erlitten. Nicht im ersten Jahr nach ihrer Eröffnung und auch nicht im zweiten. Weder bei der Zimmerbelegung noch bei den Buchungen für unsere Aktivitäten. Letztere schienen nach der Eröffnung der Lodges sogar angezogen zu haben. Es wirkte ganz offenbar so, als hätte Adrien mit den Lodges neues Klientel erschlossen und nach Glencoe gebracht, und dafür sollten wir ihm alle dankbar sein.

Das war mit ein Grund, warum ich mit dem Vorschlag auf ihn zugegangen war, in diesem Sommer zu kooperieren. Er hatte Großartiges auf die Beine gestellt, und ich war davon überzeugt, dass wir beide voneinander lernen konnten, wenn wir uns nur darauf einließen.

Das galt vor allem für mich und die Veränderungen, die ich für das *Three Sisters Resort* plante.

9. KAPITEL

ISLA

Die nächsten Tage verschwammen in einem Strudel aus Anspannung, Angst und Schmerz. Das Pochen in meinem Oberarm wurde nahezu unerträglich. Ohne Schmerzmittel konnte ich weder den Tag überstehen noch abends in den Schlaf finden, und ich sehnte immer den Zeitpunkt herbei, an dem ich die nächste Tablette einwerfen durfte. An Arbeiten war daher leider überhaupt nicht zu denken, auch wenn ich anfangs gewillt gewesen war, es zu versuchen. Aber ich konnte den Arm für nichts richtig nutzen, daher führte Leon all meine Wanderungen der kommenden Tage durch. Das wurmte mich mehr, als ich zugeben wollte, und ich konnte nur hoffen, dass ich schnell genug fit wurde, um meinen Part wieder zu übernehmen.

Das Treffen mit der Polizei war in etwa so hilfreich, wie Adrien vorhergesagt hatte. Zwar hatten sie meine Aussage für die Akten aufgenommen und sogar den ausgetauschten Schlüssel auf Fingerabdrücke untersucht, aber nachdem sie keine finden konnten und wir nicht einmal einen Verdacht hatten, wer dahinterstecken könnte, waren ihnen die Hände gebunden. Sie glaubten immer noch, dass es sich bei der ganzen Sache um die Aktion einiger Jugendlicher handelte, die etwas eskaliert war. Sie gingen davon aus, dass wir jetzt, da durch ihr Handeln jemand verletzt worden war, mit keinen weiteren Angriffen zu rechnen hatten.

Adrien klammerte sich an diese Hoffnung, weil das für uns alle der einfachste Ausgang wäre, aber ich glaubte nicht daran.

Dafür war der Zeitpunkt, an dem es begonnen hatte, viel zu auffällig. Genau nachdem Adrien uns eröffnet hatte, dass wir mit dem *Three Sisters Resort* zusammenarbeiten mussten. Was hieß, dass es auch derselbe Tag gewesen sein musste, als Leon es seinen Mitarbeitenden gesagt hatte. Ich kam einfach nicht drum herum zu denken, dass es jemand war, der mit dieser Entwicklung unzufrieden war. Der etwas gegen die Zusammenarbeit hatte und uns deswegen sabotieren wollte. Und so leid es mir tat, aber bisher waren nur die Lodges die Leidtragenden davon gewesen, während das *Three Sisters Resort* davon profitiert hatte.

Genauso war es auffällig, dass Leon beide Male genau zu dem Zeitpunkt aufgetaucht war, nachdem das Unglück geschehen oder entdeckt worden war.

Reiner Zufall natürlich, wie er sagte. Aber ich glaubte nicht an Zufälle, schon gar nicht, wenn sie Leon McLachlan betrafen.

Doch ich stand mit meinen Zweifeln ziemlich allein da. Als ich Adrien davon erzählt hatte, war er regelrecht in die Luft gegangen und hatte Leon sofort verteidigt. Selbst Kyleen hatte nur müde den Kopf geschüttelt und meinte, dass ich Gespenster sah. Und vielleicht hatten sie recht. Vielleicht war ich wieder zu paranoid, aber das stetige Pochen in meinem Arm erinnerte mich daran, dass das hier real war. Irgendjemand hatte es aus irgendeinem Grund auf uns abgesehen – oder auf mich persönlich? –, und ich würde nicht eher Ruhe geben, bis ich den oder die Täter ausfindig gemacht hatte.

Gegen Ende der Woche ging es meinem Arm langsam etwas besser. Ich war zwar immer noch weit davon entfernt, viel damit machen zu können, aber ich musste nicht mehr so viele Schmerzmedikamente nehmen, dass ich durchgehend müde war. Daher beschloss ich, dass ich genug Zeit zu Hause verbracht hatte und den Abend im *Lanky Tavern* verbringen konnte. Schließlich war Freitag, und da fand immer die Karaoke-Night statt, zu der sich auch die Mitarbeitenden der Lodges einfanden, wenn sie Zeit hatten.

Und vielleicht war das genau das, was ich brauchte. Ein Abend, an dem ich Ablenkung hatte und mal nicht über den ganzen Mist nachdenken musste.

Das *Tavern* war schon gut gefüllt, als ich eintraf, aber noch dudelte schottische Musik vom Band aus den Lautsprechern. Diesmal setzte ich mich nicht an die Theke, sondern bestellte nur eine Cola bei meinem Dad und ging damit weiter in den hinteren Bereich. Dort war schon eine kleine Bühne mit zwei Mikrofonen aufgebaut, und links davon entdeckte ich Adrien in einer kleinen Sitznische, zusammen mit seinem Partner Nihat.

»Hey.« Ich rutschte zu ihnen auf die Bank. »Sind wir mal wieder die Ersten?«

Nihat grinste. »Du weißt doch, dass außer uns nie jemand pünktlich ist.« Nihat war ein großer Mann mit dunkelbraunen Haaren und fast ebenso dunklen Augen. Er hatte ein gütiges Gesicht mit ersten Lachfältchen um die Augen und einem Fünftagebart auf den Wangen. Er trug ein T-Shirt der Caledonian Thistles, dem Fußballclub aus Inverness, und ein Guinness stand vor ihm auf dem Tisch.

»Vor allem nicht abends«, fügte Adrien hinzu. »Dabei habe ich mit dir heute gar nicht gerechnet.« Es war ungewohnt, ihn ohne sein Basecap zu sehen, das er gewöhnlich immer trug. Seine blonden Haare standen wirr in alle Richtungen ab, als wäre er sich zu oft mit den Händen hindurchgefahren. Dunkle Schatten lagen unter seinen Augen, die davon zeugten, dass er ebenfalls keine einfache Woche gehabt hatte.

»Ich musste einfach raus. So langsam fällt mir zu Hause die

Decke auf den Kopf. Und du weißt, dass es nicht gut für mich ist, wenn ich zu viel Zeit zum Grübeln habe.«

Augenblicklich wurde Adriens Miene ernst. Nihat langte über den Tisch und legte seine Hand auf meinen unverletzten Arm. Ich las Mitgefühl in seinen Augen, aber auch Sorge, mit der ich mich gerade nicht befassen wollte. Daher räusperte ich mich. »Aber genug von mir. Wie lief es in den Lodges diese Woche?«

Adrien zog sein IPA zu sich heran und blickte in die gelbliche Flüssigkeit, als würde sie Antworten für ihn bereithalten. »Wir hatten keine weiteren Zwischenfälle. Das Schloss am Geräteschuppen habe ich austauschen lassen, damit wer auch immer den Ersatzschlüssel geklaut und die Bögen manipuliert hat, dort nicht mehr reinkommt und keinen weiteren Schaden anrichten kann. Der Ersatzschlüssel bleibt jetzt bei mir zu Hause. Vorerst bleibt der einzige Schlüssel bei mir, und wer in den Schuppen will, muss ihn sich bei mir holen.«

Ich nickte ihm über den Tisch hinweg zu. »Finde ich gut. Und wir lassen den auch nicht mehr tagsüber offen stehen. Wer etwas daraus haben will, muss zu dir kommen.«

Nihat beugte sich näher zu mir. »Was ich Adrien ebenfalls schon vorgeschlagen habe … ihr solltet auch eine Liste erstellen. Wer hat was wann und für wie lange ausgeliehen.«

Langsam ließ ich die Luft entweichen und sah zu Adrien. Ich kannte seine Meinung dazu, denn wir hatten mal darüber gesprochen. Eigentlich wollten wir das nicht. Nicht nur würde es mehr Arbeit für uns bedeuten und wir müssten dann das Büro durchgängig mit einem von uns besetzt halten, auch hatten wir uns dagegen entschieden, weil wir unseren Gästen mit einem Vertrauensvorschuss begegnen wollten. Aber in Anbetracht der Tatsache, dass wir nicht den Hauch einer Ahnung hatten, wer in den Geräteschuppen eingebrochen war und die Bögen manipuliert hatte …

Mein Seufzen war über die laute Musik nicht zu hören. »Ich denke, er hat recht. Wir sollten das zumindest vorübergehend machen, bis der Schuldige gefunden wurde. Vielleicht setzen wir uns Montag mal mit Kyleen zusammen und erstellen einen Plan.« Es klang wie eine Frage, weil ich mir selbst nicht sicher war, ob das der richtige Weg war. Ob wirklich schon genug vorgefallen war, um diesen Schritt zu rechtfertigen.

»Denke ich auch«, stimmte Adrien zu. »Vielleicht erledigt sich das Ganze nach zwei Wochen auch wieder, aber ich finde, wir sollten aktuell jede Möglichkeit ergreifen, einzelne Abläufe bei uns zu beaufsichtigen. Selbst wenn es sich am Ende als überflüssig herausstellen sollte.«

Ehe ich Adrien antworten konnte, umfing mich ein Schwall rot gelockter Haare, und eine Sekunde später lag ich in Kyleens Umarmung. »Isla, ich freue mich so, dass du da bist. Ich habe heute nicht mit dir gerechnet.«

Ich grinste, weil mir die Überraschung gelungen war. Ich hatte niemandem von meinen Plänen berichtet. »Ich hab es einfach keinen Tag länger ohne euch ausgehalten«, sagte ich.

Kyleen rutschte neben mir auf die Bank und stellte ein Pint Guinness vor sich ab. »Warum hast du nichts gesagt? Ich hätte dich doch abholen können.«

Ich deutete auf mein Glas Cola. »Wegen der ganzen Schmerzmedikamente kann ich eh keinen Alkohol trinken.«

Zweifelnd zog sie die Augenbrauen zusammen. »Aber kannst du mit dem Arm überhaupt schon wieder fahren?«

Ich drehte und wendete meinen Arm, um ihr zu zeigen, dass er schon wieder deutlich beweglicher war. »Das geht schon. Und ich hab es ja nicht weit.« Mein Blick schweifte von ihr zu Adrien. »Gibt es eigentlich ein Update von der Polizei? Als ich mit ihnen gesprochen habe, meinten sie, sie würden sich melden, sobald sie neue Informationen haben.«

Adrien schnaubte, und Nihat musste so plötzlich lachen,

dass es wie bellender Husten klang. »Nicht einen Piep haben wir von ihnen gehört. Gestern habe ich angerufen, ob es neue Entwicklungen gibt, und der Typ, dem das Gespräch übergeben wurde, wusste nicht einmal, um welchen Fall es ging. Selbst nachdem ich ihm das Aktenzeichen genannt habe, hat er sich noch verwirrt angehört, als würde zu diesem Fall gar nichts untersucht werden.«

Fassungslos schüttelte ich den Kopf, dabei sollte mich das gar nicht mehr wundern.

»Vielleicht müssen wir doch selbst ermitteln«, sagte Kyleen mit einem Seufzen. »Die Polizei hier kennt sich offenbar nicht mal richtig mit Diebstählen aus, wie sollen sie da etwas Komplexeres lösen?«

»Vielleicht solltet ihr einfach überall Überwachungskameras installieren. Dann passiert entweder nie wieder etwas, oder ihr erwischt den Täter auf frischer Tat«, überlegte Nihat.

Adrien schüttelte den Kopf, und Bedauern legte sich auf seine Züge. »Ich habe das schon durchgerechnet, und wir können uns das aktuell nicht leisten. Nicht, ohne einen weiteren Kredit aufzunehmen, und den bekommen wir bei der aktuellen Finanzlage nicht.«

Ein mulmiges Gefühl machte sich in meinem Magen breit. Es war kaum eine Woche her, seit Adrien mir anvertraut hatte, dass es den Lodges aktuell nicht gut ging, aber mit allem, was seitdem passiert war, hatte ich das schon wieder verdrängt. Doch jetzt von Adrien zu hören, dass wir nicht einmal zwei- oder dreitausend Pfund für eine Überwachungsanlage hatten, machte mir erneut bewusst, wie schlecht es um die Lodges stand.

Aber ich kam nicht dazu, mir weitere Gedanken darüber zu machen, denn plötzlich trat Leon zu uns an den Tisch, und sämtliche Gespräche verstummten. Ich konnte ihn nur anstarren. Er trug ein eng anliegendes Shirt, das seine Muskeln perfekt zur Geltung brachte. Seine Jeans saß tief auf seinen Hüften, zeigte ein Stück seines gebräunten Bauchs, wo das Shirt ein wenig nach oben gerutscht war. Einzelne Strähnen hatten sich aus seiner Frisur gelöst, als wäre er sich zu oft mit den Händen hindurchgefahren, dabei war er vermutlich nur mit dem Motorrad gekommen und hatte den Helm aufgehabt. Aber er sah gut aus, schoss es mir durch den Kopf, und ich sträubte mich innerlich dagegen, weil ich das nicht denken wollte.

Was macht er bei unserem Karaoke-Abend? Ich hatte Leon noch nie hier gesehen. Um ehrlich zu sein, konnte ich mich nicht daran erinnern, ob er überhaupt jemals im *Tavern* gewesen war, dabei war er ebenfalls in Glencoe aufgewachsen.

»Leon, schön, dass du gekommen bist«, begrüßte Adrien ihn.

»Danke für die Einladung.« Leon sah in die Runde und nickte uns nacheinander zu. Vielleicht bildete ich es mir nur ein, aber ich glaubte, sein Blick blieb etwas länger als nötig an mir hängen. In meinem Unterleib begann es zu prickeln. »Wollt ihr etwas zu trinken?«

Kyleen sprang auf. »Ich wollte sowieso grad gehen, ich kann dir was mitbringen. Du kannst dich derweil setzen.« Sie deutete auf den Platz, den sie gerade frei gemacht hatte. Den Platz direkt neben mir.

Ein Schwall seines typischen Leon-Dufts drang mir in die Nase, als er sich neben mich setzte. Das Prickeln in meinem Magen verstärkte sich, und ich verfluchte mich dafür. Er roch so gut, dass ich tief einatmete, während es mich gleichzeitig nervte, überhaupt darauf zu reagieren. Ich wollte doch gar nicht, dass es mir gefiel.

»Was machst du hier?«, fragte ich unfreundlicher als beabsichtigt.

Leon lachte nur, als hätte er nichts anderes von mir erwartet. Als würde es ihn freuen, von mir angeblafft zu werden.

»Adrien hat mich eingeladen.«

»Schon klar«, erwiderte ich, immerhin hatte er das schon gesagt. »Aber warum bist du gekommen? Ist Singen nicht viel zu uncool für dich?«

Jetzt lachte er richtig, seine Augen funkelten dabei vergnügt, als würden sie zum Takt der Musik tanzen. »Warum? Hast du Angst, dass ich dich unter den Tisch singe?«

Ein verächtliches Schnauben kam über meine Lippen. »Träum weiter. Mit deinen schiefen Tönen kann ich es selbst im Schlaf aufnehmen.« Ich war vielleicht nicht die nächste Beyoncé, aber mit Leon konnte ich es allemal aufnehmen. Ich erinnerte mich an einen Tag aus unserer Schulzeit. Leon war da vielleicht vierzehn oder fünfzehn gewesen und hatte bei einem Theaterstück mitgewirkt. Ich konnte mich nicht mehr daran erinnern, was sie aufgeführt hatten, aber wie schief und krumm er gesungen hatte, würde ich wohl nie vergessen.

Leons Lächeln bekam etwas Kalkulierendes, das mir vielleicht eine Warnung hätte sein sollen. »Dann hast du sicher nichts gegen ein kleines Duett? Damit wir ein für alle Mal klären können, wer von uns die schieferen Töne produziert?«

Ich konnte nicht anders, als zu grinsen. Mein Kampfgeist war geweckt. Ich wollte Leon zeigen, wohin er mit seiner großen Klappe kam. Vor allem jedoch wollte ich gegen ihn gewinnen.

Ich drückte den Rücken durch, was mich ihm unweigerlich näher brachte. Mein unverletzter Arm streifte seine Brust, und Hitze schoss durch meinen Körper. Mein Herz machte einen Satz, aber ich ignorierte das verräterische Ding.

»Du wirst so was von verlieren, McLachlan. Deine Niederlage wird episch sein, weil jeder der hier Anwesenden Zeuge dessen sein wird.« Ich wollte eine ausladende Bewegung mit dem Arm machen, um auf die vielen Leute hinzuweisen, die mittlerweile das *Tavern* bevölkerten, aber ich kam nicht weit. Leon griff nach meiner Hand und zog sie hinunter auf seinen Schoß, während er sich weit zu mir beugte, bis sein Mund direkt an meinem Ohr schwebte.

»Du hast keine Ahnung, worauf du dich da einlässt«, raunte er mir zu, seine Stimme wie flüssiger Honig.

Ich ignorierte den Schauer, der über meinen Rücken raste, und hielt dem Blick aus seinen blaugrünen Augen stand. »Ich weiß immer, worauf ich mich einlasse. Jedes Risiko ist bei mir einkalkuliert«, entgegnete ich mit mehr Selbstbewusstsein, als ich in dem Moment empfand. Angriff war schon immer die beste Verteidigung, oder? »Aber was ist mit dir? Bist du dir sicher, dass du das durchziehst? Jetzt könntest du noch einen Rückzieher machen.«

In Leons Augen blitzte etwas auf, das ich nicht deuten konnte. Gleichzeitig schnaubte er und schüttelte den Kopf. »Du bist vorlauter, als gut für dich ist«, murmelte er, sodass ich ihn gerade so über die Musik hinweg verstehen konnte.

Bevor ich ihm antworten konnte, stand Leon auf, ließ meine Hand los und entfernte sich von unserem Tisch, nur um kurz darauf mit der Liste der Lieder zurückzukommen, die zum Karaoke verwendet werden konnten. »Such dir was aus«, sagte er und knallte den Zettel vor mir auf den Tisch.

Ich musste gar nicht darauf schauen. Meinen Eltern gehörte das *Tavern*. Seit ich denken konnte, war ich nahezu jeden Monat beim Karaoke anwesend, und ich kannte die Liste in- und auswendig. Jeden einzelnen Song davon hatte ich schon mehrfach gesungen, und mir fielen auf Anhieb mehrere ein, die ich aus dem Stegreif zum Besten geben könnte.

Aber ehe ich dazu kam, mich zu äußern, schob sich Kyleen zwischen uns. »Ich weiß, was ihr singen müsst. Es passt einfach *perfekt* zu euch.«

Die diebische Freude in ihren Augen machte mir etwas Angst, was genau dieses Lied sein könnte. Vermutlich etwas hoffnungslos Romantisches. Oder etwas derart Kitschiges, dass ich mir beim Singen das Lachen verkneifen musste.

Leon, der Kyleen nicht so gut kannte, sah sie offen und ohne Vorbehalte an. Wie so ein Anfänger. »Was genau schwebt dir vor?«

Kyleens Grinsen wurde breiter, ihr Blick tanzte von Leon zu mir und wieder zurück. *»Something Stupid.«*

Im ersten Moment konnte ich das Lied nicht einordnen, es war definitiv keins, mit dem ich gerechnet hatte. Dann wurde mir klar, dass das Original von Frank Sinatra war und es eine aktuellere Version von Robbie Williams und Kylie Minogue gab. Und schon hatte ich auch die dazugehörige Melodie im Kopf und realisierte, dass ich das Lied nicht zusammen mit Leon singen wollte. Hätte Kyleen nicht etwas anderes aussuchen können? Irgendein Death-Metal-Lied, wo wir uns gegenseitig nur anschreien mussten, anstatt darüber zu singen, dass wir etwas derart Dummes wie Liebe füreinander empfanden?

Doch wie so oft konnte ich das Unheil nicht abwenden. Während ich noch innerlich in Panik verfiel, zuckte Leon bereits mit den Schultern und sagte: »Von mir aus.«

Mir fiel alles aus dem Gesicht. Wie konnte er einfach zustimmen? War er von allen guten Geistern verlassen? Gut, vielleicht kannte er das Lied nicht. Oder es war ihm egal, wie wir uns damit gleich zum Affen machten. Wahrscheinlich konnte er auch einfach gar nicht singen, und spätestens bei seinem Einsatz lachte ohnehin das ganze *Tavern*.

Unerwartet nervös folgte ich Leon zu der provisorischen Bühne, während Kyleen ihren Musikwunsch meinem Dad mitteilte, der wie immer am Karaoke-Abend den DJ mimte.

Sobald die Musik einsetzte und wir die Mikrofone in der Hand hatten, blickte ich auf den kleinen Bildschirm, auf dem der Text durchlief. Gemeinsam fingen wir an zu singen, und schon bei den ersten Tönen aus Leons Mund breitete sich eine

Gänsehaut auf meinen Armen aus. Nicht nur, dass er fantastisch singen konnte, seine Stimme klang zudem vollmundig und weich. Tief, aber ganz sanft und mit einem leicht vibrierenden Unterton.

Überrascht sah ich ihn an. Seine dunklen Haare fielen ihm in die Stirn, seine blaugrünen Augen musterten mich herausfordernd, und aus seinem üblichen Dreitagebart war mindestens schon ein Achttagebart geworden, was ihm leider verboten gut stand.

Himmel, nein! Was dachte ich denn da? Überhaupt nichts an Leon McLachlan war attraktiv, vor allem nicht das überhebliche Lächeln, das an seinen Mundwinkeln zupfte, weil er genau wusste, dass er mich mit diesem Duett überrascht hatte. Aber wie hätte ich auch ahnen sollen, dass aus dem Teenager, der keinen Ton halten konnte, jemand geworden war, der es auf der Bühne mit den ganz Großen aufnehmen konnte?

Jetzt kam die Stelle, die Leon allein sang. Ich versuchte, mich von ihm abzuwenden, aber mein Körper hörte nicht auf mich. Stattdessen trat ich einen Schritt vor, bis ich Leon so nah war, dass sich unsere Arme berührten. Er rückte nicht von mir ab, wie ich es erwartet hatte, sondern lehnte sich noch vor, bis auch unsere Gesichter nur noch wenige Zentimeter voneinander entfernt waren. Die Luft zwischen uns fühlte sich wie statisch aufgeladen an. Als stünde sie kurz davor, sich mit einem Knall zu entladen, auch wenn ich keine Ahnung hatte, wie der aussah.

Leon nahm mich mittlerweile komplett ein. Seine Stimme erfüllte nicht nur den Raum, sie rieselte auch über meinen Rücken, schwang über meine Arme, und ein Teil von mir wünschte sich, dass Leon nie wieder aufhörte. Dass *das* hier nie wieder vorbeiging. Ich wusste, dass es falsch war. Ich konnte ihn nicht ausstehen und er mich vermutlich genauso wenig leiden, immerhin hatte er mich während der Highschool hintergangen.

Aber in diesem Moment war das alles nicht mehr wichtig. Die Vergangenheit und meine verletzten Gefühle waren genauso egal wie alles, was die Zukunft bringen mochte. Nur er und ich zählten, und wie wir dieses Duett schmetterten, als hätten wir nie etwas anderes getan.

Denn Leon brachte mich dazu, über mich hinauszuwachsen. Nahm ich Karaoke normalerweise nicht unbedingt ernst, war heute das Gegenteil der Fall. Indem er so verboten gut sang, trieb Leon mich dazu an, ebenfalls das Beste aus mir herauszuholen. Das bemerkte auch unser Publikum. Obwohl ich sie nicht ansah, weil ich immer noch von Leons Blick gefangen war, spürte ich ihre Bewunderung. Außer unserem Lied war es absolut still im *Tavern*. Niemand grölte oder johlte, riss Witze oder sang schief mit.

Mittlerweile waren Leon und ich uns noch näher, und ich hatte keine Ahnung, wer sich auf den anderen zubewegt hatte. Sein Arm war locker um meine Hüfte geschlungen, und ich lehnte mich sogar gegen ihn. Ich hatte mein Mikro sinken lassen und sang stattdessen in seins mit hinein. Wir waren uns so nah, dass sein Bart beim Singen über meine Wange kitzelte. Mein ganzer Körper summte vor überschüssiger Energie, und obwohl es das nicht sollte, gefiel es mir.

Wenn das Lied vorbei war, würden wir wieder dazu übergehen, uns zu hassen, aber hier, in dieser Sekunde zeigte Leon mir eine Seite an sich, die ich nicht kannte. Die ich nicht einmal hinter seiner arroganten Fassade vermutet hatte. Da waren eine Sanftheit und Verletzlichkeit an ihm, die mir unter die Haut gingen – ob ich wollte oder nicht.

Und ich konnte immer noch nicht meinen Blick von ihm abwenden.

Die letzte Strophe des Liedes verklang zwischen uns. Ich erwartete, dass sich Leon sofort von mir löste und von der Bühne ging – oder dass ich genau das tat –, aber nichts dergleichen geschah. Wir blieben stehen, Leons Arm weiterhin um meine Hüfte geschlungen und ich an seine Brust gelehnt. Meine ganze rechte Seite berührte ihn, und es fühlte sich so aufregend an, als würden wir etwas Verbotenes tun. Leon atmete genauso schwer wie ich. Man könnte meinen, dass wir etwas sehr viel Anstrengenderes hinter uns gebracht hatten, als bloß ein Lied zu singen. Leons Blick ruhte auf mir, umschloss mich wie eine warme Decke, aber bohrte sich gleichzeitig auch in mich hinein. Ich fragte mich, ob er etwas in mir suchte oder ob sein Kopf genauso leer gefegt war wie meiner.

Leon hob die freie Hand, die nicht um meine Hüfte lag, an meine Wange. Seine Fingerspitzen berührten mich federleicht und jagten Hitze durch meinen Körper. Sie verweilten dort für ein, zwei Sekunden. Zu lange, um zufällig zu sein, aber ich wusste auch nicht, was es sonst sein soll. Gerade wusste ich gar nichts mehr.

Nur langsam und wie durch dichte Watte drang der tosende Applaus zu mir hindurch, und das war der Moment, der die Klarheit zurückbrachte. Bei uns beiden. Leon wandte den Blick ab, zog seinen Arm von mir weg und trat einen Schritt zur Seite. Augenblicklich vermisste ich die Wärme seines Körpers und das Kribbeln, das er mitgenommen hatte.

Ich folgte ihm von der Bühne und ging zu unserem Tisch. Adrien grinste mich breit an und hielt eine Hand hoch, in die ich zum High Five einschlug. Dann rutschte ich neben Kyleen auf die Bank, griff nach meiner Cola und trank das Glas in einem Zug halb leer.

»Holy shit, was war das denn?«, murmelte Kyleen.

Wenn möglich schoss mir noch mehr Hitze in die Wangen. »Ich habe keine Ahnung, wovon du redest.« Mein Blick schweifte zu Leon, der wenige Meter von unserem Tisch stehen geblieben war und sich mit jemandem unterhielt, den ich noch nie gesehen hatte und daher als Touristen einschätzte.

Mit großen Augen betrachtete sie mich verschmitzt. »Sag mir nicht, dass du das *zwischen euch* nicht bemerkt hast? Die Spannung war so dicht, dass man sie hätte schneiden können. Ihr habt euch auf der Bühne angesehen, als würdet ihr jeden Moment übereinander herfallen.«

»Quatsch.« Ich lachte, aber es blieb mir auf halbem Weg im Hals stecken. Wenn Kyleen es bemerkt hatte, hieß das dann, dass auch Leon bewusst war, was sich zwischen uns abgespielt hatte? Als hätte er meine Gedanken gehört, sah er in dem Moment in meine Richtung. Unsere Blicke prallten aufeinander, verhakten sich und hielten sich für ein, zwei endlose Sekunden fest.

Schnell wandte ich mich wieder Kyleen zu. »Da war überhaupt gar nichts zwischen uns. Wir können uns nicht ausstehen, schon vergessen?«

Sie schnaubte und funkelte mich herausfordernd an. »Mag sein, dass ihr einander nicht leiden könnt, aber ihr steht trotzdem aufeinander.«

»Ganz bestimmt nicht.« Mein Protest klang selbst in meinen Ohren armselig. Schade, dass ich wegen der Schmerzmittel keinen Alkohol trinken durfte, ich würde die letzte Viertelstunde gerne in einem Gin Tonic ertränken.

»Ich bin nicht die Einzige, die so denkt.« Kyleen deutete auf die gegenüberliegende Seite des Tisches, wo Toby und Duncan nebeneinandersaßen. Nihat grinste breit, und Adrien wackelte mit den Augenbrauen, während Toby und Duncan verkniffen wirkten. Sie betrachteten mich, als hätte ich mich mit dem Feind zusammengeschlossen, und genau so fühlte ich mich in diesem Moment auch. Als hätte ich etwas Verbotenes getan, für das ich nach normalen Standards in der Hölle landen würde.

Schnell wandte ich mich wieder Kyleen zu. »Nur weil ihr das denkt, heißt das noch lange nicht, dass es stimmt.« Ich musste schreien, damit sie mich über die laute Musik überhaupt verstehen konnte. Wie immer hatte Dad die Lautstärke hochgedreht, sobald wir mit dem Karaoke begannen.

Sie lachte und legte kurz einen Arm um meine Schultern. »Nur weil du es nicht wahrhaben willst, heißt das noch lange nicht, dass es nicht da ist. Die Weise, wie Leon und du euch angeschaut habt auf der Bühne … hui.« Sie fächelte sich Luft zu, als wäre ihr plötzlich warm. »Ich konnte das Knistern zwischen euch praktisch bis hier unten hin spüren. Wie gesagt, ich kann verstehen, dass du das nicht willst, nach allem, was zwischen euch vorgefallen ist, aber es zu ignorieren macht die Sache nicht ungeschehen.«

Ich schluckte erneut, diesmal aber aus einem völlig anderen Grund. Denn Kyleen hatte recht, auch wenn ich das niemals laut zugeben würde. Denn mir gefiel das nicht, und ich hatte Angst, was das für die Zukunft und unsere Zusammenarbeit bedeuten könnte.

»Du hast zu viele romantische Filme gesehen«, sagte ich deswegen.

Kyleen lachte. »Eigentlich schaue ich die absichtlich schon gar nicht mehr, weil es mir nur vor Augen hält, was ich nie haben werde.«

Auf der Bühne verklangen gerade die letzten Noten von einem Taylor-Swift-Song, den zwei junge Frauen gemeinsam geschmettert hatten. Direkt nach ihnen betraten Adrien und Nihat unter lautem Gegröle die Bühne. Ich schlug mit der Hand meines unverletzten Arms auf die Tischplatte, Duncan mir gegenüber steckte Daumen und Zeigefinger in den Mund und pfiff laut.

Ich wandte mich Kyleen wieder zu und legte eine Hand auf ihren Unterarm. »Du weißt schon, dass es da draußen noch andere Typen außer Finn gibt?« Denn sie hatte recht, wenn sie sich weiter auf Finlay versteifte, würde sie nie glücklich werden.

»Natürlich weiß ich das. Ich *sehe* sie ja auch, aber …«

»Aber du empfindest nichts für sie?«, half ich ihr auf die Sprünge.

»Ich kann doch auch nichts dafür, dass sich mein verfluchtes Herz auf Finn eingeschossen hat. Wenn ich wüsste, wie man sich ganz einfach entliebt, würde ich das sofort machen.« Sie seufzte schwer, und ich stupste sie mit der Schulter an.

»Wo steckt er heute eigentlich?« Erst jetzt fiel mir auf, dass ich ihn noch gar nicht gesehen hatte, dabei ließ er sich Karaoke normalerweise nicht entgehen.

»Keine Ahnung.« Kyleen zuckte mit den Schultern. »Vielleicht hat er 'ne Schicht im Mountain Rescue, von der er uns nichts gesagt hat. Oder einen heißen Abend mit Mel.« Sie versuchte, sorglos zu lächeln, als würde es ihr nichts ausmachen, aber ich sah auch den Schmerz, der in ihren Augen schimmerte.

Ehe ich Kyleen antworten konnte, spürte ich ein Prickeln im Nacken und drehte mich augenblicklich um. Ich entdeckte Leon, der in meine Richtung sah. Mittlerweile stand er mit meinem Dad an der Bar, und beide beobachteten mich, weshalb ich vermutete, dass sie über mich redeten. Mein Magen zog sich zusammen. Worüber sie wohl sprachen? Am liebsten würde ich zu ihnen eilen, um sicherzustellen, dass Leon nichts Schlechtes über mich sagte, aber ich versuchte mich zu beruhigen. Es war mein Dad, der dort bei ihm war, er würde das überhaupt nicht zulassen.

In dem Moment hob sich Leons rechter Mundwinkel, und das Grübchen auf seiner Wange erschien. Tief in meinem Magen begann es zu flattern, und ich lächelte zurück, ehe ich wusste, was ich da tat. So verweilten wir für einige Sekunden, dann wandte sich Leon ab und unterhielt sich weiter mit meinem Dad.

Ein wenig benommen und mit wild klopfendem Herzen setzte ich mich. Was war das gerade?

10. KAPITEL

ISLA

Die Vögel zwitscherten laut in den Bäumen, als ich am Montag das Haus verließ. Es ging mir endlich gut genug, um zurück zur Arbeit zu gehen. Die Schmerzen in meinem Arm hatten so weit nachgelassen, dass ich die Schmerzmedikamente bereits gestern hatte absetzen können, und auch die Wunde verheilte ordentlich.

Natürlich würde ich diese Woche noch keine Aktivitäten übernehmen, das hatte Adrien gestern, als ich ihn angerufen hatte, mehr als deutlich gemacht. Er wollte kein Risiko eingehen, dass ich mich wieder verletzte, bevor alles vollständig verheilt war, weshalb er mich zu Büroarbeit verdonnert hatte. Ich hatte versucht, mit ihm zu diskutieren, dass ich leichte Wanderrouten durchaus schaffen würde, denn was sollte mir da schon großartig passieren? Aber Adrien hatte sich nicht erweichen lassen.

Unsere Sicherheit und unser Wohlbefinden standen für ihn immer an erster Stelle, und auch, wenn mich das gerade nervte, war das eigentlich eine Eigenschaft, die ich sehr an ihm schätzte. Seine abschließenden Worte waren, dass ich entweder die Büroarbeit akzeptieren konnte oder er dafür sorgte, dass ich eine weitere Woche krankgeschrieben wurde. Und das wollte ich auf gar keinen Fall.

Das Lächeln überkam mich automatisch, als ich auf den einspurigen Feldweg einbog, der sich den Berg nach oben schlängelte. Es machte mir mal wieder bewusst, wie sehr ich meinen Job liebte, dass ich nach einer Woche Abwesenheit derart glücklich war, dorthin zurückzukehren. Natürlich war mir zu

Hause die Decke auf den Kopf gefallen, aber das war nicht alles. Ich hätte mich stattdessen auch in den Garten legen und ein Buch lesen können. Oder mir irgendeine andere Beschäftigung draußen suchen können.

Heute war es tatsächlich mal schön genug dafür. Die Sonne schien von einem nahezu wolkenfreien Himmel, und die Temperaturen kratzten schon jetzt an der Zwanziggradmarke. Eine Hitzewelle würde in den nächsten Tagen über uns hinwegrollen, und selbst in den Highlands sollten wir weit über fünfundzwanzig Grad bekommen.

Kies knirschte unter den Reifen, als ich auf den Parkplatz bog und zum Stehen kam. Ein wohliges Gefühl nistete sich in meiner Brust ein, als ich ausstieg und auf das Haus mit der weißen Fassade und dem rotbraunen Dach zuging. Die Tür öffnete sich, kurz bevor ich sie erreichte, und ein junges Pärchen kam aus dem Gemeinschaftsraum. Sie schienen neue Gäste in den Lodges zu sein, denn ich hatte sie vor meiner Abwesenheit nicht gesehen.

Ich schob mich an ihnen vorbei, und der Duft von frisch gebrühtem Kaffee sowie würzigem Earl Grey drang mir in die Nase, sobald ich eintrat. Aus der Küche war das Klappern von Töpfen zu hören, zwei weitere Paare saßen vor ihrem Frühstück und blickten auf, als sie mich eintreten hörten. Ich begrüßte sie, dann ging ich weiter an der Küche vorbei in den hinteren Bereich, wo Adrien und Kyleen ihre Büros hatten.

Adriens Büro war noch leer, aber Kyleen saß vor ihrem Computer, die Unterlippe zwischen die Zähne gezogen und eine tiefe Falte auf der Stirn, während sie angestrengt auf den Bildschirm stierte. Ihre roten Haare waren zu einem dicken Zopf geflochten, der ihr über die rechte Schulter hing. Sie trug ein blau-weiß gestreiftes Kleidchen, das sich perfekt an ihre Rundungen schmiegte und das große Tattoo freigab, das ihren Oberarm zierte.

Doch das alles konnte nicht darüber hinwegtäuschen, dass sie unzufrieden aussah.

»Welche Laus ist dir denn über die Leber gelaufen?«

Sie stieß einen kleinen Schrei aus und zuckte so arg zusammen, dass sie eine Tasse vom Tisch fegte, in der Stifte, ein Lineal und eine Schere gesteckt hatten. Scheppernd fiel alles zu Boden, während Kyleen mit weit aufgerissenen Augen aus ihrem Stuhl emporschoss. »Willst du mich umbringen?«, maulte sie mich an und hielt sich eine Hand auf die Brust, genau an die Stelle über ihrem Herzen.

Ich presste mir die Faust vor den Mund, damit sie mein Grinsen nicht sah. »Seit wann bist du so schreckhaft?«, zog ich sie auf. »Hast du wegen irgendwas ein schlechtes Gewissen?«

Kyleen schnaubte, was danach in ein Jammern überging. »Weswegen sollte ich ein schlechtes Gewissen haben? Weil ich brav meiner Arbeit nachgehe?«

»Keine Ahnung.« Nachdem ich die Stifte vom Boden aufgehoben, wieder in die Tasse gesteckt und alles auf den Tisch gestellt hatte, setzte ich mich auf den Platz neben ihr vor dem freien Rechner. »Vielleicht hast du es endlich gewagt, Finn deine unerschütterliche Liebe zu gestehen.«

Sie fing so plötzlich an zu lachen, dass ich Angst hatte, sie könnte aus ihrem Stuhl auf den Boden rutschen. »Bist du von allen guten Geistern verlassen? Erstens würde ich das schon nicht machen, weil Finn eine Freundin hat, und ich finde, dass wir Frauen langsam mal damit aufhören sollten, uns gegenseitig die Kerle auszuspannen. Zweitens, und das ist noch viel wichtiger als der erste Punkt, hat Finn nie irgendeine Art von Interesse an mir gezeigt. Nicht, seit er mit Mel zusammen ist, aber vor allem nicht davor, als er jahrelang Single war. Für ihn bin ich nur die beste Freundin, die immer für ihn da ist, aber nie etwas anderes darstellen wird als das … die beste Freundin zu sein.«

»Uff.« Ich hatte nicht mit diesem langen Monolog gerechnet, zumal ich ihn nicht zutreffend fand. »Ehrlich gesagt finde ich, dass Finn dich immer ansieht, als wärst du viel mehr für ihn als *bloß eine gute Freundin.*« Mit den Fingern malte ich Anführungszeichen in die Luft. »Und zwar sowohl als er Single war, als auch jetzt, wo er vergeben ist und andere Frauen gar nicht ansehen sollte. Ich habe mich schon immer gefragt, warum nie etwas aus euch geworden ist und ob Mel klar ist, wie sehnsüchtig er dich manchmal ansieht.«

Kyleens linke Augenbraue hob sich, und ihr zweifelnder Blick traf mich mit Wucht. »Bist du als Baby zu oft auf den Kopf gefallen?«

Ich lachte, weil diese ganze Situation so herrlich absurd war.

»Oder willst du nur davon ablenken, wie *Leon* und du euch am Freitag angesehen habt? Zwischen euch haben die Funken gesprüht, dass ich zwischendurch Angst hatte, das *Tavern* könnte in Flammen aufgehen.«

Ich schüttelte den Kopf so vehement, dass mein Pferdeschwanz herumflog und mir gegen die Wange klatschte. »Nur weil dein eigenes Liebesleben so langweilig ist, musst du nicht mir eins andichten.«

Kyleen fing an zu lachen. »Du …« Weiter kam sie nicht, weil sie von Geräuschen aus dem Aufenthaltsraum unterbrochen wurde. Ein Knall ertönte, dann laute Stimmen, die aufgebracht klangen, auch wenn ich keine Worte verstehen konnte. Kyleen und ich warfen uns einen Blick zu, dann sprangen wir gleichzeitig auf und stürmten aus dem Büro.

Im Gemeinschaftsraum fanden wir mehrere Personen vor. Das Pärchen, das mir entgegengekommen war, als ich ankam, und drei weitere Männer. Sie diskutierten lautstark miteinander, wandten sich uns aber zu, sobald sie uns entdeckten.

»Das Wasser funktioniert nicht«, sagte die einzige Frau.

»Welches Wasser?«, fragte ich perplex, weil ich keine Ahnung hatte, was sie meinen könnte. Es konnte unmöglich das sein, wonach es sich anhörte.

»Na, das normale Wasser. Ich war gerade auf dem Klo und wollte spülen, aber es kommt nichts raus. Dasselbe am Waschbecken. Ich kann den Hahn noch so weit aufdrehen, aber es kommt nicht einmal ein Tropfen heraus.«

»Wir haben dasselbe Problem«, sagte einer der Männer.

Mir schwirrte der Kopf. »Das kann nicht sein«, sagte ich fast automatisch, denn wo sollte das Wasser denn hin sein?

»Hältst du uns für zu blöd, einen Wasserhahn aufzudrehen?«, brauste die Frau auf. »Wenn wir dir sagen, dass das Wasser nicht funktioniert, dann stimmt das auch. Warum sollten wir dir Lügen erzählen?«

»Niemand bezichtigt euch der Lüge«, ging Kyleen beruhigend dazwischen, und ich biss mir auf die Lippe, um nicht etwas Unpassendes zu sagen. »Wir sind nur selbst überrascht, weil bis vor Kurzem alles funktioniert hat. Ich gehe mal in die Küche.«

Sie bedeutete uns, ihr in den schmalen Raum zu folgen, wo jeden Morgen das Frühstück zubereitet wurde. Der Raum lag dunkel und verlassen vor uns, bis Kyleen den Lichtschalter betätigte und die Leuchtstoffröhren an der Decke flackernd ansprangen. Sie ging zu dem chromglänzenden Waschbecken und hob den Hebel an … aber wie die Gäste schon gesagt hatten, kam kein einziger Tropfen heraus.

»Shit.« Eine steile Falte erschien auf Kyleens Stirn, und ich ging sofort in den Problemlösungsmodus über.

»Ich rufe Adrien an«, sagte ich und ignorierte dabei die Gäste, die alle gleichzeitig anfingen zu reden.

»Haben wir doch gesagt, dass das nicht geht.«

»Hättet ihr uns mal gleich zugehört.«

»Ist das eigentlich normal, dass in diesem Laden hier nichts funktioniert?«

»Hey, Isla.« Adrien ging nach dem dritten Klingeln ran, und ich verließ die Küche, um das Gemecker der Gäste nicht mehr zu hören, weil ich mich sonst nicht auf ihn konzentrieren konnte. »Was gibt's?«

»Wir haben ein Problem. Das Wasser funktioniert nicht mehr.«

»Soll das ein Witz sein?«

»Leider nein. Weder aus den Hähnen noch aus den Toiletten kommt noch Wasser raus. Hier sind schon einige verärgerte Gäste im Gemeinschaftsraum.« Die anderen hatten es vermutlich nur deswegen noch nicht gemerkt, weil sie zu Ausflügen unterwegs und damit gar nicht in den Lodges waren. »Vielleicht ist es ja ein allgemeines Problem, das ganz Glencoe betrifft.«

»Moment.« Kurz war es still auf seiner Seite, dann ertönte das Geräusch von fließendem Wasser. »Nein, bei mir funktioniert es.«

»Mist. Und was machen wir jetzt?« Mein Hirn war total leer, und ich fühlte mich mit der Situation überfordert. Vor allem, weil immer mehr Gäste in den Gemeinschaftsraum kamen, um sich über das nicht funktionierende Wasser zu beschweren.

»Ich rufe jetzt Josh, den Klempner, an und komme so schnell wie möglich mit ihm vorbei, damit er sich die Sache ansieht. Euch bleibt eigentlich nur, die Leute zu beruhigen. Und ich würde proaktiv diejenigen ansprechen, die es vielleicht noch nicht mitbekommen haben.«

»Okay.« Es klang etwas zittrig, und ich nahm einen tiefen Atemzug.

»Es wird alles gut«, versuchte Adrien mich zu beruhigen. »Ich bin in spätestens einer halben Stunde da.«

»Alles klar, bis gleich.«

Ich beendete das Gespräch und ging zurück zu den anderen. Sie standen noch immer im Eingang zur Küche und diskutierten, verstummten aber, sobald sie mich entdeckten.

»Adrien und der Klempner sind hierher unterwegs, dann wird sich sicherlich schnell klären, was das Problem mit dem Wasser verursacht. Wollen wir uns derweil setzen und wir spendieren eine Runde, während wir warten? Kaffee …« Zu spät fiel mir ein, dass wir ohne Wasser ja gar keinen Kaffee kochen konnten. Entschuldigend zuckte ich die Schultern. »Das eher nicht, aber wie wäre es mit Cola oder Saft?«

Missmutig sahen die Gäste sich an, nickten aber schließlich und steuerten auf einen der großen Tische zu. Ich atmete erleichtert aus und wandte mich Kyleen zu. »Adrien meinte außerdem, dass wir proaktiv auf die zugehen sollen, die bis jetzt noch nicht hier sind. Also falls sie nicht alle für irgendwelche Aktivitäten auf dem Berg sind.«

»Gute Idee, ich gehe mal an alle Türen klopfen. Kümmerst du dich derweil um die Meute?« Sie deutete auf die Gäste, die sich mittlerweile gesetzt hatten und uns erwartungsvoll betrachteten.

»Mache ich.« Ich sah Kyleen nach, wie sie aus der Tür schlüpfte, dann trat ich an den großen Tisch und nahm die Wünsche der Gäste entgegen. Nachdem ich die Getränke aus der Küche geholt hatte, setzte ich mich mit meiner eigenen Cola zu ihnen. Alle sahen mich erwartungsvoll an, aber niemand sagte etwas. Normalerweise konnte ich mit Stille sehr gut umgehen, aber jetzt gerade erdrückte sie mich. Es war keine einvernehmliche Stille, sondern ich hatte viel eher das Gefühl, dass sie etwas kaschieren sollte, auch wenn mir nicht ganz klar war, was genau.

»Wir werden das so schnell wie möglich beheben«, sagte ich, nur um irgendwas zu sagen, weil der Druck in mir immer größer wurde.

»Das ist ja auch das Mindeste«, sagte ein Mann. Ich schätzte ihn auf Mitte bis Ende dreißig, er hatte keine Haare mehr auf dem Kopf, dafür aber einen ziemlich imposanten Schnauzbart. »Es ist langsam wirklich eine Zumutung, was hier alle schiefläuft. Erst der Morgen, an dem es kein Frühstück gab, dann das ausgefallene Bogenschießen, und jetzt auch noch das. Und wir sind gerade mal eine Woche hier.«

Ich schluckte, weil ich seinen Unmut verstehen konnte. Im Urlaub wollte man sich nicht mit solchen Vorkommnissen herumschlagen. »Es tut mir wirklich leid, dass es gerade so chaotisch ist. Aber zumindest fürs Bogenschießen gab es eine Ersatzstunde.« Das hatte ich Adrien sofort vorgeschlagen, und soweit ich informiert war, hatte dort auch ein Großteil der ursprünglich Angemeldeten teilgenommen.

»Da hatten wir aber keine Zeit, weil wir für den Tag bereits einen Ausflug gebucht hatten. Und das war sehr ärgerlich, die Kids hatten sich besonders aufs Bogenschießen gefreut.«

»Es ist generell ärgerlich, sich im Urlaub mit dem Kram herumschlagen zu müssen«, warf ein zweiter Mann ein. Er hatte volles, hellblondes Haar und eisblaue Augen. »Ich wollte hier eigentlich abschalten, aber das war gar nicht möglich. Wir reisen morgen wieder ab, aber die Woche hier war gespickt mit Ärgernissen. Da hätte ich auch zu Hause bleiben und mich endlich um die marode Treppe kümmern können. Das wird auf jeden Fall in meine abschließende Bewertung mit einfließen.«

Zustimmendes Gemurmel begleitete seine Worte, dann meldete sich erneut die Frau zu Wort. Sie hatte dunkelbraune Haare, die ihr locker um die Schultern fielen. »Jetzt seid nicht so nachtragend, es ist doch nicht wirklich was passiert. Das macht doch niemand mit Absicht. Außerdem ist das sicher nicht üblich.«

Mein Magen zog sich unangenehm zusammen, und ich schüttelte den Kopf. »Nein, das ist nicht üblich. Bisher hatten wir nie derartige Probleme. Glaubt mir, uns nervt das mindestens so sehr wie euch.«

Ein Schnauben ertönte, dann trat ein weiterer Mann vor. Er

hatte dunkle, kurz geschorene Haare und betrachtete mich derart feindselig, dass ich unwillkürlich in meinem Stuhl zurückwich. »Wir reisen ebenfalls am Wochenende nach Hause, und ich werde mich sofort darum kümmern, dass ich einen Teil meines Geldes zurückbekomme. Wir haben kein fließendes Wasser, wie in so 'nem Entwicklungsland, das muss man sich mal vorstellen. Da werde ich über den Reiseveranstalter bestimmt einen Nachlass bekommen.«

Ich biss fest die Zähne aufeinander, um nichts Unüberlegtes zu sagen, und wünschte mir, dass Adrien da wäre. Er würde die richtigen Worte finden, um die aufgebrachten Gäste zu beruhigen. Auch wenn seine stoische Art mir manchmal auf den Keks ging, war sie genau das, was aktuell vonnöten war.

»Das ist Ihr gutes Recht«, presste ich irgendwie hervor, auch wenn ich ihm gerne etwas anderes entgegenschleudern würde. Aber es würde niemandem helfen, wenn ich die Gäste jetzt noch weiter verärgerte.

»Natürlich ist es das.« Er wurde lauter und ballte die Hände zu Fäusten. Seine Augen sprühten Funken, und ich konnte mir fast einbilden, dass sie meine Haut versengten. Er war auf Krawall aus, realisierte ich, und wollte sich gar nicht beruhigen lassen. »Vermutlich könnte ich euch sogar auf Schadensersatz verklagen.«

»Ach komm, hör auf.« Die Frau, die mir eben schon beigesprungen war, hatte offenbar genug. Sie stand auf und stellte sich dem Mann entgegen. »Das ist doch lächerlich, wie ihr euch aufführt. Es ist überhaupt nichts passiert, und Aktivitäten fallen auch manchmal aus, weil es regnet. Wollt ihr dann das Wetter verklagen?«

Ich war ihr dankbar, dass sie mir zur Seite sprang, weil ich keine Ahnung hatte, was ich darauf erwidern sollte. Es war total überzogen, was er da von sich gab, als hätten wir das Wasser absichtlich abgestellt, um die Leute zu foltern. Aber mir war auch bewusst, dass man das mit den richtigen Anwälten genau so darlegen konnte, und ich hatte Angst, etwas zu sagen, das im Zweifel ebenfalls gegen uns verwendet werden konnte.

In dem Moment ging die Tür zum Gemeinschaftsraum auf und lenkte die Aufmerksamkeit aller endlich von mir weg. Meine Hoffnung, dass es endlich Adrien sein würde, der mit dem Klempner zusammen eintraf, wurde von einem Schopf dunkler, verstrubbelter Haare zerschlagen. In meinem Magen begann es zu prickeln, und meine Atmung wurde flacher, ehe ich wirklich realisierte, wen ich da vor mir hatte.

Leon bemerkte die angespannte Stimmung im Raum sofort. Er blieb stehen, zog die Augenbrauen zusammen und wandte sich mir zu. »Ist alles okay?«

Der angriffslustige Typ polterte los, ehe ich überhaupt den Mund öffnen konnte. »Überhaupt gar nichts ist okay. Diese Lodges hier sind eine einzige Zumutung. Jetzt wurde uns auch noch das Wasser abgedreht, und wer weiß schon, wie lange es dauert, bis wir wieder aufs Klo gehen können.«

Leon beachtete den Kerl gar nicht. Sein Blick ruhte weiterhin auf mir, legte sich wie eine Decke um meine Schultern, die mich vor äußeren Anfeindungen abschirmte. »Was genau ist passiert?«

»Keine Ahnung.« Ich seufzte. »Aus irgendeinem Grund scheint das fließende Wasser nicht zu funktionieren, und zwar weder in den einzelnen Lodges noch in der Küche. Ich habe Adrien schon angerufen, und er ist mit dem Klempner hierher unterwegs, also hoffentlich haben wir das innerhalb der nächsten Stunde gelöst.«

Leon nickte mir aufmunternd zu und drehte sich dann zu den anderen um. »Also Leute, ihr habt es doch gehört, Hilfe ist unterwegs, und derweil nützt es niemandem, wenn wir uns gegenseitig anschreien. Warum setzen wir uns nicht, und Isla gibt eine Runde …« Er stoppte sich in letzter Sekunde, weil ihm vermutlich auffiel, dass die Gäste längst mit Getränken versorgt waren.

Der streitlustige Kerl donnerte seine leere Bierflasche auf den Tisch. »Nicht, dass wir was gegen kostenlose Drinks hätten, aber was, wenn wir aufs Klo müssen?« Er sagte das in einem derart scharfen Ton, dass ich die Hände zu Fäusten ballte.

Leon hingegen zuckte nur cool die Schultern. »Draußen ist ganz viel Natur, du findest sicher einen Baum, an den du pinkeln kannst.« Der Typ gab sich damit nicht zufrieden, öffnete seinen Mund, und ich wusste genau, was er als Nächstes sagen würde. Leon vermutlich auch, denn er schob hinterher: »Alternativ könnt ihr gern auch hoch zum *Three Sisters Resort* und dort die Toiletten benutzen.«

Als hätte er nur darauf gewartet, stolzierte der Typ aus dem Gemeinschaftsraum. Ich hatte keine Ahnung, ob er jetzt wirklich hoch zum Resort ging. Es war mir auch egal, ich war nur froh, dass ich mich nicht länger mit ihm herumschlagen musste.

Gleichzeitig nisteten sich Zweifel in meiner Brust ein. Was machte Leon *schon wieder* hier? Er war heute nicht für irgendwelche Aktivitäten eingetragen, also was hatte er hier verloren?

Zum ersten Mal war ich dankbar, dass er genau in dem Moment gekommen war, als das Chaos bei uns ausgebrochen war und er die Leute beruhigen konnte. Und diesmal hatte er auch keinen Vorteil davon, die Leute ins Resort zu schicken. Selbst wenn sie gingen, würden sie dort nur die Toiletten benutzen. Trotzdem war es seltsam. Das konnte doch alles kein Zufall mehr sein.

Ich betrachtete ihn, wie er sich an den Tisch setzte und die Gäste unterhielt. Im Handumdrehen hatte er ihnen bessere Laune verschafft. Gerade lachte er laut über irgendetwas und wirkte dabei so sorgenfrei, als könnte er kein Wässerchen trüben.

In meinem Magen rumorte es. Obwohl ich es niemals laut zugegeben hätte, war Leon bisher nichts anderes als nett gewesen. Er war ein zuverlässiger Tourguide, der nach denselben Regeln arbeitete wie wir. Trotzdem war es auffällig, dass diese Dinge genau jetzt passierten, seit wir zusammenarbeiteten. Da *musste* ein Zusammenhang bestehen, auch wenn ich ihn noch nicht erkennen konnte.

»Was macht Leon denn hier?« Kyleen trat neben mich, zurück von ihrem Rundgang und mit einigen weiteren Gästen im Schlepptau, die sich zu den anderen an den Tisch setzten und sich an den Getränken bedienten, die ich bereitgestellt hatte.

»Keine Ahnung.« Ich wandte mich ihr zu, sagte nichts weiter, aber meine Miene musste wohl eindeutig sein.

Kyleen verengte die Augen. »Du denkst doch hoffentlich nicht, dass Leon dahintersteckt.«

Ich sagte nichts dazu, presste die Lippen nur fest aufeinander.

Sie seufzte leise. »Damit tust du ihm unrecht. Warum sollte er uns das Wasser abstellen? Das ergibt doch überhaupt keinen Sinn.«

»Aber findest du es nicht auch seltsam, dass er neuerdings immer dann auftaucht, wenn hier etwas schiefläuft? Noch dazu, wenn er hier eigentlich keine Verpflichtungen hat?«

»Isla.« Ich hasste es, wenn sie diesen Ton bei mir anschlug. »Vielleicht will er einfach nur eine freundschaftliche Beziehung zwischen dem Resort und den Lodges aufbauen. Hast du ihn mal gefragt, warum er hier ist?«

»Nein, aber …«, versuchte ich erneut zu protestieren, doch Kyleen würgte mich gleich ab.

»Außerdem wissen wir doch noch gar nicht, ob sich überhaupt jemand an der Wasserleitung zu schaffen gemacht hat. Vielleicht gibt es auch eine ganz einfache Erklärung dafür.«

Ich konnte ein Schnauben nicht verhindern. »Das glaubst du wirklich noch, nachdem jemand die Bögen angeschnitten hat und ich verletzt wurde?« Ich hielt ihr meinen Oberarm unter die Nase, auf dem noch immer ein Pflaster die Wunde bedeckte. »Du kannst sagen, was du willst, aber für mich besteht kein Zweifel daran, dass irgendjemand auch unsere Wasserleitung sabotiert hat.«

»Irgendjemand vielleicht, aber auf gar keinen Fall Leon.« Kyleen ließ einfach nicht locker, und so langsam gingen mir die Argumente aus. Was Kyleen sagte, klang absolut logisch, aber ich konnte das dumpfe Gefühl in mir nicht ignorieren, das mir sagte, dass hier irgendetwas nicht mit rechten Dingen zuging.

»Komm schon, die Getränke auf dem Tisch sind bald aufgebraucht. Lass uns Nachschub holen, bevor sich neuer Unmut breitmacht.«

Für den Bruchteil einer Sekunde wirkte es, als würde Kyleen weiter mit mir diskutieren wollen, doch dann nickte sie und folgte mir in die Küche.

Adrien und der Klempner trafen zwanzig Minuten später ein. Mr. Collard war ein schmächtiger Mann Mitte fünfzig, mit einem akkuraten Schnauzbart und so tiefen Geheimratsecken, dass sie sich bald auf seinem Kopf treffen und eine Glatze bilden würden. Nachdem er uns freundlich begrüßt und sich das Problem von uns hatte schildern lassen, machte er sich umgehend an die Arbeit. Zuerst inspizierte er die Anschlüsse in der Küche, danach in einigen Lodges, ehe er ein Stück den Berg hinunterging, um an die Hauptleitung zu gelangen. Währenddessen gaben wir den Gästen weitere Getränke aus, um sie bei Laune zu halten.

Eine Stunde später kehrte Mr. Collard mit einem zufriedenen Lächeln in den Gemeinschaftsraum zurück. »Es funktioniert wieder alles.«

Adrien, Kyleen und ich sprangen auf, um gemeinsam mit

ihm in Adriens Büro zu gehen. Dieses Gespräch sollten wir nicht vor den Gästen führen.

»Was war das Problem?«, wollte Adrien wissen, sobald die Tür hinter uns geschlossen und wir allein waren.

Mit einem lauten *Klong* legte Mr. Collard ein Stück Rohr zwischen uns auf den Tisch. »Irgendwer hat nicht nur den Hauptwasserhahn zugedreht, sodass gar kein Tropfen mehr zu euch durchfließen konnte, sondern zudem auch ein Loch in die weiterführende Leitung gebohrt. Selbst wenn ihr den zugedrehten Haupthahn bemerkt hättet, wäre danach kaum etwas bei den Lodges angekommen.«

Ich warf Kyleen einen Blick zu, der sagte: *Siehst du, ich wusste doch, dass sich jemand daran zu schaffen gemacht hat.*

Sie ignorierte mich geflissentlich. »Wir müssen das der Polizei melden«, sagte sie zu Adrien. »Sie müssen das zu den anderen Dingen aufnehmen.«

Das Seufzen, das Adrien verließ, klang tonnenschwer, als würden die Probleme der ganzen Welt auf seinen Schultern lasten. »Ich kümmere mich direkt darum.«

Während Adrien mit der Polizei telefonierte, kehrten Kyleen und ich in den Gemeinschaftsraum zurück, um die Gäste zu informieren. »Ihr könnt jetzt erst mal wieder in eure Lodges zurück. Das Wasser sollte überall wieder funktionieren, aber wenn ihr auf weitere Probleme stoßt, kommt gern direkt zu mir. Bitte entschuldigt noch einmal die Unannehmlichkeiten.«

Stühlerücken erklang, und geschlossen standen die Gäste auf. Die meisten bedankten sich und gingen direkt in Richtung Tür, aber der angriffslustige Kerl von vorhin, der mittlerweile von wo auch immer zurückgekehrt war, blieb natürlich direkt vor uns stehen. »Für eure abschließende Bewertung hoffe ich sehr, dass in den letzten zwei Tagen bis zu meiner Abreise keine weiteren Zwischenfälle mehr passieren. Ich denke nicht, dass ihr euch weniger als drei Sterne leisten könnt.« Abfällig schweifte sein Blick durch den Gemeinschaftsraum.

Mir lag auf der Zunge, ihm zu sagen, wohin er sich seine Bewertung stecken konnte. Wie ich es hasste, von schmierigen Typen wie ihm, die meinten, ihnen gehörte die ganze Welt, mehr oder weniger abhängig zu sein und daher von ihnen erpresst werden zu können.

Aber Kyleen legte eine Hand auf meinen Unterarm und schüttelte fast unmerklich den Kopf. Und ich war ihr dankbar, dass sie mich zurückpfiff, denn auch, wenn dieser Kerl eine Abreibung verdient hätte, hatte er leider recht: Weniger als drei Sterne konnten wir uns nicht erlauben.

11. KAPITEL

LEON

Durch das geöffnete Fenster wehte der Duft von blühender Heide und frisch gemähtem Rasen. Ich hörte Kinderlachen und die mahnenden Worte ihrer Eltern, kurz darauf ging die Familie außen an meinem Büro vorbei. Vermutlich in Richtung Sessellift, um bei diesem schönen Wetter auf den Berg hinaufzufahren.

Ich wandte mich wieder der Präsentation vor mir zu, auch wenn ich mich heute nicht richtig konzentrieren konnte. Die letzten Tage waren so ereignisreich gewesen, dass meine Gedanken kaum zur Ruhe kamen. Ich brauchte momentan auch verhältnismäßig lange, um einzuschlafen, was ungewöhnlich für mich war. Aber vielleicht auch verständlich, bei den ganzen Veränderungen – denen, die ich schon durchgedrückt hatte, und denen, die ich meinem Dad bald vorstellen wollte.

Mein Magen zog sich schmerzhaft zusammen, weil ich genau wusste, dass er mit den Modernisierungen, die ich für das *Three Sisters Resort* geplant hatte, nicht einverstanden sein würde.

Du brauchst seinen Zuspruch nicht, dir gehören fünfzig Prozent des Resorts, redete ich mir mal wieder gut zu, aber in meinem Magen grummelte es weiter, weil es natürlich nicht darum ging, was ich *brauchte*. Ich würde mir einfach nur *wünschen,* dass mein Dad endlich mal stolz auf mich war, weil er erkannte, wie sehr ich mich für das Resort aufrieb und was für gute Ideen ich auf den Tisch brachte. Aber das hatte er noch nie, warum sollte er ausgerechnet jetzt damit anfangen?

Mein Handy begann zu vibrieren. Ein Blick darauf verriet

mir, dass mein bester Freund Freddie anrief. »Hey, was gibt's?«, nahm ich den Anruf entgegen.

»Nicht viel«, dröhnte seine tiefe Stimme an mein Ohr. Augenblicklich musste ich lächeln. »Wollte nur mal wieder mit dir sprechen. Hab das Gefühl, wir sehen uns momentan gar nicht.«

Sein Gefühl trog ihn nicht. Ich konnte mich nicht einmal daran erinnern, wann wir zuletzt zusammen an einem Tisch gesessen hatten. Freddie betrieb eine Gin-Destillerie etwas außerhalb von Glencoe. Das war schon immer sein Traum gewesen, daher hatte er sich gleich nach dem College darangemacht, die nötigen Genehmigungen dafür zusammenzubekommen. Anfangs war das Geschäft schleppend gelaufen, doch dann hatte Freddie begonnen, Führungen und Tastings anzubieten. Gerade als das Geschäft angezogen hatte, war die Corona-Pandemie gekommen, die uns alle dazu gezwungen hatte, unsere Geschäfte und das Resort zu schließen. Doch seit anderthalb Jahren lief es bei Freddie richtig gut, was jedoch auch dazu führte, dass er mehr Zeit in seiner Destillerie verbrachte als sonst wo.

»Hier …« war alles bestens, wollte ich sagen, bekam die Worte aber nicht über die Lippen.

»Ich habe von den Zwischenfällen gehört.«

»Du und jeder andere im Umkreis von fünfzig Meilen.« Ich lehnte mich in meinem Stuhl zurück und legte die Füße auf der Kante der Tischplatte ab. »Es kursieren ja die wildesten Gerüchte. Eines davon sagt wohl, dass sich Isla mit ihrem eigenen Bogen erschossen haben soll.«

Freddie lachte. »Das habe ich auch gehört und gleich verworfen. Wenn wirklich jemand gestorben wäre, würde eine andere Stimmung in der Stadt herrschen. Was ist denn genau passiert?«

Mit knappen Worten brachte ich ihn auf den neuesten Stand über die Vorkommnisse der letzten Wochen. »… und dann meinte der Klempner, dass es auf jeden Fall Sabotage war und sich jemand an der Wasserleitung zu schaffen gemacht hat«, schloss ich meinen Bericht.

»Heftig«, murmelte Freddie. »Und Isla wurde tatsächlich verletzt?«

»Ja.« Ein kaltes Schaudern lief über meinen Rücken. Den Anblick, wie dieser verdammte Pfeil aus ihrem Arm ragte, würde ich wohl nie vergessen. »Aber es war nur eine oberflächliche Wunde, und es geht ihr zum Glück schon wieder gut.«

»Habt ihr 'ne Vermutung, wer dahinterstecken könnte?« Freddie war schon immer ein Problemlöser gewesen, daher wunderte es mich nicht, dass er nun diese Schiene einschlug.

»Nicht den blassesten Schimmer«, gestand ich. »Ich vermute, dass es jemand aus den Lodges ist. Alle Vorfälle sind bisher dort geschehen, und gerade die letzte Sabotage an der Wasserleitung zeigt, dass der- oder diejenige zumindest ein gewisses Vorwissen gehabt haben muss. Ich hätte nicht gewusst, wo diese verdammte Leitung entlangführt oder wo der Haupthahn ist.«

»Ach, das sind allgemeine Gebäudedaten, die kann man schon herausfinden, wenn man will.« *Herausfinden, wenn man will* bedeutete bei Freddie für gewöhnlich, dass er sie sich illegal besorgte, indem er sich irgendwo einhackte, wo er nichts zu suchen hatte.

»Dafür muss man aber gut mit Computern umgehen können, und ich habe keine Ahnung, auf wen in den Lodges das zutrifft.«

Um ehrlich zu sein, kannte ich dort kaum jemanden gut genug, um ihn einschätzen zu können. Mit Adrien hatte ich ein paarmal wegen der Zusammenführung der Aktivitäten gesprochen, und ich traute es ihm wirklich nicht zu, sein eigenes Unternehmen zu sabotieren. Dasselbe galt für Isla und Kyleen. Ich traute es ihnen beiden nicht zu, vor allem Isla nicht, die beim Bogenschießen ernsthaft verletzt wurde. Außerdem war Isla viel zu ehrlich. Sie war laut, chaotisch und hielt mit ihrer Meinung – vor allem, dass sie mir nicht traute – nicht hinterm Berg, aber es steckte nicht ein Fünkchen Hinterhältigkeit in ihr. Wenn ich eine Person mit hundertprozentiger Sicherheit ausschließen konnte, dann war sie es.

Dann kamen wir jedoch zu den Männern in der Lodge, und es wurde undurchsichtig für mich. Mit Finlay war ich während der Schulzeit ein paarmal aneinandergeraten. Wir waren beide sehr sportlich und sehr kompetitiv, weshalb wir schon früher Probleme miteinander gehabt hatten. Ich hatte ihn noch nie ausstehen können, das hatte sich auch bis heute nicht geändert – und beruhte vermutlich auf Gegenseitigkeit –, aber das sagte nicht unbedingt etwas darüber aus, ob er zu dieser Sabotage fähig wäre. Duncan und Toby konnte ich noch weniger einschätzen. Mit beiden hatte ich nie groß etwas zu tun gehabt, und …

»Was ist mit dem *Three Sisters Resort?*«, unterbrach Freddie meinen Gedankengang.

»Bitte was?« Im ersten Moment war ich zu verwirrt, um zu verstehen, was er meinte.

»Na ja, die Sabotage könnte auch jemand aus dem Resort gemacht haben.«

»Auf gar keinen Fall.« Sofort schüttelte ich den Kopf, obwohl er das nicht sehen konnte. »Niemand von uns würde sich dazu herablassen.«

Freddie schnaubte. »Ist ein bisschen arrogant, so zu denken, nicht? Ich vermute mal, die Person, die dahintersteckt, hat etwas dagegen, dass das Resort mit den Lodges zusammenarbeiten muss. Das könnte, wenn man eure Historie bedenkt, wirklich auf nahezu jeden zutreffen. Außer vielleicht auf dich, weil du das Ganze angeleiert hast, aber sonst …?« Er ließ den Rest des Satzes in der Luft hängen, aber seine Intention wurde trotzdem deutlich. Und er hatte ja recht, aber ich konnte es mir trotzdem nicht vorstellen.

»Ich glaube nicht, dass es jemand von uns ist«, wiederholte ich. »Ich kann dir nicht mal sagen, wieso, aber ich bin mir zu hundert Prozent sicher.«

»Es wäre sträflich, es nicht wenigstens in Betracht zu ziehen und deine Leute etwas genauer unter die Lupe zu nehmen. Es ist toll, dass du so ein Vertrauen in deine Angestellten hast, aber sollte sich am Ende herausstellen, dass es doch jemand von euch war, fällt das auch auf dich negativ zurück.«

Ein weiterer Protest erstarb auf meinen Lippen, denn Freddie hatte recht. Ich war zwar nie ein Fan von ›Vertrauen ist gut, Kontrolle ist besser‹ gewesen, weil es in meinen Augen kein richtiges Vertrauen gab, wenn man alles kontrollieren musste. Aber in diesem Fall könnte es wirklich dem Resort schaden, wenn ich nicht alle Möglichkeiten in Erwägung zog.

»Okay, okay«, lenkte ich ein. »Du hast recht, ich sollte es zumindest in Betracht ziehen. Aber mir gefällt das nicht.«

»Als Chef muss man sich auch mit den unangenehmen Dingen auseinandersetzen.«

Ich bin aber noch kein richtiger Chef, wäre mir beinahe herausgerutscht, aber ich konnte es mir im letzten Moment verkneifen. Rein rechtlich gehörten mir bereits fünfzig Prozent des Resorts, und ich kämpfte seit Jahren dafür, auch mehr Entscheidungsfreiheit zu erlangen. Dass wir mit den Lodges zusammenarbeiteten, war ein erster Schritt in diese Richtung – weshalb es so wichtig für mich war, dass es sich als Erfolg erwies. Nebenbei arbeitete ich an einem Plan für weitere Änderungen, die das Resort modernisieren und interessanter für junge Paare und Familien machen sollten – auch abseits der Hauptreisezeiten im Sommer und Winter.

Ich sah mich selbst schon längst als Chef oder zumindest als Vorgesetzter, und wenn ich von anderen auch so wahrgenommen werden wollte, musste ich aufhören, mich selbst kleinzumachen. Selbst wenn es nur vor meinem besten Freund war.

»Manchmal finde ich es kacke, so viel Verantwortung zu haben«, gestand ich.

Freddie lachte. »Das gehört dazu. Es ist okay, das nicht zu mögen, solange man seinen Verpflichtungen trotzdem nachkommt.«

»Wann bist du so schrecklich erwachsen und verantwortungsvoll geworden?«

»Seit ich eine Destillerie mit zehn Mitarbeitenden leite. Ich muss auch mal Entscheidungen treffen oder Dinge tun, die ich scheiße finde, aber ohne das geht es, glaube ich, leider nicht.«

Obwohl in seinen Worten kein Vorwurf mitschwang, hörte ich einen heraus. Vermutlich, weil die Leute mir deswegen schon immer mit Argwohn entgegengetreten waren. Während Freddie sich sein Business völlig eigenständig aufgebaut hatte, hatte ich mich ins gemachte Nest gesetzt. Das *Three Sisters Resort* befand sich bereits seit vier Generationen im Besitz meiner Familie. Wir hatten viele Stammgäste, die vor allem im Winter jedes Jahr zu uns kamen und dafür sorgten, dass wir immer ausreichend Buchungen im System hatten.

Das Ding war, dass die Leute nur sahen, was ich bekommen hatte, aber nicht, wie sehr ich mich aufrieb, um noch mehr zu erreichen. Ich hätte das Studium nicht absolvieren müssen, mein Dad wäre fein damit gewesen, wenn ich alle Belange des Hotels von ihm erlernt hätte. Doch das hatte ich nie gewollt und wollte es auch heute noch nicht. Einfach nur den Status quo zu erhalten war nie in meinem Sinn gewesen. Ich wollte *mehr* erreichen und *mehr* aus diesem bereits so erfolgreichen Familienunternehmen herausholen. Aber das erkannte niemand. Weder Leute von außerhalb noch die aus meiner eigenen Familie. Meine Schwester vielleicht ausgenommen, aber sie interessierte sich nicht für das Hotel, und seit sie studierte, war sie ohnehin viel zu selten zu Hause.

»Okay, ich muss dann mal hier weitermachen«, durchdrang

Freddies Stimme meine Gedanken. »In einer Stunde habe ich eine Destillerie-Führung mit anschließendem Tasting, und dafür muss ich noch einiges vorbereiten.«

»Alles klar, wir sehen uns die Tage.«

»Vergiss unser Date am Sonntag nicht.«

Ein verzweifeltes Stöhnen kam über meine Lippen, denn ich hatte es bereits vergessen – oder eher erfolgreich verdrängt und gehofft, dass Freddie ebenfalls nicht mehr daran dachte. »Müssen wir?« Es kam gequälter heraus als beabsichtigt.

»Du überlegst, es in die Aktivitäten mit aufzunehmen, also solltest du es selbst vorher ausprobieren. Vielleicht lernst du dann gleich jemanden kennen, den du als Trainer engagieren kannst.«

Ich hasste Freddies unschlagbare Logik. »Ist ja gut«, gab ich mich geschlagen. »Wir sehen uns Sonntag um zehn am Loch Linnhe.«

»Bis Sonntag«, flötete Freddie regelrecht, ehe er auflegte.

Ich wandte mich wieder der Präsentation zu, an der ich gearbeitet hatte. Dort trug ich zusammen, was ich an Innovationen für das Resort plante, schrieb die Vorzüge dazu und wie es uns als Familienunternehmen voranbringen sollte, genauso wie den zusätzlichen finanziellen Umsatz, den ich damit erwartete.

Es war fast ein bisschen erbärmlich, dass ich diese detaillierte PowerPoint-Präsentation zusammenstellte, um sie meinem Dad zu zeigen. Um ihn davon zu überzeugen, dass die Neuerungen, die ich mir überlegt hatte, wirklich eine Verbesserung waren. Andere Leute in meinem Alter würden sich vermutlich einfach mit ihren Vätern und einem Bier gemeinsam an einen Tisch setzen und ihnen erzählen, was sie sich überlegt hatten. Aber Dad und ich hatten nie diese Art von Beziehung zueinander gehabt.

Trotzdem war ich gewillt, ihn endlich mit diesem Plan stolz zu machen. Ihm zu zeigen, dass ich wie er – und sein Vater und

Großvater vor ihm – nur das Beste für das *Three Sisters Resort* und seine zahlreichen Mitarbeitenden im Sinn hatte.

Ohne Klopfen oder eine andere Art der Ankündigung wurde die Tür zu meinem Büro kraftvoll aufgestoßen. Ich besaß die Geistesgegenwart, meinen Bildschirm schwarz zu schalten, ehe ich mich in meinem Bürostuhl umdrehte. Natürlich war es mein Dad, der ohne Vorankündigung in mein Büro polterte. Ich hätte es mir denken können, niemand sonst in dieser Familie war so dreist.

»Hey, Dad, wie schön, dich zu sehen, komm doch rein.«

Entweder bemerkte Dad den Sarkasmus in meiner Stimme nicht oder er ignorierte ihn geflissentlich. Stattdessen knallte er sein Tablet auf meinen Tisch, deutete darauf und betrachtete mich finster. »Hast du das schon gesehen? Eine Unverschämtheit.«

»Was denn?« Ich zog das Tablet zu mir heran und warf einen Blick darauf. Eine Rezension des Resorts auf einer Urlaubsplattform war geöffnet. Sie betrug vier Sterne, und auch ohne den dazugehörigen Text zu lesen, wandte ich mich mit krausgezogener Stirn meinem Dad zu. »Hast du jetzt neuerdings etwas an vier Sternen auszusetzen?«

»Es geht nicht um die Sterne, lies den Text«, wies er mich an, aber ehe ich überhaupt einen weiteren Blick darauf werfen konnte, riss er das Tablet an sich und fing an, mir eine Passage vorzulesen.

»... zusätzlich hatten wir Bogenschießen gebucht, das in einem Hotel in der Nähe stattfinden sollte. Leider ist das völlig in die Hose gegangen. Die Bögen waren nicht sicher, während der Einführung ist einer gerissen, und der Pfeil hat ausgerechnet die Trainerin verletzt, die den Kurs danach nicht zu Ende führen konnte. Es gab wohl einen Nachholtermin, den wir allerdings wegen einer Wanderung nicht wahrnehmen konnten. Was mich jedoch als Mutter, die diesen Kurs mit ihrem achtjährigen Sohn gebucht hat, erschüttert hat, ist die Tatsache, dass das Kursmaterial nicht vor Verwendung geprüft wird. Es hätte wer weiß was passieren können.«

Dad sah zu mir auf. Sein kühler Blick bohrte sich in mich hinein. Ich hielt ihm stand, auch wenn ich mich abwenden wollte. »Was hast du dazu zu sagen?«

»Ja, da hätte deutlich Schlimmeres passieren können, zum Glück ist es das nicht. Davon abgesehen kann ich nicht viel dazu sagen, ich war nicht dabei, als es passiert ist.« Ich verstand auch nicht ganz, was Dad gerade von mir wollte, aber an der Art und Weise, wie er angestrengt Luft holte, wusste ich, dass er mir das gleich erläutern würde.

»Diese Bewertung, die ich gerade vorgelesen habe, ist eine zum *Three Sisters Resort*.«

»Das habe ich gesehen, als du mir das Tablet unter die Nase gehalten hast.« Ich tat weiterhin ahnungslos, auch wenn es mir so langsam dämmerte, was Dads eigentliches Problem war.

»Sie gibt *uns* Punktabzug für etwas, das bei den verfluchten *Lodges* vorgefallen ist.« Vor Wut wurden seine Augen ganz klein und seine Stimme gefährlich ruhig. »Das wäre nicht passiert, wenn du nicht diese wahnwitzige Idee gehabt hättest, mit denen zusammenzuarbeiten. Du weißt, dass wir uns nach dem letzten Jahr keine schlechten Bewertungen mehr leisten können.«

»Vier Sterne sind keine schlechte Bewertung«, widersprach ich sofort. »In anderen Bewertungen wurde schon positiv hervorgehoben, dass wir Wanderungen mit den Lodges zusammen gemacht haben. Die Leute haben explizit Isla sehr gelobt.«

»Isla.« Er sprach ihren Namen aus, als wäre er ein Schimpfwort. »Ich weiß, dass sie dir den Kopf verdreht hat, aber ich

lasse nicht zu, dass das Murray-Mädchen das zerstört, was diese Familie mit viel Schweiß aufgebaut hat.«

Ich wusste nicht, wo ich ansetzen sollte, weil an diesem Satz so viel falsch war. Nicht zuletzt, weil Isla schon sehr lange kein *Mädchen* mehr war. »Isla zerstört überhaupt gar nichts, oder willst du etwa behaupten, dass sie hinter den Anschlägen steckt und sich dabei selbst verletzt hat?«

Grimmige Zufriedenheit machte sich auf Dads Gesicht breit. »Vermutlich hat sie gehofft, dass jemand anderes als sie getroffen wird. Davon abgesehen würde es zu ihr passen, oder nicht? Immerhin arbeitet sie gegen uns, seit du ihr damals den Laufpass gegeben hast.«

Ich hatte ihr nie den Laufpass gegeben, aber es war müßig, mit meinem Dad darüber zu diskutieren. »Wenn du meinst«, sagte ich nur, plötzlich müde ob dieser ganzen falschen Anschuldigungen. Ich hatte die Hoffnung, dass Dad mich in Ruhe lassen würde, wenn ich einlenkte, aber natürlich tat er mir diesen Gefallen nicht, sondern trat stattdessen zwei Schritte näher.

»Sieh zu, dass so etwas nicht öfter passiert, sonst werde ich dich persönlich dafür verantwortlich machen und die Zusammenarbeit mit den Lodges beenden. Du hast mir versprochen, dass die Kooperation sich für uns auszahlen wird, aber bisher ist eher das Gegenteil der Fall.«

»Das stimmt nicht«, widersprach ich erneut. Hatte ich gerade noch meine Ruhe haben wollen, konnte ich seine Falschaussage jetzt nicht so stehen lassen. »Du hast dir *eine* negative Stimme herausgepickt und die ganzen positiven ausgelassen, weil es dir besser in den Kram passt. Auch vergisst du, dass wir diese Saison nicht eine einzige Aktivität ausfallen lassen müssen, obwohl uns ebenso Personal fehlt wie letztes Jahr. Und weil durch den Zusammenschluss mit den Lodges mehr Gäste zum Lunch zu uns kommen, haben wir bereits in der ersten Woche unsere Umsätze um vierzig Prozent steigern können. Nur weil du die Vorteile nicht sehen willst, heißt es nicht, dass sie nicht da sind.«

Dad verengte die Augen ein wenig mehr und tippte unbeeindruckt auf sein Tablet. »Du weißt, dass eine negative Stimme sehr viel mehr wiegt als zehn Positive. Wenn das noch einmal vorkommt, ist die Sache beendet!«

Damit wandte er sich ab und verließ mein Büro. Ganz in seiner Manier zog er die Tür so leise zu, dass das Klicken des Schlosses kaum zu vernehmen war. Am liebsten wäre ich aufgestanden, hätte die Tür noch mal geöffnet und mit Wucht zugeschlagen, weil ich so wütend war. Es machte mich rasend, wie emotionslos Dad mit mir umging, aber ich wusste, dass sich daran nichts änderte, nur weil ich noch mehr Empfindungen in unsere Interaktionen legte.

Stattdessen stand ich auf, riss das Fenster auf und steckte den Kopf nach draußen. Warme Sonnenstrahlen trafen auf mein Gesicht, und fast fand ich es etwas unverschämt, dass sie meine Laune augenblicklich hoben, wo ich doch weiter wütend sein wollte.

Mein Gespräch mit Freddie fiel mir wieder ein und seine Warnung, auch in meinen eigenen Reihen zu schauen, ob uns jemand bewusst schaden wollte. Und ja, ich würde es meinem eigenen Dad zutrauen. Es würde zu ihm passen, das alles anzuleiern, nur um mir damit eins auswischen zu können. Um mir zu zeigen, dass ich noch lange nicht so weit war, das Resort vollständig zu übernehmen. Vermutlich erfüllte es ihn mit perfider Befriedigung, wenn er mir meine Fehler unter die Nase reiben konnte.

Und es wäre ja nicht das erste Mal, dass er mich hinterging. Das hatte er schon mal gemacht, während der Schulzeit, und wie auch jetzt, hatte der damalige Fall etwas mit Isla zu tun gehabt.

Also nein, ich schloss es nicht mehr kategorisch aus, dass der Saboteur aus meinem nächsten Umfeld stammen könnte.

12. KAPITEL

ISLA

»Ich komme ja schon«, brüllte ich aus dem geöffneten Fenster, sobald Kyleen in meiner Einfahrt parkte und laut hupte. Dann wandte ich mich erneut dem Boden zu, wo Frodo mit großen Augen und einem strafenden Blick zu mir aufsah. »Es gibt jetzt nichts anderes.« Ich deutete auf seinen Fressnapf, den ich gerade mit Nassfutter gefüllt und von dem er sich nach kurzem Schnuppern pikiert abgewendet hatte. »Bis gestern mochtest du Lachs noch, und ich habe heute weder Zeit noch Lust, für dich auf die Suche nach etwas Neuem zu gehen. Du frisst das jetzt, denn etwas anderes gibt es nicht.«

Ich versuchte, so viel Autorität wie möglich in meine Stimme zu legen, obwohl ich jetzt schon wusste, dass ich den Napf genauso vorfinden würde, wie ich ihn verließ. Nur etwas eingetrockneter. Denn Frodo, dieses elende Pienzchen, änderte seine Meinung nicht. Wenn er einmal etwas verschmähte, dann blieb er auch dabei. Dann musste er sich halt am Snackautomaten bedienen oder draußen irgendeine Maus fangen. Ich ließ mich heute nicht erweichen.

Draußen hupte Kyleen ein weiteres Mal. Nach einem letzten Blick auf Frodo wandte ich mich ab. Ich schob mir die Strandtasche über eine Schulter, setzte den Stohhut auf und verließ die Wohnung.

An Kyleens Auto angekommen, schmiss ich die Tasche auf die Rückbank und ließ mich auf den Beifahrersitz fallen. Kyleen trug ein blaues Häkelkleid, unter dem ich bereits ihren gelben Badeanzug hervorblitzen sehen konnte. Ihre roten Haare hatte sie zu zwei Zöpfen geflochten, die über ihre Schultern fielen. Und auch, wenn ich es nicht sehen konnte, wusste ich, dass sie am ganzen Körper Sunblocker aufgetragen hatte, weil Kyleen mit ihrer hellen Haut nur rot, aber niemals braun wurde. »Irgendwann bringe ich ihn um.«

Verwirrt kräuselte sie die Nase. »Wen?«

»Frodo.«

Kyleen lachte. »Was hat das verwöhnte Biest jetzt schon wieder angestellt?«

»Er verweigert mal wieder das Futter, das er gestern noch mochte. Und er ist nicht verwöhnt.«

»Er ist so was von verwöhnt. Dass du jedes Mal losziehst, um neues Futter zu kaufen, wenn er das alte verschmäht, zeigt genau das.«

Ich schnaubte. »Soll ich ihn das nächste Mal verhungern lassen, oder was?« Entrüstung mischte sich in meine Stimme, die Kyleen noch mehr lachen ließ.

»Als ob der verhungern würde.« Sie kicherte immer noch. »Er könnte auch einfach das Nassfutter fressen, das du ihm hingestellt hast. Vielleicht würde er das längst tun, wenn du nicht jedes Mal nach seiner Pfeife tanzen würdest.«

»Hmpf.« Ich gestand mir ein, dass ich keine Gegenargumente mehr hatte – auch wenn ich das niemals laut zugeben würde. »Fahren wir jetzt endlich zum See, oder was?«

Kyleen begann schallend zu lachen. Sie wusste genau, dass sie recht hatte, ich es ebenfalls einsehen musste, aber nicht laut zugeben wollte. Mein Themenwechsel kam somit einem stillen Schuldeingeständnis gleich.

Trotzdem startete Kyleen den Wagen und setzte rückwärts aus meiner Einfahrt heraus. Sie schlug den Weg in Richtung Loch Linnhe ein, an dem wir den heutigen freien Sonntag in der Sonne verbringen wollten. In den Highlands bekamen wir nicht oft richtiges Sommerwetter, und ich für meinen Teil wollte es ausgiebig genießen. Für die meisten anderen Schotten war es eigentlich schon zu heiß, und an jeder Ecke konnte man aktuell jammernde Schotten vorfinden, die sich über das *bloody hot weather* beschwerten.

Ich dagegen blühte bei diesen Temperaturen erst richtig auf. Ich mochte es, wenn mir die Sonne auf die Schultern brannte, und daher freute ich mich, diesen Tag nur faul in der Sonne liegend verbringen zu können.

Zehn Minuten später fuhr Kyleen auf den Parkplatz des *Isle of Glencoe Hotels,* das direkt am Ufer des Loch Linnhe lag. Der Parkplatz war deutlich voller als gewöhnlich, und ich sah einige einheimische Kennzeichen. Es schien, als hätten noch mehr Leute dieselbe Idee gehabt wie wir.

Wir stiegen aus, und ich holte meine Strandtasche von der Rückbank, während Kyleen den Kofferraum öffnete. Neben ihrer eigenen Tasche holte sie einen Sonnenschirm und unter lautem Ächzen auch eine Kühlbox hervor.

Ich nahm ihr Letztere ab, die gefühlt eine halbe Tonne wog. »Was ist da alles drin?«, fragte ich und ließ sie stöhnend zu Boden sinken. »Das Empire State Building?«

»Na ja, zu trinken halt. Einige Flaschen Wasser, Cola, dann hab ich noch Orangensaft in der Küche gefunden. Und etwas Bier, falls uns später danach ist.«

Mit dem Kopf schüttelnd hievte ich die Kühlbox hoch. Eine Flasche Wasser wäre völlig ausreichend gewesen, mehr hatte ich auch nicht dabei. Außerdem gab es bei schönem Wetter einen kleinen Kiosk am Strand, der ebenfalls gekühlte Getränke und einige Snacks verkaufte.

Ich folgte Kyleen zum Ufer, und wir suchten uns einen schönen Platz in der Nähe des Wassers aus. Es war schon jetzt voll hier, dabei hatten wir erst kurz nach neun.

»Finn kommt später übrigens auch noch«, sagte Kyleen beiläufig, als wir gerade unsere Decken im Sand ausbreiteten.

»Mit oder ohne Anhang?«

»Ohne.« Etwas Triumphierendes lag in ihrer Stimme. »Eigentlich hatte ich auch Duncan und Toby mit eingeladen, weil die drei gestern nach Feierabend im Gemeinschaftsraum zusammengesessen hatten, aber die beiden müssen heute arbeiten. Und auch Mel hat heute eine Schicht bei der Mountain Rescue.« Kyleen zog sich ihr Häkelkleid über den Kopf und kickte die Flipflops von den Füßen. Nur in ihrem gelben Badeanzug, der sich perfekt an ihre Rundungen schmiegte, ließ sie sich auf ihr Handtuch nieder. »Und ich weiß, was du jetzt sagen willst, ich mache mir gar keine Hoffnungen, dass sich die beiden wieder trennen. Ich habe mich damit abgefunden, dass Finn und ich nie mehr als Freunde sein werden.«

Skeptisch zog ich die Augenbrauen hoch. »Sicher?«

»Ja.« Kyleen nickte entschieden. »Zumindest mein Kopf und ich haben das verstanden. Das Herz braucht noch ein bisschen, aber das wird schon noch.«

Kyleen hatte den Sonnenschirm in den Boden gerammt, und ich öffnete den Schirm, damit er uns etwas Schatten spendete. »Vielleicht sollten wir nächstes Wochenende mal zusammen nach Fort William in einen Club fahren.«

»Was?« Kyleen schob ihre Sonnenbrille ein Stück herunter, um mich über den Rand hinweg anzusehen. »Das sind ja ganz neue Töne von dir, du hasst so was doch sonst.«

Ich zuckte mit den Schultern und blickte auf den See hinaus, auf dem gerade die Boote einer Segelschule vom Ufer ablegten. »Vielleicht würde es uns beiden mal guttun, neue Leute kennenzulernen.« Glencoe war so ein kleiner Ort, hier kannten wir jeden seit unserer Kindheit. »Vermutlich versteift sich dein Herz einfach deswegen auf Finn, weil er in deinen Augen der einzige Mann mit Heiratspotenzial hier ist.«

Kyleen tippte sich mit dem Zeigefinger an die Stirn. »Ist das auch der Grund, warum du Leon neuerdings länger als nötig anstarrst?«

»Das bildest du dir ein.«

»Klar. Genauso wie ich mir diese Spannung zwischen euch beim Karaoke eingebildet habe.«

Ehe ich erneut protestieren konnte, wurden meine Ohren heiß. Kyleen sah es natürlich sofort und nahm es als Bestätigung ihrer »Einbildung«.

»Fühl dich nicht schlecht«, sagte sie, »Leon ist schon heiß. Also rein oberflächlich betrachtet und solange er den Mund nicht aufmacht.«

»Ach, zwischendurch kann man sich mit ihm auch gut unterhalten.«

Erschrocken schlug ich eine Hand vor den Mund, denn ich hatte keine Ahnung, wo das plötzlich hergekommen war. Nicht von mir, auch wenn ich genau gehört hatte, wie die Worte meinen Mund verlassen hatten.

Kyleen starrte mich mit weit aufgerissenen Augen an. Die Kinnlade fiel ihr nach unten, und sie deutete mit dem Finger auf mich. »Du ...« Sie brach ab, schüttelte den Kopf, begann von vorn. »Wer bist du, und was hast du mit meiner besten Freundin gemacht?«

Ich schnaubte und griff nach der Wasserflasche, obwohl ich gerade lieber etwas Stärkeres gehabt hätte. »Ist das nicht genau das, was du gerade noch wolltest? Dass ich etwas Nettes über Leon sage?«

»Eigentlich wollte ich, dass du mir deine heimliche, unerwiderte Liebe zu ihm gestehst, aber normalerweise widersprichst du mir so lange, bis ich keine Lust mehr aufs Diskutieren habe. *Was ist nur in dich gefahren?*«

Trotz der absurden Situation – oder vielleicht gerade deswegen – musste ich lachen. »Wenn ich gewusst hätte, dass man dich so leicht aus dem Konzept bringen kann, hätte ich das schon viel eher versucht.«

»Hmpf.« Kyleen rückte den Sonnenhut auf ihrem Kopf zurecht. »Aber jetzt sag doch mal, Leon und du …«

»Es gibt kein Leon und ich«, unterbrach ich sie. »Ich bin gerade mal an dem Standpunkt angelangt, dass ich ihn nicht mehr aktiv umbringen will. Das muss reichen, und mehr wird es nicht geben.«

Demonstrativ schaute ich auf den See, dessen Oberfläche das Sonnenlicht reflektierte. Automatisch wanderte mein Blick weiter zu der Segelschule, die mittlerweile etwas weiter auf dem See draußen war. Ich vermutete, dass sie versuchten, in einer Formation zu fahren, aber eins der Boote schlug aus und fuhr in die entgegengesetzte Richtung. Zwei Typen standen darauf, die wie im Streit wirkten. Zwar verstand ich auf die Entfernung nicht, was sie sagten, aber sie gestikulierten wild und schienen zu diskutieren. Dabei entfernten sie sich jedoch immer weiter von den restlichen Booten, weil sich offenbar niemand von ihnen um die Steuerung kümmerte. Ich kicherte, doch dann drehte sich einer der Typen in unsere Richtung, und mir stockte der Atem. Das war doch …

»Schau mal, wenn man vom Teufel spricht«, sagte Kyleen in dem Moment.

Ja, das war tatsächlich Leon. Jetzt erkannte ich ihn deutlich und fragte mich, warum er mir zuvor nicht aufgefallen war. »Und das daneben ist Freddie, oder?« Leons bester Freund, der die *Glencoe Gin Distillery* eröffnet und kurz darauf einen Deal mit meinem Dad abgeschlossen hatte, seine Gins auf die Karte des *Lanky Tavern* aufzunehmen. Freddie war wirklich ein netter, umgänglicher Typ, und ich fragte mich seit jeher, warum er sich mit Leon abgab.

»Was *machen* die da?«, prustete Kyleen los.

Freddie und Leon lehnten über der Steuerung, und tatsächlich änderte das Boot die Richtung – aber weiterhin nicht zu den anderen Booten, sondern noch weiter von ihnen weg.

»Die haben keine Ahnung, was sie da tun, oder?« Ich stimmte in Kyleens Lachen mit ein. Ich hätte nicht gedacht, dass ich einmal den Tag erlebte, an dem ich Leon bei etwas beobachten durfte, das er absolut gar nicht beherrschte. Gerade nach dem Karaoke-Abend, wo er nicht nur mich, sondern auch alle anderen im *Tavern* an die Wand gesungen hatte, hätte ich nicht vermutet, dass es überhaupt irgendwas gab, in dem Leon nicht gut war. Aber dieser Anblick vor mir gab mir den Glauben daran zurück, dass es so etwas wie ausgleichende Gerechtigkeit gab.

Ein Boot löste sich aus der Gruppe und fuhr schnell auf Leon und Freddie zu. Vermutlich war es das Boot des Lehrers, denn kein anderes bewegte sich so sicher und zielstrebig auf dem Wasser. Es dockte an das Boot von Freddie und Leon an, ein Seil wurde zu ihnen hinübergeworfen, und dann zog es die beiden direkt zum Ufer.

Ich konnte nicht mehr vor Lachen, auch Kyleen wand sich auf ihrer Decke, als die Prozession am Ufer ankam und Freddie und Leon das Boot verließen. Sie diskutierten immer noch, entdeckten uns jedoch sofort und kamen auf uns zu.

»Über was amüsiert ihr euch denn so prächtig?« Freddie grinste breit, als er vor uns stehen blieb.

Ich hob eine Hand, um meine Augen vor der Sonne abzuschirmen. »Über euch beide. Segeln ist nicht so eure Stärke, was?« Mein Blick wanderte zu Leon, der ungewöhnlich finster dreinschaute. Fast als hätte er ein Problem damit, dass wir ihn bei etwas gesehen hatten, in dem er nicht gut war.

Freddie hingegen wirkte unbekümmert. »Man muss ja nicht in allem gut sein. Wir haben dafür andere Talente.«

»Ein übergroßes Ego zum Beispiel«, konterte Kyleen sofort.

»Aber jetzt mal ernsthaft, wie kann man hier aufgewachsen und noch nie Boot gefahren sein?« Selbst ich konnte genug, um mich fortbewegen zu können, und Wasser war nun wirklich nicht mein Element.

»Mir war ehrlich gesagt schon immer klar, dass das nicht mein Ding ist, und der heutige Tag hat's bewiesen.«

»Warum hast du es dann überhaupt gemacht?«

Freddies Blick wanderte zu Leon, der fast unmerklich den Kopf schüttelte, doch das bekam Freddie entweder nicht mit oder er ignorierte es absichtlich. »Weil der Spinner überlegt, es eventuell in die Aktivitäten aufzunehmen, und es zuvor selbst mal ausprobieren wollte.«

Aus irgendeinem Grund fing ich erneut an zu lachen. Nicht mal, weil ich es Leon nicht zutraute, das professionell aufzuziehen, auch wenn er selbst nicht segeln konnte. Auch nicht, weil ich mich fragte, wie er das noch stemmen wollte, wo er doch eh schon so viel auf der Platte hatte. Ich wusste nicht mal, wieso, das Lachen brach einfach aus mir heraus, und ich wusste sofort, dass es falsch war.

Leons ohnehin schon verkniffene Miene verschloss sich noch mehr. Sein Blick bohrte sich regelrecht in mich hinein, als wollte er mich aufspießen. »Ich denke, wir sind hier fertig«, brummte er, packte Freddie am Oberarm und zog ihn von uns weg. Ich sah den beiden hinterher, bis sie hinter dem Gebäude des *Isle of Glencoe Hotels* verschwunden waren, und verstand nicht ganz, was hier gerade passiert war.

»Was war das denn?«, murmelte Kyleen genauso verwirrt.

»Ich hab keine Ahnung«, gestand ich. Noch immer betrachtete ich die Stelle, an der Leon und Freddie zuletzt gestanden hatten. Leon war so anders gewesen als sonst. Von seiner überheblichen, selbstbewussten Art war nichts zu sehen gewesen. Lag es nur daran, weil er nicht segeln konnte? Aber genau deswegen hatte er ja einen Kurs gemacht. Oder hatte es etwas mit dem zu tun, was Freddie gesagt hatte? Dass Leon Segeln ebenfalls in die Aktivitäten aufnehmen wollte? Sein Gesicht war verkniffener geworden, als wollte er nicht, dass Freddie überhaupt darüber sprach.

Und als ich dann noch lachen musste, war es endgültig vorbei gewesen. Aber warum? Ich verstand es nicht, denn daran war doch nichts Schlimmes gewesen. Ich fand es gut, wenn Leon sein Angebot erweitern wollte, das hatte ich Adrien auch schon mehrmals vorgeschlagen, aber bisher hatte er es nie verwirklichen können, weil uns das Personal dazu fehlte.

Ich ließ mich nach hinten fallen und drehte mich fast umgehend auf die Seite, weil die Sonne mich zu sehr blendete, wenn ich auf dem Rücken lag. Warum dachte ich überhaupt über Leon nach? Es sollte mir egal sein, was genau ihm die Laune verdorben hatte.

»Ich brauche mal was zu trinken«, sagte ich und öffnete die Kühlbox.

Es war früher Abend, als Kyleen mich zu Hause absetzte. Der Tag war ein voller Erfolg gewesen. Mein Wangen taten weh, weil ich so viel lachen musste, und ich war mir ziemlich sicher, dass ich einen leichten Sonnenbrand auf den Schultern hatte. Finlay, Adrien und Nihat hatten sich noch zu uns gesellt. Wir waren schwimmen gewesen, hatten in der Sonne gelegen, Eis gegessen und einfach nur das Leben genossen. Ich wusste nicht, wann ich zuletzt derart entspannt gewesen war.

Ich stolperte fast über das kleine Päckchen, das vor meiner Haustür lag.

Für einen Moment starrte ich es verwirrt an. Was zur …? Es lag da völlig unscheinbar, hatte die Größe einer Zigarettenschachtel und verschmolz fast mit dem Grau meiner Steintreppe. *Hab ich einen heimlichen Verehrer?*, schoss es mir als Allererstes durch den Kopf, aber ich verwarf den Gedanken fast sofort wieder. Ein Verehrer hätte mir wohl eher Blumen geschickt und nicht so ein seltsames Päckchen.

Langsam nahm ich es hoch und spürte augenblicklich, dass etwas darin herumrollte. Ein kaltes Schaudern erfasste mich, weil es sich irgendwie *feucht* anhörte. Eine innere Stimme riet mir, das Paket ungeöffnet wegzuschmeißen und zu vergessen, dass ich es je erhalten hatte.

Aber ich war viel zu neugierig dafür.

Ich knibbelte an dem Streifen Tesa, mit dem das Kästchen zugeklebt war, herum, bis ich es abziehen und den Deckel öffnen konnte. Ein leicht faulig-metallener Geruch drang an meine Nase, den ich überhaupt nicht einordnen konnte. Für einen Moment starrte ich in das Innere, weil ich nicht begreifen konnte, was meine Augen da erblickten. Diese kleinen, fast runden Dinger mit dem rötlichen Faden am Ende. Auch an der Innenseite des Kästchens waren immer wieder rötlich braune Stellen, und fast sah es aus, als wäre es Blut … Ich musste würgen, als ich realisierte, *was* sich in dem Kästchen befand. Das waren Augen von kleinen Tieren. Vielleicht Mäusen, Hamstern oder Ratten. Sechs Stück an der Zahl. Irgendjemand hatte mehrere Tiere getötet, um mir dieses Paket zu schicken? Ich wusste nicht, was ich schlimmer fand. Dass da echte Augen vor mir waren oder dass wir es hier offenbar mit einem Tiermörder zu tun hatten.

Während ich noch damit beschäftigt war, das Gefühl der Übelkeit zu vertreiben, entdeckte ich einen Zettel unter den Augen, an dem sich ebenfalls Blutspuren befanden. Eine Ecke davon stand etwas hoch, sonst wäre er mir in dem weißen Kästchen überhaupt nicht aufgefallen. Ich kippte das Kästchen etwas, sodass die Augen in eine Ecke rollten, und wollte mit der freien Hand nach dem Zettel greifen, doch dann zögerte ich. Das hier war ein Beweismittel, schoss es mir durch den Kopf. Vielleicht konnte man daran noch Spuren erkennen.

Alles in mir sträubte sich dagegen, das Kästchen in meine Wohnung zu tragen, aber mir blieb keine andere Wahl. Ich brachte es in die Küche und suchte in meinen Putzsachen zuerst Einmalhandschuhe heraus, die ich mir überstreifte. Ehe ich irgendetwas veränderte, mache ich Fotos mit meinem Handy, um den Originalzustand zu dokumentieren. Keine Ahnung, ob das wichtig war, aber in sämtlichen Polizei- oder FBI-Serien wurde es so gemacht, also musste da schon was dran sein. Dann holte ich Ziplock-Tüten aus dem Schrank, in denen ich normalerweise übrig gebliebenes Essen einfror. Ich schüttete würgend die Tieraugen in eins davon, zog den Verschluss zu und legte den Beutel beiseite. Mit einer Pinzette holte ich den Zettel aus dem Kästchen und faltete ihn auseinander. Ich hatte gehofft, dass darauf etwas in Schreibschrift geschrieben stand, um eventuell eine Handschrift zu erkennen, doch ich wurde enttäuscht. Es sah aus wie mit dem Computer geschrieben und dann ausgedruckt, und es war auch nur ein einziger Satz:

> Hört auf damit, wenn ihr nicht wollt, dass noch Schlimmeres geschieht!

Ich zog die Stirn kraus und drehte den Zettel, aber natürlich stand auf der Rückseite nichts geschrieben. Ich las den Satz wieder und wieder, aber er blieb kryptisch. Klar könnte man daraus schließen, dass die Zusammenarbeit mit dem *Three Sisters Resort* gemeint war, aber warum war der Zettel dann bei mir gelandet? *Ich* hatte das nicht beschlossen, und genauso wenig konnte ich das Ganze beenden. Das müsste eigentlich allen klar sein, die mit uns und dem Resort zu tun hatten.

Aber was war es dann? War es vielleicht doch etwas direkt gegen mich? Eine persönliche Fehde, die ich noch nicht ganz verstand? Wenn man von dem ersten Mal absah, hatten alle Sabotagen irgendwie auch mich direkt getroffen. Vielleicht war das erste Mal doch bloß ein harmloser Streich bescheuerter Jugendlicher gewesen, und die eigentlichen Sabotagen galten mir? Aber warum? Ich wüsste nicht einmal, wer es auf mich abgesehen haben könnte. Ich hatte keine direkten Feinde in Glencoe – von Leon einmal abgesehen, aber wir mussten uns aktuell ja arrangieren.

Außerdem … so ungern ich es zugab, traute ich ihm eine derartige Durchtriebenheit nicht zu. Selbst wenn er Adrien die Zusammenarbeit vorgeschlagen hatte, um einen persönlichen Vorteil daraus zu ziehen, würde er den durch diese Aktion nicht erlangen. Das war einfach nur fies und ekelig, und ich konnte mir nicht vorstellen, dass jemand, den ich kannte, dazu in der Lage war.

Aber irgendwer musste es gewesen sein. Ich begutachtete erneut den Zettel und die Augen in dem Plastikbeutel. Meine Hände, die in Einmalhandschuhen steckten und die Pinzette hielten, mit der ich mir nie wieder die Augenbrauen zupfen würde.

Was zur Hölle machte ich hier eigentlich? Dachte ich wirklich, dass ich so das Rätsel lösen konnte? Während ich nicht den Hauch einer Ahnung hatte, wer dahinterstecken könnte. Ich hätte das verdammte Kästchen gleich wegwerfen sollen. Oder es der Polizei übergeben, anstatt hier einen auf Sherlock Holmes zu machen.

13. KAPITEL

ISLA

»Hier, bitte.« Am nächsten Morgen stellte ich Adrien die drei Plastikbeutel auf den Tisch.

Angewidert verzog er das Gesicht, während er einen nach dem anderen betrachtete. Als er beim letzten ankam, dem mit den Augen, entwich ihm ein Geräusch, das einem Würgen ähnelte. Schnell öffnete er eine Schublade, ließ die Beutel darin verschwinden und sah zu mir auf.

»Ich habe Officer Colby Bescheid gegeben, er kommt später vorbei, um sie abzuholen. Halte dich dann auch bereit, sollte er noch Fragen haben.«

»Alles klar.« Einen schriftlichen Bericht hatte ich bereits heute Morgen per E-Mail an die Polizeidienststelle verschickt, die auch die anderen Vorfälle aufgenommen hatte.

Ich wusste immer noch nicht, ob das alles zusammenhing, weshalb ich Adrien gestern noch angerufen hatte. Er hatte danach Officer Colby kontaktiert, der uns geraten hatte, die Beweismittel einzureichen und einen Bericht zu verfassen. *Lieber zu viel abgeben als etwas auslassen,* waren seine Worte gewesen.

»Was passiert jetzt damit?« Ich deutete auf die Schublade, in der Adrien die Sachen hatte verschwinden lassen.

»Sie werden auf mögliche Spuren untersucht.«

Ich unterdrückte ein Stöhnen. »Man wird sicher nur meine finden. Ich habe das Kästchen mit den blanken Fingern angefasst und erst realisiert, was es ist, nachdem ich es geöffnet hatte.«

Adrien stand auf, kam um den Schreibtisch herum zu mir

gelaufen und legte mir fast schon väterlich eine Hand auf die Schulter, obwohl er kaum fünf Jahre älter war als ich. »Du hast alles richtig gemacht. Es ist nicht deine Aufgabe, den Täter zu fassen.«

Zweifelnd sah ich zu ihm auf. »Aber du denkst, die Polizei kann das? Wie denn, wenn selbst wir nicht einmal im Ansatz vermuten, wer dahinterstecken könnte.«

»Es ist auch Aufgabe der Polizei, erste Hinweise zu finden, um damit mögliche Verdächtige einzugrenzen.«

Ich verkniff es mir, darauf hinzuweisen, dass die Polizei bisher überhaupt gar nichts gemacht oder herausgefunden hatte. Wenn wir dem Täter nicht auf die Schliche kamen, würde es niemand tun, da war ich mir ziemlich sicher. Aber es war auch nicht meine Aufgabe, Adrien das begreiflich zu machen.

Er erwartete allerdings auch gar keine Antwort von mir. »Ich habe übrigens etwas für dich.«

»Oh? Was denn?« Neugierig trat ich näher, während Adrien eine weitere Schublade an seinem Schreibtisch aufzog. Er nahm etwas heraus und kam auf mich zu.

»Hand auf«, befahl er mir, und ich ließ die rechte mit der Handfläche nach oben zwischen uns schweben. Adrien legte einen kleinen, metallenen Schlüssel hinein.

»Wofür ist der?«

»Der neue Schlüssel für den Geräteraum.«

»Was? Nein!« Entschieden schüttelte ich den Kopf und versuchte, Adrien den Schlüssel zurückzugeben. »Auf gar keinen Fall. Wir hatten abgemacht, dass du vorerst der Einzige bist, der einen Schlüssel dafür hat.«

Mit einem Lächeln kam er auf mich zu, legte seine Hand um meine und schloss meine um den Schlüssel. »Ich vertraue dir, daher wirst du weiterhin deinen Schlüssel bekommen.«

»Aber wenn jetzt noch mal was im Geräteschuppen vorfällt?«

»Wird es nicht.«

Adriens Zuversicht trieb mich nur noch mehr in die Verzweiflung. »Woher willst du das wissen?«

Er legte seine Hände auf meine Schultern und sah mich eindringlich an. Der Schlüssel brannte sich derweil in meine Handfläche. »Wenn das noch mal vorkommt, dann ist entweder einer von uns dafür verantwortlich, oder wir haben dem Täter den Schlüssel zum Schuppen übergeben, ohne die Person zu überprüfen. Traust du uns das zu?«

»Nein.« Die Antwort kam mir sofort und ohne Zweifel über die Lippen. Weil sie wahr war. An Adrien hatte ich nie gezweifelt, und dass ich nicht hinter den Anschlägen steckte, wusste ich natürlich auch.

»Aber das sieht trotzdem komisch aus vor den anderen. Immerhin haben wir alle gemeinsam abgesprochen, dass niemand außer dir den neuen Schlüssel bekommt. Und wenn ich jetzt plötzlich doch einen habe …«

»Niemand glaubt, dass du etwas damit zu tun hast«, versicherte Adrien mir. »Und alle waren einverstanden, dass du einen Schlüssel erhältst.«

Erleichtert atmete ich aus. »Du hast sie vorher gefragt?«

»Natürlich. Ich entscheide nichts über eure Köpfe hinweg.«

Das stimmte natürlich nicht ganz. Dass wir mit dem *Three Sisters Resort* zusammenarbeiteten, *hatte* er über unsere Köpfe hinweg entschieden. Aber grundsätzlich bezog er uns wirklich in alles mit ein, und jetzt gerade war ich doppelt dankbar darüber.

»Also, nutze deinen neuen Schlüssel, um das Equipment vor deinem Kurs zu überprüfen.« Adrien wackelte mit den Augenbrauen, und es war so eine untypische Geste für ihn, dass ich lachen musste.

»Was haben sie dir denn in den Kaffee getan?«

»Nur gute Dinge.« Er grinste anzüglich, und das war jetzt wirklich der Moment für mich zu gehen.

»Bye«, sagte ich laut, winkte überschwänglich und verließ sein Büro. Draußen zog ich zuallererst den Schlüssel auf den Ring zu meinen anderen, dann verließ ich das Gebäude und trat an den Geräteschuppen heran. Im Gegensatz zu früher war er nun ständig verschlossen. Ein bisschen trauerte ich der alten Zeit nach, denn ich fand es schön, in einem Umfeld zu arbeiten, in dem ein großes Maß an Vertrauen herrschte und man viele Dinge freundschaftlich regelte.

Natürlich glaubte ich immer noch nicht, dass einer von uns hinter den Anschlägen steckte, aber ich spürte, wie die sonst so lockere Atmosphäre angespannter geworden war. Wer auch immer es war, trieb einen Keil zwischen uns. Blicke wurden zweifelnder, das Tuscheln hinter vorgehaltener Hand war lauter geworden, und langsam, aber sicher wurde die Zwietracht zwischen einzelnen Personen größer.

Ich merkte es daran, wie ich Toby einige Sekunden zu lange ansah, während er draußen vor einer Gruppe Gäste stand, alle mit Mountainbikes ausgestattet, mit denen sie in wenigen Minuten zu einer Tour aufbrechen würden. Toby war der Letzte, der zu uns gestoßen war. Adrien hatte ihn vor knapp zwei Jahren eingestellt, zuerst als Aushilfe über den Sommer und danach fest. Toby war der Einzige, der nicht von hier kam, der nicht in Glencoe aufgewachsen war. Es war nicht fair, ihn nur deswegen als Einzigen überhaupt zu hinterfragen, weil wir nicht schon zusammen im Sandkasten gespielt hatten, das war mir klar, aber bei den anderen konnte ich es mir noch viel weniger vorstellen.

Kyleen und Finn auf gar keinen Fall, für beide würde ich die Hand ins Feuer legen. Adrien genauso wenig, immerhin hatte er die Lodges gegründet und die Zusammenarbeit überhaupt erst angeleiert. Warum sollte er sie sofort torpedieren? Und auch bei Duncan konnte ich es mir überhaupt nicht vorstellen, auch wenn ich mit ihm weniger zu tun hatte als mit den anderen.

Ich schüttelte den Kopf, um mich von den Grübeleien zu befreien, und schloss stattdessen den Geräteschuppen mit dem neuen Schlüssel auf. Der vertraute Geruch von Gummi und Wald schlug mir entgegen, sobald ich die Tür öffnete.

Ich betätigte den Lichtschalter. Links von mir war viel freie Fläche, wo normalerweise die Mountainbikes standen, die Toby für die heutige Tour jedoch bereits geholt hatte. Dahinter standen aufgereiht die Boote fürs Wildwasser-Rafting, und in einer Truhe daneben befanden sich Spikes für Wanderungen im Winter. Auf der rechten Seite waren in einer Truhe allerlei Utensilien für Barbecues verstaut. Diverse Grills und Zangen, etliche Säcke mit Kohle, Gaskartuschen und Grillanzünder. Dann fiel mein Blick auf das, was ich gleich brauchte: die Sportbögen.

Fein säuberlich hingen sie nebeneinander an der Wand, wirkten auf den ersten Blick, als wären sie in Ordnung. Die Wunde an meinem Arm, die mittlerweile fast komplett verheilt war, begann zu pochen, als wollte sie mich daran erinnern, dass der Schein trügen konnte. Als hätte ich das so schnell vergessen!

Ich nahm jeden Bogen einzeln von der Wand herunter und prüfte ihn. Mit den Fingern fuhr ich über die Sehnen und prüfte, ob sie überall ebenmäßig waren. Sollte sich erneut jemand daran zu schaffen gemacht haben, würde ich es sofort merken. Aber da war nichts, die Sehnen an allen Bögen waren glatt und ebenmäßig. Keine Unebenheiten, keine offensichtlich angeschnittenen Stellen.

Weil ich langsam paranoid wurde, nahm ich mir danach die Zielscheiben vor, auch wenn ich nicht wusste, was man an ihnen sabotieren könnte, sodass andere verletzt wurden. Aber an ihnen war ebenfalls nichts dran, auch wenn einige mittlerweile so mitgenommen aussahen, dass sie nach der Saison ersetzt werden müssten.

Ich trug das Equipment nach draußen, wo bereits die ersten Gäste auf mich warteten. Vielleicht bildete ich es mir nur ein, aber es kam mir vor, als würden sie mich intensiver mustern als gewöhnlich. Natürlich mussten sie von dem Zwischenfall bei der letzten Stunde gehört haben. Ob sie befürchteten, dass dieser sich wiederholte? Oder war das nur ich, weil mich vermutlich für den Rest meines Lebens eine kleine Narbe an meinem rechten Oberarm daran erinnern würde? Oder lag es schlicht daran, dass der Widersacher noch nicht gefunden worden war?

Was auch dahintersteckte, ich war ungewöhnlich nervös, als ich vor die versammelten Gäste trat, die sich für die heutige Stunde angemeldet hatten. Es waren mehr als gewöhnlich, weil die heutige Stunde ebenfalls als zusätzlicher Nachholtermin angesetzt worden war, nachdem beim letzten Mal, als Toby für mich übernommen hatte, viele nicht konnten.

Das alles trug nicht zu meiner Beruhigung bei. Vielleicht, weil ich vor meinem inneren Auge noch immer das Kästchen mit den Tieraugen sah, oder weil in den letzten Tagen so viele Dinge schiefgelaufen waren – ich konnte die Angst, dass auch heute etwas Katastrophales geschehen würde, einfach nicht abschütteln.

»Hallo, ich bin Isla, eure Trainerin für das Bogenschießen«, begrüßte ich die Teilnehmenden laut, um ihre Aufmerksamkeit zu erlangen.

Etliche Köpfe drehten sich in meine Richtung, die Gespräche verstummten langsam, und ein Mädchen kam auf mich zugelaufen. Ich schätzte sie auf sieben oder acht, ihre braunen Haare waren zu zwei dicken Zöpfen geflochten, ihre Nase war voller Sommersprossen, und ihre grünen Augen musterten mich neugierig. »Bist du so gut wie Katniss?«

Ich musste lachen. »Bist du nicht noch etwas zu jung, um Katniss zu kennen?« Zumindest hoffte ich, dass ihre Eltern sie nicht schon in jungen Jahren mit den Filmen verstört hatten.

Sie zog auf unheimlich niedliche Weise die Nase kraus. »Ich bin schon acht«, erklärte sie. »Und ich kenne nur Ausschnitte von Katniss mit ihrem Bogen. Meine Mama sagt, für den Rest bin ich noch zu klein. Trotzdem möchte ich mal so sein wie sie, wenn ich groß bin.«

»Katniss ist ja auch toll.« Trotzdem hoffte ich, dass diese süße Maus später nicht einmal eine dystopische Welt retten musste, indem sie sich als Tribut aufstellen ließ. »Wie heißt du denn?«

»Ava.« Sie strahlte und ließ dabei eine Zahnlücke an den oberen Schneidezähnen aufblitzen. »Und das da ist meine Mama.« Sie deutete hinter sich auf eine blonde Frau, die mir zuwinkte, als mein Blick auf sie fiel.

Ich lächelte zurück, dann wandte ich mich wieder Ava zu. »Da du ja schon so viel vom Bogenschießen verstehst, was hältst du davon, wenn du die heutige Stunde mit mir gemeinsam führst?«

Ihre Augen wurden tellergroß, und ihre Lippen formten ein kleines »O«. »Wirklich?«

»Wirklich.«

Sie drehte sich um und brüllte in einer Lautstärke, dass man sie vermutlich bis zum *Three Sisters Resort* hören konnte: »Mummy, darf ich?«

Ihre Mutter nickte, und ich ging neben Ava in die Hocke, um ihr genau zu erklären, wie es jetzt weitergehen würde.

14. KAPITEL

ISLA

Die Stunde entwickelte sich zu einer der besten, die ich je abgehalten hatte. Ava war eine wahre Bereicherung, sie führte meine Anweisungen durch und war bei allem mit Begeisterung dabei. Aber auch meine anderen Schützlinge waren aufmerksam, hörten auf mich und waren richtig engagiert, obwohl es zwischendurch einen Regenschauer gegeben hatte, der uns alle bis auf die Unterwäsche durchnässt hatte. Trotzdem hatte niemand die Stunde vorzeitig abgebrochen, und sie halfen mir am Ende sogar, alle Materialien zurück in den Geräteschuppen zu bringen, obwohl ich sie nicht darum gebeten hatte.

Ein schmächtiger Typ mit starkem deutschem Akzent kam danach sogar auf mich zu, um sich für die tolle Stunde zu bedanken und mir zu raten, das Ganze doch hauptberuflich in Betracht zu ziehen. Ich wusste nicht, ob er die generelle Arbeit bei den Lodges oder speziell das Trainieren des Bogenschießens meinte, aber ich musste mir das Lachen verkneifen, denn es war ja bereits mein Hauptberuf, und ich wollte ohnehin nie etwas anderes machen. Stattdessen bedankte ich mich freundlich bei ihm, schloss den Geräteschuppen fest ab – und kontrollierte das Schloss drei Mal.

Dann ging ich in Richtung Umkleiden. So nass, wie ich war, wollte ich mich nicht in mein Auto setzen, und für solche Notfälle hatte ich immer Ersatzklamotten in der Umkleide deponiert. Sobald ich sie betrat, hörte ich, dass eine der Duschen lief. Da auch die Umkleiden unisex waren und somit auch ein

Mann unter dem Strahl stehen konnte, nahm ich meine Wechselsachen aus dem Schließfach und verschwand in einer der Kabinen. Ich schlüpfte aus den nassen Klamotten, rubbelte mich kurz mit dem Handtuch ab und schlüpfte dann in die Wechselsachen. Ich seufzte zufrieden, als mich der warme und kuschlige Stoff der Jogginghose und des Hoodies fast augenblicklich wärmte. Hatten die Temperaturen gestern noch bei fünfundzwanzig Grad gelegen, reichten sie heute nicht an die zwanzig heran, und der Regenguss hatte die Luft noch mal ordentlich abgekühlt.

Ich stopfte die nassen Sachen und das Handtuch in eine Plastiktüte und verließ meine Kabine im selben Moment, als die Dusche ausgestellt wurde. Da ich nun umgezogen und doch neugierig war, wer mit mir hier war – einige von uns duschten lieber hier als zu Hause, weil sie dort einen schlechteren Wasserdruck hatten –, blieb ich stehen und sah zu der Duschkabine, aus der die Geräusche zu mir drangen, wie gerade jemand sein Duschgel aufnehmen wollte und es aus glitschigen Fingern fallen ließ.

»Bollocks«, ertönte ein Fluchen, und bei der Stimme jagte ein Stromstoß durch meinen Körper, und mein Puls beschleunigte sich. Ich wusste nicht, was mich mehr störte. Dass Leon unsere Duschen missbrauchte oder wie sehr ich auf ihn reagierte.

Jetzt versuchte ich mich doch schnell aus dem Staub zu machen, aber ich kam keine zwei Schritte weit, als Leon aus der Duschkabine trat.

Oh. Mein. Gott.

Plötzlich sah ich viel zu viel nackte Haut. Leicht gebräunte, muskulöse nackte Haut, wie ich fasziniert feststellte. Dazu einen leichten dunklen Haarflaum auf der Brust und einen etwas ausgeprägteren, der von Leons Bauchnabel zu dem schmalen Handtuch führte, das er um die Hüften geschlungen hatte.

Ich schluckte gegen meine plötzlich staubtrockene Kehle an. Mir war zuvor schon bewusst gewesen, dass Leon gut gebaut sein musste, immerhin waren seine breiten Schultern auch unter T-Shirts und sogar Jacken deutlich zu erkennen. Aber was ich gerade sah, überstieg meine Vorstellungskraft bei Weitem. Definierte Muskeln zierten seine Arme und den Oberkörper, auf denen Wassertropfen glitzerten. Es war beinahe hypnotisierend, ihnen dabei zuzusehen, wie sie sich einen Weg über die Berge und Täler seiner Muskeln bahnten, bis sie schließlich in dem Handtuch um seine Hüften verschwanden.

»Gefällt dir, was du siehst?«

Erst als ich Leons Stimme vernahm, wurde mir bewusst, dass ich ihn schamlos anstarrte. Wie lange schon? Das konnte ich beim besten Willen nicht sagen. Meine Ohren wurden rot, und ich hob schuldbewusst den Blick zu seinem Gesicht. Auch seine Haare waren nass, Wasser tropfte aus ihnen und auf seine Schultern hinab. Seine Augen kamen mir heute viel blauer als gewöhnlich vor, und sie leuchteten belustigt.

»Das hättest du wohl gerne, was?«, sagte ich schärfer als beabsichtigt, weil er mich ertappt hatte.

»Ehrlich gesagt wäre es mir lieber, wenn du mich nicht wie bei der Fleischbeschau anstarren würdest.«

Noch mehr Hitze stieg mir ins Gesicht, und ich fühlte mich gleich doppelt schlecht, was leider nur dazu führte, dass ich noch mehr in die Offensive ging. »Und mir wäre es lieber, wenn du gar nicht erst hier duschen würdest. Was machst du eigentlich hier? Habt ihr oben in eurem tollen Resort keinen Wasserdruck, oder was?«

»Oh, ich zeig dir den tollen Wasserdruck gerne, den wir haben.« Anzüglich grinsend trat er einen Schritt näher, und ich wusste vor lauter nackter Haut langsam nicht mehr, wo ich hinschauen sollte. *Dann geh doch zu deinem tollen Wasserdruck,* dachte ich bei mir, während Leon bereits weitersprach. »Aber um deine Frage zu beantworten, ich hab heute die Wanderung übernommen, die du mir am Anfang gezeigt hast, und nicht nur sind wir durch den Regen klatschnass geworden, dann ist auch noch jemand in ein Schlammloch gerutscht, und ich musste ihn herausziehen …« Er hielt die Wanderhose hoch, die er vermutlich getragen hatte, die an den Knien mit Schlamm verkrustet war. »Jedenfalls hat Adrien mir anfangs angeboten, Ersatzklamotten hier zu lagern, und heute bin ich froh, das angenommen zu haben.«

Ich hatte darauf nicht mal eine Erwiderung, keinen sarkastischen Spruch, den ich ihm an den Kopf werfen konnte, und das nervte mich wohl am meisten an der Situation. »Na dann«, murmelte ich, und endlich kam Bewegung in mich und ich schob mich an Leon vorbei.

Draußen atmete ich tief durch. Die Luft war frisch und kühl nach dem Regen, roch nach feuchter Erde und Wald. Ich versuchte, die Begegnung mit Leon abzuschütteln, aber mein Körper war ein verdammter Verräter und prickelte noch immer. Sehnsucht, das war es, was ich in mir spürte, aber das konnte ich unmöglich zulassen, daher schüttelte ich den Kopf und wandte mich meinem Auto zu. Meine nassen Klamotten verfrachtete ich in den Kofferraum und ließ mich hinter das Lenkrad sinken. Ich steckte den Schlüssel in die Zündung, drehte um und … nichts passierte.

Nein, nein, nein, nein. Nicht schon wieder.

Ich probierte es erneut, aber wieder gab die elende Karre keinen Mucks von sich. Beim letzten Mal, als der Wagen vor der Arbeit nicht anspringen wollte, hatte er zumindest gestottert und geruckelt, aber jetzt war außer dem Geräusch des sich drehenden Schlüssels absolut nichts zu hören. Als hätte mein Auto jeglichen Lebenswillen verloren.

Was zur Hölle mache ich denn jetzt? Verzweifelt ließ ich meinen Kopf gegen das Lenkrad sinken und redete dem Auto gut zu. Vielleicht war es das, was es brauchte. Ein paar aufmunternde Worte in seinem tristen Leben. Danach versuchte ich, den Wagen erneut zu starten, wieder mit demselben Ergebnis. Er gab nicht einen Mucks von sich.

Ich musste den Tatsachen ins Auge sehen, mein Auto hatte sich ausgerechnet den heutigen Tag ausgesucht, um sich endgültig zu verabschieden. Ich unterdrückte einen Fluch und sah mich um. Auf dem Parkplatz war kein weiteres Auto mehr zu sehen, was bedeutete, dass alle anderen schon nach Hause gefahren waren.

Mist. Ich kramte mein Handy hervor und wählte Kyleens Nummer. Es klingelte, klingelte, klingelte … dann sprang die Mailbox an. Als Nächstes versuchte ich es bei Finlay, leider mit demselben Ergebnis, er hatte heute eine Schicht bei der Mountain Rescue, wenn ich richtig informiert war. Ich ballte die freie Hand zur Faust und versuchte es als Nächstes bei meiner Mum. Sie ging beim zweiten Klingeln ran.

»Hallo, mein Schatz.« Im Hintergrund waren laute Musik und Gespräche zu hören.

»Hey, Mum. Wo bist du?«

»In Fort William mit Vika.«

Ich kniff in meine Nasenwurzel und unterdrückte ein verzweifeltes Seufzen. Vika war Mums Schwester, die in Fort William wohnte. Wie es klang, hatten die beiden sich zum Essen in irgendeinem Restaurant getroffen.

»Warum?« Danach bedankte Mum sich bei irgendwem, als hätte sie gerade das Essen auf den Tisch gestellt bekommen.

»Ach.« Ich versuchte, möglichst unbeteiligt zu klingen. »Das elende Auto springt mal wieder nicht an, und ich wollte fragen, ob du mich an den Lodges abholen kannst. Aber ich finde schon jemanden.«

»Das tut mir leid, Schatz. Ich könnte wohl erst in zwei Stunden da sein, falls du so lange warten magst.«

Ganz sicher nicht, in der Zeit war ich nach Hause gelaufen. »Mach dir keinen Stress, Mum. Wie gesagt, ich finde schon jemanden. Und grüß Vika von mir.«

»Du könntest deinen Dad fragen, er …«

Ein lautes Klopfen an die Scheibe neben mir ließ mich erschrocken zusammenfahren und nicht mitbekommen, was Mum noch sagen wollte. Ich wandte mich nach rechts und entdeckte Leon, der neben meinem Auto stand. Natürlich. Ihn hatte ich schon fast wieder vergessen. Hoffentlich wollte er sich nicht als guter Samariter aufspielen.

»Ich muss Schluss machen, Mum«, sagte ich ins Handy und legte auf, ehe sie etwas erwidern konnte. Dann rollte ich das Fenster ein Stück runter. »Kann ich dir irgendwie helfen?«, fragte ich Leon.

Er versuchte, an mir vorbei ins Wageninnere zu schauen. »Das wollte ich dich gerade fragen, weil du immer noch hier stehst. Alles okay?«

»Klar, hab nur telefoniert.« Ich hielt das Handy hoch. »Fahre jetzt aber sofort los.«

»Okay.« Ein letzter Blick in mein Auto. »Dann einen schönen Abend noch.« Er nickte mir zu, dann wandte er sich zum Glück ab. Ich sah ihm zu, wie er auf sein Motorrad zuging, das im Schatten einiger Bäume stand und das ich deswegen bisher nicht bemerkt hatte. Er zog sich den Helm über den Kopf, den er über einen Arm geschlungen hatte, dann schwang er ein Bein über die Maschine und stieg auf. Ich wartete darauf, dass er losfuhr und ich weiter nach einer Lösung aus meiner Misere suchen konnte, aber stattdessen wandte Leon den Kopf in meine Richtung.

Obwohl ich seine Augen durch das dunkle Visier nicht sehen konnte, wusste ich, dass wir uns ansahen. Ich *spürte* es an dem heißen Schauer, der über meinen Rücken raste, und der Gänsehaut, die sich auf meinen Armen ausbreitete.

Leon kickte den Motorradständer zurück, und ich dachte erleichtert, dass er nun endlich zum Resort davonfuhr, doch stattdessen schob er das Motorrad auf mein Auto zu. Ich hielt absolut still, rührte mich nicht, bis Leon neben meinem Auto angekommen war und erneut an meine Scheibe klopfte.

Himmelherrgott noch mal!

Kurz überlegte ich, ob er wohl aufgeben würde, wenn ich mich totstellte, aber so, wie ich ihn kannte, standen meine Chancen eher schlecht. Vermutlich würde ihn das nur dazu animieren, mir *noch mehr* helfen zu wollen. Mit einem Seufzen rollte ich erneut mein Fenster herunter. »Hast du noch was vergessen?«, fragte ich betont gleichmütig.

Mit dem Zeigefinger schob Leon das Visier seines Helmes nach oben. Der Blick aus seinen blaugrünen Augen traf mich völlig unvorbereitet, und mir stockte der Atem. »Bist du *sicher,* dass alles okay ist? Du stehst immer noch hier.«

Für einen kurzen Moment wollte ich ihn erneut anlügen, aber ich befürchtete, dass er mir ohnehin längst auf die Schliche gekommen war. Vermutlich wartete er jetzt so lange hier, bis ich wegfuhr … oder in meinem Fall, bis irgendjemand kam, um mich abzuholen.

»Der Wagen streikt«, gab ich zerknirscht zu.

Augenblicklich zog Leon die Augenbrauen zusammen. »Ich würde dir anbieten, dass ich es mir mal ansehe, aber von Autos verstehe ich überhaupt nichts.«

»Also ähnlich wie beim Segeln?« Es rutschte mir heraus, ehe ich darüber nachdenken konnte, dass das bei unserem letzten Aufeinandertreffen ein sensibles Thema gewesen war.

Doch diesmal lachte Leon nur, und es klang sogar ehrlich. »So in etwa. Vermutlich würde ich es nur schlimmer machen, sobald ich die Motorhaube öffne.«

Ich stimmte in sein Lachen mit ein. »Das ist okay, man kann ja nicht in allem gut sein.«

»Ich kann dich aber nach Hause bringen, wenn du magst.«

»Das ist nicht nötig, aber danke.« Ich lächelte leicht zu ihm hoch. Die Sonne schob sich genau in dem Moment zwischen den Wolken hervor und blendete mich, sodass ich die Augen zusammenkneifen musste.

»Also hast du schon jemanden erreicht, der dich abholen kommt?«, hakte Leon nach.

»Noch nicht, aber wenn du mich endlich in Ruhe lässt, kann ich weiter telefonieren.« Ich hielt das Handy hoch, das in meinem Schoß lag.

Leon nickte. »Du kannst telefonieren, aber ich bleibe, bis dich jemand abgeholt hat.«

Langsam verärgert kniff ich die Augen zusammen. »Du musst nicht bleiben.« Ich *wollte* nicht, dass er blieb. Also zumindest der rationale Teil von mir wollte das nicht. »Ich kann gut auf mich selbst aufpassen. Außerdem ist noch helllichter Tag, was soll schon passieren?«

»Kannst du nach allem, was in den letzten Wochen vorgefallen ist, immer noch mit Sicherheit sagen, dass nichts passieren wird?«

Jeglicher Protest erstarb auf meinen Lippen. Das Kästchen mit den Tieraugen, das ich gestern erhalten hatte und von dem Leon gar nichts wusste, fiel mir wieder ein. Wer dazu fähig war, Tiere zu töten, wäre auch noch zu ganz anderen Dingen in der Lage. Eine Gänsehaut überzog meine Arme, und die kleinen Härchen in meinem Nacken stellten sich auf.

So wie ich die Sache sah, hatte ich jetzt genau zwei Möglichkeiten. Leon wartete neben mir, bis ich endlich jemanden erreicht hatte, der mich abholen kam, oder ich ließ mich gleich von ihm nach Hause bringen. Die Fahrt zu mir dauerte keine fünfzehn Minuten. Bis ich jemanden erreicht hatte und von demjenigen abgeholt werden konnte, würde ungleich viel mehr Zeit ins Land gehen. Dasselbe traf zu, wenn ich mich nicht langsam mal entscheiden konnte.

Schließlich stieß ich die Luft mit einem Zischen aus. »Okay.«

»Okay, was?«, fragte Leon, weil er meinen inneren Monolog natürlich nicht mitbekommen hatte.

»Du darfst mich nach Hause fahren.«

»Ich *darf*? Wie überaus gütig von dir.« Er grinste spöttisch. »Und wenn ich es mir anders überlegt habe und mein Angebot zurückziehe?«

Kurz überlegte ich, die Fahrertür mit so viel Wucht aufzustoßen, dass sie gegen sein Motorrad knallte. Aber die Rennmaschine sah teuer aus, und ich hatte wirklich kein Geld für die Reparatur – ich wusste ja nicht mal, ob ich mir die von meinem Auto leisten konnte, nachdem schon die Kaffeemaschine ein kleines Loch in mein Konto gerissen hatte.

»Mach das hier für uns beide nicht schwieriger, als es ist«, sagte ich stattdessen. »Wenn du das Angebot zurückziehst, dann laufe ich nach Hause. Und als Gutmensch, der du heute offenbar sein möchtest, würdest du mich im Laufschritt begleiten, um sicherzustellen, dass ich heil ankomme. Glaub mir, wenn du mich fährst, geht das schneller, und die Tortur ist für uns beide eher vorbei. Wie ein Pflaster von der Haut abziehen.«

Leon sah mich einfach nur an. Eine Sekunde, zwei Sekunden, viel zu lange. Tief in meinem Unterleib begann es zu prickeln, und meine Atmung wurde flacher. Ich verfluchte meinen Körper dafür, dass er ständig auf Leon reagieren musste. Warum konnte er meinem Körper nicht so egal sein, wie er es meinem Geist war?

»Du hast recht.« In einer fließenden Bewegung zog er sich den Helm vom Kopf. »Bringen wir es hinter uns.«

Ich stieg aus dem Auto, ließ meine nassen Klamotten auf der Rückbank liegen und schloss ab, ehe ich den Helm von Leon entgegennahm. Ich zog ihn über und wurde bombardiert mit Leons Geruch, der so intensiv an meine Geruchsknospen drang, wie ich ihn noch nie zuvor erfahren hatte. Meine Knie wurden weich, und ich atmete unbewusst tief ein.

Währenddessen klappte Leon die Fußstützen für den Beifahrer herunter. Ich stellte meinen linken Fuß darauf und schwang mich hinter ihm auf das Motorrad. Durch den Sitz, der nach vorne abfiel, wurde ich sofort an Leons Rücken gedrückt. Ich bildete mir ein, seine Körperwärme sogar durch unsere Klamotten spüren zu können. Und vor allem spürte ich jede Kontur seines Körpers eng an mich gepresst.

»Halt dich gut fest«, rief Leon mir über die Schulter zu, »und in den Kurven immer schön dein Gewicht mit reinlegen.« Dann startete er das Motorrad, das mit einem tiefen Brummen zum Leben erwachte, und rollte langsam vom Parkplatz.

Obwohl ich mich an den Griffen hinter mir festhielt, kam es mir vor, als würde jeder Punkt meines Körpers einen von Leon berühren. Mein Bauch war an seinen Rücken gepresst, meine Oberschenkel lagen an seinen an, und sogar meine Knie berührten seine Waden. In allen Bereichen, wo wir uns berührten, spürte ich die Vibrationen des Motorrads. Es dauerte nicht lange, bis mein ganzer Körper unter Strom stand.

Nach einer Minute musste ich zudem zugeben, dass Leon ein verdammt guter Fahrer war. Irgendwie hatte ich erwartet, dass er sich rücksichtslos oder waghalsig auf dem Motorrad verhalten würde, doch das war absolut nicht der Fall. Er fuhr innerhalb der Geschwindigkeitsbegrenzung, nahm die Kurven in einem normalen Tempo und schaffte es generell, dass ich mich sicher fühlte, obwohl es mein erstes Mal auf einem Motorrad war.

Die Fahrt bis zu mir verging wie im Flug, und ein Teil von mir war fast enttäuscht, als wir vor meiner Haustür anhielten und ich von der Maschine stieg. Ich zog den Helm von meinem Kopf und reichte ihn ihm. »Danke fürs Bringen.«

»Gern geschehen.« Er wirkte ehrlich, und das zauberte ein Lächeln auf meine Lippen.

»Wir sehen uns morgen.« Keine Ahnung, warum ich das gesagt hatte. Ich wusste ja nicht einmal, ob er morgen überhaupt für irgendeine Aktivität an den Lodges sein würde.

»Bis dann, Isla.« Ich mochte, wie er meinen Namen aussprach. Er setzte sich den Helm auf, beugte sich vor und brauste die Straße entlang davon.

Ich sah ihm nach, bis er um die nächste Straßenecke abbog und nicht mehr zu sehen war, und dachte bei mir: *Vielleicht ist er doch nicht so furchtbar, wie ich immer gedacht habe.*

15. KAPITEL

LEON

Es war kurz nach acht, als ich am darauffolgenden Morgen wieder vor Islas Haus stand. Ihre Wohnung lag dunkel vor mir, aber die Katzenklappe öffnete sich, und ein getigerter Kater kam nach draußen. Er betrachtete mich kritisch, stolzierte einmal um das Motorrad herum und rieb sich dann an meinem Bein. Ich beugte mich nach unten, um ihm durch das weiche Fell zu streicheln, woraufhin er ein Maunzen von sich gab.

»Na, mein Kleiner? Wer bist du denn?« Natürlich bekam ich keine Antwort von ihm, und natürlich musste er Islas Kater sein, immerhin war er gerade aus ihrem Haus gekommen, aber irgendwie hatte ich nicht erwartet, dass Isla eine Katze – oder irgendeine Art von Haustier – hatte.

Ich stand noch immer gebückt da und streichelte den Kater, als die Haustür aufging und Isla im Türrahmen erschien. Sie trug übergroße Boxershorts und ein zerknittertes T-Shirt mit den Konzertdaten von *Muse*. Ihre Haare waren zerzaust und ihre Augen noch ganz klein, als wäre sie gerade erst aufgestanden. Auf ihrer linken Wange prangte sogar noch ein Abdruck ihres Kissens.

»Was?« Verwirrt hörte sie sich ebenfalls an, dann fiel ihr Blick auf den Kater zu meinen Füßen. »Frodo, du Verräter.«

Ich musste lachen. »Dir ebenfalls einen guten Morgen.« Ich richtete mich auf, was der Kater mit einem protestierenden Mauzen kommentierte.

Islas Augenbrauen hoben sich noch mehr. »Er mag normalerweise keine Menschen.« Sie seufzte tief. »An den meisten Tagen mag er nicht einmal mich.«

»Ist das nicht bei den meisten Katzen so, dass sie uns Menschen eher dulden als ausstehen können?«

Ein Schatten legte sich über Islas Gesicht, und ich befürchtete schon, etwas Falsches gesagt zu haben, da seufzte sie erneut. »Frodo kommt aus dem Tierschutz und … er wurde von den vorigen Besitzern nicht gut behandelt. Er wurde völlig abgemagert und mit etlichen Verletzungen im Keller des Hauses eingesperrt gefunden. Er mag *wirklich* keine anderen Menschen.«

»Oh.« Damit hatte ich nicht gerechnet, und ich sah nach unten zu dem kleinen Kerl, der sich noch immer nicht von mir wegbewegt hatte. »Dann … spürt er vielleicht, dass er von mir nichts zu befürchten hat?«

Islas Blick bohrte sich in mich hinein. So intensiv, als würde sie auf dem Grund meiner Seele nach Antworten suchen, auf eine Frage, die ich nicht verstand. »Was machst du eigentlich hier?«

»Ich wollte dich zur Arbeit abholen, du hast immerhin kein Auto.« Ich fühlte mich seltsam verletzlich, während ich das sagte. Zu Hause war es mir noch wie eine gute Idee erschienen, jetzt war ich mir nicht mehr sicher, ob das nicht doch eher etwas übergriffig war, was ich hier tat. Es fühlte sich an, als hätte ich eine unsichtbare Grenze überschritten.

Isla betrachtete mich, als wüsste sie das ebenfalls nicht. »Es ist viel zu früh«, sagte sie dann. Und ja, das konnte ich sehen, immerhin war sie nicht einmal angezogen.

»Sorry, ich kann auch wieder …« Ich reckte den Daumen über meine Schulter, um ihr zu verdeutlichen, dass ich auch fahren konnte.

»Vermutlich hätte ich nicht einfach vorbeikommen sollen, das war …«

»Ist schon okay«, unterbrach Isla meinen Gedankengang.

»Am Ende der Straße ist ein Bäcker. Was hältst du davon, wenn du uns was zum Frühstücken holst? Ich koche derweil Kaffee und ziehe mich an.«

»Alles klar.«

Eine Viertelstunde später saß ich in Islas kleiner Küche. In der Mitte des Tisches hatte Isla das Gebäck, das ich geholt hatte, auf einem Teller ausgebreitet. Eine Tasse Kaffee stand vor jedem von uns, und Isla hatte sogar Orangensaft dazugestellt. Sie nahm sich gerade einen Scone, beschmierte ihn mit Clotted Cream und Marmelade und biss genüsslich hinein.

Frodo hatte mich auf meinem Weg zum Bäcker begleitet, saß jetzt in der Ecke vor seinem Futternapf und betrachtete uns strafend. »Was ist sein Problem?«, fragte ich Isla. Sein Pott war voll, aber er schien sein Futter gar nicht zu beachten.

»Er mag die Sorte nicht.«

»Warum gibst du ihm sie dann?«

Isla warf dem Kater einen mindestens so strafenden Blick zu wie er uns. »Letzte Woche mochte er es noch, aber er hat sich vorgestern dazu entschieden, dass es jetzt Zeit für etwas Neues ist. Ich habe online schon was anderes bestellt, aber es dauert noch ein, zwei Tage, bis es ankommt.«

Ich konnte nicht anders, als zu lächeln. »Und solange?«

»Frisst er entweder, was ich ihm vorsetze, oder er muss sich draußen nach Mäusen oder so umsehen.«

»Du bist ganz schön herzlos«, sagte ich, woraufhin Isla nur laut schnaubte. »Warum hast du ihn eigentlich nach dem unbeliebtesten Charakter aus *Herr der Ringe* benannt?«

Isla sah von ihrem Scone auf. Ein Klecks Marmelade hing an ihrem linken Mundwinkel, und meine Finger zuckten in dem Wunsch, ihn ihr wegzuwischen. Dann schien sie es selbst zu bemerken, denn ihre Zungenspitze spitzte hervor und leckte ihn weg.

»Es geht nicht immer darum, der Beliebteste zu sein. Manchmal hat man einfach nicht die mentalen Kapazitäten dafür. Außerdem sind es gerade oft die unsympathischen Charaktere, die den schwersten Weg hinter sich haben. Und das erkennt man manchmal selbst dann nicht, wenn man hinter die aufgesetzte Fassade blickt.«

Für einen Moment war ich sprachlos, denn ich hatte nicht erwartet, dass das Gespräch über einen Tiernamen derart schnell derart tiefsinnig wurde. »Also meinst du, dass die Leute weniger auf Frodo im Film schimpfen sollten?«

Isla lachte. »Oh, sie können gerne schimpfen, mir ist er teilweise auch auf die Nerven gegangen. Aber das ändert nichts an der Tatsache, dass er den schwersten Weg von allen in der Geschichte hat. Es geht ja eher darum, dass man auch die unsympathischen Charaktere etwas differenzierter sehen muss. Und ganz generell finde ich es sowieso immer wichtig, dass Charaktere etwas in mir auslösen, ich etwas fühle, wenn ich ihren Weg begleite. Richtig schlimm ist es eigentlich nur dann, wenn sie mir egal sind.«

In den letzten fünf Minuten hatte ich mehr über Isla erfahren als in den letzten Jahren. Bildete ich es mir nur ein, oder wurde sie mir gegenüber langsam etwas offener? Ich konnte mir nicht vorstellen, dass sie mir auf unserer ersten Wanderung vor knapp zwei Wochen so genau erklärt hätte, wie und warum sie den Namen für ihren Kater ausgewählt hatte.

»Das ist alles richtig, aber man muss trotzdem nicht jeden fiktionalen Charakter leiden können.« Ich hatte Frodo in den Filmen noch nie gemocht, und daran würde sich auch nichts ändern, egal, wie viele glühende Reden sie über ihn hielt.

»Oh, absolut. Man muss ja auch nicht jeden echten Menschen leiden können.« Sie sah mich mit hochgezogenen Augenbrauen an, und plötzlich war ich mir nicht mehr so sicher, ob wir uns einander wirklich angenähert hatten oder das alles nur meiner Einbildung entsprang.

Nach dem Frühstück fuhr ich Isla mit meinem Motorrad zu den Lodges. Heute schwang sie sich schon sehr viel enthusiastischer hinter mich auf die Maschine und schmiegte sich direkt an mich, ohne zu versuchen, irgendwie Abstand zwischen uns zu wahren, was auf einem Motorrad ohnehin ein Ding der Unmöglichkeit war.

Die Fahrt zu den Lodges verging viel zu schnell. Gerade als wir auf den Parkplatz fuhren, stieg Kyleen aus ihrem Auto. Ihre Augen weiteten sich, als sie uns entdeckte, und als Isla den Helm abnahm, schnappte sie nach Luft wie ein Fisch auf dem Trockenen, sagte aber keinen Pieps.

»Mein Auto hat gestern endgültig den Geist aufgegeben«, erklärte Isla trotzdem.

Kyleen schien ihre Stimme wiederzufinden. »Hast du mich deshalb angerufen?« Ich stieg ebenfalls vom Motorrad, nahm den Helm entgegen, den Isla mir hinhielt, und stellte mich zu den beiden.

»Genau. Aber Leon hat mich dann nach Hause gefahren und mich heute abgeholt. Muss mal sehen, wie ich den Wagen später in die Werkstatt bekomme.«

»Ich könnte Freddie fragen, ob er ihn sich mal ansieht«, schlug ich vor.

Beide sahen mich skeptisch an. »Ich dachte, Freddie kennt sich nur mit Gin aus.«

»Er hat vorher eine Ausbildung zum Automechaniker gemacht. Das war Vorgabe seiner Eltern, damit er etwas *Handfestes* in der Hinterhand hat, sollte sein Traum mit der Gin-Destillerie platzen.«

»Na gut.« Isla zuckte mit den Schultern. »Ist vielleicht gar nicht verkehrt, wenn er sich die Karre mal ansieht, bevor ich sie in die Werkstatt bringe. Dann kann er auch schon mal grob überschlagen, was mich das wohl kosten wird.« Isla schluckte sichtbar, und kurz flackerte Panik in ihren Augen auf.

»Oder er kann das Problem gleich beheben«, versuchte ich sie etwas zu beruhigen.

Sie verzog den Mund. »So viel Glück habe ich nicht.«

Kyleen stupste sie mit der Schulter an. »Sei nicht so negativ. Vielleicht ist es ja wirklich etwas, das schnell zu beheben ist.«

Isla nahm einen tiefen Atemzug, sah von mir zu ihrer besten Freundin und wieder zurück. »Okay, okay.« Sie hob die Arme ergeben und lachte leise. »Ich werde mir den heutigen Tag über einreden, dass das nur eine Lappalie an meinem Auto ist, die total easy zu beheben sein wird. Aber wenn Freddie dann später sagt, dass das teuer und umfangreich wird und mein Auto eigentlich reif für die Schrottpresse ist, dann könnt ihr das bezahlen.«

Mit einem Seufzen kniff sich Kyleen in die Nasenwurzel.

»Ist sie immer so theatralisch?«, fragte ich sie.

»Immer.«

»Kann man was dagegen machen?«

Sie schüttelte den Kopf. »Nein, einfach ignorieren. In ’ner Stunde geht es meistens wieder.«

»Hey, ich stehe direkt neben euch«, ging Isla dazwischen. »Hört auf, über mich zu reden, als wäre ich nicht da.«

Kyleen lachte und legte einen Arm um Isla. »Komm, wir fangen mit der Arbeit an und lassen dein Auto erst mal Auto sein.«

Isla grummelte leise, fügte sich aber und folgte Kyleen in Richtung Gemeinschaftsraum. Kurz bevor sie die Tür erreichten, drehte sie sich noch einmal um. Unsere Blicke trafen sich, die Zeit verlangsamte sich, spielte keine Rolle mehr. Da schimmerte etwas in Islas Augen, das mir bekannt, vertraut vorkam. Zumindest bildete ich mir das ein, denn es war so schnell wieder weg, dass ich mir nicht sicher war, es überhaupt gesehen zu haben.

Dann wandte sich Isla ab und verschwand im Gemeinschaftsraum. Ich blieb auf dem Parkplatz zurück und hatte das

Gefühl, dass die Umgebungstemperatur um zehn Grad angestiegen war. Verlangen pochte heiß durch meine Adern, und gleichzeitig war ich mir mal wieder sehr sicher, dass ich Isla niemals würde haben können.

Es war früher Nachmittag, als ich erneut an den Lodges eintraf. Freddie hatte ich angerufen, bevor ich zu der heutigen Wanderung aufgebrochen war, und er war bereits da. Gemeinsam mit Adrien und Kyleen stand er an Islas Auto, die Motorhaube war geöffnet, und auch wenn ich kein Wort verstand, sah es für mich aus, als würden sie fachsimpeln. Freddie erklärte irgendwas und fuchtelte dabei wild mit den Händen in der Luft herum, um irgendwas davon zu unterstreichen.

Ich stellte mein Motorrad auf einem freien Parkplatz ab, stieg ab und zog mir den Helm vom Kopf, während ich auf sie zuging. »Gibt es schon ein Urteil?«

Freddie nickte mir zu. »Ich hab eine Vermutung, aber dafür muss ich unters Auto.«

»Ich hab grad Nihat angerufen, damit er was zum Aufbocken vorbeibringt«, fügte Adrien hinzu. In dem Moment kam Nihat mit seinem Pick-up um die Kurve gefahren und hielt auf den Parkplatz der Lodges zu. »Wenn man vom Teufel spricht.«

Nihat stieg aus, ein breites Grinsen im Gesicht. Er begrüßte Adrien flüchtig mit einem Kuss, dann wandte er sich Freddie zu. »Der Autoheber ist hinten drauf, aber ich brauche deine Hilfe, der ist schwer.«

Während die beiden das Ding von der Ladefläche des Pick-ups hievten, kam Isla aus dem Gemeinschaftsraum der Lodges gelaufen. »Und? Könnt ihr schon was sagen?«, rief sie uns von Weitem zu.

»Gib mir fünf Minuten.«

Freddie und Nihat positionierten den Wagenheber unter dem rechten Vorderrad und hoben die Vorderseite von Islas

Auto so weit an, dass Freddie sich darunterschieben konnte. Er stöhnte und fluchte ein paarmal, und bei jedem Kommentar von ihm zuckte Isla ängstlich zusammen. Generell wirkte sie, als wäre ihr schlecht und sie würde die Ungewissheit keine weitere Sekunde ertragen. Ihre Gesichtsfarbe lag irgendwo zwischen *weiß wie die Wand* und *grünlich*. Unablässig knotete sie ihre Finger zusammen, und sie wirkte so angespannt wie einer ihrer Bögen, kurz bevor sie den Pfeil fliegen ließ. Ich wollte sie irgendwie beruhigen, aber ich befürchtete, wenn ich sie jetzt berührte, machte ich es damit nur schlimmer.

»Und?«, fragte sie erneut, während Freddie noch unter ihrem Auto lag.

Mit einem Seufzen kam er wieder hervor. Eine dunkelblonde Strähne war ihm in die Stirn gefallen. Er wischte sie mit der Hand beiseite und hinterließ einen schwarzen Striemen auf seiner Haut. »Es ist, wie ich befürchtet habe.«

Isla schluckte sichtbar. »Die Karre ist hinüber, oder?«

Freddie verengte die Augen und schüttelte den Kopf. »Nein, wie kommst du darauf?«

»Weil das typisch für mich wäre. So was passiert mir immer, wenn ich es am wenigsten gebrauchen kann.«

»Das hier ist jedenfalls was anderes.« Freddie ging gar nicht auf ihre Worte ein. »Jemand hat an deinem Anlasser herumgeschraubt, bis er jeglichen Kontakt verloren hat.«

»Was?« Mit aufgerissenen Augen sah Isla ihn an. *»Jemand?«*

»Ja, ich vermute zumindest, dass du es nicht selbst warst.«

Islas Lachen klang ein wenig hysterisch. »Ich weiß ja nicht mal, wo sich das Ding befindet. Oder wofür es da ist. Aber du bist dir absolut sicher, dass sich das nicht von selbst gelöst haben kann?«

»Nicht in diesem Ausmaß. Der Anlasser hängt quasi nur noch am seidenen Faden, das passiert nicht von selbst«, erklärte Freddie.

Isla sah Adrien an, und eine stumme Kommunikation lief zwischen den beiden ab. Es war faszinierend zu beobachten. Äußerlich waren sie fast regungslos, aber ihre Augen waren so ausdrucksstark, dass sie beinahe Funken sprühten und ich mir einbildete, Worte hören zu können.

»Glaube ich nicht«, sagte Adrien jetzt laut.

Entschieden schüttelte Isla den Kopf. »Hier geht es nicht darum, was du glaubst. Das ist jetzt schon die zweite Sache, die direkt gegen mich und nicht gegen die Lodges gerichtet ist. Und bei allem, was mit der Lodge war, war ich auch irgendwie involviert. Vielleicht haben wir das bisher von der falschen Seite betrachtet. Was, wenn gar nicht jemand etwas gegen die Lodges hat oder dass wir jetzt mit dem *Three Sisters Resort* zusammenarbeiten? Was, wenn jemand etwas gegen mich persönlich hat?«

Ungläubig verzog ich das Gesicht. »Wer soll das denn sein? Jeder hier in Glencoe kennt dich, seit du in die Windeln geschissen hast.«

»Ich hab keine Ahnung, aber das bedeutet ja nicht, dass die Leute mich auch leiden können.«

Das Lachen brach aus mir heraus, ehe ich es aufhalten konnte.

Islas anklagender Blick lastete auf mir. »Na ja, es stimmt doch. Man kann den Leuten immer nur vor den Kopf schauen. Selbst wenn mir das niemand offen sagt, bin ich ziemlich sicher, dass es Leute hier gibt, die mich nicht ausstehen können.«

Entschieden schüttelte ich den Kopf. »Dich nicht leiden zu können und an deinem Auto herumzupfuschen sind zwei völlig verschiedene Dinge. Das würde doch niemand machen, nur weil du ihn oder sie mal verärgert hast.«

»Ich stimme ihm zu.« Eine steile Falte hatte sich zwischen Kyleens Augenbrauen gebildet. »Das hier ist deutlich persönlicher, als dass jemand bloß etwas gegen dich hat. Sind in letzter Zeit noch andere Dinge vorgefallen?«

Isla verengte die Augen. »Nee, was denn?«

»Keine Ahnung. Hast du Briefe erhalten oder schenkt dir jemand mehr Aufmerksamkeit als gewöhnlich?«

Langsam schüttelte sie den Kopf, aber in ihren Augen blitzte etwas auf, das ich noch nie da gesehen hatte: Angst. »Denkst du, ich hab 'nen Stalker, oder was?«

»Wäre doch möglich, oder?«

Isla schlang die Arme um ihren Oberkörper. »Kann ich mir nicht vorstellen.« Sicher klang sie dabei aber nicht. »Das müsste ja jemand sein, mit dem ich generell mehr Zeit verbringe, und alle, die ich öfter gesehen habe, stehen hier.« Langsam blickte sie in die Runde, sah einen nach dem anderen an, bis sie bei mir landete. Ihr Blick lastete auf mir, fühlte sich zu schwer und irgendwie unangenehm an.

Ich hatte keine Ahnung, was Isla dachte. Nach allem, was bisher zwischen uns vorgefallen war, könnte ich mir gut vorstellen, dass sie mich zumindest nicht ausschloss. Ihr Blick lag mit einer Intensität auf mir, die mir eine Gänsehaut verursachte, aber es lag keine Ablehnung darin. Nicht mal eine vorgeschobene, wie es bei der ersten Wanderung gewesen war, wo man ihr deutlich angemerkt hatte, dass sie nicht mit mir klarkommen wollte.

Erst jetzt wurde mir bewusst, wie sehr sich unser Verhältnis verändert hatte, dass Isla sich sehr wohl mir gegenüber geöffnet hatte, auch wenn sie nach außen hin immer noch so tat, als könnte sie mich nicht ausstehen.

Dass sie erneut den Kopf schüttelte, als sie sich schließlich von mir abwandte, unterstrich diese Tatsache nur. »Keinem von euch traue ich das zu.« Ein verschmitztes Grinsen trat auf ihre Züge. »Außer vielleicht Freddie, immerhin kann er offenbar mit Autos umgehen und hat den *Fehler* sofort gefunden.«

Wir begannen alle zu lachen. Bei mir war es vor allem die Erleichterung, dass Isla mir vertraute, die mich losprusten ließ.

Freddie schob sich unter dem Auto hervor, bis er Isla ansehen konnte. »Wenn du willst, dass ich dein Auto repariere, solltest du lieber nett zu mir sein.« Er funkelte sie an, und seine Mundwinkel zuckten.

Lachend hob Isla die Hände in eine abwehrende Haltung, wurde aber umgehend wieder ernst. »Wie gesagt, ich glaube nicht, dass es irgendwer von euch ist. Aber es macht mir Angst, dass ich keine Ahnung habe, wer dahinterstecken könnte.«

Kyleen trat einen Schritt auf ihre beste Freundin zu und legte einen Arm um sie. »Wir werden gemeinsam herausfinden, wer hinter der Sache steckt.«

16. KAPITEL

ISLA

Mit einem mulmigen Gefühl im Bauch fuhr ich drei Tage später zum *Three Sisters Resort.* Mein Auto funktionierte zum Glück wieder einwandfrei, seit Freddie sich darum gekümmert hatte, und es hatte auch keine neuen Anschläge gegeben, aber das hieß nicht, dass ich nicht ständig darüber nachdachte.

Nach der letzten Woche erwartete ich hinter jeder Ecke irgendetwas, das auf mich einprasselte. Wenn ich nach Hause kam, scannte ich meine Einfahrt nach etwas, das dort nicht hingehörte. Vor einer Aktivität sah ich mir die Gäste mehr als deutlich an, ob etwas in ihren Gesichtern sie verraten könnte. Selbst gestern Abend im *Lanky Tavern*, als ich mit Kyleen einen ruhigen Abend verbringen wollte, hatte ich jede Person eingehend betrachtet, ob uns irgendjemand mehr als gewöhnlich beobachtete. Natürlich war das nicht der Fall gewesen, und langsam kam ich mir paranoid vor. Als würde ich mich in einem schlechten Horrorfilm befinden und hinter jeder Ecke einen Jumpscare erwarten.

So ungern ich es zugab, aber so langsam machte mir die ganze Sache Angst. Vor allem, weil es nach den letzten Vorfällen so aussah, als hätte es der Widersacher auf mich persönlich abgesehen. Ich war besser damit klargekommen, als ich noch dachte, es hätte nur jemand etwas gegen die Zusammenarbeit mit dem *Three Sisters Resort.* Das war etwas, was ich zumindest nachvollziehen konnte, auch wenn ich es nicht guthieß. Aber wenn die Anschläge auf mich persönlich abzielten? Ein kaltes

Schaudern raste über meinen Rücken. Ich wusste nicht mal, wer etwas gegen mich haben könnte, noch, wie ich herausfinden sollte, wer dafür verantwortlich war.

Das *Three Sisters Resort* kam in Sichtweite, und schneller als mir lieb war, lenkte ich mein Auto auf den ziemlich vollen Parkplatz. Ich fand noch eine Lücke, um ihn abzustellen, und kaum hatte ich den Wagen verlassen, entdeckte ich Leon. Er saß mit einigen Gästen auf einer Bank zusammen, bereits für unsere Wanderung ausgerüstet, weil er mir heute eine weitere Route auf dem Gipfel zeigen wollte.

Mein verräterisches Herz beschleunigte sich bei seinem Anblick, und meine Atmung wurde flacher, während ich auf ihn zuging. Ich hatte keine Ahnung, was mich erwartete. Wir hatten uns nicht mehr gesehen, seit er vor ein paar Tagen Freddie angerufen hatte, damit er meinen Wagen reparierte. Etwas, für das ich mich bis heute noch nicht bei ihm bedankt hatte. Dabei musste selbst ich zugeben, dass Leon, seit wir mit den gemeinsamen Aktivitäten begonnen hatten, mehr als nett zu mir gewesen war.

Leon drehte sich um, und ein vorsichtiges Lächeln breitete sich auf seinem Gesicht aus, als wäre er genauso unsicher, wie er auf mich reagieren sollte. Ich lächelte zurück und ging mit beschwingteren Schritten auf die Gruppe zu.

»Hey«, grüßte ich in die Runde und stellte mich denen vor, die mich noch nicht kannten. »Ich bin Isla.«

»Isla wird die Wanderung heute mit mir gemeinsam durchführen«, setzte Leon nach.

»Du meinst wohl eher, dass Isla die Route heute von dir lernen wird.« Auf die fragenden Blicke einiger Gäste hin erklärte ich: »Um Ressourcen zu sparen, haben wir in diesem Jahr unsere Aktivitäten zusammengelegt, und dazu müssen wir uns gegenseitig die Routen beibringen.«

»Fehlen euch auch die Saisonarbeiter?«, fragte eine zierliche Frau mit roten Haaren.

»Genau«, erklärte Leon. »Wobei das Problem weniger ist, dass wir keine Bewerber haben, aber sie brauchen gewisse Vorkenntnisse, vor allem im Bereich Sicherheit.«

Nickend stimmte ich ihm zu. »Dabei geht es vor allem darum, den Gästen das bestmögliche Erlebnis zu bieten. Je besser sich die Tourguides in der Gegend auskennen, desto mehr können sie euch darüber erzählen.«

Leons Blick lag noch immer auf mir, brannte sich in meine Seite, und obwohl ich ihn nicht ansah, wusste ich genau, dass er lächelte. »Und wir wollen ja, dass auch ihr möglichst viel zu erzählen habt, wenn ihr zurück nach Hause fahrt.«

Eine Viertelstunde später waren alle Gäste versammelt, die sich für die Wanderung angemeldet hatten. Ich erkannte einige wieder, die in den Lodges übernachteten, und war erneut erstaunt, wie gut die kombinierten Aktivitäten von den Gästen angenommen wurden.

Leon führte uns zum Sessellift, da wir für die heutige Route erneut bis auf den Gipfel fahren mussten. Oben befand sich das Glencoe Mountain Resort, wie das hiesige Skigebiet genannt wurde. Jetzt im Sommer lag dort natürlich kein Schnee, aber der Gipfel war auch mit grünem Gras imposant.

Nacheinander nahmen immer zwei Leute einen Sessel, bis Leon und ich uns wieder als Letzte einen teilten.

»Wie geht es deinem Auto?«, fragte Leon, als wir fest im Sessel saßen und den Berg hinaufgezogen wurden. Grüne Fichten wuchsen um uns herum, und eine kühle Brise wehte uns ins Gesicht.

»Schnurrt wie ein Kätzchen. Freddie hat hervorragende Arbeit geleistet.« Sollte er seine Gin-Destillerie irgendwann vor die Wand fahren, hatte er wirklich noch Fähigkeiten für einen handfesten Job, auf den er zurückgreifen konnte.

»Freddie macht keine halben Sachen.« Leon lachte, als wäre

ihm irgendeine Anekdote von früher eingefallen. »Warst du mal in seiner Destillerie? Er bietet dort mittlerweile nicht nur Tastings und Führungen an, sondern auch Kurse, in denen man seinen eigenen Gin herstellen kann.«

»Ach, was. Echt?« Interessiert wandte ich mich auf meinem Sitz Leon weiter zu. Der Wind wehte mir eine verirrte Haarsträhne aus dem Gesicht, und der Geruch von Pinien und Fichten drang an meine Nase. »Könnte man so etwas bei uns mit aufnehmen? Das wäre doch sicher auch für einige Gäste interessant, oder?«

Leon grinste breit und rutschte aufgeregt auf seinem Platz hin und her. »Genau! Ich will das auf jeden Fall ab Herbst mit aufnehmen. Man muss dann nur schauen, wie groß das Interesse generell ist, und einen entsprechenden Bus organisieren, der die Leute vom Berg zur Destillerie und wieder zurückfährt.«

»Sprich doch mal mit Kyleen, ihr Dad arbeitet doch bei einem Busunternehmen.«

Leons Augen weiteten sich. »Stimmt, daran habe ich gar nicht mehr gedacht. Danke für den Tipp.«

»Nicht dafür. Ich habe Adrien auch schon gesagt, dass wir ein diverseres Angebot zusammenstellen müssen, wenn wir langfristig aus dem Meer der anderen Anbieter herausstechen wollen.«

»Ja, ja, ja. Das ist genau das, was ich auch immer sage.« Vor Begeisterung überschlug sich seine Stimme. Das überschwängliche Funkeln in Leons Augen setzte mein Herz in Flammen. »Mein Dad ruht sich darauf aus, dass wir einen *guten Ruf und viele Stammgäste* haben. Aber von den Stammgästen sind viele schon über sechzig. Was, wenn die bald alle nicht mehr kommen können und uns dann das halbe Hotel leer steht, weil wir uns nicht darum bemüht haben, auch jüngere Leute mit unserem Angebot anzusprechen?«

Bevor ich Leon antworten konnte, durchdrang ein lautes

Quietschen die Stille. Es ging mir durch Mark und Bein, und ich wusste sofort, dass etwas nicht stimmte. Dann ging ein Ruckeln durch die Bahn, das unseren Sessel – und auch die der anderen – ordentlich durchrüttelte. Er schwang stark von rechts nach links, und von einigen der anderen Gäste war lautes Kreischen zu hören.

Auch mein Herzschlag setzte kurz aus und verfiel dann in einen schnelleren Rhythmus. Ich krallte mich an der Eisenstange vor mir fest, die verhinderte, dass wir aus dem Sessel rutschen konnten.

»Shit«, brachte ich hervor, als das Schaukeln etwas nachließ, ich dadurch aber realisierte, dass wir angehalten hatten. »Stimmt etwas mit dem Sessellift nicht?«

Ich wandte mich Leon zu und erschrak. Er war kalkweiß geworden, seine Finger so stark um die Stange vor sich verkrallt, dass seine Knöchel weiß hervortraten. Er sah stur geradeaus, sein Blick irgendwie unfokussiert, und ich war mir nicht einmal sicher, ob er mich überhaupt gehört hatte.

»Leon?« Vorsichtig legte ich eine Hand auf seinen Oberarm, und zumindest die Berührung schien er zu realisieren, denn er zuckte leicht zusammen und drehte den Kopf in meine Richtung. »Ist alles okay?« Was für eine unsinnige Frage. Es war offensichtlich, dass gar nichts in Ordnung war, aber ich wusste im Moment auch nicht, was ich sonst sagen sollte.

»Natürlich.« Seine Stimme klang rauer und gepresster als gewöhnlich.

»Es geht bestimmt gleich weiter«, versuchte ich ihn zu beruhigen.

Er nickte mechanisch und zog sein Handy aus der Hosentasche, vermutlich um sich damit abzulenken. Langsam zog ich meine Hand wieder von Leons Arm zurück, auch wenn sich alles in mir dagegen sträubte. Denn es war mehr als offensichtlich, dass es Leon nicht gut ging. Ich wusste nicht, ob er Höhenangst hatte oder ihn das Steckenbleiben an sich ängstigte, aber in dem Moment kam er mir so unfassbar nahbar vor wie nie zuvor. Ich wollte ihn beruhigen, aber ich wusste nicht, wie.

Ich wusste ja nicht einmal, was ich zu ihm sagen sollte, daher blickte ich nach vorne und bemerkte, dass die zwei Typen, die sich in dem Sessellift vor uns befanden, uns zuwinkten. Ich winkte zurück.

»Wisst ihr, was los ist?«, brüllte der rechte der beiden, der mit den kurzen blonden Haaren.

»Leider nein«, rief ich zurück. »Aber es geht bestimmt gleich weiter.« Das musste es, oder? Diese Anlage wurde bestimmt regelmäßig gewartet, das müsste doch Vorschrift sein. Ich hatte wirklich keine Höhenangst, aber der bloße Gedanke, länger auf diesem kleinen Sessel eingesperrt zu sein, verschaffte selbst mir ein mulmiges Gefühl.

Leons Handy begann zu klingeln und ließ mich erschrocken zusammenfahren. »Das ist Sam, der den Sessellift betreibt.«

Ich schluckte. »Stell auf Lautsprecher.«

»Leon«, begann Sam, kaum dass er abgehoben hatte und bevor er überhaupt ein Wort sagen konnte. »Wir haben hier ein großes Problem. Richtig Scheiße am Arsch.«

Das Handy zitterte in seiner Hand. »Was ist passiert?«

»Wir haben kompletten Stromausfall, und zwar nicht nur an der Hauptleitung. Auch am Notstromaggregat funktioniert nichts.« In dem Moment hörte ich es – oder hörte es *nicht* mehr. Das statische Summen, das die Anlage normalerweise von sich gab, war verstummt. Ich schluckte gegen die Beklemmung in meiner Brust an, ehe ich mich wieder auf Sams Stimme konzentrierte.

»Ich bin wirklich kein Spezialist, aber für mich sieht es aus, als hätte jemand daran herumgepfuscht. Ich kann dir leider nicht sagen, wann wir euch runterholen können oder wann es weitergeht, ich muss hier …«

»Ruf die Polizei«, unterbrach ich ihn.

»Was? Wer ist da?«

»Hier ist Isla, Leon hat auf Lautsprecher gestellt. Wenn du wirklich denkst, dass das jemand sabotiert hat, dann versuche es nicht selbst zu lösen, ruf die Polizei.«

»Aber … Isla, es kann *Stunden* dauern, bis die Polizei hier ist, alles gesichtet hat und wir die Anlage wieder betriebsfähig machen können. Wollt ihr wirklich so lange da oben ausharren?«

Mist, er hatte recht. In dem Moment traf mich Leons panischer Blick, und mir wurde bewusst, dass er keine *Stunden* hier ausharren konnte. Ich war mir ja nicht einmal sicher, ob *ich* es so lange aushalten würde. Und was war mit den anderen Gästen, die gar nicht wussten, was vor sich ging? Und die ich auch nicht warnen oder ihnen irgendwas erklären konnte?

Ich seufzte. Mir blieb nur noch eine andere Wahl. »Ruf du die Polizei, ich verständige die Mountain Rescue, die können uns hier runterholen, ohne mögliches Beweismaterial für die Polizei zu zerstören.«

»Okay.« Sam nahm hörbar einen tiefen Atemzug. »So machen wir das.«

»Bis später, Sam«, krächzte Leon, dann legte er auf, während ich bereits mein Handy hervorzog. Weil ich mir ziemlich sicher war, dass Finn heute arbeitete, wählte ich seine Nummer anstatt die der Mountain Rescue. Er ging nach dem zweiten Klingeln dran.

»Hey, Isla, das nenne ich mal eine Überraschung.« Klar, weil ich ihn normalerweise nie direkt anrief. Für gewöhnlich schickten wir uns Nachrichten.

»Finn, wir brauchen eure Hilfe, wir stecken mit dem Sessellift auf dem Glencoe Mountain fest.«

»Bitte was?« Er lachte zittrig, als würde er meinen Anruf für einen schlechten Scherz halten.

»Das ist kein Witz«, sagte ich eindringlich und hoffte, dass er die unterschwellige Angst in meiner Stimme hören konnte. »Wir wollten gerade mit einer Gruppe zu einer Wanderung auf den Gipfel fahren, als wir stecken geblieben sind. Erst dachten wir, es wäre nur eine kurze Unterbrechung, aber dann hat Sam angerufen und meinte, sie haben einen kompletten Stromausfall am *Three Sisters Resort* und bekommen nicht mal den Notstrom ins Laufen. Es sieht für ihn so aus, als hätte sich jemand daran zu schaffen gemacht.«

»Dann muss er die Polizei verständigen.«

»Das habe ich ihm auch gesagt, aber uns muss derweil jemand runterholen.« Ich sah zu Leon, der Panik in seinen Augen. »Einige hier werden langsam nervös.«

»Okay, okay, wir machen uns auf den Weg.«

Finlay legte auf, und ich schob mein Handy zurück in meine Hosentasche. Ich sah zu Leon, der in den letzten Minuten noch weißer geworden war. Zumindest kam es mir so vor, als würde sich gar kein Blut mehr in seinem Gesicht befinden. Er presste die Zähne so fest aufeinander, dass seine Kieferknochen hervortraten.

»Weißt du, dass ich bei einer Schulwanderung mal vollständig angezogen in einen Bach gefallen bin?«, fragte ich Leon.

Er schnaubte leise und schüttelte offenbar amüsiert den Kopf – genau das, was ich erreichen wollte. »Mir war nicht klar, dass es etwas gibt, das du nicht hinbekommst.«

Du hast ja keine Ahnung, worin ich alles schlecht bin.

Ich lachte. »Es muss in der achten Klasse oder so gewesen sein. Wir hatten eine dieser Wanderungen durch den Wald gemacht, bei dem uns die Flora und Fauna beigebracht wurden. An einem Bach war ein Baum umgestürzt und hatte eine Brücke über das Wasser gebildet. Einige Jungs sind darüber auf die andere Seite balanciert, und ich wollte unbedingt zeigen, dass ich es mit ihnen aufnehmen konnte. Es kam, wie es kommen musste, mitten über dem Bach rutschte ich auf dem Stamm aus und fiel der Länge nach ins Wasser. Zum Glück war er nur wenige Zentimeter tief, weil es die Tage zuvor nicht geregnet hatte, aber ich war trotzdem bis auf die Unterwäsche durchnässt.«

Leon lachte, und es klang weniger gepresst als zuvor. »Natürlich wolltest du zeigen, dass du genauso gut bist wie die Jungs.«

»Und hab mich dabei bis auf die Knochen blamiert.«

Eine nachdenkliche Falte bildete sich auf seiner Stirn. »Ich glaube, dass ich damals in der Schule darüber gehört habe, es aber nicht glauben konnte, dass du wirklich in den Bach gefallen bist.«

»Doch, stimmt aber. Zum Glück hatte damals noch niemand Smartphones, die meine Misere festhalten hätten können.«

In meinen Fingern kribbelte es, weil ich erreichte, was ich mir vorgenommen hatte: Ich lenkte Leon ab. Seine Gesichtsfarbe war zwar noch immer viel zu blass, und seine Finger zitterten, aber die nackte Panik wich ein wenig aus seinem Gesicht, und zwischendurch hoben sich bei meinen Ausführungen sogar seine Mundwinkel.

So machte ich weiter, erzählte eine Anekdote nach der anderen, bis wir eine Viertelstunde später das Geräusch des sich nähernden Hubschraubers hören konnten. Fast gleichzeitig klingelte mein Handy, weil Finn mich anrief. Ich ging ran und stellte wie Leon zuvor auf Lautsprecher.

»Was gibt's?«

»Wir sind gleich bei euch.«

»Wir können euch hören.« Und nie hatte sich etwas für mich schöner angehört als dieses sonst nervige Geräusch der Rotoren.

»Sollen wir euch beide zuerst holen?«

Ich sah zu Leon, um ihm die Entscheidung zu überlassen. Ich fand es hier oben zwar auch alles andere als geil, aber ich hielt es schon aus zu warten, bis alle anderen gerettet worden waren. Bei Leon war ich mir da allerdings nicht so sicher. Aber natürlich schüttelte er entschieden mit dem Kopf. *Sicher?*, formte ich tonlos mit den Lippen, um mich zu vergewissern, dass er es ernst meinte, und diesmal nickte er. Okay.

»Nein, holt zuerst die Gäste und uns zum Schluss«, sagte ich laut zu Finn.

»Alles klar, bis später dann.«

Er legte auf, und ich nahm einen tiefen Atemzug. Leons Gesichtsausdruck drückte etwas aus wie, *was zur Hölle habe ich getan?*. Seine Hände waren fest um die Metallstrebe verkrallt. Ich griff nach seiner linken, löste sie sanft von der Stange und brachte Leon dazu, seine Finger mit meinen zu verschränken. Ein angenehmes Prickeln raste über meine Haut, aber ich ignorierte es, weil es absolut nicht hierhergehörte. Nicht in diese Situation, die auch mir Angst machte. Ich hatte nie darüber nachgedacht, was mit mir passieren würde, wenn das Seil des Sesselliftes riss und wir alle mit den Sesseln in die Tiefe stürzten. Aber jetzt war das natürlich alles, woran ich denken konnte.

Davon konnte auch nicht ablenken, dass ich Finn und die Mountain Rescue dabei beobachten konnte, wie sie die ersten Personen in den Helikopter zogen und sicher zu Boden brachten.

»Erzähl mir was«, krächzte Leon neben mir.

Überrascht sah ich ihn an. »Was willst du denn wissen?«

»Irgendeine Geschichte. Gerne wie gerade, aber sie kann auch frei erfunden sein.«

Er wollte wieder abgelenkt werden, realisierte ich, und dann erzählte ich ihm die Geschichte einer Frau, die absolut furchtlos war, außer wenn es um ihre eigenen Gefühle ging. Es war natürlich eine absolut erfundene Geschichte, aber vielleicht – nur ganz vielleicht – fand ich mich selbst darin ein klitzekleines bisschen wieder.

Meine Stimme war ganz rau, als wir eine Stunde später von

der Mountain Rescue endlich aus unserem Sessellift befreit werden konnten. Ich wusste gar nicht mehr, was ich Leon alles erzählt hatte, aber es hatte mich genauso beruhigt wie ihn. Ich hatte das mindestens genauso sehr gebraucht, über irgendwelche Nichtigkeiten zu reden und damit die Zeit zu vertreiben.

Ich konnte meine Erleichterung nicht in Worte fassen, als wir zuerst im Helikopter saßen und kurze Zeit später wieder festen Boden unter den Füßen hatten.

Sobald ich den Heli verlassen hatte, wollte ich mich abwenden, aber Leon legte eine Hand auf meine Schulter und hielt mich auf. Er trat so dicht vor mich, dass ich den Kopf in den Nacken legen musste, um ihm ins Gesicht zu schauen. Er schluckte sichtbar, und seine blaugrünen Augen funkelten so voller Emotionen, dass es mir die Kehle zuschnürte.

»Danke«, sagte Leon. Seine warme Hand auf meiner Schulter sandte ein beständiges Prickeln durch meinen Körper. »Was du dort oben für mich getan hast …«

Ich winkte ab, plötzlich verlegen. »Das war doch gar nichts.« Eigentlich hatte ich nichts anderes gemacht, als ihm irgendwelche Geschichten zu erzählen. Das hätte doch jeder getan.

»Das war nicht *nichts*«, entgegnete Leon. »Ich weiß nicht, ob ich die letzte Stunde ohne dich überstanden hätte.«

Seine unverblümte Ehrlichkeit raubte mir den Atem. Da stand Leon McLachlan vor mir, den ich nicht nur immer für unverwüstlich gehalten hatte, sondern von dem ich vor allem dachte, dass er Schwäche verachtete. Aber nicht nur hatte er mich heute seine Ängste sehen lassen, ihm schien es auch überhaupt nicht unangenehm zu sein. Wäre ich an seiner Stelle, es wäre mir fürchterlich peinlich, dass er mich in einem derartigen Moment erlebt hatte. Aber Leon wirkte regelrecht dankbar – und erleichtert, wieder festen Boden unter den Füßen zu haben.

»Ich habe das total gern gemacht«, sagte ich zu ihm. Leon

nickte, seine Schultern sackten ein Stück herab, als würde er sich erst jetzt erlauben, die Anspannung abzuschütteln, und dann bildete sich ein Lächeln auf seinen Lippen, das ich nicht anders als strahlend bezeichnen konnte. Das Grübchen auf seiner rechten Wange erschien, das er viel zu selten zeigte. Tief in meinem Magen setzte das mittlerweile vertraute Prickeln ein, und ich konnte nicht anders, als zurückzulächeln.

Leon hielt meinen Blick gefangen, zu lange und gleichzeitig nicht genug, dann wandte er sich ab und ließ mich mit wild hämmerndem Herzen zurück. Ich wusste kaum, wie mir geschah, aber eine weitere Sache wurde mir gerade klar: Leon konnte nicht hinter den Anschlägen stecken. Sonst hätte er sich nicht in die heutige Situation gebracht oder er wäre zumindest besser darauf vorbereitet gewesen. Aber das da oben? Er hatte *wirklich* Angst gehabt und wusste nicht, was Sache war – genauso wenig wie ich oder die anderen. Das war auf gar keinen Fall gespielt gewesen.

Ich betrachtete Leons Rücken, der sich durch die anderen Leute hindurchschlängelte, und erst jetzt fiel mir auf, dass überall kleine Stationen errichtet worden waren, an denen Gäste betreut wurden, die mit uns im Sessellift stecken geblieben waren. Einige wirken unbekümmert und ließen sich kaum von den Sanitätern durchchecken, während andere blass und zittrig waren oder noch immer etwas grünlich um die Nasenspitze. Ähnlich wie Leon auf dem Sessel, auch wenn er schon wieder aussah, als wäre nie etwas gewesen.

Langsam ging ich ebenfalls zwischen den Grüppchen durch, auf der Suche nach der Polizei, die mittlerweile ebenfalls eingetroffen sein musste. Ich wollte wissen, ob sie schon etwas herausfinden konnten, und eine Aussage machen, falls sie benötigt wurde.

Als ich die Polizei entdeckte, stockte ich mitten in der Bewegung. Es waren zwei Beamte, ein Mann mittleren Alters mit dunklem Haar, das bereits von einigen grauen Strähnen durchzogen war, und eine junge, blonde Frau. Sie standen mit niemand Geringerem zusammen als mit Gregor McLachlan, Leons Vater. Abneigung regte sich in mir, denn Gregor hatte mich noch nie ausstehen können, und nach dem Wenigen, was ich von Leon wusste, war er auch alles andere als begeistert über die Zusammenarbeit der Lodges mit dem *Three Sisters Resort*.

Lauschen war eine ganz schlechte Eigenschaft – und meistens erfuhr man dadurch nur Dinge, die man besser nicht gehört hätte. Trotzdem schob ich mich langsam näher an Gregor und die zwei Polizisten heran. Versteckt hinter einem Baumstamm, damit sie mich nicht sehen konnten, aber sie waren ohnehin so sehr mit sich selbst beschäftigt, dass sie kaum etwas anderes wahrnahmen.

»... kommen sehen«, hörte ich Gregor gerade sagen. Die Polizistin schrieb fleißig mit, während der Polizist mit Grabesmiene nickte.

»Können Sie das erläutern?«

Schnell winkte Gregor ab. »Nicht, wie Sie denken, ich habe damit nichts zu tun, aber ich habe meinem Sohn von Anfang an gesagt, dass es keine gute Idee ist, mit den Lodges zusammenzuarbeiten. Die machen Ärger, seit sie ihr Hotel – oder was auch immer das da unten sein soll – eröffnet haben. Ich wusste, dass sich das negativ auf uns auswirken wird, allerdings habe auch ich nicht *damit* gerechnet.«

Nur mit Mühe konnte ich ein Schnauben verhindern. Gregors hasserfüllte Stimme ging mir durch Mark und Bein, aber zwischen den Zeilen konnte ich auch den altbekannten Neid und die Eifersucht heraushören.

»Also denken Sie, dass jemand von den Lodges hinter der Sabotage steckt?«, fragte der Polizist.

»Natürlich. Hier vom *Three Sisters Resort* ist es jedenfalls niemand.« Die Überheblichkeit in seiner Stimme ließ mich vor Wut die Hände zu Fäusten ballen.

»Aber denken Sie nicht, dass die Gegenseite dasselbe über Sie sagen wird?« Die Polizistin sah von ihrem Geschreibsel auf, und ich feierte sie insgeheim ein wenig für diese Frage, auch wenn das bei Gregor auf taube Ohren stoßen würde. Aber allein, dass ihm überhaupt jemand Paroli bot, war für mich ein großer Gewinn.

»Natürlich werden sie das behaupten, aber nur weil jemand etwas sagt, ist es noch lange nicht wahr«, entgegnete er. Ob er sich wohl manchmal selbst zuhörte? »Sie sollten sich vor allem mal die kleine Isla Murray näher ansehen. Ihr traue ich diese Durchtriebenheit durchaus zu.«

Fest presste ich die Zähne aufeinander, um kein überraschtes Keuchen von mir zu geben. Ich wusste, dass er mich noch nie hatte leiden können, aber dass er mich offensichtlich verdächtigte? Und das sogar vor der Polizei verlauten ließ? Das war neu.

»Isla Murray.« Der Polizist legte den Kopf schief. »Ist das nicht die, die beim Bogenschießen verletzt wurde?«

»Genau«, stimmte die Polizistin zu. »Und sie war heute auch dabei, hat zumindest einer der Gäste gesagt.« Sie blätterte in ihrem Notizbuch und deutete dann auf eine Seite.

»Wenn sie allerdings selbst verletzt wurde, klingt das nicht sehr plausibel«, überlegte der Polizist laut.

»Das war sicher nur ein Versehen.« Gregors Stimme war schneidend. »Vermutlich hat sie gehofft, dass es jemand anderen trifft. Überlegen Sie doch mal, Isla war an allen Tatorten, immer wenn etwas passiert ist. Das kann doch kein Zufall sein. Und bei der Familie, aus der sie kommt … es würde mich nicht wundern, wenn sie etwas Unlauteres im Schilde führt.«

Ich ballte meine Hände so fest zu Fäusten, dass sich meine Fingernägel schmerzhaft in mein Fleisch gruben. *Bei der Fami-*

lie, aus der ich komme? Es brauchte jedes Fitzelchen Beherrschung, das ich in mir trug, um nicht hinter dem Baum hervorzutreten und Gregor die Meinung zu geigen. Ich wusste, dass es früher zu einem Zerwürfnis zwischen meinen Eltern und ihm gekommen war, aber das hieß doch noch lange nicht, dass ich meinen eigenen Job torpedieren würde.

Ein Schatten fiel über mich, und ich zuckte ertappt zusammen. Als ich aufsah, entdeckte ich jedoch nur Finn und atmete erleichtert auf. »Du bist es nur«, murmelte ich, damit man uns hinter dem Baum nicht hören konnte.

»Was tust du hier?«, zischte er.

Ich setzte mein unschuldigstes Gesicht auf. »Mich ausruhen.«

»Wohl eher lauschen.« Finn packte mich am Oberarm und zog mich von dem Baum weg, in Richtung eines rot-weiß gestreiften Zeltes. Drinnen herrschte geschäftiges Treiben, und erst auf den zweiten Blick erkannte ich, dass es von den Sanitätern errichtet worden war und hier einige der Gäste behandelt wurden. Finlay bugsierte mich zu einem Stuhl. »Hast du wenigstens was Interessantes erfahren?«

Mit einem Ächzen ließ ich mich auf den Sitz fallen, und sofort trat eine Sanitäterin neben mich, legte mir eine Blutdruckmanschette an und maß den Sauerstoffgehalt in meinem Blut, indem sie mir dieses Klemmteil über den Zeigefinger stülpte. »Nur das Übliche«, sagte ich zu Finn. »Gregor ist ein nachtragendes Arschloch und verdächtigt mich, hinter den Anschlägen zu stecken.«

Er verdrehte die Augen. »Lass dich von ihm nicht aus der Reserve locken. Das will er doch nur, dass du anfängst, dich zu verteidigen, im Gegenzug seine Familie in die Sache hineinziehst und dich damit erst recht verdächtig erscheinen lässt.«

Ehe ich ihm antworten konnte, schob sich die Sanitäterin zwischen uns, leuchtete mir mit einer Taschenlampe in die Augen und fragte mich nach meinem Befinden. Ob mir schwindelig sei, übel oder mir sonst etwas komisch vorkam. Ich verneinte alles, woraufhin sie mir bestätigte, dass mit mir alles in Ordnung sei, und uns allein ließ.

»Ich weiß«, sagte ich jetzt zu Finn. »Deswegen bin ich hinter dem Baum geblieben, auch wenn es mir verflucht schwergefallen ist. Aber ich will ihm nicht die Genugtuung geben, ihm zu zeigen, dass er mich damit treffen kann. Ich hoffe nur, dass die Polizei seinen Lügengeschichten nicht glaubt.«

Er zwinkerte mir zu. »Solange sie keine Beweise haben, können sie glauben, was sie wollen.«

»Auch wieder wahr«, sagte ich und seufzte laut.

17. KAPITEL

LEON

»Ich kann immer noch nicht fassen, dass jemand in den Sicherungskeller eingedrungen ist und den Hauptstrom abgeschaltet hat.« Mit überkreuzten Beinen saß Penny vor mir auf dem Schreibtisch, eine angestrengte Falte auf der Stirn. Ihre Haare, die eine Nuance heller waren als meine, waren im Nacken zu einem lockeren Zopf zusammengefasst. Sie trug Jeans und eine helle Bluse. »Und dazu die Kabel vom Notstromaggregat gelöst hat.«

Nickend rieb ich mir über die Schläfen, hinter denen sich erneut pochende Kopfschmerzen bemerkbar machten. Ich konnte vor allem nicht fassen, dass wir von alldem nichts bemerkt hatten. Irgendjemand hatte sich hier unerlaubt Zutritt verschafft. Um in den Raum zu gelangen, in dem die Sicherungskästen hingen, musste man durch eine Tür in der Lobby, auf der *Privat* stand. Allerdings konnte man sie nur mit einer gesonderten Schlüsselkarte passieren. War die Person, die hinter alldem steckte, vielleicht doch jemand von uns?

Nein. Nein, nein, nein. Das konnte ich mir beim besten Willen nicht vorstellen. Aber selbst, wenn sie das nicht war, musste sie irgendwie an die Schlüsselkarte gelangt sein. Entweder, indem sie sie einem unserer Mitarbeitenden entwendet hatte, oder weil sie ihr freiwillig übergeben worden war.

»Denkst du, Finlay könnte dahinterstecken?«

Meine Schwester lachte auf. »Der bei der Mountain Rescue arbeitet, seit seine Mum auf dem Berg umgekommen ist? Soll das ein Witz sein?«

Wenn sie es so ausdrückte, kam ich mir mit meiner Frage gleich schäbig vor. »Er hat gestern so einen blöden Kommentar fallen gelassen wegen Dad«, versuchte ich zu erklären. »Es klang so, als würde er Dad verdächtigen, hinter den Anschlägen zu stecken, weil er etwas gegen Isla und ihre Familie hat.«

»Na ja.« Penny zuckte mit den Schultern. »Dad war gestern auch fuchsteufelswild. Er hat mir richtig Angst gemacht. Und soweit ich das mitbekommen habe, hat er sogar Isla bei der Polizei angeschwärzt, dass sie dahinterstecken könnte.«

»*Was?*«, platzte es so plötzlich und so laut aus mir heraus, dass Penny erschrocken zurückwich. »Sorry, aber das ist doch totaler Humbug. Isla wurde doch sogar dadurch verletzt.«

»Dad war noch nie rational, wenn es um die Murrays ging.«

Das stimmte, und ich fragte mich schon lange, woran das lag. Was zwischen unseren Familien vorgefallen war, dass dieser Hass selbst heute noch bestehen blieb und auch Isla und mich einzunehmen drohte.

In diesem Moment wurde die Tür zu meinem Büro aufgestoßen, ohne dass vorher geklopft wurde. Das konnte nur unser Dad sein.

»Leon.« Sein Tonfall ließ vermuten, dass er keine gute Laune hatte und demnach nicht zum Plaudern hier war.

»Ich geh dann mal«, murmelte Penny, rutschte von meinem Schreibtisch und schob sich an Dad vorbei aus meinem Büro. Sie zog die Tür hinter sich zu, und erst danach wandte ich mich an meinen Vater.

»Was kann ich für dich tun?«

Er klatschte eine Mappe vor mir auf den Schreibtisch. »Ich habe mir deine *Verbesserungsvorschläge* angesehen.«

Bei seinem Tonfall traute ich mich fast nicht nachzufragen. »Und?«

Er öffnete den Mund und schloss ihn wieder, als wüsste er nicht genau, wie er anfangen sollte. Was sehr ungewöhnlich für

Dad war. Normalerweise fand er immer die richtigen Worte, vor allem, wenn er mit etwas unzufrieden war.

»Das alles hat nichts mehr mit dem *Three Sisters Resort* zu tun.« Anklagend deutete er auf die Mappe, die ich in den letzten Wochen in penibler Kleinarbeit zusammengestellt hatte. Darin waren nicht nur die Verbesserungsvorschläge für das Resort, sondern auch etliche Zahlen und Tabellen zum Istzustand. »Was du aus dem Resort machen willst, hat nichts mehr damit zu tun, was dein Urgroßvater vor so vielen Jahrzehnten aufgebaut hat.«

Fassungslos schüttelte ich den Kopf, denn als mein Urgroßvater das Resort vor über sechzig Jahren eröffnet hatte, herrschten völlig andere Zeiten.

Doch mein Dad war noch nicht fertig und setzte noch einen drauf. »Damit vergraulst du unsere Stammgäste.«

Jetzt konnte ich das Schnauben nicht mehr verhindern. »Siebzig Prozent unserer Stammgäste sind über sechzig Jahre alt. Die werden bald ohnehin nicht mehr kommen, weil das Resort für sie zu beschwerlich zu erreichen und nicht barrierefrei ist. Übrigens zwei Dinge, die ich ebenfalls ändern möchte, falls du meine Vorschläge aufmerksam gelesen hast.« Ich erhob mich von meinem Schreibtischstuhl, um auf Augenhöhe mit Dad zu sein. So, wie er bis gerade auf mich herabgeblickt hatte, kam ich mir klein und unbedeutend neben ihm vor.

»Das ist ja noch in Ordnung«, gab Dad missmutig zu, »aber alles andere? Eine Kletterhalle willst du bauen? Weißt du eigentlich, was das kostet?«

Ja, wusste ich, immerhin hatte ich den Kostenvoranschlag der Mappe hinzugefügt. Und auch einen Plan, welche Höhe eines Kredites ich wohl bewilligt bekommen würde, und wie ich gedachte, diesen abzubezahlen.

Aber es war eine rhetorische Frage, daher antwortete ich gar nicht darauf.

»Und was ist das für ein Humbug mit veganen und vegetarischen Menüs? Ist unsere Speisekarte nicht mehr ausreichend?«

»Ich will die bestehenden Gerichte damit nicht ersetzen, sondern unser Angebot bloß erweitern. Von den jüngeren Leuten wählen immer mehr eine pflanzliche Ernährung. Wir sollten ihnen die entsprechenden Möglichkeiten bieten, wenn wir sie als Gäste gewinnen wollen.« Ich merkte, wie ich lauter und ungeduldiger wurde. Dad hatte diesen Effekt auf mich, egal wie oft ich mir vornahm, mich diesmal nicht von ihm aus der Ruhe bringen zu lassen. »Wie gerade schon gesagt, ist ein Großteil unserer Kunden im Rentenalter, und wenn wir uns jetzt nicht bereits darum kümmern, auch jüngere Gäste anzusprechen, dann werden uns über kurz oder lang Zimmer leer stehen. Das kannst du nicht wollen.«

»Was ich vor allem nicht will, ist, unsere bestehende Kundschaft zu vergraulen. Du willst das komplette Hotel umkrempeln, das wird nicht gut ankommen.«

Ich ballte meine Hand zur Faust und schob sie in meine Hosentasche. Dann zählte ich in Gedanken bis zehn, ehe ich meinem Vater antwortete. »Es wird niemand vergrault. Für die Gäste, die keine Änderungen wollen, ändert sich auch nichts. Sie müssen weder die Kletterhalle nutzen noch vegetarische oder vegane Gerichte bestellen oder sich zum Segelkurs anmelden. Sie können weiterhin …«

»Aber du willst auch das Abendprogramm ändern«, unterbrach Dad mich. »Was stand da?« Er griff nach der Mappe und blätterte darin.

»Es wird nicht geändert, nur ausgeweitet.« Mittlerweile kam ich mir wie eine kaputte Schallplatte vor, die wieder und wieder dasselbe von sich gab. »Ich nehme das aktuelle Abendprogramm nicht weg, solange es so gut besucht ist. Aber dir muss doch auch aufgefallen sein, dass dort nur die Älteren hinkommen. Von den Jüngeren geht niemand zum Skatabend, sie sitzen stattdessen in der Hotelbar oder sind irgendwo in Glencoe unterwegs, zum Beispiel im *Lanky Tavern*, was dir ein Dorn im Auge sein müsste. Ich versuche, die Leute einfach mehr im Resort zu halten, weil uns das mehr Umsatz generiert, wenn sie hier etwas trinken anstatt woanders.«

Ich hatte gehofft, Dad mit der Erwähnung des *Tavern* von meinem Vorhaben überzeugen zu können, aber er schüttelte entschieden den Kopf. Vermutlich hatte er seine Entscheidung gefällt, ehe er einen Fuß in mein Büro gesetzt hatte, und ließ sich jetzt von keinen Argumenten mehr überzeugen. »Ich will das nicht für mein Hotel, ich werde dem nicht zustimmen.« Er starrte mich nieder, ein Muskel in seinem Kiefer zuckte gefährlich, aber vermutlich zum ersten Mal in meinem Leben gab ich nicht klein bei.

Ich atmete tief ein, drückte die Schultern durch und machte einen Schritt auf Dad zu. »Ich frage hier nicht um deine Erlaubnis«, sagte ich so ruhig wie möglich. Dass sich seine Augen überrascht weiteten, verschaffte mir grimmige Befriedigung. »Es wäre zwar schön, wenn ich dich auf meiner Seite hätte, aber ich ziehe das auch ganz allein durch. Du vergisst vielleicht, dass mir bereits fünfzig Prozent des Resorts gehören. Wir sind gleichberechtigte Partner. Ich brauche deine Zustimmung nicht, um Veränderungen durchzuführen. Ich brauche nicht einmal dein Geld, denn auch der Kredit ist bereits mit der Bank geregelt.« Je länger ich redete und je fassungsloser Dads Miene wurde, desto mehr Selbstbewusstsein pumpte durch mich hindurch. Es tat unheimlich gut, endlich das angehen zu können, was mir schon so lange vorschwebte, auch wenn ich Dads Zustimmung dazu wohl nie bekommen würde. Aber vielleicht hätte mir das schon eher klar sein müssen. Vielleicht hätte ich schon viel früher aufhören sollen, sie erbetteln zu wollen. Rückblickend kam ich mir wie ein kleiner Junge vor, der unbedingt wollte, dass sein Dad stolz auf ihn war. Aber Tatsache war, dass

Dad noch nie stolz auf mich gewesen war – und vermutlich würde sich das auch nie ändern.

Dads Gesicht verzog sich zu einer wütenden Fratze. »Du willst über meinen Willen hinweg agieren?«, spie er mir regelrecht entgegen. »Ich kann dir die fünfzig Prozent auch wieder wegnehmen, wenn du das Hotel nicht in meinem Sinne führst.«

Bei seiner leeren Drohung konnte ich nur müde lächeln. »Du kannst sie mir nicht so einfach wegnehmen, das habe ich längst prüfen lassen.« Ich stand im Grundbuch, und dort konnte ich nur mit meiner eigenen Unterschrift entfernt werden – die ich ihm dafür natürlich nie geben würde. Aber das war noch nicht alles, denn eigentlich gehörte auch Penny ein Anteil am *Three Sisters Resort.* Aber weil sie kein Interesse daran hatte, nach dem Studium in die Geschäfte mit einzusteigen, hatte sie ihren Anteil an mich abgegeben – das war auch der Grund, warum mir überhaupt schon fünfzig Prozent gehörten.

Dad schnappte nach Luft, aber ich sprach weiter, ehe er etwas erwidern konnte. »Hör zu, ich würde das am liebsten einvernehmlich mit dir machen, aber wenn du dich weiter den Neuerungen versperrst, die sich ganz offensichtlich positiv auf das Resort auswirken, dann lässt du mir leider keine andere Wahl.« Damit schob ich mich an ihm vorbei und ließ Dad in meinem Büro zurück.

In der Lobby angekommen, atmete ich tief durch. Obwohl ich stolz auf mich war, meinem Vater endlich die Stirn geboten zu haben, blieb die erhoffte Erleichterung aus. Es stimmte, was ich Dad gesagt hatte, ich wollte eigentlich nicht gegen ihn arbeiten. Ich würde mir wünschen, dass wir gemeinsam an einem Strang zogen, so wie ich es von anderen Vätern und ihren Söhnen kannte. Stattdessen hatte ich bei meinem Dad das Gefühl, dass ich nichts richtig machte. Nichts, was ich tat, war je gut genug für ihn, zumindest konnte ich mich nicht daran erinnern, dass er mich je für etwas gelobt hatte.

Aber ich musste mich langsam davon lösen, meinen Dad zufriedenstellen zu wollen. Ich war kein kleiner Junge mehr, der auf Zuspruch angewiesen war. Ich konnte meine eigenen Entscheidungen treffen, und es war an der Zeit, dass ich diese auch durchzog.

Aus einem Impuls heraus verließ ich die Hotellobby und steuerte draußen die Garage an, in der mein Motorrad stand. Ich zog meinen Helm über, stieg auf die Maschine und drückte den Knopf für die Zündung. Mit einem lauten Röhren sprang sie an. Das Geräusch und die Vibrationen, die dabei durch die Maschine zogen, waren so vertraut, dass sich das erste Lächeln seit dem Zusammentreffen mit meinem Dad bei mir ausbreitete. Ein Teil der Anspannung fiel endlich von mir ab, und ich konnte langsam wieder normal atmen.

Ich klappte den Parkständer hoch, bugsierte das Motorrad aus der Garage, dann düste ich den Berg hinab. Ziellos fuhr ich die Landstraße entlang, vorbei an tiefen Schluchten, hohen Berggipfeln. Durch üppige grüne Wälder und vorbei an Wasserfällen, die heute, nach mehreren Tagen ohne Regen, oftmals nur ein kleines Rinnsal waren. Aber das war das Schöne an dieser Landschaft. Das Wandelbare. Im Sommer sah sie völlig anders aus als im Herbst, Winter oder Frühling. Und selbst innerhalb der Jahreszeiten konnte man sich auf nichts verlassen. Normalerweise regnete es viel. Vergangene Woche hatten wir nur strahlenden Sonnenschein ohne eine Spur von Regen gehabt. Aber man gewöhnte sich besser nicht zu sehr daran, denn bald würde das nächste Sturmtief über uns hinwegziehen. Wir hatten schon zwanzig Grad im Februar gehabt, während der Rest von Europa unter Schnee geächzt hatte. Dürre war für uns bisher ein Fremdwort, aber das hieß nicht, dass es nicht auch mal für längere Zeit trocken bleiben konnte.

Heute nahm ich diese wunderschöne Landschaft jedoch nur am Rande wahr. Eigentlich bekam ich kaum etwas von meiner

Umgebung mit, weil meine Gedanken noch immer um das Gespräch – oder eher den Streit – mit Dad kreisten, bis ich mich plötzlich vor dem *Lanky Tavern* befand. Ein Blick auf die Uhr verriet mir, dass es nach sechs am Abend war, und mein Magenknurren unterstrich, dass ich langsam mal was essen sollte.

Mein Unterbewusstsein hatte mich erneut zu Isla geführt, wie es das in den letzten Wochen sehr oft nach einem Streit mit Dad getan hatte. Ich wollte lieber nicht zu genau darüber nachdenken, was das zu bedeuten hatte.

Aber wenn ich eh schon mal hier war, konnte ich zumindest einen der famosen Burger essen, die hier serviert wurden.

Ich stellte mein Motorrad ab, zog den Helm aus und betrat den Pub. Drinnen schlugen mir das Geschnatter unzähliger Personen und der Geruch nach Essen entgegen. Das Lokal war wie immer gut besucht, die meisten Tische waren besetzt, teilweise von Einheimischen, die auf ein Feierabend-Pint vorbeigekommen waren, aber ich erkannte auch ebenso viele Touristen. Isla konnte ich auf den ersten Blick nicht entdecken, und eine Mischung aus Enttäuschung und Erleichterung erfasste mich.

Ich setzte mich auf einen freien Hocker an der Theke, und fast augenblicklich stand Edward, Islas Vater, vor mir. Er lächelte freundlich, während er ein Glas polierte, konnte die Überraschung in seinem Blick aber nicht vollständig verbergen. Kein Wunder, abgesehen von dem Karaoke-Abend, zu dem Adrien mich eingeladen hatte, war ich seit Jahren nicht hier gewesen.

»Was kann ich dir bringen?«

»Einen Cheeseburger mit doppelt Käse und extra Bacon, und ein IPA.«

»Pint?«

»Half-Pint.« Immerhin musste ich noch Motorrad fahren, da sollte ich es nicht übertreiben. Auch wenn ich nur den Berg hochfahren musste, wo ich die Maschine schlimmstenfalls ins hohe Gras manövrieren konnte, wollte ich es nicht drauf ankommen lassen.

Edward nickte mir zu, dann verschwand er durch einen Perlenvorhang in einen schmalen Gang, der unter anderem zur Küche führte. Als der Vorhang sich erneut bewegte, kam allerdings nicht Edward zurück, sondern Isla stand vor mir. Für einen Moment starrten wir uns nur an. Ihre Lockenmähne hatte sie versucht mit einem Haargummi zu zähmen, aber einzelne Strähnen hatten sich trotzdem daraus befreit und hingen ihr in die Stirn und über die Schultern. In ihren grauen Augen schimmerte etwas, das ich nicht deuten konnte, aber wie eine warme Berührung über meinen Rücken rieselte. Sie trug ein Tanktop, das ihre definierten Oberarme zur Schau stellte, und eine Skinny Jeans, die wie eine zweite Haut an ihren Beinen anlag.

»Leon.« Sie nickte mir zu, dann zapfte sie mein IPA und stellte es vor mir ab. »Dein Burger kommt gleich, Mum macht ihn gerade.« Sie wandte sich ab, nahm ein Glas aus dem Schrank und schenkte sich eine Cola ein. Dann kam sie um den Tresen herum und setzte sich auf den Hocker neben mich. Betrachtete mich eingehend. »Ich kann mich nicht daran erinnern, wann du das letzte Mal hier warst.«

»Zum Karaoke vor zwei Wochen«, sagte ich automatisch.

Sie nahm einen Schluck von ihrer Cola. »Da hat Adrien dich eingeladen, das zählt nicht. Aber davon abgesehen.«

Ich wusste es selbst nicht, daher zuckte ich nur mit den Schultern.

»Mein Dad hat sich Sorgen um dich gemacht, deswegen hat er mich rausgeschickt. Meinte, du würdest aussehen, als könntest du Gesellschaft gebrauchen.« Unter Islas Blick fühlte ich mich wie bloßgelegt. »Und ich muss zugeben, er hat recht. Ist alles in Ordnung?«

Ich schluckte hart, wollte *Ja, klar* sagen, aber was stattdessen meinen Mund verließ, konnte ich kaum selbst glauben. »Gar nichts ist in Ordnung. Ich habe mich mal wieder mit meinem Dad gezofft. Also das ist wirklich nichts Ungewöhnliches mehr bei uns, aber diesmal war es irgendwie heftiger. Ich weiß echt nicht, ob sich das wieder kitten lässt.«

Islas Blick blieb auf mich gerichtet, ruhig und gelassen. »Willst du darüber reden? Also du musst nicht, aber ich bin gut im Zuhören.«

Und dann brach all das aus mir heraus, was ich in den letzten Jahren höchstens mal Freddie verraten hatte. Ich erzählte Isla davon, dass ich seit jeher versuchte, den Zuspruch meines Dads zu erhalten, aber dass nichts, was ich tat, je gut genug für ihn war. Dass er die Lodges gehasst hatte, seit sie eröffnet hatten, aber ich immer noch nicht verstand, warum eigentlich, denn unsere Umsätze waren seitdem nicht eingebrochen, aber genau das schob Dad immer als Grund vor. Ich berichtete davon, wie unser Streit eskaliert war, als Dad erfahren hatte, dass wir in dieser Saison mit den Lodges zusammenarbeiteten, und dass seitdem kaum ein Tag verging, an dem er mich nicht zutextete, wie furchtbar alles geworden war. Und dann erzählte ich von heute und wie er sämtliche meiner Neuerungen niedergeschmettert hatte, aber ich drauf und dran war, es auch ohne seine Zustimmung durchzuziehen.

Isla unterbrach mich nicht, während ich sprach. Sie saß nur ruhig neben mir und schüttelte ab und an den Kopf. »Tut mir echt leid, dass dein Dad so drauf ist. Aber du hast recht. Wenn er dich bei den Ideen nicht unterstützt, dann mach es halt allein. Ich meine, irgendwann wirst du das Resort doch sowieso voll übernehmen, oder?«

»Ja, aber das wird vermutlich noch fünfzehn Jahre dauern.« Ich lachte leise, auch wenn mir eigentlich nicht danach zumute war. »Falls Dad mich bis dahin nicht enterbt, weil ich mit den Lodges zusammenarbeite. Wobei ich manchmal den Eindruck habe, als wäre es schlimmer, dass *du* involviert bist als die Lodges an sich.«

Isla seufzte tief und verzog entschuldigend das Gesicht. »Ich kann das erklären, glaube ich.«

Meine Augenbrauen schossen in die Höhe, aber in dem Moment kam Islas Mum aus dem hinteren Bereich und stellte den Burger vor mir ab. »Guten Appetit«, wünschte sie mir, ehe sie wieder in der Küche verschwand.

»Was genau kannst du erklären?«, fragte ich Isla, während ich die obere Brötchenhälfte vom Burger abnahm, um die verhassten Zwiebeln herunterzupulen.

»Warum dein Dad meine Familie und mich besonders hasst. Weißt du, dass meine Eltern früher mal mit deinem Dad befreundet waren?«

Vor Schreck blieb mir beinahe der Burger im Hals stecken. »Bitte was?«

»Ja, früher, während ihrer Highschool-Zeit. Vor allem unsere Väter müssen damals wohl unzertrennlich gewesen sein, zumindest hat meine Mum mir das erzählt.« Isla zuckte die Schultern. »Also, ich kenne hier natürlich nur eine Seite der Geschichte, aber sie erklärt so einiges, finde ich.«

»Wow.« Ich kam aus dem Staunen kaum heraus. »Damit hätte ich nicht gerechnet. Dad erzählt nicht viel von früher, und ich glaube, er hat deine Eltern vor mir noch nie erwähnt. Was ist passiert, dass es zum Zerwürfnis kam?«

Islas rechter Mundwinkel zuckte. »Das, was in solchen Konstellationen oft passiert. Beide Männer haben sich in dieselbe Frau verliebt, nur einer konnte sie bekommen, der andere hat danach mit keinem der beiden je wieder ein Wort gesprochen.«

Mit einem Schluck IPA spülte ich das Essen in meinem Mund herunter. »Das erklärt wirklich einiges«, staunte ich laut. »Dad blockt immer sofort ab, sobald das Gespräch auf einen von euch kommt. Also meistens auf dich, weil ich mit deinen

Eltern natürlich nicht so viel zu tun habe, aber …« Ich stockte, weil ich nicht genau wusste, wie ich das Folgende ansprechen sollte, dann rutschte es einfach aus mir heraus. »Die Sache mit dem Selbstverteidigungskurs …«

Islas Augen verengten sich zu kleinen Schlitzen. Ihre komplette Körperhaltung änderte sich. Da war plötzlich eine Anspannung, die ich zuvor nicht bei ihr wahrgenommen hatte, und selbst ihre Stimme klang gepresst.

Zum ersten Mal fragte ich mich, ob dieser alte Vorfall der Grund war, warum sie mir noch immer nicht vollständig glaubte.

»Das war alles mein Dad gewesen.«

Fragend zog Isla die Augenbrauen hoch.

»Er hatte damals die Leitung des Festes, hat es zum Teil gesponsert und durfte deswegen das Programm mitbestimmen. In der Schule hat es zwar so ausgesehen, als hätte ich irgendwas zu sagen, aber ich hab eigentlich nur ausgeführt, was er mir befohlen hat.«

Erkenntnis sickerte in Islas Miene, und sie drehte sich auf dem Barhocker, stützte sich mit einem Ellbogen auf der Theke ab. »Das war mir nicht bewusst.«

Ich nickte. »Ich hab Dad damals wegen des Selbstverteidigungskurses gefragt, und er hat zugestimmt, deswegen habe ich dir gesagt, wir könnten das machen. Doch dann … ich war an dem Morgen des Festes genauso überrascht wie du, dass der Programmpunkt gestrichen war. Nach dem, was du mir jetzt erzählt hast, vermute ich, dass Dad herausgefunden hat, dass du den Kurs angeleiert hast, und ihn deswegen über Nacht ersetzt hat. Aber das war nicht meine Entscheidung, das hätte ich dir niemals angetan.«

Vor allem nicht, kurz nachdem wir uns geküsst hatten. Ich war damals so verliebt in Isla gewesen, ich hätte alles getan, um sie zu halten. Aber natürlich war genau das der Bruch zwischen uns, über den wir bis heute nie gesprochen hatten.

Unzählige Empfindungen huschten über Islas Gesicht. »Also hast du das nicht absichtlich gemacht? Ich war einfach so sauer, dass du mich erst geküsst und dann offenbar achtlos den Selbstverteidigungskurs aus dem Programm gestrichen hast. Es hat sich angefühlt wie ein Schlag gegen mich persönlich, und ich hatte keine Lust darauf, dass du irgendwelche Spielchen mit mir spielst.«

Ich schluckte gegen die plötzliche Trockenheit in meiner Kehle an. Mir war nicht bewusst gewesen, wie das Ganze auf sie gewirkt haben musste. Kein Wunder, dass sie danach nichts mehr mit mir zu tun haben wollte.

»Ich habe nie mit dir gespielt«, versicherte ich ihr, und meine Stimme brach auf der letzten Silbe. »Ich habe dich geküsst, weil ich wollte. Weil ich dich schon immer küssen wollte. Deswegen habe ich den Selbstverteidigungskurs in das Programm mit aufgenommen. Also auch, weil es ein toller Kurs war, aber vor allem, weil ich damit bei dir landen wollte. Ich erinnere mich, dass ich Dad anfangs nicht gesagt habe, dass du den Selbstverteidigungskurs ausrichten wolltest, weil ich selbst Angst hatte, er würde ablehnen, sobald er deinen Namen hört. Aber ich dachte, wenn er einmal zugestimmt hat und alles gebucht ist, würde er es nicht mehr zurücknehmen.« Ich schüttelte über mich selbst den Kopf, über meine Naivität, hätte es doch damals schon besser wissen müssen.

Islas Blick war unfokussiert und distanziert, als sähe sie etwas, das gar nicht da war. »Mir war es so unangenehm, dem Trainer fünf Minuten vor Kursstart absagen zu müssen. Wir sind noch durch die ganze Schule gelaufen auf der Suche nach einem freien Raum, der groß genug für unsere Gruppe gewesen wäre, aber es war alles belegt. Alle Leute, die daran teilnehmen wollten, hatten in den ersten Stunden nichts zu tun, und auch wenn mir niemand dafür die Schuld gegeben hat, hat es sich für mich so angefühlt. Als hätte ich meinen Freundinnen den Vormittag versaut.«

Ich schluckte das schlechte Gewissen herunter, aber ehe ich etwas zu meiner Verteidigung sagen konnte, sprach Isla bereits weiter.

»Aber das war noch nicht mal das Schlimmste, denn ich musste den Trainer trotz der ausgefallenen Stunden bezahlen. Und der war alles andere als günstig. Zum Glück haben meine Eltern mir das Geld vorgestreckt, aber es hat mich über ein Jahr gekostet, jeden einzelnen Pence bei ihnen abzustottern. Und jedes Mal, wenn ich ihnen einen Teil zurückgegeben habe, wurde ich wieder an diese Blamage erinnert. Ich hab dich so sehr gehasst, weil du mir das angetan hast.«

Ohne weiter darüber nachzudenken, griff ich nach ihrer Hand, die neben meiner auf dem Tresen lag. »Es tut mir wirklich leid. Ich hab nicht gewollt, dass das so schwer auf dir lastet. Wenn ich könnte, würde ich in der Zeit zurückreisen und es ungeschehen machen.«

Sie nahm einen tiefen Atemzug. »Das wäre schön, auch wenn es grundsätzlich gut ist, dass Zeitreisen nicht funktionieren.«

Ich betrachtete sie und konnte nicht anders, als zu lächeln. »Hasst du mich eigentlich immer noch?«

Islas rechter Mundwinkel hob sich ebenfalls, und ihre Augen funkelten. »Manchmal wünschte ich, es wäre noch so.«

18. KAPITEL

ISLA

Zwei Tage später kribbelte es noch immer in meinem ganzen Körper, wenn ich an das Gespräch mit Leon dachte. Als Dad zu Mum und mir in die Küche gekommen war und gesagt hatte, dass Leon im *Tavern* sei, hatte ich zuerst gedacht, dass es sich um einen Scherz handeln würde. Doch dann saß er wirklich an der Bar in unserem Pub, als hätte er schon immer dort hingehört.

Viel mehr erstaunt hatte mich jedoch, worüber wir geredet hatten. Als er mir von dem schwierigen Verhältnis zu seinem Dad erzählt hatte, kam der unbändige Wunsch in mir auf, ihn in meine Arme zu ziehen oder seine Hand zu halten. Plötzlich kam er mir nicht mehr wie der selbstbewusste, manchmal schon arrogante Typ vor, als der er sich gern präsentierte, sondern viel mehr wie der kleine Junge, der noch immer in ihm zu stecken schien. Leon hatte mir seine verletzliche Seite gezeigt, die ich nie vermutet hätte. Und viel mehr noch, es schien ihm überhaupt nichts auszumachen, dass ich ihn in diesem vermeintlich schwachen Moment erlebte. Er versteckte seinen Schmerz nicht vor mir, sondern trug ihn offen zur Schau.

Und dann hatte er mir davon erzählt, dass sein Dad derjenige gewesen war, der den Selbstverteidigungskurs aus dem Programm des Schulfestes gestrichen hatte. Jahrelang hatte sich meine Wut gegen Leon gerichtet, dieser Vorfall war daran schuld gewesen, dass ich ihm auch jetzt nicht vollständig vertraute und ihn anfangs sogar verdächtigt hatte, hinter den Anschlägen auf die Lodges zu stecken. Und er war das alles nie gewesen. Er hatte den Kurs nicht gestrichen, und er hatte mich auch nicht nur deswegen geküsst, um sich mein Vertrauen zu erschleichen und mich dann zu hintergehen. Er wollte mich auch nie vor dem Trainer und meinen Freundinnen bloßstellen.

Warum hatte ich nicht schon viel früher realisiert, dass sein Vater hinter dem Ganzen steckte? Wenn ich jetzt darüber nachdachte, passte es so viel besser zusammen. Vor allem, weil ich ja damals schon gewusst hatte, dass Gregor wegen der Beziehung meiner Eltern einen Groll auf unsere Familie hegte. Einen, den er offenbar bis heute nicht abgelegt hatte, wenn ich Leons Worten Glauben schenken konnte – was ich mittlerweile tat.

Aber damals hatte ich das einfach nicht sehen können. Ich war viel zu verletzt gewesen und fühlte mich gedemütigt. Leon war nicht mein erster Kuss gewesen, aber der erste, der mir etwas bedeutet hatte. Der erste, bei dem echte Gefühle dahintergesteckt hatten. Und dass es dann den Anschein gehabt hatte, als wäre für ihn alles bloß ein Spiel gewesen, hatte meinem Teenager-Ich den Boden unter den Füßen weggezogen. Vor allem, weil Leon nichts zu seiner Verteidigung gesagt hatte, nachdem ich ihn später darauf ansprach. Er hatte gar nichts gesagt, nur mit den Schultern gezuckt, und war krebsrot angelaufen. Das hatte ich irgendwie als Schuldeingeständnis gesehen, und …

»Haben wir alles?«, riss mich Kyleens Stimme aus meinen Gedanken. Ich blinzelte, bis der Pick-up vor mir wieder Gestalt annahm, die Ladefläche vollgepackt mit einem Gasgrill, Gaskartusche, diversen Salaten, veganen Spießen und weiteren Beilagen.

»Ich denke schon.« Ehrlich gesagt hatte ich die letzten Minuten nicht aufgepasst, was Kyleen mir gebracht hatte. Ich war gedanklich in einer völlig anderen Welt gewesen und hatte nur mechanisch auf die Ladefläche gelegt, was sie mir in die Hände gedrückt hatte. »Ist denn in der Küche noch was?«

»Nein, da ist nichts mehr. Aber ich habe das Gefühl, als hätten wir was vergessen.«

Ich lachte. »Du hast *immer* das Gefühl, du würdest etwas vergessen.« Ich erinnerte mich noch an den einzigen Urlaub, den wir zusammen gemacht hatten. Kyleen hatte ihren Koffer, nachdem sie ihn gepackt hatte, fünfmal wieder entleert, weil sie das Gefühl hatte, sie hätte etwas vergessen. Aber natürlich war schon beim ersten Mal alles drin gewesen. Sie hatte mich damit in den Wahnsinn getrieben. »Außerdem können wir jederzeit noch mal runterkommen, sollte wirklich etwas fehlen.«

»Ist ja gut«, brummte Kyleen und nahm auf dem Beifahrersitz Platz.

Ich setzte mich hinters Lenkrad, startete den Wagen und lenkte ihn dann vorsichtig den gewundenen Bergpass hinauf bis zum *Three Sisters Resort*. Kaum erreichten wir den Parkplatz, kamen Leon, seine Schwester Penny sowie Adrien und Toby zum Pick-up gelaufen, um beim Entladen zu helfen. Gemeinsam trugen wir die Sachen über einen schmalen Pfad hinter das Hotel. Hier war ich noch nie gewesen, und ich machte große Augen, als ich mich umschaute.

Die große Wiese war akkurat geschnitten. Etliche Decken waren darauf ausgebreitet, auf denen sich bereits einige Personen niedergelassen hatten. Auf der geräumigen Terrasse, die das komplette Hotel umspannte, standen unzählige Bierzeltgarnituren, auf denen die meist älteren Gäste des Hotels saßen. An drei großen Schwenkgrills stand der Koch des Resorts mit etlichen Küchengehilfen, und der Geruch von gebratenem Fleisch zog bereits zu mir herüber.

Ich wandte mich Leon zu. »Wo sollen wir unseren Grill aufbauen?« Wir hatten ihn zusätzlich mitgebracht, um darauf Speisen zubereiten zu können, die auch für Vegetarier und

Veganer geeignet waren. Im Gegensatz zum *Three Sisters Resort* ernährte sich ein Großteil unserer Gäste mittlerweile fleischlos, und ich wusste, dass es ihnen wichtig war, dass ihre Speisen nicht mit tierischen Produkten auf demselben Grill zubereitet wurden.

»Komm mit.« Leon führte mich an den Schwenkgrills vorbei zu einem Teil der Terrasse, der noch nicht mit Bänken besetzt war, und half mir dabei, unseren Gasgrill aufzubauen und an die Kartusche anzuschließen. Wobei er ehrlich gesagt eher daneben stand und mich beobachtete, während ich die Anschlüsse zusammensteckte und verschraubte.

»Man merkt, dass du aus einer Grill-Familie kommst«, sagte Leon anerkennend.

Ich musste lachen. »Dabei haben wir zu Hause nur einen Kohlegrill … und im Pub einen Elektroherd.«

»Trotzdem weißt du, was du tust.«

Ich zuckte mit den Schultern. »So schwer ist das jetzt ehrlich gesagt auch nicht.«

In dem Moment drehte der Wind, und eine Rauchwolke, die von den Schwenkgrills kam, hüllte uns ein. Leon, der gerade den Mund geöffnet hatte, um etwas zu sagen, atmete sie voll ein und begann zu husten. Lachend klopfte ich ihm auf den Rücken, bis er sich wieder beruhigt hatte.

Dann wurde ich ernst. »Danke, dass du meinem Vorschlag gleich zugestimmt hast.« Es war eigentlich nur eine laute Überlegung gewesen, ein gemeinsames Grillfest für unsere Gäste zu organisieren, als Entschädigung für all die Sachen, die in den letzten zwei Wochen schiefgelaufen waren. Aber Leon war sofort mit Begeisterung bei der Sache gewesen, und innerhalb von zwei Tagen hatten wir alles auf die Beine gestellt.

»Du brauchst dich wirklich nicht zu bedanken.« Sein Lächeln mit dem Grübchen auf der Wange erschien und stellte seltsame Dinge mit meinem Magen an. »Ich hab dir ja schon mal gesagt, dass ich die Idee von Anfang an großartig fand.« Er beugte sich etwas näher zu mir und sagte in verschwörerischem Tonfall: »Selbst mein Dad hat keine Gegenargumente gehabt, um mir das madig zu machen. Und das, *obwohl* er wusste, dass der Vorschlag von dir kam.«

Gespielt entsetzt riss ich die Augen auf. »Dass ich das noch erleben darf.«

Leons Grinsen wurde breiter, und ich wollte meinen Zeigefinger in dieses Grübchen tauchen. Warum war mir das nie zuvor so richtig aufgefallen? Selbst damals während der Highschool nicht, als ich Leon gefühlt ständig angestarrt hatte.

»Oder? Aber von mir aus kann er so bleiben, selbst wenn er von Aliens entführt und ausgetauscht wurde.«

Mein Gasgrill hatte die nötige Temperatur erreicht, sodass wir die Roste einsetzen und mit Grillgut belegen konnten.

»Ich stelle mir grad vor, dass dein Dad wirklich von Aliens entführt wurde, aber – Plottwist – wenn sie ihn zurückbringen, ist er plötzlich nett und stimmt allem zu, was du dir überlegt hast.«

Leon sah mich mit unergründlichem Blick an. »Das wäre einerseits genau, was ich will, andererseits wäre es aber auch gruselig. Ich wüsste gar nicht, wie ich damit umgehen soll, wenn Dad mich plötzlich, keine Ahnung, fragt, wie mein Tag war und so.«

Ich wusste nicht, was ich darauf sagen sollte, daher stellte ich mich kurz neben ihn und drückte seine Hand. Leon lächelte mich dankbar an, und für einen Moment spielten die Schmetterlinge in meinem Bauch wieder verrückt. Die Spannung zwischen uns war fast in der Luft greifbar, und ich konnte es Leon zum ersten Mal ansehen, dass er ähnlich empfand. Dass das zwischen uns nicht nur Einbildung meinerseits war oder ein fahles Echo der Gefühle, die wir früher einmal füreinander gehabt hatten.

Doch dann kam ich erst mal nicht weiter dazu, über Leon nachzudenken oder überhaupt mit ihm zu reden. Denn sobald der Grillkäse und die veganen Fleischalternativen auf unseren Grills brutzelten, kamen auch schon die ersten hungrigen Gäste an. Und zwar nicht nur die Jüngeren, von denen ich erwartet hatte, dass einige von ihnen auf Fleisch verzichten wollten, sondern auch einige der Älteren. Es war eine Bestätigung für Leon, mehr vegetarische und vegane Gerichte in die Speisekarte aufzunehmen, denn ganz offensichtlich wurde das mittlerweile von der breiten Masse angenommen.

Unauffällig sah ich mich nach Leons Dad um, konnte ihn aber nirgendwo entdecken. Dabei wollte ich, dass er das hier sah. Dass ihm bewusst wurde, dass Leon nicht nur das Beste für das *Three Sisters Resort* im Sinn hatte, sondern dass die Leute es auch annehmen würden.

Ich schluckte gegen die Trockenheit in meiner Kehle an, denn in dem Moment kam mir ein erschreckender Gedanke. Was, wenn Leons Dad das alles wusste, aber es absichtlich ignorierte? Vielleicht, weil er nicht wahrhaben wollte, dass sich die Zeiten mittlerweile geändert hatten. Das könnte ich irgendwie noch verstehen, auch wenn ich es trotzdem unfair fand. Aber mir kam noch ein zweiter Gedanke, nämlich dass Gregor Leon absichtlich nicht erhörte, weil er nicht wollte, dass sein Sohn mehr Erfolg mit dem Resort hatte als er. Ich wollte diesen Gedanken nicht weiterspinnen, wollte nicht so niederträchtig über Leons Dad denken, aber nach allem, was er mir vor wenigen Tagen über das Verhältnis zu seinem Dad erzählt hatte, konnte ich es auch nicht verhindern.

Und noch etwas anderes kam mir in den Sinn: Was, wenn Gregor hinter den Anschlägen steckte? Könnte es sein, dass Leons Vater derjenige war, der unsere Zusammenarbeit mit allen Mitteln sabotierte?

Erneut sah ich mich um, genauer diesmal, aber ich konnte

ihn nicht entdecken. Er saß an keinem der Tische, unterhielt sich mit niemandem. War es nicht seltsam, dass er diesem Abend fernblieb? Es wäre doch die perfekte Möglichkeit, sich mit seinen Gästen – und unseren – gut zu stellen und sich selbst im besten Licht zu präsentieren, weil man diesen gemeinsamen Grillabend ermöglicht hatte.

Die nächsten zwei Stunden waren Leon und ich damit beschäftigt, Essen an die Gäste auszugeben. Zwischendurch bildete sich vor unserem fleischlosen Grill eine richtige Schlange, und kurzzeitig befürchtete ich sogar, dass wir zu wenig eingekauft haben könnten. Aber das Einzige, was uns am Ende ausging, waren die veganen Bratwürste.

Zwischendurch warf Leon mir immer wieder intensive Blicke zu. Ich erkannte jetzt deutlich, dass sich Sehnsucht und Verlangen darin spiegelten. Dieselbe Sehnsucht und dasselbe Verlangen, die auch ich in seiner Gegenwart empfand. Es erschreckte mich ein wenig, wie schnell ich mich wieder in Leon verliebt hatte, nachdem ich aufgehört hatte, mich dagegen zu wehren, aber vielleicht war es auch gar nicht schnell.

Vielleicht hatten die Empfindungen die ganze Zeit über in mir geschlummert, als wären sie im Tiefschlaf gewesen und wurden jetzt wie Dornröschen daraus erweckt. Nur dass in meinem Fall kein Prinz dafür nötig gewesen war und ich diesen ohnehin nicht würde haben wollen.

Die Sonne ging langsam unter, als wir endlich eine Pause einlegen und ebenfalls etwas essen konnten. Die Gäste waren mittlerweile zu Flüssignahrung übergegangen, und ein Großteil hatte sich nach drinnen an die Bar verabschiedet, sodass es draußen deutlich ruhiger geworden war. Über die Unterhaltungen hinweg konnte ich Zikaden in den Büschen zirpen hören. Der Schwenkgrill links von mir stieß noch so viel Wärme aus, dass mir mollig warm war, und der Gin Tonic vor mir, der mit einem von Freddies selbst gebrannten Gins gemixt wurde, verschaffte mir zusätzlich ein wohliges Gefühl.

»Das war ein erfolgreicher Abend.« Leon setzte sich mit einem voll beladenen Teller zu mir. »Danke, dass du das vorgeschlagen hast.«

Ich lächelte ihn über den Tisch hinweg an. »Danke, dass du sofort dabei warst und das mit mir umgesetzt hast. Allein hätte ich das gar nicht stemmen können.«

»Das ist ja das Schöne an unserer Zusammenarbeit. Niemand muss mehr etwas allein machen, wenn er das nicht will.« Leon blickte sich um, auch wenn mir nicht klar war, was oder wen er suchte. »Sag das noch nicht Adrien, aber wenn dieser Sommer ein Erfolg für das Resort und die Lodges wird, habe ich überlegt, ob wir unsere Zusammenarbeit nicht vertraglich langfristig aufbauen wollen. Dass wir den anderen, wenn wir neue Ideen haben, von Anfang an miteinbeziehen.« Leon holte tief Luft, und die Ernsthaftigkeit, die in seinen Augen schimmerte und in jedem seiner Worte mitschwang, raubte mir für einen Moment den Atem. »Wir sollten die alte Rivalität endlich begraben, denn ich glaube, dass wir viel mehr erreichen können, wenn wir uns zusammenschließen und am selben Strang ziehen.«

Mir stockte der Atem, und ich wusste nicht, wie ich darauf reagieren sollte. Ein Teil von mir wollte enthusiastisch *Ja* brüllen, denn ich glaubte, wenn wir alle zusammenhielten, konnte Leon recht behalten. Wir könnten Großartiges auf die Beine stellen. Leon hatte mir ein bisschen von seinen Vorstellungen für die Zukunft erzählt, was ihm an Veränderungen vorschwebte. Und ja, das konnte wirklich gut werden. Groß.

Aber ich konnte auch das mulmige Gefühl in mir nicht verscheuchen. Mein rechter Oberarm pulsierte, obwohl die Wunde mittlerweile verheilt war, und erinnerte mich daran, dass wir noch immer nicht wussten, wer die Anschläge verübt hatte. Irgendjemand arbeitete gegen uns, und wir hatten keine Ahnung, wer es war. Ob der- oder diejenige vom *Three Sisters Resort* oder den *Glencoe View Lodges* kam. Was möglicherweise noch gegen uns geplant war. Und das konnte jede Zusammenarbeit torpedieren, so gern ich ihr begeistert zustimmen würde.

»Ich werde Adrien nichts verraten«, versprach ich Leon, denn trotz all meiner Zweifel wollte ich ihn nicht enttäuschen. Wollte nicht sein wie sein Dad, der ihm immer den Spaß an den Dingen nahm.

Das Lächeln, das Leon mir schenkte, stürzte mein Inneres in ein noch größeres Gefühlschaos als ohnehin schon.

Den Rest des Essens verbrachten wir schweigend, und danach versuchte ich, mich mal zu jedem Einzelnen zu setzen und mit ihm zu quatschen. Ich trank ein Bier mit Adrien und Nihat, die mir von ihren Urlaubsplänen auf Sizilien erzählten. Danach gesellte ich mich zu Kyleen, die ganz allein am Ende einer Bank saß und aussah, als hätte sie gerade vom Tod ihrer geliebten Katze erfahren. Erst, als ich ihrem Blick folgte, entdecke ich Finlay und seine Freundin Mel, die eng umschlungen einige Bänke weiter kuschelten und verliebt wie eh und je wirkten.

Ich erinnerte Kyleen nicht daran, dass sie sich geschworen hatte, sich von den beiden nicht mehr herunterziehen zu lassen, sondern trank ein Glas Wein mit ihr und versuchte, sie mit witzigen Anekdoten aufzuheitern.

Danach verbrachte ich auch Zeit mit Toby und Duncan, die sich unter die Gäste gemischt hatten und ihnen halsbrecherische Storys über Mountainbike-Touren auf dem Gipfel des Glencoe Mountain erzählten. Die Gäste, vor allem die weiblichen, hingen regelrecht an ihren Lippen, während sie von ihren Manövern berichteten und wie Duncan einmal beinahe einen tödlichen Abhang hinuntergerutscht wäre, hätte Toby ihn nicht in letzter Sekunde aufhalten können.

Die ganze Zeit über suchte ich immer wieder nach Leon. Hier und da trafen sich unsere Blicke, und jedes Mal jagte ein Stromstoß durch meinen Körper. Da war ein Verlangen in mir, das ich zuvor noch bei keinem Mann verspürt hatte. Es machte mir Angst, gleichzeitig beflügelte es mich aber auch.

Als die Sonne unterging und es schlagartig kühler draußen wurde, löste sich die Versammlung so langsam auf. Die Gäste des Resorts gingen rein, entweder auf ihre Zimmer oder für einen letzten Drink an die Hotelbar, und die Gäste der Lodges machten sich auf den kurzen Weg den Berg hinunter.

Wir halfen Leon noch, die Biertischgarnituren und alles Weitere, was nicht über Nacht draußen bleiben konnte, wegzuräumen. Ich brachte gerade eine Kiste mit Grillbesteck und anderen Kleinteilen in den Schuppen, als Leon mir entgegenkam und wir beinahe miteinander kollidierten.

»Shit«, rief ich erschrocken aus, trat einen Schritt zur Seite und knickte auf einer Unebenheit auf dem Boden weg. Wie in Zeitlupe geriet ich in Schieflage. Weil meine Hände noch immer um die Kiste lagen, konnte ich nicht einmal mit meinen Armen rudern und mein Gleichgewicht regulieren. Ich sah mich schon hart auf dem Boden aufschlagen und mir, kaum zwei Wochen, nachdem mein Arm endlich verheilt war, die nächste Verletzung zuziehen, da schlangen sich zwei starke Arme um mich und fingen mich in letzter Sekunde auf.

Leon richtete mich wieder auf, seine Hände brannten sich durch das dünne Top, das ich trug, auf meine Haut. Mein Herz raste, aber ich hatte keine Ahnung, ob es wegen meines Beinahesturzes oder wegen Leons plötzlicher Nähe war. Ich roch sein Deo, dazu wieder den Citrusduft und etwas, das ganz eindeutig *Leon* war. Eine Mischung aus dem Wind, der durch die Kiefernwälder streifte, und der fruchtbaren Erde, die die Highlands in Schottland bedeckte. Ich atmete tief ein und realisierte, wie vertraut mir dieser Geruch schon war.

Leon nahm mir die Kiste aus den Händen, aber anstatt sich damit von mir abzuwenden, stellte er sie einfach nur neben uns auf den Boden. Ich war mir sehr sicher, dass das nicht der richtige Platz dafür war. Aber ich kam nicht dazu, etwas dazu zu sagen, denn kaum richtete sich Leon wieder auf, war er mir so viel näher als zuvor. Sein Gesicht war nur wenige Zentimeter von meinem entfernt, unsere Nasenspitzen berührten sich fast. Sein Atem streifte meine Wange und seine Augen … ich konnte es nicht anders beschreiben, aber sie zogen mich noch näher zu ihm und legten sich gleichzeitig wie eine sanfte Berührung über mich. Das mittlerweile bekannte Verlangen bäumte sich in mir auf und wurde so stark, dass ich es nicht mehr ignorieren konnte. Meine Hand bewegte sich, legte sich auf Leons Brust. Ich konnte seinen Herzschlag spüren, der genauso schnell raste wie meiner. Leon seufzte leise meinen Namen mit einer Stimme, die so überhaupt nicht nach ihm klang. Sie war viel zu tief und rau und jagte einen heißen Schauer über meinen Rücken.

Ich beugte mich vor, wollte ihn endlich küssen, seine Lippen auf meinen spüren …

Die Tür hinter mir wurde aufgestoßen, brachte einen Schwall kalte Luft hinein. Leon und ich stoben auseinander wie zwei Teenager, die bei etwas Verbotenem erwischt wurden. Und genauso betrachtete Toby uns auch, der in diesem Moment den Schuppen betrat.

»Es ist nicht das, wonach es aussieht«, rutschte es mir zu allem Überfluss auch noch heraus. Ich spürte Leons anklagenden Blick in meinem Rücken, während Toby vor mir nur müde die Augen verdrehte.

»Weißt du, es ist mir im Prinzip ja egal, was du mit wem treibst, aber es ist schon ein bisschen heuchlerisch von dir, dass es ausgerechnet Leon ist, nachdem du diejenige warst, die sich am lautesten gegen diese Zusammenarbeit ausgesprochen hat. *Wegen* Leon.«

»Die Dinge ändern sich.« Gern hätte ich Toby ausführlicher erklärt, wie es zu meinem Sinneswandel gekommen war, aber er schob sich schon mit einem Schnauben an uns vorbei.

»Ganz offensichtlich haben sie das. Ich vermute dann mal, dass niemand von euch beiden hinter der Sabotage steckt? Oder ist es vielleicht doch einer von euch, und ihr denkt, wegen eures Techtelmechtels würde man euch nicht verdächtigen?«

Mit offen stehendem Mund schaute ich Toby hinterher, wie er eine Kiste in der Ecke abstellte und dann durch eine hintere Tür im Hotel verschwand.

»Es ist nicht das, wonach es aussieht?«, riss Leons Stimme mich aus meinen Gedanken. Ich sah zu ihm. Seine Kiefermuskeln traten hervor, so angespannt waren sie, und seine blaugrünen Augen waren kalt und ganz dunkel wie die stürmische See. Dann wandte er sich um und stürmte aus dem Schuppen.

Was ich gesagt hatte, hatte ihn verletzt, realisierte ich. »Leon, warte«, rief ich ihm noch hinterher, aber er war bereits verschwunden und kehrte auch nicht mehr zurück, bis wir anderen zu Ende aufgeräumt hatten.

19. KAPITEL

LEON

Es ist nicht das, wonach es aussieht.

Als ich am nächsten Morgen zu meinem Büro ging, musste ich noch immer über Islas Worte nachdenken. Bevor Toby uns unterbrochen hatte, war ich mir ziemlich sicher gewesen, dass wir uns küssen würden. Bei Isla hatte ich dasselbe Verlangen wahrgenommen, das auch mich erfasst hatte. Zum ersten Mal kam es mir vor, als wären da keine Barrieren mehr zwischen uns, als würde Isla sich nicht mehr wegen unserer Vergangenheit zurückhalten. Und natürlich platzte genau in dem Moment Toby dazwischen.

Es ist nicht das, wonach es aussieht.

Mir war klar, dass die Worte Isla nur herausgerutscht waren, trotzdem taten sie weh. Warum musste Isla überhaupt etwas sagen? Sie hätte die Situation auch einfach unkommentiert lassen können und …

Als ich die Tür zu meinem Büro sah, die sperrangelweit offen stand, stockte ich mitten in der Bewegung. Ich wusste ganz genau, dass ich sie gestern geschlossen hatte, bevor ich zum Grillen nach draußen gegangen war, und eigentlich sollte danach niemand mehr in diesem Teil des Hotels gewesen sein.

War Penny schon so früh wach und suchte etwas in meinem Büro? Ich konnte es mir eigentlich nicht vorstellen, immerhin war Samstag, und da kam sie selten vor zehn aus dem Bett.

Mit schnellen Schritten ging ich auf mein Büro zu und erstarrte erneut, als ich einen Blick hineinwarf. Absolutes Chaos begrüßte mich. Es sah aus, als wäre ein Tornado durch mein

Büro gerast. Überall lagen lose Zettel und Ordner. Bücher waren aus dem Regal gerissen und auf den Boden geworfen worden. Sämtliche Schubladen an meinem Schreibtisch waren herausgerissen und ihr Inhalt ebenfalls über den Boden gestreut worden. An der Wand stand *Lasst es bleiben* geschrieben. Es sah nach Blut aus, aber ich war mir ziemlich sicher, dass es Farbe war. Zumindest roch es danach, auch wenn der Anblick mich trotzdem erschaudern ließ.

Mein Herz schlug schwer gegen meinen Brustkorb, und ich ballte die Hände zu Fäusten. Wer war das und warum? Was hatte jemand davon, mein Büro derart zu verwüsten? Oder hatte man nach etwas Bestimmtem gesucht? Aber was sollte das sein? Ich hatte hier nichts von Wert.

Wut erfasste mich, und im ersten Moment wollte ich ihr nachgeben und irgendwo reinschlagen. Dieses Büro noch mehr verwüsten, als ich es vorgefunden hatte. Denn jetzt war es doch eh egal, wie viel schlimmer konnte es schon werden?

Doch dann besann ich mich, nahm einige tiefe Atemzüge, zählte in Gedanken bis zehn, um mich wieder zu beruhigen. Denn das hier, das war nicht zufällig geschehen. Nach all den anderen Anschlägen, die es in der letzten Zeit gegeben hatte, konnte das hier nur von derselben Person getan worden sein.

Rückwärts ging ich aus dem Büro raus und zückte mein Handy. Die Nummer des Polizisten, der unseren Fall betreute, hatte ich zum Glück gespeichert, und er nahm nach dem zweiten Klingeln ab. Ich erläuterte ihm den Vorfall, und er versprach, in einer halben Stunde da zu sein.

Während ich wartete, holte ich mir in der Küche einen Kaffee und setzte mich damit nach draußen. Die Luft war kühl, aber nur wenige Wolken bedeckten den Himmel, und ich bildete mir ein, dass noch immer ein Hauch Grillgeruch von gestern in der Luft hing.

Es dauerte keine zwanzig Minuten, bis Officer Colby in seinem Streifenwagen die Bergstraße heraufgefahren kam. Er sowie ein Kollege und eine Kollegin stiegen aus und kamen mit großen Schritten auf mich zu.

»Guten Morgen, Leon.« Officer Colby reichte mir die Hand. Er hatte kurz geschorene Haare, deren Farbe ich nicht deuten konnte, die aber vermutlich ähnlich wie seine rötlichen buschigen Augenbrauen sein müsste. »Das sind die Officers Smith und Murphy, sie werden mir bei der Spurensicherung helfen.«

»Morgen.« Ich nickte den beiden zu und schüttelte Colbys Hand. »Keine Ahnung, wie man da Spuren finden soll. Es sieht aus, als hätte eine Bombe eingeschlagen.«

»Man hinterlässt immer etwas«, sagte Smith. Ich schätzte ihn auf über sechzig, vermutlich stand er kurz vor der Rente. Sein Haar war schlohweiß, und er ging gebückter als die anderen beiden.

»Ich bringe euch erst mal hin.«

Sie folgten mir ins Hotel, aber bereits an der Sicherheitstür in den Personalbereich hielt Officer Colby mich auf.

»Hat mittlerweile jemand seine Schlüsselkarte als gestohlen oder verloren gemeldet?« Colby war auch schon letzte Woche hier gewesen, als es den Stromausfall am Sessellift gegeben hatte. Auch da musste jemand in diesen Bereich eingedrungen sein, um den Sicherungskasten im Keller zu bedienen.

»Bisher nicht. Ich vermute, dass es der Person unangenehm ist, es zuzugeben.«

»Oder der Widersacher arbeitet in diesem Hotel und benutzt seine eigene Karte«, sagte Officer Murphy. Sie war die jüngste von den dreien und sah aus, als hätte sie die dreißig nicht einmal erreicht. Ihre blonden Haare waren zu einem Bob frisiert, und in ihren Ohrläppchen funkelten winzige Ohrstecker.

Abrupt drehte ich mich zu ihr um, ein Gegenargument bereits auf den Lippen. Denn egal, was alle anderen sagten, ich glaubte nicht daran, dass der Saboteur aus unseren Reihen kam.

Bis auf meinen Dad – und der war grundsätzlich gegen alles, was ich vorschlug – hatte niemand bei uns etwas gegen die Zusammenarbeit mit den Lodges einzuwenden gehabt. Ganz im Gegenteil, die meisten hatten sich sogar darauf gefreut, weil es eine Arbeitserleichterung für alle bedeutete. Wohingegen mir die Abneigung beim Team der Lodges regelrecht entgegengeschlagen war, als ich zum ersten gemeinsamen Arbeitstag dort erschienen war. Nicht jede und jeder hat mich so offen feindselig betrachtet wie Isla, aber es war mehr als offensichtlich gewesen, dass die meisten ähnliche Gedanken hegten.

Aber ich kam gar nicht dazu, irgendwas davon laut auszusprechen, denn Colby legte eine Hand auf meine Schulter. »Wir sagen nicht, dass du irgendwen offen verdächtigen sollst, aber ich würde die Möglichkeit nicht ausschließen. Wir müssen in alle Richtungen ermitteln, und der offensichtlichste Grund, warum keine Karte als vermisst gemeldet oder keine neue beantragt wurde, ist, dass keine verloren wurde. Aber wir sind nicht hier, um über die Karte zu reden. Bring uns zu deinem Büro.«

Ich presste die Zähne aufeinander, um nicht doch zu argumentieren, während ich die Officer zu meinem Büro führte. Aber es hätte keinen Sinn, denn egal, was ich sagte, es würde sie nicht davon überzeugen, dass es niemand aus dem Resort war. Und eigentlich war das auch gut so, denn so verloren sie hoffentlich nicht den Blick für das große Ganze.

»Hier ist es«, sagte ich, als wir mein Büro erreicht hatten. Ich ließ sie vor mir eintreten, aber anders als ich verzogen sie keine Miene, als sie das Chaos sahen. Colby trat vor, darauf bedacht, gegen nichts zu stoßen, was auf dem Boden verteilt war, und ließ seinen Blick durch den Raum gleiten.

»Sie haben nichts verändert, oder?«

»Nein, alles ist noch genau so, wie ich es vorgefunden habe.« In meiner Hosentasche vibrierte mein Handy mit einer eintreffenden Nachricht, aber ich ignorierte es für den Moment.

Smith nickte und sah sich ebenfalls um. »Dann können Sie vermutlich auch noch nicht sagen, ob irgendetwas fehlt?«

Jetzt musste ich lachen. »Natürlich nicht. Als ich den Raum so vorgefunden habe, habe ich mich bemüht, nichts anzufassen, um mögliche Spuren nicht zu verwischen.«

Colby klopfte mir auf die Schulter. »Sie haben genau richtig gehandelt. Am besten treten Sie jetzt zurück und lassen uns unsere Arbeit machen.«

Ich stellte mich in den Türrahmen, von wo aus ich alles beobachten konnte, aber niemandem im Weg stand. Colby öffnete einen Koffer, aus dem er und die anderen diverse Tütchen, Pinsel, Tuben mit Kohlepulver und Pinzetten hervorholten. Danach machten sie sich an die Arbeit. Systematisch kämmten sie mein Büro durch, nahmen Fingerabdrücke da, wo der Widersacher meine Sachen angefasst haben musste. Smith kratzte etwas Farbe von der Botschaft an der Wand in ein kleines Tütchen, und diverse Haare fanden ebenfalls ihren Weg in eine Tüte.

Es war offensichtlich, dass sie wussten, was sie taten, auch wenn sie in einem Kaff wie Glencoe, das so gut wie keine Kriminalitätsrate aufzuweisen hatte, nicht oft damit konfrontiert sein konnten. Aber vielleicht hängten sie sich genau deshalb besonders rein, weil es endlich mal mehr zu tun gab als die Alarmanlage des örtlichen Juweliergeschäfts, die versehentlich ausgelöst hatte, weil eine streunende Katze hineingelaufen war.

»Okay, das war's«, sagt Colby kaum eine Stunde später. Er packte alle Sachen in sein Köfferchen, klappte es zu und kam auf mich zu. »Wir bräuchten jetzt noch die Fingerabdrücke von allen, die hier regelmäßig ein und aus gehen, dann sind wir fertig. Sie können dann in Ruhe das Chaos sichten und prüfen, ob etwas gestohlen wurde. Das können Sie mir dann nachreichen, meine Telefonnummer haben Sie ja.«

Ich nickte, während es in meinem Hirn ratterte. »Außer mir

gehen hier eigentlich nur meine Schwester Penny und mein Dad ein und aus.«

»Keine Putzfrau?«

Ich schüttelte den Kopf. »Nein, das übernehme ich selbst.« Mir fiel eine Staubschicht auf dem Schreibtisch auf. »Oder an den meisten Tagen übernimmt es niemand, wie man sieht.«

Er nickte und schrieb etwas in sein Notizbuch. »Aber dieses Büro ist nicht separat abgeschlossen, wenn Sie nicht da sind?«

Ich seufzte. »Nein. Grundsätzlich gibt es hier nichts Spannendes oder von Wert, und wir haben immer ein vertrauensvolles Verhältnis zu unseren Angestellten gepflegt.« Ich presste die Lippen aufeinander, denn genau das war mir letzte Nacht zum Verhängnis geworden. Wäre mein Büro abgeschlossen gewesen, hätte niemand hier eindringen können – oder es zumindest deutlich schwerer gehabt.

Colby nickte erneut, dann steckte er sein Notizbuch zurück in seine hintere Hosentasche. »Wenn Ihnen noch etwas einfällt, melden Sie sich.«

»Das werde ich.«

»Bliebe nur noch die Sache mit den Fingerabdrücken.«

»Ich suche dann mal die anderen.«

Penny und Dad waren alles andere als begeistert, noch vor dem Frühstück von mir aus ihren Zimmern gerufen zu werden – zumal ich Penny wie vermutet sogar wecken musste. Aber nachdem ich ihnen die Lage erklärt hatte, kamen sie ohne zu murren mit.

Unsere Fingerabdrücke zu nehmen dauerte keine fünf Minuten, und danach verabschiedeten sich die Polizisten. Penny ging ebenfalls, um sich einen Kaffee zu holen, weil es für ihre Verhältnisse viel zu früh war, aber Dad blieb vor mir stehen. Er sagte nichts – noch nicht –, aber an seinem Gesichtsausdruck erkannte ich genau, dass er etwas auf dem Herzen hatte. Und ich hatte so eine Ahnung, was das sein könnte.

»Sag jetzt nicht wieder, dass das ohne Isla nicht passiert wäre.«

Er zuckte mit den Schultern. »Dann werde ich es nicht sagen, aber das macht es nicht weniger wahr.«

Ich nahm einen tiefen Atemzug. Nach zwei gewechselten Sätzen mit meinem Dad spürte ich meine Kontrolle bereits durch meine Finger rinnen. »Isla hat mit der ganzen Sache nichts zu tun. Sie war gestern den ganzen Abend bei mir und hätte das gar nicht machen können.«

Ein Muskel zuckte in Dads Kiefer, das einzige Anzeichen für Empfindungen bei ihm. »Halt dich besser von dem Murray-Mädchen fern, die ist genauso durchtrieben wie ihre Eltern.«

Diesmal konnte ich das Schnauben nicht verhindern. »Sie hat's mir gesagt, weißt du? Dass du mal auf Lillian standest und sie sich dann aber für Islas Dad entschieden hat. Und dass du seitdem einen Groll auf die Familie hegst.«

Ein Lachen brach aus Dad heraus, das so kalt war, dass es ein Schaudern über meinen Rücken jagte. Da war etwas in seinem Blick, das ich nie zuvor gesehen hatte, aber mir zum ersten Mal Angst vor meinem Dad machte.

»Das hat sie dir erzählt, ja? So kann man das natürlich auch darstellen, aber das ist Bullshit.« Dad trat einen Schritt näher. »Habe ich dir nicht beigebracht, dir immer *beide* Seiten anzuhören, ehe du ein Urteil fällst?«

Ich schluckte, denn das hatte er tatsächlich. Aber dazu müsste er mir endlich mal davon erzählen. Denn bis vor wenigen Tagen, als Isla mir die Geschichte ihrer Mum verraten hatte, wusste ich ja nicht einmal, dass Dad früher überhaupt Kontakt zu Islas Eltern gehabt hatte. Bis vor wenigen Tagen hatte ich *gar keine* Seite gekannt, weil mein Dad Informationen nicht besonders bereitwillig teilte. »Wie lautet denn deine Version?«

Dad trat ans Fenster und sah auf den Hof hinaus, in dem wir

gestern Abend noch gesessen hatten. Äußerlich wirkte er ruhig, aber seine angespannten Schultern machten deutlich, wie schwer es ihm fallen musste, über die Vergangenheit zu reden.

»Edward und ich waren früher beste Freunde«, begann Dad stockend. »Seit der Grundschule waren wir unzertrennlich. Nach dem Unterricht bin ich immer mit zu ihm ins *Lanky Tavern* gegangen, wo sein Dad uns mit den Hausaufgaben geholfen hat, und die Wochenenden hat Edward hier auf dem Resort verbracht, wo … wir haben sehr viel Unsinn angestellt, aber es wurden meistens beide Augen zugedrückt, wenn wir erwischt wurden. Zumindest solange dabei niemand zu Schaden gekommen ist.«

Mit offen stehendem Mund betrachte ich Dads Rücken. Hätte ich nicht seine Stimme gehört, hätte ich vermutet, dass jemand anderes sprach, weil ich kaum glauben konnte, was ich da hörte. »*Du* hast früher Unsinn gebaut?«, hakte ich nach, weil ich mir das absolut nicht vorstellen konnte. Mein Dad war jemand, der gerne Regeln befolgte und dasselbe auch von anderen erwartete. Er trank zum Beispiel gern mal ein Glas Whisky abends, aber nie mehr. Ich konnte mich nicht erinnern, meinen Dad je betrunken erlebt zu haben. Er schlug nie über die Stränge oder verlor die Kontrolle. Bisher dachte ich immer, dass er so verbittert geworden war, nachdem Mum gestorben war, aber langsam fragte ich mich, ob nicht etwas anderes dazu geführt hatte.

Dad lachte heiser – etwas, das ich seit Jahren nicht von ihm gehört hatte – und drehte sich halb, bis ich sein Profil betrachten konnte. »Edward und ich waren Rabauken, es gab keine Woche, in der wir in der Schule nicht wegen irgendwas nachsitzen mussten. Aber selbst das hat uns nicht gestört, solange wir es zusammen tun durften.«

»Aber wie …« Mein Sprachzentrum schien kaputt zu sein, zerstört von dieser Eröffnung, mit der ich nie im Leben gerechnet hatte. Dad sprach generell selten über die Vergangenheit, aber dass er mal mit Edward Murray befreundet gewesen war, das hätte ich im Leben nicht vermutet.

»Wie es zum Bruch gekommen ist?«

Ich konnte nur nicken.

»Durch eine Frau, wie so oft.« Er schnaubte leise und drehte sich komplett zu mir, lehnte sich mit dem Rücken an den Fenstersims. »Lillian ist mit ihren Eltern nach Glencoe gezogen, als wir ungefähr fünfzehn waren. Edward und ich haben uns auf Anhieb in sie verliebt, aber sie hat uns anfangs gar nicht beachtet. Ich dachte auch erst, dass das so bleiben würde, weil sie in einer ganz anderen Liga spielte als wir beide, aber kurz vor unserem achtzehnten Geburtstag änderte sich das. Plötzlich kam sie auf dem Schulhof auf uns zu, redete mit uns und schenkte uns Aufmerksamkeit. Als ich Lillian in Glencoe mal allein begegnet bin, habe ich die Gelegenheit beim Schopf gepackt und sie nach einem Date gefragt … und zu meiner absoluten Verwunderung hat sie zugestimmt.«

Ich erkannte Dad kaum wieder. Da war eine Lebhaftigkeit in seinem Gesicht, die ich normalerweise an ihm vermisste. Das Funkeln in seinen Augen hatte ich noch nie gesehen. Es kam mir vor, als stünde plötzlich eine jüngere Version von ihm vor mir, die er irgendwann auf dem Weg hierher verloren hatte.

Doch jetzt verschloss sich sein Gesicht wieder zu der stoischen Miene, die ich gewohnt war. »Wir sind ein paarmal miteinander ausgegangen, aber Lillian hat darauf bestanden, dass wir dafür nach Fort William oder Oban fahren. Ich dachte, das läge daran, weil in Glencoe jeder jeden kennt. Ich wollte ja selbst nicht, dass die Leute von uns wussten, bevor wir offiziell ein Paar waren. Wobei das für mich nur eine Frage der Zeit war. Mir war immer klar, dass …«

Dad brach ab und räusperte sich. Es war offensichtlich, dass es ihm schwerfiel, darüber zu reden, und ich fragte mich, ob er das überhaupt schon mal getan hatte. Gab es irgendjemanden außer mir, mit dem er schon mal darüber gesprochen hatte? Vielleicht Mum?

»Nach einigen Wochen waren wir fest zusammen, aber Lillian verlangte weiterhin, dass wir niemandem davon erzählten. Sie meinte, dass ihre Eltern dagegen seien, dass sie einen Freund hatte. Die Zeiten damals waren andere, daher war das nicht einmal unrealistisch, und verliebt, wie ich war, hätte ich wohl allem zugestimmt.«

Das Handy in meiner Hosentasche vibrierte erneut, aber ich war viel zu gefangen von Dads Geschichte, um ihm Beachtung zu schenken. »Was ist danach passiert?«

Dad drehte sich am Fenster um, bis er mich ansehen konnte. »Das mit uns lief ungefähr ein Jahr. Ich wusste damals schon, dass sie die Frau war, die ich heiraten wollte, und hatte schon vor Wochen einen Ring für sie gekauft. Aber ehe ich den Mut aufbringen konnte, um ihre Hand anzuhalten, machte Lillian plötzlich mit mir Schluss. Von einem Tag auf den anderen. Ich war damals wirklich vor den Kopf gestoßen, weil ich es nicht verstand, aber es kam noch dicker. Zwei Tage später eröffnete Edward mir nämlich, dass Lillian und er nun offiziell ein Paar seien. Es sei ein paar Wochen her, seit Lillian ihn um ein Date gebeten hätte …«

Das Gesicht meines Dads hatte sich wieder zu der steinharten Miene verschlossen, die ich von ihm gewohnt war. Eine Gänsehaut breitete sich auf meinen Armen aus, während ich ihm zuhörte. Ich wusste nicht, wann er zuletzt so offen mit mir gesprochen hatte. Ob er das jemals getan hatte.

Und zum ersten Mal fühlte ich mit ihm mit. Ich konnte den Schmerz nachempfinden, den er noch immer zu verspüren schien. Fast wollte ich meine Hand ausstrecken, sie ihm auf die Schulter legen, aber in letzter Sekunde konnte ich mich davon abhalten, weil ich mir nicht sicher war, ob er das wollte.

»Ich fühlte mich hintergangen«, sagte er nun. »Vor allem von Lillian, aber auch von Edward. Ich hatte nicht einmal vermutet, dass zwischen ihnen etwas sein könnte, daher habe ich den Kontakt zu beiden abgebrochen. Edward hat danach noch ein, zwei Mal versucht, mit mir zu reden. Meinte, dass Lillian ihm erzählt hatte, wir hätten es miteinander versucht, aber dass es nicht funktioniert hätte. Lillian hat ihn dann wohl gebeten, mir nichts von ihnen zu erzählen, weil sie mich nicht verletzen wollte, so wie sie mich zuvor schon gebeten hatte, unsere Beziehung geheim zu halten. Aber ich wollte das alles nicht hören, für mich war es da schon zu spät.«

Mir schwirrte der Kopf von allem, was ich gerade erfahren hatte. In Dads Tonfall schwang mit, dass er es Edward und Lillian noch immer übel nahm, was damals vorgefallen war, obwohl das schon über dreißig Jahre her sein musste. Irgendwie konnte ich natürlich nachvollziehen, dass er die Sache nicht einfach vergessen konnte, andererseits hielt er an diesem Ärger seit vor meiner Geburt fest. War er einfach derart nachtragend, oder …

»Und was ist mit Mum? Hast du sie nicht geliebt?«

Augenblicklich wurden Dads Züge weicher, und die Andeutung eines Lächelns umspielte seine Mundwinkel. »Natürlich habe ich das. Eure Mutter hat mich damals aus meinem Loch befreit. Sie zu lieben hat mich beflügelt. Aber sie wurde mir … sie wurde *uns* viel zu früh genommen, und ihr Verlust hat deutlich gemacht, dass ich noch viel mehr verloren hatte, als mir bewusst war. Denn weißt du, was ich nach dem Tod deiner Mum am meisten gebraucht hätte? Meinen besten Freund. Aber den hatte ich nicht mehr. Ich hatte niemanden mehr, war völlig allein mit Penny und dir.«

Ich schluckte. Meine Großeltern väterlicherseits waren früh gestorben, sodass Dad das Resort schon vor meiner Geburt übernommen hatte. Mums Eltern waren zurück nach England gezogen, sobald Mum mit der Schule fertig war. Zwar waren sie nach Mums Tod wohl öfter vorbeigekommen, um Dad unter die Arme zu greifen, aber ich verstand, warum er sich allein gefühlt hatte.

Dad räusperte sich. »Alles, was mir bleibt, ist das Gefühl, dass alle, die ich liebe, mich verlassen.«

Mein Herz zog sich zusammen, und ich musste schlucken. So hatte ich Dad noch nie reden hören. Normalerweise versteckte er seine Trauer hinter einer hohen Mauer aus Abwehr und Zynismus, aber heute ließ er mich hinter seine Fassade blicken, und was ich dort entdeckte, weckte Mitgefühl in mir.

»Penny und ich sind noch da«, entgegnete ich.

»Aber wie lange noch? Penny will mit dem Resort gar nichts zu tun haben. Wenn sie fertig studiert hat, wird sie Glencoe vermutlich verlassen. Und du? Du willst das Resort doch nur aufbessern, um es bestmöglich verkaufen zu können.«

»WAS?« Im ersten Moment dachte ich, mich verhört zu haben, denn das konnte Dad unmöglich ernst meinen. »Das Resort ist mein Zuhause. Wenn es nach mir geht, werde ich so lange hierbleiben, bis ich sterbe. Du weißt doch, dass ich nie etwas anderes tun wollte.« War *das* der Grund, warum sich Dad gegen jede Neuerung gewehrt hatte? Weil er dachte, das alles diente nur dem Zweck, das Resort möglichst gewinnbringend verkaufen zu können? Wie *kam* er auf nur diese absurde Idee?

»Aber du hast es doch gesagt.« Eine steile Falte bildete sich auf Dads Stirn. »Ich habe doch gehört, wie du mit Freddie darüber gesprochen hast.«

Kopfschüttelnd betrachtete ich ihn, weil ich im ersten Moment keine Ahnung hatte, bei welchem Gespräch er Freddie und mich belauscht haben könnte. Als es mir dann einfiel, hätte ich beinahe angefangen zu lachen.

»Du meinst ein Gespräch zwischen Freddie und mir vor

knapp einem Jahr?« Ich wartete Dads Nicken gar nicht ab, bevor ich weitersprach. Denn es konnte nur dieser eine Tag gewesen sein. Freddie und ich hatten an der Bar des *Three Sisters Resort* gesessen. Viel Alkohol war involviert gewesen. »Wir haben rumgesponnen. Das war der Tag, an dem Freddie den Kredit für das neue Gebäude der Destillerie genehmigt bekommen hat. Er hatte Angst, sein Business doch noch gegen die Wand zu fahren und auf den Schulden sitzen zu bleiben. Daraufhin meinte ich, dass ich zur Not das Resort verkaufen könnte, wir seine Schulden abbezahlen, von dem Rest einen Wohnwagen kaufen und fortan als Nomaden durch das Land ziehen würden.« Nichts davon hatten wir ernst gemeint. Es war Spinnerei gewesen, um Freddie die Angst zu nehmen, die ein Kredit in dieser Höhe in ihm ausgelöst hatte.

Dad schluckte sichtbar. »Das war der Tag. Ich erinnere mich an die Sache mit dem Wohnwagen.«

Ich antwortete nichts darauf, zog lediglich meine Augenbrauen hoch. Zum ersten Mal kam es mir vor, als hätte ich die Oberhand in einem Gespräch mit meinem Dad. Früher dachte ich immer, dass es mich befriedigen würde, ihm mal nicht unterlegen zu sein, aber gerade fand ich es einfach nur traurig, dass er mir nicht genug vertraut hatte, um mich auf seine Bedenken anzusprechen.

»Also hast du nicht vor, das *Three Sisters Resort* hinter dir zu lassen?«

»Nein.« Die Vehemenz in meiner Stimme ließ Dad zusammenzucken. »Ich will aus dem Resort ein Erlebnishotel machen, das noch viele Generationen überdauert und hoffentlich mal von meinen Kindern übernommen wird, sollte ich später welche haben. Das war immer mein Traum, und wärst du einfach mal auf mich zugekommen, um mit mir darüber zu reden, anstatt mich nur zu belauschen, wüsstest du das längst.«

Damit drehte ich mich um und ließ Dad stehen. Zum ersten

Mal ging ich von ihm davon, aber auch das erfüllte mich keineswegs mit Befriedigung, wie ich immer gehofft hatte.

Erst sehr viel später fiel mir wieder ein, dass mein Handy während der Unterhaltung mit Dad vibriert hatte. Ich zog es hervor und entdeckte zwei Nachrichten von Isla.

Isla
Es tut mir leid, was ich gestern gesagt habe. Es ist mir nur herausgerutscht, weil Toby mich überrascht hat.

Isla
Können wir reden?

Automatisch zupfte ein Lächeln an meinen Lippen. Und während ich ihre Nummer anwählte, formte sich ein Plan in meinem Kopf.

20. KAPITEL

ISLA

Ein letztes Mal schaute ich in den Spiegel, prüfte meine Haare und war erstaunt über das Strahlen in meinen Augen. Mir war nicht bewusst gewesen, dass ich an einem Sonntag so früh dazu in der Lage war. Dann sah ich auf die Uhr. Ich war zehn Minuten zu früh dran. Natürlich.

Mit einem Seufzen ließ ich mich auf die Couch fallen, und sofort kehrten meine Gedanken wieder zu Leon zurück. Zu unserem Gespräch gestern Mittag. Nachdem er zunächst nicht auf meine Nachrichten geantwortet hatte, hatte ich schon befürchtet, er wäre sauer auf mich. Aber dann rief er mich an und erklärte, was bei ihm alles los war. Ich war geschockt, dass jemand in sein Büro eingebrochen war, aber noch viel mehr hatte es mich erstaunt, dass sich Leon mit seinem Dad ausgesprochen hatte.

Doch was mir von unserem Gespräch vor allem im Gedächtnis geblieben war, war, dass Leon mich für heute zu einem Date eingeladen hatte. Ohne mir zu verraten, was er mit mir vorhatte. *Es ist eine Überraschung, freu dich einfach,* hatte er gesagt, kurz bevor wir aufgelegt hatten.

Und seitdem grübelte ich, was es damit auf sich haben konnte. Wie ich Leon kannte, würde es nichts Alltägliches sein. Ich legte eine Hand auf meinen Bauch, der nicht zu prickeln aufgehört hatte, seit ich aufgestanden war. Die Schmetterlinge waren zu ständigen Begleitern geworden und drehten heute Extrarunden. Wenn mir vor einem Monat jemand erzählt hätte, dass ausgerechnet Leon sie bei mir hervorrufen würde, ich hätte die Person vermutlich ausgelacht.

Ein lautes Hupen riss mich aus meinen Gedanken. Leon war da. Mein Herz begann zu rasen, und meine Atmung wurde flacher. Ein Blick auf meine Uhr verriet mir, dass er ebenfalls fünf Minuten zu früh war, und aus irgendeinem absurden Grund zauberte das ein Lächeln auf meine Lippen.

Ich schnappte meine Jacke, weil heute Nebel und später auch noch Regen angekündigt waren, warf einen letzten Blick auf Frodo, der auf seinem Kratzbaum lag und kein Auge öffnete, dann verließ ich die Wohnung. Leon stand mit seinem Motorrad vor meiner Haustür. Er trug dunkelblaue Jeans, die eng an seinen Oberschenkeln anlagen, und eine schwarze Lederjacke, die seinen verwegenen Look perfektionierte. Seine Haare waren dank des Helms, den er bis zu mir getragen hatte, ein chaotisches Nest auf seinem Kopf. Die Augen waren auf mich gerichtet, und das Lächeln, das seine Lippen umspielte und bei dem sein Grübchen sichtbar wurde, ließ meine Knie weich werden.

»Hey«, sagte ich etwas atemlos, als ich vor ihm zum Stehen kam. Alles in mir wollte sich vorbeugen, um ihn zu küssen, aber zum ersten Mal in meinem Leben traute ich mich nicht, den ersten Schritt zu machen.

»Hi, schön, dass du zugestimmt hast.« Leons Blick wanderte über mein Gesicht, dann hob er eine Hand und strich mir eine Haarsträhne hinter das Ohr. Seine Berührung brannte sich in meine Haut, und eine Gänsehaut breitete sich auf meinem Nacken aus.

»Na ja.« Ich zuckte nonchalant mit den Schultern. »Anders erfahre ich ja nicht, was du mit mir vorhast, also welche andere Möglichkeit bleibt mir?«

Leon lachte rau, was mein Innerstes noch mehr aufwühlte. »Dann schwing dich mal schnell aufs Motorrad, damit du das bald erfährst.«

Leon drückte mir seinen zweiten Helm in die Hand, und in

Windeseile setzte ich ihn auf. Diesmal hatte ich keine Bedenken, mich an Leons Hüfte festzuhalten, während ich hinter ihm aufstieg. Erneut rutschte ich auf dem abwärts geneigten Sitz sofort an Leons Rücken. Ich schmiegte mich an ihn, legte die Arme um seine Mitte und genoss das laute Röhren, mit dem die Rennmaschine ansprang. Es klang unnatürlich laut in der Stille des Morgens, die bisher nur vom Zwitschern der Vögel durchbrochen worden war, aber irgendwie passte es auch zu Leon. Wie sein Motorrad war er jemand, den man nicht einfach übersehen oder ignorieren konnte. Selbst dann nicht, wenn man sich das ganz fest vorgenommen hatte. Ich hatte das gewollt, und wo das hingeführt hatte, sah ich ja jetzt.

In einen Trip ins Ungewisse, und ich war noch nie so gerne ahnungslos unterwegs gewesen.

Wir waren keine fünf Minuten unterwegs, da wurde mir klar, dass Leon nach Oban fuhr. Das lag überwiegend daran, dass es aus Glencoe raus nur in zwei Richtungen ging: nach Oban oder Fort William. Aber ich war mir auch ziemlich sicher, dass wir nicht in Oban bleiben, sondern von da mit der Fähre zur Isle of Mull übersetzen würden. Denn Oban war zwar ein sehr süßes kleines Küstenstädtchen, aber wirklich viel unternehmen konnte man dort nicht. Auch wenn Leons *Überraschung* damit geplatzt war, genoss ich die Fahrt sehr.

In Oban angekommen, kauften wir Tickets für uns und das Motorrad, und dann sahen wir die Fähre bereits anlegen. *Clansman* stand in großen Lettern auf ihrem Rumpf. Ich hätte nicht gedacht, dass es morgens um diese Uhrzeit schon so voll sein würde, aber wir reihten uns ein in eine ganze Armada von Autos, Lkws und anderen Fahrzeugen, die ebenfalls nach Mull wollten.

Wir stellten das Motorrad im Rumpf ab, dann gingen wir nach oben, und Leon steuerte zielstrebig das kleine Café an, um Kaffee und Gebäck zum Frühstück für uns zu holen. Ich hätte mich gern nach draußen gesetzt, aber es waren kaum zehn Grad bisher, und dichter Nebel hing über dem Meer, sodass wir uns drinnen einen Platz am Fenster suchten.

»Wir fahren also nach Mull.« Über den Tisch hinweg sah ich Leon an, dessen Augen regelrecht strahlten.

»Genau.«

»Warum?« Obwohl ich schon mein Leben lang in Glencoe wohnte, war ich noch nicht oft auf Mull gewesen. Eigentlich war die Insel mittlerweile nur noch wegen des Tourismus bewohnt. Zumindest war mir davon abgesehen kein Grund bekannt.

Leons Grinsen wurde spitzbübisch. »Weil es ein schönes Ausflugsziel ist, man dort Otter sehen kann und es die beste Three Cheese Maccaroni gibt.«

Ich musste lachen. »Das sind sehr spezifische Gründe.«

Er zuckte mit den Schultern. »Und bis zum Ende des Tages werden sie dich ebenfalls überzeugt haben.«

Die Fahrt mit der Fähre dauerte kaum eine Stunde, dann legten wir auf Mull an. Kurz vorher gingen Leon und ich in den Rumpf und saßen bereits auf dem Motorrad, und sobald die Tore geöffnet wurden, brausten wir an Land. Noch immer umschloss dichter Nebel die Insel, aber an einigen Stellen lockerten die Schwaden bereits auf und enthüllten die Schönheit dieser Insel.

Der Single Lane Track führte uns am Ufer entlang. Weiße Strände wechselten sich ab mit grünen Wiesen und grauen Felskluften. Ich hielt mich an Leon fest, schmiegte mich an seinen Rücken und ließ das alles einfach nur auf mich wirken. Die frische Luft, die nach Meer, Heide und Leons Lederjacke roch, wehte durch den schmalen Spalt, den ich am Visier geöffnet hatte, über mein Gesicht. Ein Gefühl von Freiheit spülte über mich hinweg, begleitet von unendlichem Glück. Ich schloss die Augen, schmiegte mich noch etwas enger an Leons Rücken und festigte meinen Griff um seine Mitte.

Das hier? Das könnte von mir aus den ganzen Tag so weitergehen.

Gerade, als ich diesen Gedanken hatte, bremste Leon plötzlich ab. Ich wurde noch weiter in seinen Rücken gepresst, und dann hielten wir am Straßenrand an. »Siehst du das?« Leon deutete in Richtung Strand.

Die dunklen Punkte, die ich entdeckte, konnte ich zuerst nicht einordnen. »Sind das Menschen?«, fragte ich schließlich.

Leon nickte. »Fotografen. Und dort, wo sie sind, sind auch die Otter nicht weit.« Über die Schulter warf er mir einen Blick zu, und obwohl ich es wegen des Helms nicht sehen konnte, wusste ich genau, dass er lächelte.

»Oh«, rief ich erfreut aus. »Werden wir wirklich Otter sehen?«

»Wenn du Lust dazu hast.«

»Natürlich! Wie kann man Otter nicht sehen wollen?«

Leon lachte leise. »Ich habe keine Ahnung, aber es soll ja seltsamere Dinge geben, als dass jemand keine Otter mag.«

Spielerisch schlug ich ihm auf die Schulter. »Hör auf zu quatschen und fahr.«

Leon lachte erneut, kam meiner Aufforderung aber nach und fuhr langsam auf den Strand zu. Kurz bevor wir ihn erreichten, schaltete Leon den Motor aus, wir stiegen ab, und er schob das Motorrad das letzte Stück, damit wir die Otter am Strand nicht verschreckten.

Und Leon hatte recht gehabt. Dort, wo die Fotografen waren, gab es Otter. Viele davon. Bestimmt zwanzig Stück tummelten sich an diesem Abschnitt. Die meisten lagen einfach nur auf dem Sand herum. Fast sah es aus, als würden sie sich sonnen, dabei war es noch immer neblig und diesig. Ich entdeckte ein Muttertier mit ihrem Jungen, die gesammelte Muscheln vor sich liegen hatten und diese nun mit einem Stein bearbeiteten, um an das saftige Fleisch zu kommen. Das leise *Klick, Klick,*

Klick von links neben mir verriet mir, dass der Fotograf genau diese Szene festhielt.

Leon und ich standen so dicht nebeneinander, dass unsere Schultern sich berührten, und aus einem Impuls heraus lehnte ich mich weiter in seine Richtung. Sofort legte er einen Arm um mich und zog mich enger an seine Seite. Es war fast erschreckend, wie *richtig* sich das anfühlte. Noch vor zwei Wochen hätte mir das Angst gemacht, und ich hätte mich zurückgezogen. Hätte vielleicht eine Ausrede erfunden, warum ich Leon die kommenden Tage aus dem Weg gehen sollte, um meine Empfindungen für ihn in den Griff zu bekommen.

Aber heute hieß ich die überschäumenden Gefühle willkommen. Das Prickeln tief in meinem Unterleib. Die Sehnsucht und das Verlangen, die durch meine Adern jagten. Sie alle waren mir so vertraut geworden. Ich kannte sie noch von früher, und obwohl ich lange versucht hatte, sie zu ignorieren, hieß ich sie jetzt willkommen wie eine alte Freundin. Eine von der Sorte, bei der man das Gefühl hatte, dass kaum Zeit seit dem letzten Treffen vergangen war, weil man sofort wieder in ein ausführliches Gespräch verfiel.

Ja, dachte ich, das war eine gute Beschreibung meiner Gefühle für Leon, und ich ließ mich noch weiter gegen ihn sinken. Leon festigte seinen Griff, zog mich so eng an sich, dass kein Blatt Papier mehr zwischen uns passte, und senkte seinen Kopf, bis er einen Kuss auf meine Schläfe pressen konnte. Seine weichen Lippen brannten sich in meine Haut, und ich konnte sie bis in die Zehenspitzen spüren.

Es war so eine unfassbar süße Geste, trotzdem entzündete sie ein Feuer in meinem Inneren, das mich nach *mehr* lechzen ließ. Aber jetzt gerade war der denkbar schlechteste Zeitpunkt dazu. Nicht nur wegen der ganzen Fotografen, auch wenn die uns überhaupt keine Beachtung schenkten, sondern vor allem wegen des Baby-Otters, den ich nicht in seinen jungen Jahren schon nachhaltig verstören wollte. Daher schmiegte ich mich nur etwas enger an Leon, während wir weiter die Otter bestaunten.

»Wollen wir dann weiter?«, murmelte Leon eine halbe Stunde später.

Ich nickte, ohne mich aus seiner Umarmung zu befreien. »Was steht als Nächstes auf dem Programm?«

»Tobermory und die besten Three Cheese Maccaroni, die du je gegessen hast.«

Ich erinnerte mich, dass er das schon mal gesagt hatte. »Du bist ganz schön davon überzeugt.«

»Ich weiß halt, was gut ist.«

»Nur gut?« Ich konnte es nicht sein lassen zu sticheln.

»Nicht gut, *herausragend*. Das Beste vom Besten. Die *Crème de la Crème*, wenn du so willst.«

Ich unterdrückte das Kichern und setzte stattdessen ein ernstes Gesicht auf. »Aber was, wenn ich überhaupt keinen Käse mag?«

»*Was?*« Entgeistert rückte Leon von mir ab und betrachtete mich kritisch. Ich konnte den Schock deutlich auf seinem Gesicht lesen, aber zum ersten Mal flackerte auch eine gewisse Unsicherheit darin mit.

»Das ist … du kannst …«, stammelte er, und mittlerweile fiel es mir unheimlich schwer, nicht in Gelächter auszubrechen, aber es war einfach zu witzig, Leon ausnahmsweise mal aus dem Konzept zu bringen, um gleich wieder damit aufzuhören. »*Wie kann man keinen Käse mögen?*«, platzte er schließlich heraus.

»Das gibt es«, beharrte ich, auch wenn mir solche Leute ehrlich gesagt ebenfalls suspekt waren. Aßen die dann auch keine Pizza? Wie konnte ihr Leben dann überhaupt noch lebenswert sein? »Eine Abneigung gegen Käse zu haben ist so normal, wie Brokkoli nicht zu mögen.« Ich verdiente einen Oscar, weil ich das mit ernster Miene vorgebracht hatte.

Leon hingegen fiel bei meinen Worten alles aus dem Gesicht. Er ließ mich los, trat zwei Schritte von mir zurück und deutete mit dem Finger auf mich. »Also wenn das deine Einstellung ist, dann weiß ich nicht, ob wir Freunde sein können.«

Das war der Moment, der mich brach. Leons fassungsloses Gesicht, seine Augen, die weit aufgerissen waren, und die Aussage, dass wir so keine Freunde sein könnten – zumal ich mir momentan eh etwas anderes als das wünschte.

Das Kichern entwischte mir, ehe ich es verhindern konnte, dann brach ich endgültig in Gelächter aus. Es dauerte ein, zwei Sekunden, ehe Leon realisierte, dass ich ihn nur auf den Arm genommen hatte, dann stimmte er in mein Lachen ein.

»Du hast mich nur verarscht«, prustete er. »Du magst ja doch Käse.«

»Das stimmt so nicht ganz«, widersprach ich. »Ich *liebe* Käse. Wenn es möglich wäre, würde ich ihn sogar heiraten.«

»So weit würde ich jetzt ehrlich gesagt nicht gehen.«

Ich zuckte mit den Schultern. »Wenn du es weißt, dann weißt du es halt.«

Leon griff nach meiner Hand und verschränkte unsere Finger miteinander. Mein Herz setzte ein, zwei Schläge aus, um danach in einen schnelleren Rhythmus zu verfallen. »Dann lass uns mal nach Tobermory fahren, damit du deinen nächsten Käse-Fix bekommst.«

Leons Hand fühlte sich warm und weich in meiner an, als wir zurück zum Motorrad gingen, und am liebsten hätte ich sie gar nicht mehr losgelassen. Aber natürlich war das unmöglich, denn wie sollten wir sonst weiterfahren? Mich hinter Leon auf das Motorrad zu schwingen war aber fast genauso gut, und dann brausten wir auch schon los in Richtung Tobermory.

Es dauerte knapp eine halbe Stunde, bis wir die kleine Hafenstadt erreichten. Schon von Weitem fielen einem die bunten Häuser ins Auge, die den Hafen säumten. In Rot, Gelb, Orange,

Blau und Grün leuchteten sie uns entgegen. Es wirkte fröhlich und einladend, auch wenn das Wetter heute weiterhin das Gegenteil behauptete. Als wir in einer Seitenstraße parkten, fing es sogar an zu nieseln.

Wir gingen runter zum Hafen und an den bunten Häusern vorbei. Hier wimmelte es von Touristen. Die meisten sprachen Englisch, aber hier und da vernahm ich auch Sprachen, die ich nicht verstand, wie Französisch, Spanisch oder Deutsch.

In den bunten Häusern, die wir von Weitem schon gesehen hatten, befanden sich die unterschiedlichsten Geschäfte. Wir passierten eine Chocolaterie, ein Souvenirgeschäft, eine Whisky-Destillerie, diverse Restaurants und Hotels. Bei jedem einzelnen schaute ich sehnsuchtsvoll in den Eingang, in der Hoffnung, dass es das sein mochte, von dem Leon gesprochen hatte. Denn so langsam hatte ich Hunger und der Nieselregen traf wie feine Nadelstiche auf mein Gesicht, was mehr als unangenehm war, denn natürlich hatte niemand von uns an einen Schirm gedacht. Doch bei jedem Restaurant ging Leon weiter, ohne überhaupt in die Richtung zu blicken. Irgendwann hatten wir das Ende der bunten Häuser am Hafen erreicht. Vor uns lag nur noch eine Art Pier, den man über Treppen erreichen konnte, welche Leon zielsicher ansteuerte.

»*Da* gibt es die Three Cheese Maccaroni?«, fragte ich entgeistert, als wir die Treppen erklommen. Oben angekommen sah ich tatsächlich, dass es hier ein Restaurant gab, auch wenn es auf den ersten Blick eher wie ein Kiosk wirkte. Aber *Tobermory Fish & Chips* prangte in großen Lettern auf dem Dach, und draußen standen einige Metalltische und -stühle, von denen die Hälfte sogar besetzt waren.

»Bereit, dich begeistern zu lassen?«, fragte Leon, als wir die Tür erreicht hatten. Ich zog nur die Augenbrauen hoch, denn bisher waren wir noch weit von Begeisterung entfernt. Leon zog die Tür auf, warf einen Blick ins Innere und wandte sich dann mit einem entschuldigenden Schulterzucken zu mir um. »Sorry, alles voll, wir müssen draußen sitzen.«

Auch das noch. Es war wirklich ungemütlich hier draußen. Zwar befanden sich die Sitzplätze geschützt unter einem Vordach, sodass man nicht nass wurde, trotzdem zerrte der Wind an meinen Haaren und meiner Jacke. »Wollen wir dann nicht lieber woandershin?«, fragte ich vorsichtig. Ich wollte mit Sicherheit keine Spielverderberin sein, aber jetzt irgendwo drinnen zu sitzen, wo es muckelig warm war und eventuell sogar ein Feuer im Kamin prasselte, wäre mir allemal lieber gewesen.

Leon schob mich zu einem freien Tisch. »Du wirst es nicht bereuen, wenn wir hierbleiben. Versprochen.«

Ich seufzte ergeben und ließ mich auf einen harten, kalten Metallstuhl fallen, auf dem natürlich nicht einmal Sitzkissen lagen. »Wehe, wenn nicht«, grummelte ich und zog die laminierte Speisekarte zu mir heran. Es war nur ein Blatt, das vorne und hinten vollgeschrieben war. Neben diversen Fish & Chips-Variationen gab es hier auch etliche Burger, schottische Spezialitäten wie Haggis, und ganz am Ende der Auflistung fand ich die von Leon gelobten Three Cheese Maccaroni.

»Was kann ich euch bringen?« Eine junge Bedienung trat an unseren Tisch. Ich schätzte sie auf höchstens zwanzig, die blonden Haare zu einem hohen Pferdeschwanz gebunden, eine Brille saß auf ihrer Nase, und sie lächelte uns freundlich an.

Wir bestellten Cola und die Three Cheese Maccaroni. Ein kleines Segelboot schipperte an uns vorbei in den Hafen, und eine Familie mit zwei Kindern setzte sich an den Tisch neben uns.

»Gibt es Neuigkeiten bezüglich des Einbruchs bei euch?«, fragte ich Leon, nachdem wir unsere Getränke bekommen hatten. Die Nachricht von der Verwüstung seines Büros hatte sich in Glencoe fast so schnell verbreitet wie die von meiner Verletzung beim Bogenschießen.

Er trank einen Schluck, dann schüttelte er den Kopf. »Ich hab gestern mit Officer Colby telefoniert, aber sie sind kein Stück weiter. Sämtliche Fingerabdrücke, die in meinem Büro gefunden wurden, gehören zu mir, Penny oder Dad, und auch davon abgesehen haben sie keine verwertbaren Spuren gefunden.«

»Und du weißt immer noch nicht, wem von deinen Mitarbeitenden die Schlüsselkarte gestohlen wurde?«

Leon seufzte schwer und legte eine Hand um das Colaglas vor sich auf dem Tisch. »Auch da gibt es leider kein Vorankommen. Ich habe jetzt mehrfach deutlich gemacht, dass dem- oder derjenigen keine Strafe droht, weil ich dachte, dass sie vielleicht Angst haben, es zuzugeben, aber bisher hat sich niemand gemeldet.«

Für mich klang das alles ziemlich eindeutig. Es hatte sich niemand gemeldet, weil niemandem seine oder ihre Karte fehlte. Es war, wie ich es schon die ganze Zeit vermutete. Die Person, die hinter den Anschlägen steckte, kam aus dem *Three Sisters Resort.* »Und du denkst immer noch …«

Leon hielt eine Hand hoch, und ich verstumme. »Lass uns heute bitte nicht darüber reden.«

»Aber wir können auch nicht die Augen davor verschließen.«

Er griff nach meiner Hand, die auf dem Tisch lag, und umschloss meine kalten Finger. »Das will ich nicht. Das *werde* ich nicht. Aber dieser Tag heute, der soll nur für uns sein. Ein Tag, an dem wir mal nicht über die ganze Kacke nachdenken müssen, die um uns herum geschieht. An dem wir einfach nur *wir* sein können.«

Es war zu verlockend, um nicht zuzustimmen. »Okay, abgemacht. Wir reden heute nicht mehr darüber. Dann will ich aber was anderes von dir wissen.«

»Was denn?« Leons rechter Mundwinkel hob sich, und das Grübchen erschien auf seiner Wange.

Die Schmetterlinge in meinem Magen fuhren Achterbahn und steckten gerade in einem Looping fest. »Was für Wünsche oder Träume hast du noch für die Zukunft?«

Leons Mund klappte auf, als wäre das so ziemlich die letzte Frage, mit der er gerechnet hatte. Vielleicht wusste er aber auch einfach nicht, wie er sie beantworten sollte.

Schließlich fing er sich. »Also, ich denke …«

»Es darf nichts sein, das mit der Arbeit zu tun hat«, unterbrach ich ihn. »Es soll etwas sein, das du nur für dich machen willst.«

»Okay.« Er räusperte sich, und bildete ich es mir nur ein oder wurde er ein wenig rot? »Wenn das so ist, dann will ich gerne mal eine Bergbesteigung machen.«

»Bergbesteigung? So wie Reinhold Messner?« Oder wie auch immer dieser Typ hieß, über den ich mal diese Dokumentation auf Netflix gesehen hatte.

»Genau. Allerdings nicht auf den Mount Everest. Das ist mittlerweile eine schlimme Touristenattraktion geworden und kostet dich an die fünfzigtausend Pfund. Aber vielleicht den Kilimandscharo und für den Anfang einen Viertausender wie den Mont Blanc.«

»Für den Anfang?«, hakte ich lachend nach. War ihm bewusst, wie krass das klang? »Also planst du doch jetzt schon, es mehr als einmal zu machen.«

Er zuckte mit den Schultern, und jetzt war ich mir ziemlich sicher, dass sich seine Wangen dunkler färbten. »Ich weiß ja nicht mal, ob mir das gefällt oder ob ich das schaffe. Aber falls doch … kann ich mir sicherlich vorstellen, das mehr als einmal zu machen.«

»Natürlich wirst du das schaffen«, sagte ich aus voller Überzeugung.

»Muss nicht sein, du hast mich immerhin beim Segeln erlebt.«

Jetzt musste ich erneut lachen und erwartete fast, dass Leon mich böse anfunkelte, aber er schmunzelte ebenfalls. »Das ist doch was völlig anderes. Es hat nicht so gewirkt, als wäre Wasser dein Element, aber der Berg ist es auf jeden Fall. Ich habe dich jetzt mehrfach beim Wandern erlebt, und du bist absolut sicher dabei. Du weißt, was du tust, und du kennst die Eigenschaften auf dem Berg. Bergsteigen ist dann zwar noch eine Stufe darüber, aber …« Ich ließ meinen Blick über seinen athletischen Körper wandern. »… aber dazu wirst du absolut in der Lage sein.«

Jetzt war es mehr als offensichtlich, dass ich Leon McLachlan zum Erröten gebracht hatte, und das gefiel mir mehr, als ich zugeben wollte. »Danke für dein Vertrauen in mich«, sagte er leise. »Ich weiß, dass das alles andere als selbstverständlich ist.«

Er hielt meinen Blick gefangen. Mein Herz begann zu rasen, denn plötzlich hatte ich das Gefühl, dass seine Augen noch viel mehr sagten, aber ich die Worte einfach nicht verstand. Dabei *wollte* ich sie verstehen. Zum ersten Mal wünschte ich mir, dass ich bis auf den Grund seiner Seele schauen und seine tiefsten Ängste, Wünsche und Träume sehen konnte.

Ein Räuspern neben uns ließ uns auseinanderfahren. Wir hatten beide nicht bemerkt, dass die Bedienung mit unserem Essen an den Tisch getreten war.

»Vorsicht, heiß«, sagte sie, dann stellte sie vor jedem von uns einen großen Teller ab. Darauf war ein kleines Pfännchen, in dem die frisch aus dem Ofen kommenden Three Cheese Maccaroni noch brutzelten, ein Schälchen mit Pommes und ein kleiner Salat. Nicht nur sah es unfassbar gut aus, der Geruch, der mir in die Nase drang, ließ mir auch augenblicklich das Wasser im Mund zusammenlaufen.

»Mach dich bereit für eine Geschmacksexplosion«, sagte Leon, als hätte er meine Gedanken erraten.

Ich verdrehte die Augen. »Nur weil du etwas magst, heißt das noch lange nicht, dass es anderen genauso geht.«

Sein Grinsen wurde nur breiter, und er deutete mit der Gabel auf mich. »Ich sehe es dir an der Nasenspitze an, dass du es lieben wirst. Und jetzt iss endlich und hör auf zu diskutieren.«

Es stellte sich heraus, dass er recht behalten sollte. Mit der Gabel spießte ich einige Nudeln auf, die vor Käse trieften, pustete darauf, bis sie etwas abgekühlt waren, und schob sie mir in den Mund. Sofort explodierte der Geschmack auf meiner Zunge, und ein genüssliches Stöhnen entwich mir. Ich wollte mich reinlegen in diese Three Cheese Maccaroni, so gut schmeckte es.

»Hab ich doch gesagt.« Leon saß viel zu selbstzufrieden neben mir, und allein das war normalerweise Anreiz für mich, ihm in irgendeiner Art und Weise Widerworte zu geben, aber zum ersten Mal, seit wir uns kannten, waren da keine in mir. Ich nickte bloß zustimmend und wusste nicht, wer überraschter darüber war. Leon oder ich.

21. KAPITEL

ISLA

Als wir aufgegessen hatten und zurück zum Motorrad gingen, hörte es auf zu regnen. Während des Essens hatte Leon mir gesagt, dass er noch einen weiteren Programmpunkt auf seiner Liste hatte, ehe es für uns zurück zur Fähre ging, aber natürlich wollte er mir wieder nicht verraten, worum es sich handelte. Ich selbst hatte auch keine Idee, denn es gab nicht vieles, wofür Mull bekannt war, und das meiste davon lag in Tobermory, das wir aber gerade mit dem Motorrad hinter uns ließen.

Wir fuhren in Richtung Westen, zuerst ein ganzes Stück Inland, aber dann zurück an die Küste. Möwen und einige Seeadler begleiteten unseren Weg. Es kam mir fast so vor, als würden sie neben uns herfliegen, dabei war es vermutlich reiner Zufall, dass sie in dieselbe Richtung unterwegs waren.

Irgendwann bog Leon vom One Track Lane auf einen noch schmaleren Pfad ab. Es war bloß ein Schotterweg, Kies knirschte unter unseren Reifen. Rechts und links von uns erhoben sich grüne Hügel, die mit allerlei Blumen bepflanzt waren. Ein Meer aus gelben, roten und violetten Blüten, die sich im Wind hin und her wiegten.

Dann fuhren wir über eine Anhöhe, und was ich dahinter entdeckte, verschlug mir den Atem. Der grasbewachsene Hügel flachte langsam ab, und an dessen Ende erstreckte sich ein kilometerlanger weißer Sandstrand. Die Farben waren hier das, was mich am meisten beeindruckte. Das Weiß des Strandes, das auf der einen Seite einen starken Kontrast zum tiefblauen Meer bildete, wurde auf der anderen Seite zur bunten Blumenwiese. Würden hier Palmen stehen, könnte ich mir fast einbilden, in der Karibik zu sein. Gut, dazu müsste es zudem auch wärmer und sonniger sein, aber vom Prinzip her … Die Landschaft kam mir fast unwirklich vor, als würde sie gar nicht zu Schottland gehören, dabei wusste ich genau, wie vielfältig unser Land sein konnte.

»Wow«, sagte ich zu Leon, als wir am Ende des Strandes anhielten und vom Motorrad stiegen.

»Fast wie Urlaub, oder? Das ist der Calgary Beach, der schönste Strand auf Mull.« Er zog sich den Helm vom Kopf, seine Haare standen in alle Himmelsrichtungen ab. Da half es auch nicht mehr, dass er versuchte, sie mit seinen Händen zu bändigen. Ein jugendliches Lächeln umspielte seine Mundwinkel, bei dem meine Knie weich wurden. Himmel, was machte dieser Typ bloß mit mir?

»Eigentlich sogar besser als Urlaub«, gestand ich, was aber überwiegend daran lag, dass wir für die meisten Urlaube in ein Flugzeug steigen mussten und ich fliegen nicht mochte.

»Und es wird sogar noch besser.« Leon wackelte mit den Augenbrauen, was mich zum Lachen brachte, ehe er eine der Seitentaschen an seinem Motorrad öffnete, eine Decke und zwei Dosen Cider hervorholte. »Komm mit.«

»Du hast wirklich an alles gedacht.« Ich folgte ihm den gewundenen Trampelpfad zum Strand entlang. Obwohl es heute kühl und noch immer bewölkt war, zog ich meine Schuhe aus, sobald wir ihn erreicht hatten, und schob meine Füße in den kühlen Sand. Feine Sandkörner kitzelten zwischen meinen Zehen, und ein Lächeln breitete sich auf meinen Lippen aus.

»Leider habe ich keinen Einfluss auf das Wetter, sonst würde jetzt die Sonne scheinen.« Leon warf den Wolken einen vernichtenden Blick zu, als hätten sie ihn persönlich beleidigt.

Ich stupste ihn mit der Schulter an. »Komm schon, wir sind Schotten, wir brauchen doch kein gutes Wetter, um Spaß zu haben.«

»Ist das so?« Leon lachte. Wir waren in Ufernähe angekommen und breiteten die grün-weiß karierte Decke aus. Leise plätscherten die Wellen an den Strand, und irgendwo in der Ferne kreischte eine Möwe. Davon abgesehen war es aber absolut still. Fast schon friedlich. Was sicher auch daran lag, dass außer uns keine anderen Menschen hier waren.

Wir setzten uns nebeneinander auf die Decke, so nah, dass sich unsere Schultern und Oberschenkel berührten. Leon drehte sich in meine Richtung, und auch sein Gesicht war mir plötzlich so nah, dass sein warmer Atem über meine Wange streifte. Unwillkürlich lehnte ich mich noch ein Stück näher zu ihm. »Danke für den wundervollen Tag«, murmelte ich.

Seine Augen funkelten, und seine Nasenspitze stupste gegen meine. »Danke, dass du mitgekommen bist. Wäre ziemlich langweilig gewesen, wenn ich die Fahrt allein hätte machen müssen.«

»Oh.« Ich musste ein Lachen unterdrücken. »Ist das der einzige Grund, warum du mich mitgenommen hast? Damit dir nicht langweilig wird?«, zog ich ihn auf.

»Nein.« Mit einem Mal klang Leons Stimme viel rauer und tiefer. »Es gibt da noch einen viel wichtigeren Grund.«

»Und der wäre?«

»Weil ich immerzu an dich denken muss.« Er kam mir noch näher, und beim Sprechen berührten seine Lippen federleicht meine Wange. »Ich weiß nicht, was du mit mir angestellt hast, aber ich kann an nichts und niemand anderen mehr denken als an dich.«

Seine Worte entzündeten ein Feuer in mir. Vielleicht waren es aber auch seine Lippen, die über meine Haut strichen. Ich wusste es nicht, und es war mir auch egal, denn da war nur noch ein rationaler Gedanke in mir, und der besagte, dass ich Leon küssen wollte.

Daher drehte ich den Kopf nach rechts, bis mein Mund über seinen streifte. Als hätte Leon nur darauf gewartet, legte er eine Hand in meinen Nacken und vertiefte unseren Kuss. Seine Zunge traf auf meine, und Sterne explodierten hinter meinen geschlossenen Augenlidern. Leons Lippen passten so perfekt auf meine, als wären wir füreinander geschaffen. Sein Daumen fuhr von meinem Kiefer meinen Hals hinab bis zu meinem Schlüsselbein. Ich lehnte mich in die Berührung hinein, konnte nicht genug davon bekommen. Nicht genug von Leon, seinen Küssen, die ein Versprechen auf mehr waren.

Ich schlang ein Bein um ihn, bis ich rittlings auf ihm saß. Zwischen meinen Schenkeln pochte es heftig vor Verlangen, und ich spürte, dass unser Kuss auch an Leon nicht spurlos vorbeiging. Leon schob seine Hände unter meine Jacke und streichelte über meinen Rücken. Die Kombination aus seinen warmen Händen und der kühlen Luft, die sie begleitete, ließ mich sehnsuchtsvoll seufzen. Ich verkrallte meine Hände in seinen Haaren, zog seinen Kopf in den Nacken und trieb ihn an, unseren Kuss zu vertiefen. Ich wollte ihn, ganz, konnte kaum noch klar denken, weil Leon mir sämtliche Sinne vernebelte.

»Isla«, stöhnte Leon an meinen Lippen und schob mich ein Stück von sich. »Ich denke nicht, dass das hier der richtige Platz ist.«

Ich blinzelte, und erst da wurde mir bewusst, dass wir uns noch immer an dem Strand auf Mull befanden. Ich hatte völlig vergessen, wo wir waren. »O Gott, sorry.« Ich krabbelte von Leons Schoß. Hitze schoss mir in die Wangen, aber das fiel hoffentlich nicht auf, weil sie schon von unserem Rumgemache erhitzt waren.

Leon griff nach meiner Hand und hinderte mich daran, allzu

weit von ihm abzurücken. »Ich will damit nicht sagen, dass es mir nicht gefallen hat. Denn das hat es, sehr sogar.«

Endlich traute ich mich, zu ihm aufzusehen. In seinen Augen schimmerte das gleiche Verlangen, das auch durch meine Venen pumpte. »Es ist nur der falsche Ort«, ergänzte ich mit einem Lächeln.

Leon rückte an mich heran, legte einen Arm um meine Schulter und zog mich an seine Seite. »Aber deswegen musst du jetzt trotzdem keinen Sicherheitsabstand zu mir halten. Ich kann mich in deiner Gegenwart schon noch beherrschen.«

Ich schnaubte. »Aber ich offensichtlich nicht, das habe ich doch gerade eindrucksvoll bewiesen.«

Er drückte mir einen Kuss auf die Stirn, und ich spürte, dass er ebenfalls lächelte. »Ich habe vollstes Vertrauen in dich, dass du das schaffst.«

Erneut sollte Leon recht behalten, dass ich mich den Rest der Zeit zusammenreißen konnte. Allerdings lag das nicht daran, dass ich ihn nicht wieder küssen und über ihn herfallen wollte. Das Verlangen danach war mir zu jeder Sekunde nahezu schmerzlich bewusst, aber ich schaffte es irgendwie, dem Wunsch nicht nachzugeben.

Wir blieben noch fast eine Stunde am Strand sitzen und quatschten über alles Mögliche. Dann drang die Kälte in unsere Knochen, und wir machten uns auf den Rückweg zur Fähre. Diesmal kaufte ich die Tickets für das Motorrad und uns. Wir redeten nicht viel auf der Rückfahrt, aber das war auch nicht nötig. Ich konnte fühlen, dass wir auf einer Wellenlänge waren. Das waren wir schon länger gewesen, aber ich hatte es bisher nicht wahrhaben wollen.

Die Fahrt von Oban nach Glencoe verging wie im Flug, obwohl viel Verkehr herrschte. Aber als Leon vor meiner Haustür anhielt, war ich noch nicht bereit dazu, mich von ihm zu verabschieden. Und ich spürte, dass es ihm genauso ging. Da war eine Spannung zwischen uns, seit wir uns am Strand geküsst hatten, die so schwer war, dass sie fast greifbar war. Gleichzeitig schien sie als Magnet zu fungieren, denn sie wollte mich näher zu Leon ziehen.

»Kommst du noch mit rein?«, fragte ich deswegen. Nie zuvor war es mir derart leichtgefallen, diese Frage zu stellen.

Leon nickte sofort. »Nichts lieber als das.«

Als ich die Tür aufschloss, war mein Lächeln so breit, dass mir die Wangen davon wehtaten. Kaum hatten wir die Wohnung betreten, packte Leon mich um die Hüfte, wirbelte mich herum und drückte mich mit dem Rücken gegen die Tür. Er überfiel mich regelrecht mit einem Kuss, an dem nichts mehr sanft oder vorsichtig war. Ganz im Gegenteil. Der Kuss war heiß, leidenschaftlich und fast schon ein bisschen verzweifelt. Als hätten wir beide viel zu lange darauf warten müssen. Hitze sammelte sich zwischen meinen Schenkeln, und mir entwich ein Stöhnen, das von Leons Mund geschluckt wurde.

Mit zitternden Fingern schob ich die Lederjacke über Leons Schultern und seine Arme hinunter. Er nahm die Hände nur so lange von meinem Körper, bis sie auf den Boden gefallen war, dann schob er sie sofort wieder unter mein Oberteil. Seine Finger hinterließen eine brennende Spur auf meiner Haut, und in mir braute sich etwas zusammen, das ich so noch nie gespürt hatte.

Leons Lippen verließen meinen Mund und saugten sich stattdessen an meinem Hals fest. Als Nächstes spürte ich seine Zähne, die sanft in meine Haut bissen, und meine Knie wurden weich. Zum Glück drückte Leon mich weiterhin mit seinem gesamten Gewicht gegen die Tür, sonst wäre ich wohl zu Boden gerutscht.

»Lass uns nach oben gehen.« Meine Stimme klang nicht mehr nach mir selbst, sie war viel zu tief, rau und fast schon verrucht.

Leon gab einen Ton von sich, bei dem ich nicht entscheiden konnte, ob er mir zustimmte oder nicht. Seine Lippen lösten sich nicht von meinem Hals, ich hatte eher das Gefühl, als würden sie sich noch etwas mehr daran festsaugen, aber Leon zog seine Hände unter meinem Shirt hervor, legte sie stattdessen an meinen Hintern und … hob mich hoch.

Einfach so, als würde ich kaum etwas wiegen, und er war noch nicht mal unsicher auf den Beinen, als er uns umdrehte und auf die schmale Treppe zuging, die in den ersten Stock führte. Die Stufen knarzten unter unserem Gewicht, aber ich bekam es kaum mit, weil Leon mich noch immer mit seiner Zunge und seinen Lippen liebkoste. Meine Hände krallten sich an seinen muskulösen Schultern fest, und ein Ton entwich mir, der halb Seufzen und halb Stöhnen war. Schon jetzt zog sich mein komplettes Inneres zusammen, und zwischen meinen Beinen pochte es heftig. Vor allem jetzt gerade, wo ich sie um Leons Hüften geschlungen hatte und seine harte Erektion an meiner empfindlichsten Stelle fühlen konnte.

»Rechts oder links?«, fragte Leon mit rauer Stimme, als wir am Ende der Treppe angekommen waren. Hier gab es keinen nennenswerten Flur, nur zwei Türen, die von einem schmalen Absatz abgingen.

»Links«, murmelte ich, und Leon verschwendete keine Zeit, stieß die Tür auf und trug mich über die Schwelle.

Mein Schlafzimmer war alles andere als groß. Es hatte gerade einmal Platz für ein Queensize-Bett und einen Schrank an der langen Wand. Wir hatten das Bett in zwei Schritten erreicht, und Leon legte mich darauf ab. Sofort bedeckte er mich mit seinem Körper, und ich umfasste sein Gesicht, um ihn zu einem innigen Kuss zu mir zu ziehen.

Leon hielt sich nicht lange an meinem Mund auf, sondern wanderte stattdessen an meinem Körper hinab. Seine Lippen strichen über meinen Hals zu meinem Schlüsselbein, dann zog er mir mit einer fließenden Bewegung das Oberteil vom Körper. Danach verwöhnte er meine Brüste mit seinen Händen und seinem Mund und wanderte weiter nach unten, bis er den Bund meiner Jeans erreicht hatte. Mit jedem Zentimeter, den Leon südlicher ging, wuchs die Spannung in mir ins Unermessliche. Vor lauter Verlangen konnte ich kaum noch einen klaren Gedanken fassen. Ich wollte die ganze Sache beschleunigen, damit ich seine Lippen endlich um die heftig pochende Stelle zwischen meinen Beinen spüren konnte, aber gleichzeitig wollte ich es auch hinauszögern, so lange es ging, um länger etwas davon zu haben.

Aber Leon zögerte nichts mehr hinaus. Er richtete sich auf und nestelte am Bund meiner Jeans herum. »Weißt du eigentlich, wie lange ich mir das schon wünsche?« Seine Augen wirkten gerade so dunkel wie das Meer in der Nacht, und sie bohrten sich mit einer Intensität in mich, dass mir ein heißer Schauer über den Rücken lief.

»Solange kann das nicht gewesen sein, immerhin hast du mich ignoriert, seit du dein Studium beendet hast und zurück nach Glencoe gekommen bist.« Ich war nicht stolz darauf zu sagen, dass ich ihn aus der Ferne beobachtet hatte, obwohl ich mir jahrelang eingeredet hatte, dass er mir nichts bedeutete und es mir egal war, was er machte.

»Oh Isla.« Mit einem Ruck zog er die Jeans von meinen Beinen und beugte sich über mich, bis sein Gesicht nur wenige Zentimeter von meinem entfernt war. Seine Lippen schwebten direkt über meinen, allerdings ohne mich zu berühren. »Ich habe dich nicht ignoriert, ich wusste an den meisten Tagen ziemlich genau, wo du bist und was du machst.«

»Creepy«, wandte ich ein, aber meine atemlose Stimme strafte das Wort eine Lüge.

»Aber ich habe dir den Abstand gegeben, den du offensichtlich vor mir gebraucht hast.« Er seufzte und drückte mir einen zuckersüßen Kuss auf die Nasenspitze. »Ich hätte es dir nicht verdenken können, wenn du nie wieder ein Wort mit mir gewechselt hättest.«

Ich schüttelte den Kopf, verschränkte meine Hände in seinem Nacken und zog ihn noch näher an mich heran. »Wenn ich ehrlich bin, gab es in mir immer einen Teil, der sich zu dir hingezogen gefühlt hat, auch wenn ich das nie laut zugegeben hätte. Ich bin froh, dass wir zueinandergefunden haben.«

Leons rechter Mundwinkel zuckte hoch, und ich konnte selbst im Halbdunkel sein Grübchen erkennen. »Ich auch.«

Dann küsste er mich endlich wieder, und für eine lange Zeit sprach niemand von uns. Erneut hielt sich Leon nicht lange an meinem Mund auf, sondern wanderte rasch an meinem Körper hinab. Als er an meinem Bauch angekommen war, spreizte er meine Beine und legte sich dazwischen. Erst jetzt wurde mir bewusst, dass ich praktisch nackt vor ihm lag, während er noch komplett angezogen war. Ich hatte es unten im Flur nur geschafft, ihm die Lederjacke auszuziehen, danach war ich viel zu abgelenkt von dem gewesen, was Leon mit mir anstellte.

Es war irgendwie sexy, derart entblößt vor Leon zu sein, während er noch vollständig angezogen war.

Dann legten sich seine Lippen endlich über meine empfindlichste Stelle, und ich dachte über gar nichts mehr nach. Nur noch sein Mund zählte und seine Zunge, die mich massierte. Als Leon zusätzlich mit zwei Fingern in mich eindrang, verließ ein lautes Stöhnen meine Kehle. Ich beugte mich ihm entgegen, drückte mein Becken näher zu seinem Gesicht und seiner Hand, während sich die Spannung in mir immer weiter aufbaute. Gerade als ich dachte, es keine Sekunde länger auszuhalten, brach mein Orgasmus über mich hinweg. Mein Körper begann unkontrolliert zu zucken, und Sterne explodierten hinter meinen geschlossenen Augenlidern. Leon führte mich durch meinen Orgasmus, bis ich in seinen Armen zu Gummi erschlaffte, dann robbte er sich zu mir hoch. Seine Lippen glitzerten feucht, und seine Augen strahlten etwas aus, das ich nie zuvor an ihm gesehen hatte, aber das meinen gerade zur Ruhe kommenden Puls sofort wieder beschleunigte.

»Denkst du nicht, dass es an der Zeit ist, dich auch endlich mal auszuziehen?«, war das Erste, was mir einfiel, nachdem ich wieder klar denken konnte.

Leon lachte heiser. »So pushy«, murmelte er, kam meiner Aufforderung aber sofort nach und zog sich das Shirt über den Kopf. Sein muskulöser Oberkörper kam zum Vorschein, und bei seinem Anblick schoss sofort wieder Hitze durch meine Venen. Ich streckte eine Hand aus, bis meine Finger seine weiche, warme Haut berühren konnten. Leon erzitterte unter meiner Berührung und beugte sich vor. »Warum ziehst *du* mir nicht den Rest aus?«

»Mhm.« Ich legte meine Hand fest auf seine Brust und drückte ihn zurück, bis er mit dem Rücken auf dem Bett lag und ich mich rittlings auf ihn setzen konnte. »Dann wollen wir doch mal schauen, was wir hier machen können.«

Ich beugte mich für einen Kuss zu ihm hinab, aber ließ schon bald von seinen Lippen ab, um mich an seinem Oberkörper nach unten zu küssen. Obwohl es keine zehn Minuten her war, seit Leon mich zum Kommen gebracht hatte, spürte ich schon wieder das drängende Pochen zwischen meinen Beinen, das mir mitteilte, dass ich noch lange nicht genug hatte.

Am Bund seiner Jeans angekommen, machte ich kurzen Prozess mit dem Gürtel, ehe ich die Knöpfe öffnete und Leon den Stoff von den Beinen zog. Seine Beine waren genauso muskulös wie der Rest von ihm und von dunklen Haaren überzogen. Dieselben dunklen Haare, die sich auch von seinem Bauchnabel in einem schmalen Streifen nach unten zogen und in seinen Boxershorts verschwanden, die von seiner Erektion ordentlich ausgebeult waren.

Mein Puls beschleunigte sich, und ich legte eine Hand darauf. Ich liebte es, wie sie unter meine Berührung zu zucken begann. Noch mehr liebte ich jedoch die Geräusche, die Leon von sich gab, sobald ich durch den Stoff daran auf und ab rieb. Ich ließ eine Hand darunter verschwinden und legte sie um seinen Schaft. Er fühlte sich warm an, und in seiner Vene konnte ich Leons schnellen Puls ertasten, der mit meinem um die Wette raste.

Langsam ließ ich meine Finger an ihm auf und ab gleiten. Leons Augen rollten sich nach hinten, und ein Stöhnen entwich ihm, bei dem sich alles in mir genüsslich zusammenzog. Er ließ sich vollkommen fallen, und ich genoss die Macht, die ich in dem Moment über ihn hatte.

Doch lange hielt das Ganze nicht an, denn Leon setzte sich auf und zog sich eigenhändig die Boxershorts runter. »Hast du Kondome?«, fragte er in einer Stimme, die ich noch nie bei ihm gehört hatte. Sie war so tief und rauchig.

Ich nickte und robbte zur Seite des Bettes, von wo ich an meinen Nachttisch gelangen konnte. Aus der untersten Schublade holte ich ein Kondom hervor und reichte es Leon. Er riss die Folienverpackung auf und streifte es sich über. Dann lag er über mir, drängte sich zwischen meine Beine, die ich bereitwillig für ihn öffnete. Mit meiner Hand führte ich ihn an meinen Eingang, und dann drang er in einer fließenden Bewegung in mich ein.

Kurz hielt ich die Luft an, weil es sich im ersten Moment wie so oft nach *zu viel* anfühlte. Der Druck, die Dehnung, das Gefühl, komplett ausgefüllt zu sein. Doch sobald Leon sich zu bewegen begann, verschwand das Gefühl und wurde von brennender Lust ersetzt.

In einem gleichmäßigen Rhythmus zog sich Leon aus mir

heraus und stieß wieder in mich, und jeder Stoß sandte Wellen heißen Verlangens durch meinen ganzen Körper. Ich konnte nicht mehr denken, bestand nur noch aus Empfindungen. Ich krallte mich an Leons Schultern fest, als wären sie mein Rettungsanker, während Leon mich unwillkürlich meinem zweiten Orgasmus näher brachte. Ich schob ihm mein Becken entgegen und ließ mich einfach fallen in die Emotionen, die er in mir hervorrief. Ein lautes Stöhnen entwich mir, als ich erneut über die Klippe fiel. Das Blut rauschte laut in meinen Ohren, während mein Körper erneut unkontrolliert zuckte, und mir wurde bewusst, dass Leon ebenfalls gekommen sein musste, weil er danach kraftlos auf mir zusammenbrach.

Es dauerte einige Minuten, bis unsere keuchende Atmung sich wieder normalisiert hatte. Leons Gesicht lag nur Zentimeter von meinem entfernt auf dem Kissen. Schweißperlen glitzerten auf seiner Nase und seiner Stirn. Er hatte die Augen geschlossen, aber seine Hand, die auf meiner Hüfte ruhte, fuhr sanfte Kreise über meine Haut, und nur daran erkannte ich, dass er nicht längst eingeschlafen war.

»Das war …« Leon brach ab, als würden ihm die Worte fehlen.

»Ganz okay?«, half ich ihm schmunzelnd auf die Sprünge.

Flatternd öffnete sich ein Auge, und er sah träge zu mir hoch. »Das war sehr viel mehr als nur *ganz okay*, und zwar hoffentlich nicht nur für mich, sonst muss ich meine Performance noch verbessern.«

Meine Augenbrauen hoben sich. »Wie? Sonst bist du doch immer so von dir selbst überzeugt, wo ist das hin?«

Er seufzte schwer, legte eine Hand in meinen Nacken und zog meinen Kopf zu sich herunter. »Du bist ganz schön frech, daran müssen wir arbeiten.«

Ich lachte leise und lehnte meine Stirn an seine. »Tu doch

nicht so, als würdest du das nicht mögen, sonst wärst du doch gar nicht hier.«

Ehe er mir antworten und weitere Widerworte geben konnte, verschloss ich seine Lippen mit einem Kuss. Es war ein träger Kuss, bei dem sich ein warmes Gefühl in meinem Herzen einnistete, das mir vermittelte, dass *das hier* absolut richtig war.

22. KAPITEL

LEON

Das Kreischen einer Möwe weckte mich am nächsten Morgen. Missmutig zog ich die Decke bis über die Ohren und kuschelte mich enger an Islas Rücken, aber natürlich konnte ich das Geräusch damit nicht ausblenden.

Nach der Möwe war ein Maunzen zu hören, und kurz darauf sprang ein leichtes Gewicht zu uns aufs Bett. Ich öffnete die Augen und entdeckte am Fußteil Frodo, der uns erwartungsvoll anstarrte. Als er meine offenen Augen entdeckte, maunzte er erneut, als wollte er mir etwas mitteilen, auch wenn ich keine Ahnung hatte, was das sein könnte.

»Dieser elende Kater«, murmelte Isla, drehte sich in meinen Armen und vergrub ihr Gesicht an meiner Brust.

Ich drückte ihr einen Kuss auf den Kopf, während Frodo ein weiteres, lang gezogenes *Miau* von sich gab, das noch kläglicher klang als zuvor.

»Irgendwas will er uns sagen«, sagte ich amüsiert.

»Dass er kurz vor dem Hungertod steht.« Islas Stimme war kaum zu verstehen, weil sie ihr Gesicht noch immer an meine Brust presste. Nicht, dass ich etwas dagegen hatte. »Wie ungefähr viermal am Tag.«

Ich betrachtete den getigerten Kater, der mich ebenso skeptisch musterte. »Er sieht nicht danach aus, als stünde er kurz vorm Verhungern.« Im Gegenteil sah er eher gut genährt aus. Nicht unbedingt dick, aber schon ein Volumen, bei dem der Tierarzt einem raten würde, vorsichtig zu sein.

»*Natürlich nicht.*« Isla stemmte sich auf den Ellbogen auf, um erst Frodo einen vernichtenden Blick zuwerfen und sich dann mir zuwenden zu können. »Dieser Kater ist der Inbegriff von ›verwöhnt‹, aber wenn du ihn fragst, würde er dir vermutlich sagen, dass der Service hier nur so mittelmäßig ist. Fünf von zehn Sternen, wenn man das Ganze wohlwollend betrachtet.« Purer Sarkasmus sprach aus Islas Tonfall, während Frodo erneut maunzte, als wollte er ihr widersprechen, und ich konnte ein Lachen nicht mehr zurückhalten.

»Ihr zwei seid ein sehr seltsames Paar mit einer sehr seltsamen Beziehung.«

Isla schnaubte und robbte sich zur Bettkante. »Ich bin hier von Frodo ja nur geduldet, und das auch nur an den Tagen, an denen ich ihm das richtige Fressen hinstelle.« Sie seufzte schwer, als sie von der Bettkante rutschte und ein übergroßes T-Shirt vom Boden nahm, das sie sich überzog. »Und was das *richtige* Fressen ist, ändert sich auch ständig, also wünsch mir Glück.«

Ich erinnerte mich, dass sie mir bereits davon erzählt hatte, wie pingelig ihr Kater in Sachen Fressen war, was die ganze Szene irgendwie noch urkomischer machte. »Vielleicht wäre es gut, wenn Frodo reden könnte, dann kann er dir jeden Tag sagen, wonach ihm ist«, schlug ich vor, während ich ebenfalls aufstand und meine Boxershorts anzog. Dann folgte ich Isla in den Flur hinaus. Auch Frodo sprang vom Bett und stolzierte hinter uns her.

Mitten auf der Treppe blieb Isla stehen und drehte sich zu mir um. »Um Himmels willen, nein. Ich möchte gar nicht wissen, was in seinem kleinen Köpfchen vorgeht. Das würde mich vermutlich nur noch mehr in den Wahnsinn treiben.«

Lachend folgte ich ihr die Treppe hinunter, und Frodo miaute, als hätte er ebenfalls verstanden, worüber wir uns unterhalten hatten. Allerdings war ich mir nicht sicher, ob er uns zustimmte oder nicht.

In der Küche zog Isla eine Schublade auf und holte ein

Päckchen Nassfutter hervor. Sie schnitt es auf und drückte das Hähnchenragout, das auf der Packung angepriesen wurde, in eine von Frodos Schalen. Dann stellte sie das Schälchen auf den Boden und trat an meine Seite, wo ich sofort einen Arm um sie legte und sie an mich zog. Isla umarmte mich ebenfalls, kuschelte sich eng an meine Seite, und gemeinsam beobachteten wir Frodo, der an seine Schale herantrat und skeptisch daran schnüffelte. Ich glaubte, wir hielten beide die Luft an, ob er es fressen oder verschmähen würde, bis er schließlich den Kopf senkte und den ersten Bissen verschlang.

»Gott sei Dank.« Isla atmet erleichtert aus und drehte sich in meinen Armen um. »Willst du auch 'nen Kaffee?«

»Einen Moment.« Nachdem der Kater nun versorgt war, drehte ich mich Isla komplett zu. Ich senkte den Kopf, bis unsere Nasenspitzen nur noch Millimeter voneinander entfernt waren. »Guten Morgen«, murmelte ich und drückte ihr einen sanften Kuss auf die Lippen. Sofort waren die Bilder von letzter Nacht wieder da, und ich musste mich zusammenreißen, nicht hier und jetzt erneut über Isla herzufallen. »Hast du gut geschlafen?«

»Wie ein Baby.« Islas Lippen verzogen sich zu einem derart glücklichen Lächeln, dass mein Herz für einen Augenblick stehen blieb. »Du hast mich aber auch ordentlich ausgepowert gestern Abend.«

Mein Schwanz zuckte, denn er würde sie gern gleich wieder auspowern. »Du kannst das Work-out gern regelmäßig haben.«

Isla presste sich noch enger an mich und schob die Hände unter mein T-Shirt. Federleicht fuhren sie über meinen Bauch und ließen meine Muskeln erzittern. »Ich glaube, daran könnte ich mich gewöhnen.« Das letzte Wort wurde zur Hälfte von einem lauten Gähnen geschluckt. Isla riss eine Hand vor ihren Mund. »Sorry, ich glaube, ich brauche wirklich einen Kaffee.«

Während sie sich von mir löste, begann irgendwo ein Handy zu vibrieren. Irritiert sah ich mich um, konnte aber nirgendwo eins entdecken.

»Müsste deins sein«, sagte Isla, ohne sich von der Kaffeemaschine abzuwenden.

Ich drehte mich im Kreis, weil ich mich nicht erinnern konnte, wo ich es gestern abgelegt hatte, da fiel mir meine Lederjacke auf, die noch neben der Haustür auf dem Boden lag. Ich lief rüber und zog das Handy aus der Jackentasche.

Freddie
Wo bleibst du denn?

Shit, shit, shit.

Ich hatte völlig vergessen, dass ich mit Freddie verabredet gewesen und nun zu spät dran war. Gestern Abend, als ich in Islas Armen eingeschlafen war, hatte ich noch daran gedacht, dass ich nicht zu lange bleiben konnte, weil Freddie mir in seiner Destillerie ein Gin-Tasting vorstellen wollte, das wir demnächst auch den Gästen anbieten könnten. Außerdem wollte er mir die neuen Gin-Sorten zeigen, damit ich überlegen konnte, ob wir sie für die Hotelbar mit aufnahmen. Doch heute Morgen war ich so sehr von Isla eingenommen gewesen, dass es mir völlig entfallen war.

»Fuck«, sagte ich laut.

Isla drehte sich mit hochgezogenen Augenbrauen zu mir um. »Was ist los?«

Ich hielt das Handy hoch. »Ich war mit Freddie verabredet. Vor zehn Minuten eigentlich schon, aber ich hab es voll vergessen.«

»Ups, sorry?« Isla wirkte keineswegs so, als würde es ihr leidtun. Aber es war auch wirklich nicht ihre Schuld, dass ich meine Termine nicht im Griff hatte. »Also musst du jetzt sofort los?«

Ich zögerte damit, Ja zu sagen. Zum einen, weil ich mich noch nicht von Isla verabschieden wollte, dafür genoss ich es viel zu sehr, Zeit mit ihr zu verbringen. Zum anderen aber auch, weil ich Angst hatte, das, was auch immer sich zwischen uns entwickelt hatte, nicht aufrechterhalten zu können, wenn ich jetzt sofort ging. Wir hatten nicht darüber gesprochen, was das zwischen uns war, und auch, wenn ich dem nicht unbedingt ein Label aufdrücken musste, wollte ich Isla auch nicht völlig im Unklaren verlassen.

»Was hältst du von einem Gin-Tasting?«

Isla starrte mich an, als hätte ich eine ihr unverständliche Sprache gesprochen. »In der Früh um zehn?«

»Du musst ja nichts trinken, es geht mehr um die Experience an sich. Wir überlegen, das Gin-Tasting als Aktivität für unsere Hotels mit aufzunehmen, also wäre es vielleicht gar nicht verkehrt, wenn du mit dabei bist.«

Islas Augen weiteten sich interessiert, und sie trat einen Schritt näher. »Das … ist wirklich eine gute Idee. Warum bin ich nicht selbst darauf gekommen?«

»Dafür hast du ja mich.«

Sie verdrehte die Augen. »Weißt du was? Ich komme mit und probiere das Tasting aus, vielleicht kann ich Dad danach überreden, einige der Gin-Sorten fürs *Tavern* zu ordern.«

»Wie kann es sein, dass ihr dort bisher nur einen Gin anbietet?«

»Das musst du Freddie oder meinen Dad fragen. Ich bin zwar nicht zu hundert Prozent im Thema drin, aber ich bin mir ziemlich sicher, dass Freddie uns die neuen Sorten nicht vorgestellt hat. Vermutlich hatte er zu viel zu tun, um bei uns vorbeizuschauen.« Isla wirbelte herum, schaltete die Kaffeemaschine wieder aus und lief in Richtung Flur. »Ich ziehe mir nur schnell was an, dann können wir los.« An der Treppe blieb sie noch einmal stehen. »Du fährst, aber wir nehmen mein Auto, weil ich nicht sicher bin, ob ich mich nach dem Tasting noch auf deinem Motorrad halten kann.«

Eine halbe Stunde später erreichten wir die Destillerie. Isla hatte darauf bestanden, uns unterwegs noch etwas zum Frühstücken zu holen, weil sie das Tasting auf leeren Magen eher schlecht vertragen würde. Jetzt saß sie neben mir und biss genüsslich in ihr Schoko-Croissant, während ich ihren kleinen Kia vor dem Wohnhaus parkte, in dem Freddies Destillerie untergebracht war.

»*Hier* ist es?« Isla leckte sich die Finger ab. »Ich dachte, Freddie würde das immer noch aus seinem Keller heraus betreiben.«

Ich schüttelte den Kopf. »Er hat die Wohnung hier vor knapp einem Jahr angemietet, weil sein Keller zu klein geworden ist. Eigentlich wollte er gleich eine Gewerbefläche anmieten, aber das hat sein Budget deutlich überschritten, daher ist er hier gelandet.«

Isla zog die Stirn kraus. »Warum hängt hier nirgendwo ein Schild, das auf die Destillerie hinweist? Wie sollen die Leute denn wissen, was sich darin befindet?«

»Ich glaube, Freddie sieht das hier nur als Übergangslösung an und will nicht zu viel darin investieren, sollte sich bald etwas in Richtung Gewerbefläche ergeben.«

»Verstehe ich, aber wenn wir unsere Gäste für Tastings hierherbringen wollen, dann muss da zumindest mal irgendwo ein Schild hängen, das die Destillerie ausweist. Das kann er dann ja auch später mitnehmen, wenn er eine richtige Gewerbefläche angemietet hat, aber ich finde es unheimlich wichtig, dass er seine Marke jetzt schon visuell unterstreicht.«

Ehe ich Isla antworten konnte, ging die Tür zum Haus auf, und Freddie trat heraus. Ein breites Grinsen zierte sein Gesicht, das anzüglich wurde, als er entdeckte, dass ich nicht allein war.

»*Deswegen* bist du also zu spät«, begrüßte er uns, sobald wir ausgestiegen waren.

»Eigentlich sind wir zu spät, weil er *vergessen* hat, dass er mit dir verabredet ist«, fiel Isla mir prompt in den Rücken.

»Und ich habe es vergessen, weil du mich abgelenkt hast«, fügte ich hinzu.

Isla drehte sich zu mir um und kam mir so nahe, dass ihre Brust gegen meine stieß. »Es ist nicht meine Schuld, dass du dich von mir ablenken lässt.« Sie sagte es so leise, dass Freddie es vermutlich nicht hören konnte, aber mit Sicherheit würde er die Spannung zwischen uns bemerken.

Die Luft zwischen uns war so dicht, dass sie sich wie eine wohlige Decke um meine Schultern legte. Islas Blick hielt mich gefangen, und ich konnte nicht anders, als auf ihre verführerischen Lippen zu sehen.

Freddie räusperte sich neben uns, und wie zwei Teenager, die bei etwas Verbotenem erwischt worden waren, stoben Isla und ich auseinander. »Seid ihr zum Tasting hergekommen oder wollt ihr lieber in der Destillerie Sex haben?«, fragte Freddie. Ich warf ihm einen vernichtenden Blick zu, den er jedoch geflissentlich ignorierte. »Ich kann euch auch einfach den Schlüssel überlassen und nach Hause fahren. Das Tasting können wir wann anders nachholen.«

»Nein.« Isla trat einen entschiedenen Schritt nach vorn. »Ich bin wegen des Tastings hier und möchte danach vielleicht den Deal zwischen der Destillerie und dem *Lanky Tavern* ausweiten.« Über die Schulter warf sie mir einen warnenden Blick zu. »Wir versprechen auch, uns zu benehmen.«

Das Schnauben konnte ich nicht verhindern. »Sprich nur für dich, ich verspreche hier gar nichts.«

Isla seufzte angestrengt und hakte sich bei Freddie unter. »Wie hältst du es eigentlich aus, schon so lange mit ihm befreundet zu sein?«

»Man gewöhnt sich daran«, erwiderte Freddie fröhlich. »Außerdem hat er gewisse Vorzüge, das lässt sich nicht von der Hand weisen.«

Isla lachte, und auch meine Mundwinkel hoben sich, weil es verdammt unbekümmert klang. Nach dem ganzen Stress mit den Sabotageakten der letzten Wochen war ich mir nicht sicher gewesen, ob Isla so noch empfinden konnte.

»Was für Vorzüge denn?«, fragte Isla, während Freddie uns tiefer in die Destillerie führte, vorbei an den großen Bottichen, in denen der Gin hergestellt wurde.

»Ach, weißt du, es ist ganz praktisch, einen besten Freund mit einem Motorrad zu haben. Das zieht Frauen an, wo immer wir hinkommen.« Isla lachte erneut, während ich amüsiert den Kopf schüttelte.

»Hier sind wir.« Freddie stieß die Tür zu einem Raum auf, in dem er schon etwas für mich vorbereitet hatte. Ein Gedeck war auf einem Tisch ausgelegt, auf dem bereits fünf kleine Gläser standen, die zu einem Drittel mit den unterschiedlichen Gin-Sorten gefüllt waren. In Windeseile richtete er dasselbe auch für Isla her, dann begannen wir mit dem eigentlichen Tasting. Vor uns standen ein Dry Gin, ein Raspberry Gin, ein Lemon Gin, ein starker Gin mit über fünfzig Prozent Alkohol und ein Gin-Likör mit Kirschgeschmack für einen runden Abgang.

Dazu erzählte Freddie uns die Geschichte des Gins, dessen Vorgänger der niederländische Geneva war. Ein Kornbrand aus Wacholder, der mit Gewürzen und Kräutern versehen wurde. Als die Engländer die Niederländer im siebzehnten Jahrhundert im achtzigjährigen Krieg gegen die Habsburger unterstützten, lernten sie den Geneva und dessen Zubereitung kennen und brachten das Rezept mit nach Hause. Was dann geschah, wird noch heute als der *Gin-Craze* beschrieben.

Nahezu jeder Haushalt brannte seinen eigenen, billigen Gin selbst, und im Zuge dessen wurde viel zu viel Alkohol konsumiert. Es wurde so schlimm, dass die Leute ihre Verpflichtungen vergaßen, nicht mehr zur Arbeit gingen und sich die allgemeine Gesundheit verschlechterte. Die Schotten erfanden zu der Zeit Irn-Bru, ein koffeinhaltiges Erfrischungsgetränk, das damit beworben wurde, einen morgens frisch und fit zu machen, um die Arbeit zu überstehen. Aber natürlich war das Einzige, was wirklich etwas half, dass generell weniger Alkohol getrunken wurde.

Anderthalb Stunden später saßen Isla und ich wieder im Auto auf dem Weg zu ihr. Islas Wangen waren gerötet, und ein Lächeln zierte ihre Lippen, das deutlich machte, dass sie mindestens leicht angeschickert war. Sie hatte alle Gin-Sorten probiert, zuerst einen kleinen Schluck pur, und dann den Rest als Gin and Tonic, um die Verwendbarkeit für das *Tavern* zu prüfen. Sie hatte sich von Freddie auch eine Bestellliste mitgeben lassen, die sie mit ihrem Dad durchsprechen und dann ausgefüllt zu Freddie zurückbringen wollte.

Ich hingegen hatte an allen Sorten bloß genippt, um jetzt noch fahrtüchtig zu sein. Die meisten Sorten von Freddie kannte ich ohnehin, immerhin schenkten wir sie auch seit seinen Anfängen in der Hotelbar aus.

»Das war wirklich gut«, sagte Isla nun und wandte sich mir zu. Sie zog einen Fuß auf den Sitz und legte ihr Kinn auf dem Knie ab. »Freddie weiß, wie man Leute unterhält, ich wäre absolut dafür, das in unser Programm aufzunehmen.«

»*Unser* Programm?« Nie zuvor hatte sie es so genannt oder auch nur angedeutet, dass die begonnene Zusammenarbeit etwas Langfristiges sein sollte.

»Ja, na klar.« Verwirrung zeichnete sich auf ihren Zügen ab. »Oh! Oder darf ich das nicht so nennen, weil die Idee von dir war? Sorry, ich …«

»Alles gut«, unterbrach ich sie. »Ich freue mich einfach, dass *du* es endlich so bezeichnest, immerhin war es ziemlich offensichtlich, dass du anfangs nicht begeistert von der Zusammenarbeit warst.«

Islas Wangen röteten sich, und sie wandte den Blick ab. »Das stimmt. Du kennst mich ja, ich bin ein offenes Buch. Als Adrien uns von der Abmachung zwischen euch erzählt hat, dachte ich, jetzt hat er völlig den Verstand verloren.« Sie lachte leise und sah dann zu mir auf. »Aber das hatte weniger was mit der Zusammenarbeit an sich zu tun, sondern mehr mit der Unsicherheit, wie das zwischen uns werden würde, und auch Angst, weil dein Dad auch zuvor schon gegen uns vorgegangen ist. Aber wir haben ja über alles gesprochen und die Dinge geklärt. Ich hoffe, du weißt, dass zwischen uns nichts passiert wäre, wenn ich noch irgendwelche Vorbehalte dir gegenüber hätte.«

Ich reichte über die Mittelkonsole hinweg, griff nach ihrer Hand und verschränkte unsere Finger miteinander. Etwas fiel von mir ab, ein unsichtbares Gewicht, von dem ich nicht einmal gewusst hatte, dass es schwer auf meinen Schultern lastete.

»Ich weiß.« Es war trotzdem schön, es Isla laut aussprechen zu hören. Bis zu dem Moment war mir gar nicht bewusst gewesen, wie sehr ich es gebraucht hatte, diese Worte aus ihrem Mund zu hören. Die Bestätigung zu haben, dass sie mir die alten Sachen nicht mehr nachtrug.

Wir waren fast wieder bei Isla angekommen, ich bog gerade in ihre Straße ein. »Was machen wir jetzt mit dem angebrochenen Tag?«

Isla blies die Wangen auf. »Ich müsste erst mal was essen, um wieder auszunüchtern, dann wäre ich zu allen Schandtaten bereit.«

»Das kriegen wir hin.« Anstatt bei ihr anzuhalten, fuhr ich an ihrem Haus vorbei zurück in Richtung Zentrum. »Wir könnten im *Tavern* was essen, dann kannst du deinem Dad gleich Freddies Unterlagen geben.«

»Hervorragende Idee.«

Während ich Islas Kia in Richtung *Tavern* lenkte, griff sie nach meiner Hand und drückte mir einen Kuss auf den Handrücken. Ich war wahrlich kein sentimentaler Typ, aber mir schoss in dem Moment durch den Kopf, dass ich mich daran gewöhnen könnte. Dass ich ganz klar vor mir sehen konnte, wie Isla und ich den Rest unseres Lebens miteinander verbrachten.

23. KAPITEL

ISLA

»Und? Wie war es?«

Kyleen vibrierte regelrecht auf ihrem Stuhl, als ich am nächsten Tag das Büro der *Glencoe View Lodges* betrat. Ich hatte ihr am Samstag von Mull ein Bild geschickt und ihr geschrieben, dass Leon mich zu einem Ausflug abgeholt hatte, aber seitdem keine Zeit gehabt, ihr ausführlich darüber zu berichten.

»Wirklich toll.« Mit dem breitesten Lächeln im Gesicht ließ ich mich auf einen freien Stuhl fallen. Beim Blick in den Spiegel heute Morgen war mir aufgefallen, dass man mir ansehen konnte, wie glücklich ich war. Da war ein Strahlen in meinen Augen, das ich dort noch nie gesehen hatte. Und wenn ich das an mir sah, würde es Kyleen erst recht auffallen. »Leon hat mich Samstag wie gesagt abgeholt und ist mit mir nach Mull gefahren.«

»Mit dem Motorrad?«, hakte Kyleen nach.

»Natürlich.«

»Uh, sexy.«

Ich lachte. »Allerdings.«

»Aber das war hoffentlich nicht das Heißeste, was passiert ist?!«

»Wenn du aufhören würdest, mich zu unterbrechen, könnte ich dir davon erzählen.«

»Sorry.« Kyleen hielt sich die Hand vor den Mund, sah aber keineswegs so aus, als würde es ihr leidtun. »Du weißt nur ganz genau, dass mein eigenes Liebesleben nicht vorhanden ist, daher lebe ich es gerade durch die Erzählungen von anderen aus.«

Ich unterdrückte ein Gähnen, weil ich die zweite Nacht hintereinander zu wenig geschlafen hatte. »So viel gibt es da eigentlich gar nicht zu erzählen. Also klar, wir haben uns geküsst, und ich habe Leon danach mit zu mir genommen.«

Kyleen zog eine perfekt gezogene Augenbraue hoch. »Ihr hattet ja wohl Sex, oder?«

»Wir hatten Sex«, bestätigte ich. »Mehrfach.« Das letzte Mal irgendwann heute Nacht, weswegen mir erneut mindestens zwei Stunden Schlaf fehlten. Aber wer brauchte schon Schlaf, wenn er so viel Besseres haben konnte?

»Gott sei Dank.« Kyleen atmete erleichtert aus. »Diese aufgeladene Spannung zwischen euch beiden war auch nicht mehr auszuhalten. Ihr seht euch doch wieder, oder?«

»Wir werden uns unweigerlich bei der Arbeit über den Weg laufen.«

Kyleen verdrehte die Augen. »Das meinte ich nicht, das weißt du ganz genau.«

»Ja, aber … wir haben nicht darüber gesprochen, was das mit uns ist, daher … keine Ahnung.« Dass wir so gar nicht geklärt hatten, wie Leon die Sache zwischen uns sah, verunsicherte mich doch, musste ich zugeben. Ich zog mein Handy aus der Tasche, aber er hatte mir noch nicht geschrieben, seit er heute Morgen von meiner Wohnung aus zum *Three Sisters Resort* gefahren war.

In dem Moment begann das Handy in meiner Hand zu vibrieren, und ich ließ es vor Schreck fast fallen. Hatte Leon gespürt, dass ich an ihn dachte, und rief deswegen an?

Aber es war nicht Leon, wie ich enttäuscht feststellte, sondern Duncan. Ich zog die Stirn kraus, denn ich konnte an einer Hand abzählen, wie oft Duncan mich angerufen hatte, seit er bei den Lodges arbeitete.

»Hey, Duncan, was gibt's?«

»Hi, Isla. Hast du heute Vormittag schon was vor?«

»Vormittags nicht. Ich habe später den Bogenschießen-Kurs, aber der startet erst am Nachmittag.«

»Bis dahin wären wir fertig, ich könnte nämlich deine Hilfe gebrauchen.«

»Na klar«, sagte ich sofort.

»Nicky aus dem *Three Sisters Resort* hat mich angerufen. Sie wären heute eigentlich mit Wildwasserrafting dran, aber sie und Mike haben sich wohl beide einen Virus eingefangen und können nicht. Daher wollten sie wissen, ob wir einspringen können. Ich hab gesagt, ich mache es sofort, aber ich bräuchte Unterstützung, allein kann man das nicht ausführen.« Duncan sprach so schnell, dass er sich beim Reden verhaspelte. Etwas, das ich von ihm eigentlich gar nicht gewöhnt war.

»Ja, ich …« Ich sah mich in dem Büro in den Lodges um, auch wenn ich nicht wusste, was ich suchte. »Ich wäre dabei, aber ich glaube, ich müsste mich noch umziehen.« Wenn ich Gefahr lief, nass zu werden, sollte ich definitiv kein weißes Oberteil tragen, das im trockenen Zustand schon leicht durchsichtig war.

»Das wäre super, Isla. Ich würde die Stunde ungern ausfallen lassen. Treffpunkt am *Three Sisters Resort* ist auch erst in einer Stunde, wir haben also noch Zeit. Und bis zu deinem Bogenschießen-Kurs bist du längst wieder zurück.«

»Alles klar, dann halte ich mich mal ran. Bis gleich, Duncan.«

Eine Stunde später fand ich mich am Resort ein. Anstelle des weißen Oberteils trug ich nun ein blaues T-Shirt, und meine Locken waren zu einem Pferdeschwanz zusammengefasst. Ich entdeckte Duncan sofort. Er stand mit einigen anderen zusammen, von denen zwei Mitarbeiter des *Three Sisters Resorts* waren.

Nachdem alle Kursteilnehmer anwesend waren, wurden wir

mit zwei Transportern zur Startposition auf den Berg gefahren. Beim Wildwasserrafting waren immer deutlich weniger Personen dabei als bei unseren anderen Aktivitäten, trotzdem musste es immer zu zweit ausgeführt werden. Oben angekommen, statteten wir jede und jeden mit einem Boot und einem Paddel aus. Zudem reichten wir ihnen wasserfeste Anzüge, die sie über die Klamotten ziehen konnten, Schwimmwesten und einen Helm, dann machte Duncan die Einführung. Kurz darauf ging es bereits ins Wasser.

Ich übernahm die Vorhut, während Duncan das Schlusslicht bildete. Wir starteten in seichtem Wasser, an einer Stelle, wo der Fluss noch breit war und langsam lief, damit alle Teilnehmenden sich erst mal mit ihren Paddeln und dem Boot an sich vertraut machen konnten. Heute galt das auch für mich. Es war ewig her, seit ich zuletzt beim Wildwasserrafting dabei gewesen war, und ich musste mich zuerst neu einfinden, vor allem, weil ich die Vorhut bildete. Es wäre doppelt peinlich, wenn ich kenterte und ins Wasser fiel, während jeder in meine Richtung sah.

Aber bereits nach wenigen Minuten hatte ich wieder ein Gefühl für das kleine Boot entwickelt, und anstatt nur auf mich zu achten, drehte ich mich immer wieder um, um einen Blick auf die Teilnehmenden zu werfen. Bisher wirkten alle entspannt und als kämen sie mit ihren Booten klar, aber ob das wirklich der Fall war, würde sich in den Stromschnellen zeigen, die wir in Kürze erreichen würden.

»Da ist Wasser in meinem Boot«, brüllte plötzlich jemand hinter mir. Ich musste grinsen, denn natürlich ließ es sich nicht vermeiden, dass sich in diesen kleinen Booten etwas Wasser am Boden sammelte. Schon allein durch die Ruderbewegungen wurde immer etwas in das Boot geschöpft.

»Das ist völlig normal«, sagte Duncan in diesem Moment.

»Das denke ich nicht«, kam die prompte Antwort. »Bei mir ist es fast schon knöcheltief.«

Das veranlasste mich dazu, den Blick in mein eigenes Boot zu werfen, und tatsächlich, auch bei mir hatte sich auf dem Boden eine Wasserlache gesammelt, die nicht normal war. Zwar war sie bei mir noch nicht knöcheltief, aber tiefer, als sie sein sollte. Selbst *nachdem* man die Stromschnellen durchquert hatte, in denen eigentlich erst richtig Wasser ins Boot schwappte.

Die Stromschnellen, die genau jetzt begannen. Ich spürte, wie mein kleines Boot an Fahrt aufnahm und in den Schnellen ordentlich durchgerüttelt wurde. Mit dem Paddel versuchte ich, etwas Geschwindigkeit herauszunehmen, aber das Einzige, was ich erreichte, war, dass sich mein Boot einmal im Kreis drehte.

Shit! Mein Herz hämmerte gegen meinen Brustkorb, während ich mich umdrehte und versuchte, Blickkontakt mit Duncan aufzunehmen. Er sah ebenfalls unschlüssig aus, aber vor allem entdeckte ich Panik in den Gesichtern einiger Gäste.

Ich sah wieder nach vorne auf den Fluss, der immer schneller und reißender wurde. Falls wir uns ans sichere Ufer bringen wollten, hatten wir nicht mehr viel Zeit dafür. Wir hatten das erste Drittel der Strecke bereits hinter uns, und im letzten Drittel war der Fluss so schnell und voller großer Steine, dass wir dort nicht mehr sicher das Ufer erreichen würden. Vor allem nicht, wenn unsere Boote bis dahin mit Wasser vollgelaufen waren. Sollten sie dort untergehen und wir schutzlos im Wasser durch die Stromschnellen geschleudert werden, könnte das lebensbedrohlich für uns sein.

Meine Atmung wurde flacher, und obwohl mein Puls noch mehr zu rasen begann, verfiel mein Kopf in den *Problemlösungsmodus*. Ich bildete mir ein, dass das Wasser in meinem Boot gestiegen war, und sah nur noch einen einzigen Ausweg. Ich wandte mich nach Duncan um und brüllte ihm zu. »Wir müssen die Leute aus dem Wasser holen. *Jetzt.*«

Er nickte. Sogar aus der Entfernung konnte ich sehen, dass

ihm Schweißperlen auf der Stirn standen. »Okay«, rief er unserer Gruppe zu. »Versucht, in Richtung Ufer zu rudern.«

Selbst für geübte Ruderer war es schwierig, quer zu der Strömung zu paddeln. Ich drehte mich in meinem kleinen Boot um und versuchte, mithilfe der Paddel so viel Geschwindigkeit wie möglich herauszunehmen, während ich die Gruppe dabei beobachtete, wie sie in Richtung Ufer paddelten.

Ein erster Mann erreichte das rettende Ufer, sprang aus seinem Boot und stapfte sofort wieder bis zu den Knien ins Wasser, um einer Frau zu helfen.

Über meine Schulter warf ich einen Blick nach hinten. In der Ferne sah ich schon die dicken Felsen aus dem Wasser aufragen, die unser Vorhaben noch erschweren würden. Wir sollten alle aus dem Wasser sein, bevor wir sie erreichten. Eigentlich sollte uns dazu noch genug Zeit bleiben. Hoffentlich.

Da riss mich ein lauter Schrei aus meinen Gedanken. Ich sah wieder in die andere Richtung und bemerkte gerade noch, wie ein Boot kenterte und ein Mann ins Wasser fiel.

»Shit.« Duncan hatte es ebenfalls bemerkt und paddelte schon auf ihn zu. Zum Glück trugen wir alle Schwimmwesten, und der Mann tauchte sofort wieder auf. Duncan erreichte ihn innerhalb von Sekunden, umfasste seinen Unterarm und zog ihn in sein Boot.

Währenddessen erreichten drei weitere Personen das Ufer, und außer Duncan und mir befanden sich nur noch zwei weitere Boote auf dem Fluss. Erneut blickte ich über meine Schulter. Die Felsen waren deutlich näher gekommen, aber jetzt war ich davon überzeugt, dass wir alle vorher das rettende Ufer erreichen würden.

»Mein Paddel«, rief eine junge Frau. Sie lehnte aus ihrem Boot heraus und versuchte ihr Paddel zu greifen, das ihr wohl aus den Fingern gerutscht war und deutlich schneller von ihr davonschwamm.

Mist!

»Ich komme zu dir«, rief ich ihr zu und paddelte in ihre Richtung. Ich schob alle anderen Gedanken beiseite und konzentrierte mich stattdessen auf die junge Frau, der ich helfen wollte. Ihr Name war Vicky, wie sie mir mitgeteilt hatte, und anhand ihres Akzents vermutete ich, dass sie aus Glasgow oder Umgebung stammte. Panik schimmerte in ihren hellbraunen Augen, und sie krallte sich verzweifelt an der Seitenwand fest, während ich mich ihrem Boot langsam näherte.

»Ich bin gleich bei dir«, redete ich beruhigend auf sie ein. »Dann musst du nur noch zu mir rüberklettern, und ich kann uns ans Ufer bringen.« Und dann würden wir beide aus dem Wasser steigen. Selten hatte ich mir sehnlicher gewünscht, endlich wieder festen Boden unter den Füßen zu haben.

»Aber da vorne …« Sie löste eine zittrige Hand von der Seitenwand und deutete auf einen Fleck hinter mir. »Da sind verdammt spitze Felsen.«

Ich nickte und machte nicht mehr den Fehler, mich noch einmal umzudrehen. Ich wusste auch so, dass die Felsen nicht mehr weit entfernt waren und wir schnell auf sie zurasten.

Viel zu schnell.

»Ruhig bleiben«, sagte ich und wusste nicht, ob ich damit mich oder Vicky meinte. Denn auch mein Herz hämmerte jetzt ängstlich gegen meinen Brustkorb, und zum ersten Mal kam mir der Gedanke, dass wir es vielleicht nicht schaffen könnten.

Ich blickte den Fluss entlang und entdeckte Duncan ein großes Stück hinter uns. Er hatte seinen Schützling bereits am Ufer abgesetzt und half der letzten Person, indem er das Boot ebenfalls zum Ufer zog. Zumindest er hatte es schon geschafft.

Dann konzentrierte ich mich wieder auf Vicky. Sie war nur noch einen knappen Meter von mir entfernt. Mit einigen kräftigen Paddelschlägen näherte ich mich ihr. Die Muskeln in meinen Armen brannten mittlerweile von der Anstrengung, und Schweiß lief mir den Rücken hinab, aber ich blendete all das aus. Nur noch die junge Frau mit den braunen Zöpfen vor mir zählte, der ich unaufhörlich näher kam, bis ich ihre Seitenwand zu fassen bekam und ihr Boot gegen meines ziehen konnte.

»Geschafft.« Mein Atem kam stoßweise. Generell fühlte ich mich, als hätte ich einen Marathon hinter mir. Oder gleich zwei. »Jetzt steig vorsichtig zu mir ins Boot rüber«, wies ich Vicky an. Denn unsere beiden Boote mit nur einem Paddel zum Ufer zu bringen, würde ich nicht schaffen.

Sie schluckte sichtbar, rührte sich aber nicht. »Ich traue mich nicht. Was, wenn ich mich falsch bewege und wir beide ins Wasser fallen und ertrinken?«

»Das wird nicht passieren.« Ich streckte meine freie Hand nach ihr aus. »Komm, ich helfe dir, aber du musst dich wirklich beeilen, wir haben nicht mehr viel Zeit.« Ich warf einen bedeutungsschweren Blick über meine Schulter.

Sie packte meine Hand und drückte so fest zu, dass sie sie fast zerquetschte, aber das störte mich nicht, denn sie stand endlich auf. Zwar auf wackeligen Beinen, aber sie machte einen Schritt auf mich zu und griff mit ihrer freien Hand nach der Seitenwand meines Bootes.

»Du schaffst das. Jetzt nur einen großen Schritt, dann bist du bei mir.«

»Isla«, brüllte Duncan im selben Augenblick. Er hatte alle anderen ans Ufer gebracht und lief auf unserer Höhe neben uns her. »Pass auf, hinter dir.«

Ich wusste, worauf er mich aufmerksam machen wollte, weshalb ich mich gar nicht umdrehte, aber Vicky hob den Kopf und sah über meine Schulter. Ihre Augen weiteten sich ängstlich, und ihre Hand verkrampfte sich noch etwas weiter um meine. »Wir werden sterben«, wimmerte sie und wollte sich wieder setzen.

»Oh nein, ganz bestimmt nicht.« Streng und unbeugsam sah ich sie an. »Niemand wird heute sterben, aber du musst jetzt *wirklich* in mein Boot steigen, Vicky. Wir können uns keine weitere Verzögerung leisten. *Jetzt.*« Ich zog an ihrer Hand, und obwohl ich schon gar nicht mehr damit gerechnet hatte, schwang Vicky ein Bein über die Seitenwände in mein Boot. Und mit dem zweiten Schwung stieg sie ganz zu mir rüber.

Erleichterung erfasste mich, und für einen Augenblick wurde mir schwindelig, aber ich konnte dem nicht nachgeben. Wir waren noch nicht aus der Gefahrenzone heraus.

Ich setzte Vicky auf den einzigen Sitz und kniete mich davor auf den Boden. Das Wasser im Boot stieg mittlerweile immer höher, es bedeckte bereits die Hälfte meiner Oberschenkel und damit gut ein Drittel des Bootes. Nie und nimmer wären wir mit den Booten bis ins Tal gekommen, ohne unterzugehen. Aber ich konnte jetzt nicht darüber nachdenken, sondern hielt meinen Blick auf das rettende Ufer gerichtet, während ich darauf zupaddelte. Wir waren nur noch wenige Meter davon entfernt.

Duncan und die anderen aus unserem Kurs liefen am Ufer neben uns her und feuerten uns lautstark an. Es spornte mich dazu an, meine Anstrengungen zu erhöhen. Meine Oberarme protestierten mittlerweile vor Schmerz, aber ich ignorierte es. Wenn ich nur dieses verdammte Ufer erreichte, dann hätte sich das alles gelohnt.

Ein lautes Krachen durchbrach die Luft, und auch ohne hinzusehen wusste ich, was geschehen war. Vickys Boot war an den Felsen zerschellt. »Nicht hinsehen«, murmelte ich mir selbst zu, denn das Geräusch hatte sich viel zu nah angehört. Vielleicht kam es mir nur so vor, weil Geräusche auf dem Wasser mehr hallten und dadurch generell lauter wirkten, aber …

Nein! Ich durfte jetzt nicht darüber nachdenken. Das Ufer war nur noch einen knappen Meter entfernt. Duncan streckte schon die Hände in unsere Richtung aus. Zwei weitere Männer standen neben ihm im Wasser, um uns ebenfalls zu helfen. Es fehlte nicht mehr viel, bis sie nach unserem Boot greifen und es an Land ziehen konnte.

Ein Ruderschlag. Ein zweiter. Ich keuchte und legte mich mit allem, was ich hatte, in den dritten. Und da! Die Unterseite des Bootes rutschte knirschend über den Boden. Mein Herz machte einen aufgeregten Satz, und nach zwei weiteren Ruderschlägen hatten wir vollständig am Ufer aufgesetzt. Duncan und die beiden Männer griffen nach dem Boot, zogen es weiter die Böschung hinauf, und ich war so erleichtert, dass mir augenblicklich Tränen in die Augen schossen. Ein Schluchzen kämpfte sich aus meiner Kehle frei.

In dem Moment fiel mir Vicky um den Hals. »Danke, danke, danke«, murmelte sie, während ihr Körper ebenfalls von Schluchzern durchgeschüttelt wurde. Wir standen noch immer in dem kleinen Boot, meine Schuhe waren völlig durchnässt, aber das war alles nebensächlich, denn: Wir hatten es geschafft.

Kurz darauf war Duncan bei mir. Er zog mich ebenfalls in eine kurze Umarmung, dann schob er mich ein Stück von sich weg und ließ seinen Blick über meinen Körper wandern. »Ist alles okay? Bist du verletzt?«

Ich schüttelte den Kopf. »Mir geht es gut.« Ich war nur noch etwas zittrig, aber das würde hoffentlich in den nächsten Minuten vergehen. »Was zur Hölle war das? Was stimmt mit den Booten nicht?« Ich sah in das Boot hinein, in dem das Wasser langsam weniger wurde. Gemeinsam mit Duncan hob ich es an, und an einer Stelle konnte man einen winzigen Tropfen erkennen, der sich bildete. Ich fuhr mit dem Finger darüber, aber das Loch, das in den Rumpf gebohrt worden war, war so winzig, dass ich es nicht einmal ertasten konnte.

»Scheiße, da hat tatsächlich jemand Löcher in die Boote gemacht.« Ich konnte es nicht glauben. Natürlich hätte ich weitere

Anschläge erwarten müssen, immerhin war es bei Weitem nicht das erste Mal. Aber das hier? Das war eine Spur krasser als die anderen Sachen.

Das war kein *Wir klauen Lebensmittel und seht mal zu, wie ihr eure Gäste beruhigt bekommt*. Das war auch kein *Wir brechen in Leons Büro ein und verwüsten es ein wenig*. Zwar war ich auch beim Bogenschießen schon verletzt worden, aber da hatte ich bisher gedacht, dass der Person nicht bewusst gewesen war, was passieren könnte. Niemand hatte voraussagen können, wann oder wie der Bogen riss. Aber das hier?

Hier war aktiv in Kauf genommen worden, dass Menschen verletzt wurden. Wenn Duncan und ich nicht so auf Zack gewesen wären und rechtzeitig alle zum Ufer gebracht hätten, hätte das wirklich böse ausgehen können. Das Geräusch des an den Felsen zerschellenden Bootes hallte noch immer in meinen Ohren nach.

»Die Polizei ist bereits verständigt«, versicherte Duncan mir. Er wirkte um einiges gefasster als ich, fast schon stoisch. Aber aktuell war ich dankbar dafür, weil ich aufgewühlt für fünf Leute war und seine Ruhe sich nach und nach auch auf mich übertragen würde. »Genauso wie die Mountain Rescue.«

In dem Moment war das tiefe Brummen eines Trucks zu hören, und keine Minute später erschien das rote Auto der Mountain Rescue zwischen dem Grün des Waldes. Als Finlay vom Fahrersitz sprang und mit großen Schritten auf mich zukam, ließ ich mich ihm schluchzend in die Arme fallen.

»Ich bin so froh, dass du da bist.«

Er hielt mich ganz fest. »Was zur Hölle, Isla?«, murmelte er an meinem Ohr. »Du musst aufhören, dich in Gefahr zu bringen.«

»Ich mache das doch nicht mit Absicht.«

Er schob mich ein Stück von sich weg, bis er mich ansehen konnte. »Was machst du überhaupt hier? Ich dachte, du wärst heute für Bürodienst und später fürs Bogenschießen eingetragen?«

»War ich auch. Aber dann hat Duncan angerufen, weil die zwei aus dem *Three Sisters Resort*, die eigentlich das Wildwasserrafting übernehmen sollten, krank ausfallen und er eine zweite Person braucht, um es ausführen zu können.«

In dem Moment, in dem ich es Finn erzählte, fiel es mir wie Schuppen von den Augen: Das war gar nicht unsere Aktivität gewesen, also entweder hätte der Anschlag zwei andere Personen treffen sollen, oder – was ich realistischer fand – die Leute, die die Boote manipuliert hatten, waren die, die sich heute *urplötzlich* krankgemeldet hatten.

24. KAPITEL

LEON

Das Aufgebot an Polizei und Rettungswagen erschreckte mich, als ich auf dem Berg ankam. Die Boote waren an eine sichere Stelle gebracht worden und wurden dort von der Polizei untersucht. Ich blieb nicht stehen, um zu fragen, ob sie noch fahrtauglich waren, vermutete aber, dass sie zumindest so zerstört waren, dass wir sie nicht weiterhin einsetzen konnten. Was einfach nur fucking großartig war. Zu allem Überfluss mussten wir jetzt auch noch neue Boote anschaffen, als hätten wir nicht schon genug Probleme.

Wenigstens ist niemand verletzt worden, redete ich mir ruhig zu, während ich mein Motorrad am Wegesrand parkte, wo es niemandem im Weg stand, und mich auf die Suche nach Isla machte.

Als ich erfahren hatte, was beim Wildwasserrafting vorgefallen war und dass Isla unter den Trainern war, weil Nicky und Mike sich krankgemeldet hatten, war ich vor Sorge fast umgekommen. Ich war nicht stolz darauf, aber ich hatte keinen Gedanken an die Gäste verschwendet, die hier ebenfalls zu Schaden gekommen waren. All meine Gedanken hatten Isla gegolten, weshalb ich mich sofort auf mein Motorrad geschwungen hatte und hergefahren war.

Jetzt schlängelte ich mich durch die Gäste, Polizisten und Rettungskräfte auf der Suche nach ihr. In jeden Rettungswagen schielte ich hinein, um zu prüfen, ob sie darin behandelt wurde, aber es war nie Islas blonder Lockenkopf, den ich erspähte. Einerseits war das gut, weil es bedeutete, dass sie okay war, andererseits fragte ich mich mittlerweile, ob die Aussage, dass sie hier war, überhaupt richtig war.

Schließlich entdeckte ich sie. Sie stand zusammen mit Duncan, Finlay und Officer Colby, der vor gar nicht allzu langer Zeit schon bei mir gewesen war, als mein Büro zerstört worden war. Mein Puls beschleunigte sich, als ich meinen Blick über sie gleiten ließ. Sie wirkte absolut unverletzt, war aber in eine dicke Wolldecke gehüllt, daher konnte ich das nicht hundertprozentig sagen. Aber da loderte ein Feuer in ihren Augen, während sie Officer Colby zuhörte, was ich als gutes Zeichen wertete.

Als würde sie meine Musterung bemerken, drehte sich Isla in dem Moment zu mir um. Sie schluckte sichtbar, dann rannte sie auf mich zu und schmiss sich regelrecht in meine Arme. Ich fing sie auf, drückte sie eng an mich und atmete ihren unvergleichlichen Duft ein.

»Ich bin so froh, dass du okay bist«, murmelte ich an ihrem Haar. »Als ich gehört habe, was passiert ist, dachte ich zuerst …« Ich konnte es nicht aussprechen, aber Isla schien mich auch so zu verstehen, denn sie drückte mich etwas enger an sich.

»Es ist alles okay«, versicherte sie mir. »Niemandem ist etwas zugestoßen, was vermutlich verdammtes Glück war.« Der Schmerz in ihren Augen zog mir beinahe den Boden unter den Füßen weg, als Isla zu mir aufsah. »Eins der Boote konnten wir nicht retten, aber ich konnte die Frau daraus gerade noch in meines ziehen, ehe es an den Felsen zerschellt ist. Ich mag gar nicht darüber nachdenken, was passiert wäre, wenn sie noch daringesessen hätte.«

Islas Stimme brach bei den letzten Worten, und ich zog sie erneut an meine Brust. »Aber ihr habt alle rechtzeitig gerettet.«

Sie nickte an meiner Brust und stieß einen zittrigen Atemzug aus. Ihre Finger waren derart in meine Lederjacke verkrallt, dass ihre Knöchel weiß hervortraten. Ihr ganzer Körper strahlte *Angst* aus. Etwas, was ich bei Isla noch nie erlebt hatte, aber vermutlich verständlich war nach dem, was gerade geschehen war. Und nicht nur heute, denn es war ja nicht das erste Mal, dass ein Anschlag sie getroffen hat. Nur war bisher keiner so heftig gewesen wie dieser. Ich mochte mir gar nicht ausmalen, was alles hätte passieren können.

Ich drückte Isla einen sanften Kuss auf die Stirn. »Soll ich dich nach Hause bringen?«

Sie nickte. »Ich muss nur noch kurz …« Sie reckte den Daumen über die Schulter, dann entfernte sie sich von mir, ging erst zu Finlay, dann zu Officer Colby und am Ende zu Duncan, ehe sie zu mir zurückkam, noch immer in diese verdammte Decke gewickelt. »Wir können.«

»Willst du die mitnehmen?« Ich deutete auf die Decke, mit der sie schlecht auf mein Motorrad steigen konnte.

»Oh.« Isla blinzelte an sich hinab, als wäre ihr gar nicht bewusst gewesen, dass sie sie noch umgewickelt hatte. »Nee, die wollte ich eigentlich nicht mitnehmen. Ich warne dich aber vor, meine Hose ist noch immer klatschnass.«

Mein rechter Mundwinkel hob sich wie von selbst. »Dann sehen wir mal zu, dass wir dich nach Hause bringen, bevor du dich noch unterkühlst und womöglich erkältest.«

Isla schnaubte. »Erkältungen werden nicht von Kälte oder Nässe ausgelöst, sondern von Bakterien und Viren.« Ah, da blitzte sie wieder hervor, die Isla, die ich kannte und kurzzeitig vermisst hatte.

»Da wir aber nicht wissen, ob du nicht schon irgendwelche Erkältungsviren in dir trägst, bringen wir dich trotzdem schnell nach Hause, damit du unter die warme Dusche und in gemütliche Klamotten kommst.«

Mit krausgezogener Stirn sah sie zu mir hoch. »Hast du von dir selbst gerade in der Mehrzahl gesprochen?«

Ich musste ein Lachen unterdrücken, denn das war mir nicht

einmal aufgefallen. »Hörst du jetzt endlich auf zu diskutieren und steigst auf das verdammte Motorrad?«

Sie verdrehte die Augen, aber ihre Mundwinkel zuckten hoch. »Ist ja schon gut«, sagte Isla, kam meiner Aufforderung aber nach und stieg auf das Motorrad.

Als sie die Arme um mich schlang und sich an mir festhielt, fiel etwas von der Spannung ab, die mich begleitet hatte, als ich zur Einsatzstelle gefahren war. Als bräuchte mein Unterbewusstsein die Versicherung, dass Isla hinter mir auf dem Motorrad saß, um zu realisieren, dass ihr wirklich nichts geschehen war.

»Nächster Stopp Glencoe, wo wir nur noch auf deiner Couch liegen werden, während wir uns eine Pizza teilen.«

»Aber …«, begann Isla, doch ich schüttelte den Kopf.

»Deinen Bogenschießen-Kurs übernimmt Toby heute, das ist bereits geklärt. Du hast den Rest des Tages frei.«

Etwas blitzte in Islas Augen auf, kurz bevor sie sich den Helm über den Kopf stülpte. »Worauf warten wir dann noch? Je eher wir losfahren, desto eher sind wir auf meiner Couch.«

Meine Antwort war ein Lachen. Ich zog mir ebenfalls den Helm über, startete das Motorrad und fuhr uns langsam den Berg hinunter. Isla hatte sich an meinen Rücken geschmiegt, die Arme um meine Mitte geschlungen hielt sie sich an mir fest, was so ein krasser Unterschied zum ersten Mal war, als ich sie auf dem Motorrad mitgenommen hatte. Damals hatte sie versucht, hinter mir zu sitzen, ohne mich zu berühren. Ihre Hände waren hinter ihr um die Haltegriffe geschlungen, und sie war so weit von mir abgerückt, wie es auf diesem kleinen Sitz möglich war. Trotzdem hatten sich unsere Oberschenkel während der kurzen Fahrt immer wieder berührt, und schon damals hatte ich jede einzelne Berührung mit jeder Faser meines Körpers gespürt.

Kurze Zeit später parkte ich bereits vor Islas Haus. Frodo saß auf einer der Treppenstufen und beobachtete uns, als hätte er gewusst, dass wir kommen, und auf uns gewartet. Er maunzte, als Isla die Haustür aufschloss, schoss hinein und sofort durch in die Küche. Dort blieb er demonstrativ vor seinem leeren Napf sitzen.

»Du verfressenes Monster«, rief Isla ihm lachend hinterher, folgte Frodo aber und füllte sein Schälchen mit Nassfutter auf, ehe sie sich überhaupt die Schuhe auszog. Ich würde es niemals wagen, das laut auszusprechen, aber ich war mir ziemlich sicher, dass sie dieses *verfressene Monster* herangezogen hatte.

»Willst du schon mal Pizza bestellen, während ich duschen gehe?«

Nickend zog ich mein Handy hervor und öffnete die Lieferapp. »Was für eine willst du denn?«

»Peperoni mit Mais und Paprika.«

Während Isla nach oben ging, um zu duschen, bestellte ich unsere Pizzen und hockte mich dann auf die Couch. Nachdem ich meine Schuhe ausgezogen hatte, legte ich die Füße auf dem kleinen Tisch ab und schaltete den Fernseher ein, weil ich die Stille gerade erdrückend fand. Ich blieb bei Wiederholungen von *The Big Bang Theory* hängen und ließ mich von Sheldon Cooper berieseln.

Es dauerte keine zwei Minuten, dann sprang Frodo neben mir auf die Couch. Er stolzierte an mich heran, beschnupperte meine Hand und meine Beine, ehe … er sich plötzlich auf meinen Schoß legte. Für einen Moment erstarrte ich, weil ich nicht damit gerechnet hatte. Isla hatte mal erzählt, dass Frodo nicht so der Kater war, der Körperkontakt suchte, daher musste das ein ziemlich ungewöhnlicher Move für ihn sein. Kaum hatte er sich zusammengerollt, fing er auch noch an zu schnurren, und mein Herz ging auf für den kleinen Kater. Ich legte eine Hand auf ihn und begann ihn am Kopf zu streicheln, woraufhin das Schnurren noch lauter wurde.

»Oh du elender Verräter«, rief Isla aus, als sie zwanzig Minuten später frisch geduscht ins Wohnzimmer kam und mich noch immer mit Frodo auf dem Schoß vorfand. Sie trug eine kuschelig aussehende Jogginghose und einen Hoodie mit dem Aufdruck der Lodges. Ihre noch nassen Haare hatte sie auf dem Kopf zu einem Knoten gedreht und mit einer Klammer festgesteckt, allerdings hatten sich bereits jetzt einige ihrer widerspenstigen Locken wieder daraus befreit und umrahmten ihr Gesicht.

Vorsichtig stieg sie über meine Beine und Frodo hinweg und setzte sich neben mich auf die Couch. Sobald sie sich jedoch an mich gekuschelt hatte, sprang Frodo auf und hüpfte von mir. »Ich sag es dir, der kann mich nicht leiden«, grummelte sie. »Er duldet mich nur, weil ich ihm regelmäßig was zu fressen hinstelle.«

Ich musste mir das Lachen verkneifen. »Vielleicht traut er sich einfach nur nicht, dir seine Liebe zu zeigen.«

»Ja, klar«, entgegnete sie mit vor Sarkasmus triefender Stimme, »man hat an dir ja gesehen, wie schüchtern unser Frodo ist. Vermutlich überlegt er schon, wie er dich dazu bekommen kann, neue Adoptionspapiere zu unterschreiben, damit er endlich aus diesem Haus rauskommt, in das er nie wollte.«

»Adoptionspapiere? Stimmt, er ist ja aus dem Tierschutz.«

Ich spürte Isla an meiner Schulter nicken. »Ich habe ihn aus einem Tierheim auf Kreta. Ich wollte nie eine Katze vom Züchter, wo doch überall auf der Welt so viele arme Tiere in Heimen sitzen. Und als Frodo kam, dachte ich halt, es ist seine Art, dass er nicht schmusen will und so. Aber jetzt …« Aus dem Augenwinkel warf sie mir einen sträflichen Blick zu, bei dem ich erneut lachen musste.

»Sieh mich nicht so an, ich kann nichts dafür, dass dein Kater mich lieber mag als dich.« Trotzdem legte ich einen Arm um Isla, zog sie eng an mich heran und küsste sie auf die Schläfe. Sie fühlte sich so verdammt perfekt in meinen Armen an, als wäre sie nur dafür gemacht.

»Ich weiß.« Isla seufzte, aber fast augenblicklich hellte sich ihr Gesicht auf. »Aber dafür musst du jetzt regelmäßig herkommen, damit der arme Frodo zumindest zwischendurch von seiner schrecklichen Hausherrin erlöst wird.«

Über diese absurde Aussage musste ich richtig lachen, rollte mich hinüber, bis Isla unter mir lag. Ich brachte mein Gesicht so nah zu ihrem, bis unsere Nasenspitzen sich berührten. »Du bist alles andere als schrecklich, das weißt du hoffentlich.«

»Aber Frodo scheint das zu denken.«

Entschieden schüttelte ich den Kopf. »Frodo scheint mir ein schlaues Kerlchen zu sein, daher wird er auch wissen, dass du diejenige bist, die ihn gerettet hat. Ansonsten stimmt mit ihm etwas nicht.«

Isla schluckte sichtbar. In ihren Augen las ich, dass sie etwas sagen wollte. Da waren Worte, die nahezu auf ihrer Zunge tanzen, aber bevor sie eins davon aussprechen konnte, klingelte es an der Tür. Sie rückte ein Stück von mir ab und schüttelte den Kopf, als müsste sie sich aus einer Trance befreien. »Das ist sicher die Pizza.«

Sie sprang auf, rannte zur Tür und kam kurz darauf mit zwei großen Kartons zurück, die sie auf dem Wohnzimmertisch abstellte. Dann verschwand sie in die Küche und kehrte mit zwei Gläsern und einer Flasche Cola zurück.

Ich schaute in beide Kartons und zog dann meine Pizza zu mir heran. Als ich den Deckel öffnete und mir der Duft von geschmolzenem Käse in die Nase stieg, wurde mir erst mal bewusst, wie hungrig ich eigentlich war. Ich hatte seit dem Frühstück nichts mehr gegessen, und mittlerweile ging es auf den frühen Abend zu.

Wir hauten beide rein, und für die nächsten Minuten herrschte einvernehmliches Schweigen zwischen uns. »Was genau ist denn jetzt heute eigentlich passiert?«, wollte ich schließlich wissen. Zwar hatte ich Isla abgeholt, aber ich war so versessen darauf gewesen, sie von da wegzubringen, dass ich bisher keinen Gedanken daran verschwendet hatte, was genau vorgefallen war.

Isla legte ihr Pizzastück zur Seite, leckte sich über die öligen Finger und griff dann nach ihrem Glas, um einen Schluck zu trinken. »Irgendjemand hat Löcher in die Boote gebohrt, sodass sie mit Wasser vollgelaufen und beinahe untergegangen sind.« Sie sagte das so trocken, dass es fast wie ein Schlag in die Magengrube war.

»Ist es sicher, dass jemand die Boote manipuliert hat?«, hakte ich nach. Denn das war eindeutig eine Stufe über dem, was die Person sich bisher hatte einfallen lassen. Diesmal hätten eindeutig Leute schwer verletzt werden können, und es grenzte an ein Wunder, dass niemand einen ernsthaften Schaden davongetragen hatte.

Isla betrachtete mich mit einem Blick, der mich fragte, ob ich den Verstand verloren hatte. »*Alle Boote* sind voll Wasser gelaufen. Wie soll das gehen, ohne dass sich jemand daran zu schaffen gemacht hat? Sie werden ja nicht durch Zufall alle gleichzeitig kaputtgegangen sein.«

Dagegen konnte ich nicht argumentieren. »Hat die Polizei endlich eine Vermutung, wer dahinterstecken könnte?«

Isla lachte höhnisch. »Das ist ja wohl mehr als offensichtlich jetzt, oder? Nicky und Mike haben sich heute krankgemeldet und das Wildwasserrafting an Duncan und mich übergeben. Genau an dem Tag, an dem die Boote dann untergehen. Das ist schon etwas auffällig, findest du nicht?«

»Nein, finde ich ehrlich gesagt gar nicht. Beide haben sich schon heute Morgen bei mir krankgemeldet und klangen auch wirklich nicht gut. Niemand kann erwarten, dass sie mit einem Magen-Darm-Virus zur Arbeit erscheinen. Und in ihrem Zustand haben sie sicher Besseres zu tun, als irgendwelche Löcher in irgendwelche Boote zu bohren.«

Mit krausgezogener Stirn rückte Isla ein Stück von mir ab. »Aber wenn die beiden es nicht waren, dann irgendwer anders aus dem *Three Sisters Resort*. Die Boote wurden bei euch gelagert, und niemand von uns hat Zugriff darauf. Du musst zumindest endlich in Betracht ziehen, dass es jemand von euch war.«

Ich spürte, wie ich innerlich dichtmachte. Ich vertraute meinen Leuten zu sehr, um es mir bei einem von ihnen vorstellen zu können. »Ich würde meine Hand dafür ins Feuer legen, dass es niemand aus dem Resort war.« Mir war klar, dass es nach außen hin anders wirkte, aber ich wusste mit absoluter Sicherheit, dass Nicky und Mike nicht dahintersteckten.

Isla schnaubte, und ihr Blick verdunkelte sich, als würde sie eine mentale Tür zuwerfen und mich ausschließen. »Es ist auch niemand aus den Lodges, das kann *ich* dir versichern.«

Ich glaubte ihr nicht, dass sie nicht zumindest Zweifel an einigen hegte. »Ja? Ich hab mir von Anfang an gedacht, dass Finlay eventuell dahinterstecken könnte.«

Sie riss die Augen auf, und ihre Miene erinnerte mich an früher, als sie mich noch gehasst hatte und mir regelmäßig den Kopf abreißen wollte. »Bist du jetzt von allen guten Geistern verlassen? Finn? *Unser* Finlay? Der Gutmensch, der den Großteil seiner Zeit darauf verwendet, *ehrenamtlich* Menschen zu retten? Von dem denkst du, dass er zu so etwas fähig wäre?« Sie lachte, aber es steckte kein Fünkchen Humor darin. Aber egal, was Isla sagte, für mich war er weiterhin einer der realistischsten Kandidaten.

»Gut, aber was ist mit Duncan? Du musst zugeben, dass der Typ irgendwie schmierig ist.«

»Duncan?« Isla schüttelte den Kopf. »Duncan würde sich doch nicht selbst in Gefahr bringen. Ich war heute dabei, ich habe gesehen, wie er ebenfalls alles darangesetzt hat, Leute zu retten und ans Ufer zu bringen.«

»Aber vielleicht wollte er genau das«, warf ich ein. »Nicht nur zeigen, dass die Zusammenarbeit zwischen dem Resort und den Lodges nicht funktioniert, sondern auch sich selbst als Retter in der Not darstellen.« Wie manche Feuerwehrmänner, die absichtlich Feuer legten, um sie dann zu löschen und sich als Held feiern zu lassen.

»Du bist … ich weiß nicht einmal mehr, was ich dazu sagen soll.« Mit einem Mal änderte sich Islas Stimme, wurde kühler und distanzierter. »Ich finde es ganz schön verblendet, dass du immer noch darauf pochst, dass es jemand aus den Lodges sein soll, wenn so viele Indizien auf das *Three Sisters Resort* hinweisen. Wie zum Beispiel, dass angeblich jemand von uns bei euch eine Schlüsselkarte geklaut haben soll, aber bei euch noch immer keine als gestohlen gemeldet wurde. Und meinen Leuten jetzt zu unterstellen, sie würden sich absichtlich selbst in Gefahr bringen …« Isla schüttelte erneut den Kopf. »Da könntest du auch sagen, dass ich es war. Immerhin war ich jetzt schon mehrfach von den Anschlägen betroffen. Vielleicht finde ja auch ich es geil, mich selbst in Gefahr zu bringen, um einen Punkt klarzumachen? Oder hey, vielleicht warst *du* es ja auch. Denn sind wir ehrlich, auch wenn du das Ganze angeleiert hast, könnte dich dein Dad ja auch mal wieder vom Gegenteil überzeugt haben.«

Ihre letzten Worte waren wie ein Schlag in die Magengrube. Ich war mir fast sicher, dass sie das nur im Affekt sagte – aber eben auch nur fast. Plötzlich fühlte ich mich wieder wie der kleine Junge, der alles tat, um seinen Dad stolz zu machen, und dabei über Leichen ging. Für mein Unterbewusstsein war es völlig unerheblich, dass ich mich längst darüber erhoben hatte. Es sah nur, was Isla gerade auf mich projizierte.

»So siehst du mich also?« Meine Stimme klang völlig fremd

in meinen Ohren. »Ich dachte, wir hatten über alles geredet, was damals passiert ist, und unsere Differenzen beigelegt, aber da habe ich mich offensichtlich getäuscht.«

Islas Miene blieb unbeweglich. »Wir haben uns wohl beide im anderen getäuscht«, erwiderte sie.

In mir brach etwas. Ich verstand noch nicht so ganz, wie wir von dem Paar, das kuschelnd auf der Couch gelegen hatte, zu diesen streitenden, sich voneinander entfernenden Personen geworden waren, aber es war offensichtlich, dass Isla nicht von ihrer Meinung abrücken würde. Und ich genauso wenig. Egal, was sie sagte, ich war davon überzeugt, dass der Saboteur – oder die Saboteurin – aus den Lodges und nicht dem Resort kam. Noch mehr war mir aber klar, dass Isla mir nicht glauben würde, ehe ich ihr Beweise liefern konnte.

»Lass uns noch mal drüber reden«, bat ich sie trotzdem.

Sie verschränkte die Arme vor der Brust. »Vielleicht ein anderes Mal. Du solltest jetzt besser gehen. Ich bin k. o.«

Ich wusste, dass es keinen Sinn hatte, weiter auf sie einzureden. Auch wenn jede Faser in meinem Körper mich anschrie zu bleiben, stand ich von der Couch auf und griff nach meiner Lederjacke.

Ich warf einen letzten Blick auf Isla. Sie hatte mir den Rücken zugewandt, starrte aus dem Fenster hinaus, als könnte sie mich nicht einmal mehr ansehen. Da waren so viele Dinge, die ich ihr noch sagen wollte, weil ich befürchtete, dass dies das letzte Mal war, dass wir so zusammen waren, aber sie würde jetzt fürs keins davon empfänglich sein. Mein Herz brach mit jedem Schritt, den ich mich von ihr entfernte, bis es in tausend Einzelteile zersprungen vor ihrer Haustür liegen blieb.

Ich ließ es zurück in der Hoffnung, dass ich irgendwann zurückkommen durfte, um es wieder aufzusammeln und von ihr zusammensetzen zu lassen.

25. KAPITEL

ISLA

Die Welt war ein Stück grauer geworden, seit Leon weg war. Dunkler und kälter. Aber es war besser so, redete ich mir ein. Es war offensichtlich, dass er meinem Urteilsvermögen nicht traute, aber mir ging es bei ihm ja genauso, daher konnte ich ihm das nicht wirklich vorhalten. Vielleicht war es einfach Schicksal, dass wir nicht zusammen sein sollten. War es während der Highschool noch sein Dad gewesen, der einen Keil zwischen uns getrieben hatte, hatten wir das nun völlig allein geschafft. Dabei hatten wir, kurz bevor unser Streit ausgebrochen war, noch Arm in Arm auf meiner Couch gelegen, und ich war … glücklich gewesen. Doch mittlerweile fühlte sich das an, als wäre es eine kleine Ewigkeit her, dabei war es gestern Abend gewesen.

Das war das, was mich am meisten schmerzte. Was das Loch in meiner Brust mit seinen ausgefransten Enden davon abhielt, sich zu schließen und zu heilen. Wie konnte ich mich nur so in ihm getäuscht haben? Dabei waren die Zeichen die ganze Zeit über da gewesen, ich hatte sie nur ignoriert. Ich hatte gedacht, wenn ein untrügliches Indiz kommen würde, dass Leon seine Meinung schon änderte, aber das hatte er nicht getan. Stattdessen beharrte er weiterhin darauf, dass der Widersacher aus den Lodges kommen musste. Sogar Finn hatte er verdächtigt. *Finlay!* Wenn es nicht so unfassbar traurig wäre, könnte ich darüber lachen. Finn war der netteste Mensch, den ich kannte, er besaß gar nicht die Hirnwindungen, um sich so etwas Hinterhältiges auszudenken. Aber Leon hatte ja sogar Duncan verdächtigt, obwohl er gestern mit mir zusammen in Gefahr geraten war, und ich … ich wusste einfach nicht mehr, was ich dazu sagen sollte.

Ein genervtes Stöhnen entwich mir, und ich drehte mich auf der Couch auf die andere Seite. Ich hatte rasende Kopfschmerzen, weil ich schon viel zu lange über Leon grübelte. Aber ich kam einfach auf keinen grünen Zweig. Wie auch, wenn sich an der Grundsituation nichts änderte? Es war egal, wie ich die Sache drehte und wendete, ich kam immer zum selben Endergebnis: Weder Leon noch ich würden von unserer Meinung abweichen, ehe der Widersacher gefunden wurde und wir beweisen konnten, wer im Recht war.

Dabei *vermisste* ich ihn. Es war erschreckend, wie sehr ich mich an seine Gesellschaft gewöhnt hatte. Normalerweise war ich jemand, der gut mit sich allein sein konnte, doch gerade kam mir meine Wohnung zu einsam vor. Zu groß, zu leer, zu still. Nicht einmal Frodo war da, um mich von meinen eigenen Gedanken abzulenken.

Mein Handy vibrierte auf dem Esstisch. Es war zu weit weg, sodass ich aufstehen müsste, um dran zu kommen, aber meine Motivation, mich zu bewegen, lag irgendwo bei minus hundert. Es konnte auch nicht so wichtig sein. Meistens schreib mir eh nur Kyleen, ob ich Zeit hatte. Vielleicht erkundigte sich auch Finn, wie es mir nach gestern ging, oder Adrien wollte ein Update zu irgendwas. Es könnte aber auch Mum sein, die mich zum Essen einlud. Das war es dann aber auch schon an Kontakten, mit denen ich regelmäßig zu tun hatte, und die konnten alle warten.

Plötzlich rieselte ein warmer Schauer über meinen Rücken.

Leon.

Vielleicht war es auch Leon, der seinen Fehler von gestern eingesehen hatte und sich entschuldigen wollte. Mein Puls rauschte in meinen Ohren, und ich sprang so schnell auf, dass ich mich in der Decke verhedderte, in die ich mich eingemummelt hatte. Fluchend trat ich sie von meinen Füßen, hielt mich dabei am Couchtisch fest, um nicht umzukippen, und raste zum Esstisch.

Die Enttäuschung folgte auf dem Fuß.

Es war nicht Leon, der mir geschrieben hatte, sondern tatsächlich Kyleen, die wissen wollte, ob wir uns später im *Tavern* treffen wollten. Eigentlich hatte ich keine Lust, unter Leute zu gehen, aber noch viel weniger wollte ich den Rest des Tages hier versauern und mir mit meinen eigenen Gedanken einen Strick drehen, dessen Schlinge sich immer weiter um meinen Hals zuzog, während ich darüber grübelte.

Ich schrieb Kyleen, dass wir uns um sechs im *Tavern* treffen konnten, dann wechselte ich in den Chat mit Leon. Es gab nicht viele Nachrichten, die wir uns geschickt hatten, wir waren wohl beide nicht diejenigen, die viel Zeit am Tag auf WhatsApp verbrachten, trotzdem las ich mir die wenigen, die es gab, noch mal durch. Am Anfang hatte es sich rein um die Wanderrouten gedreht. Leon hatte mich nach unseren Trails gefragt, und ich hatte von ihm wissen wollen, wann und wo wir uns für die Route auf dem Glencoe Mountain trafen.

Doch gleich darauf waren die Nachrichten neckend geworden. Ich hatte ihn damit aufgezogen, dass er mit einem auf links gedrehten T-Shirt herumgelaufen war, und er mich damit, dass ich einen Schokofleck auf meiner Wange nicht bemerkt hatte. Gleich darauf kam schon die Nachricht, die er mir geschickt hatte, bevor er mit mir nach Mull gefahren war.

Bittersüße Wehmut machte sich in mir breit. Sie sorgte dafür, dass sich meine Mundwinkel hoben, aber gleichzeitig Tränen in meinen Augenwinkeln brannten. Und sie pflanzte einen Gedanken in mein Hirn: *Schreib ihm doch.* Ich scrollte zurück zum Ende und tippte »Hey«, aber dann wusste ich nicht, wie ich weitermachen sollte. Ich wollte nicht auf unseren Streit zu sprechen kommen, weil ich befürchtete, dass wir sonst genau dort weitermachten, wo wir gestern aufgehört hatten. Aber es nicht einmal zu erwähnen, kam mir auch falsch vor. Und sowieso war es mir eigentlich viel zu unpersönlich, ihm einfach nur auf WhatsApp zu schreiben.

In dem Moment ging Leon online, und ich hielt gespannt die Luft an. Hatte er denselben Gedanken gehabt wie ich? War er auch da, weil er mir schreiben wollte? Ich starrte unseren Chat an, wollte ihn dazu hypnotisieren, dass die drei Pünktchen und *Leon schreibt* erschienen, aber nichts dergleichen geschah. Nach einer Minute erlosch das grüne Pünktchen und teilte mir mit, dass Leon wieder offline gegangen war, und die Enttäuschung überrollte mich wie eine Welle.

Ich schleuderte das Handy zur Seite und wickelte mich erneut in die Decke auf der Couch ein, bis es an der Zeit war, mich für mein Treffen mit Kyleen fertig zu machen.

Das *Lanky Tavern* war brechend voll, als ich eintraf. Weil von Kyleen noch nichts zu sehen war, ging ich zuerst nach hinten durch in die Küche, um meine Mum zu begrüßen, die bis zu den Ellbogen in Hackfleisch steckte, aus dem sie Burgerpattys formte. Sie hatte natürlich bereits gehört, was beim Wildwasserrafting vorgefallen war, und quetschte mich darüber aus, bis sie sicher war, dass es mir auch wirklich gut ging.

Dieselbe Prozedur musste ich auch noch von Dad über mich ergehen lassen, ehe er mir einen Gin Tonic zubereitete, mit dem ich mich an einen Tisch setzte, der gerade frei geworden war. Ich wollte Kyleen gerade schreiben, dass ich bereits Platz genommen hatte, da schneite sie zur Tür herein. Sie bestellte bei Dad etwas zu trinken, dann setzte sie sich mit einem IPA mir gegenüber hin.

»Du siehst aus, als hätte jemand Frodo ermordet«, begrüßte sie mich.

Ich schnaubte. »Dem kleinen Verräter geht es gut.«

Kyleen stieß ihr Glas leicht gegen meins und trank einen großen Schluck von ihrem IPA. »Hat er wieder sein Frühstück verschmäht?«

»Nein, erstaunlicherweise hat er die letzten Tage ohne zu murren gefressen.« Frodo hatte sich heute sogar zu mir auf die Couch gelegt. Zwar nicht auf mich, wie er es bei Leon getan hatte, aber so dicht neben mich, dass wir uns unweigerlich berührten. Was er zuvor nie getan hatte.

Fast kam es mir vor, als hätte er bemerkt, dass ich heute nicht die emotionale Kapazität dafür hatte, mich mit seinen Launen auseinanderzusetzen. Oder vielleicht vermisste er Leon einfach genauso sehr wie ich und hoffte, wenn er lieb wäre, würde er eher zurückkehren. Ein schweres Gewicht drückte auf meine Brust nieder.

»Okay?« Kyleen beugte sich über den Tisch näher zu mir. »Aber warum ziehst du dann ein Gesicht wie sieben Tage Regenwetter?«

In knappen Worten erzählte ich ihr von unserem Streit gestern und dass ich Leon rausgeschmissen hatte. Als ich zu dem Part gelangte, dass er sogar Finlay verdächtigt hatte, begann sie laut zu lachen.

»Sorry, ich weiß, das ist nicht witzig, aber er hat *wirklich* Finn verdächtigt? *Unseren* Finn, der sogar Spinnen aus seiner Wohnung rettet, weil er es nicht ertragen kann, dass ein Lebewesen leidet?«

»Ja, so habe ich auch reagiert.« Ich zuckte mit den Schultern. »Nur in wütend.«

»Verständlich.« Kyleen schüttelte den Kopf. »Und er will nicht einmal in Betracht ziehen, dass es jemand aus dem Resort sein könnte?«

»Nein, er meint, dass er seinen Leuten blind vertraut und es deswegen jemand aus den Lodges sein muss. Dabei finde ich es nach den manipulierten Booten vom Wildwasserrafting mehr als offensichtlich, dass entweder Nicky oder Mike dahinterstecken müssen. Vielleicht sogar beide.«

»Weiß man, weshalb sie krank sind?«

»Angeblich Magen-Darm.«

»Magen-Darm. Hmm.« Kyleen wirkte nicht überzeugt.

Interessiert rückte ich näher an sie heran. »Warum? Was ist deine Theorie?«

Sie seufzte schwer und rieb sich über die Stirn. »Ich habe ehrlich gesagt keine Ahnung, aber wenn es Nicky oder Mike gewesen wären, hätte die Polizei sie doch sicher längst festgenommen und wir hätten davon erfahren. Oder? Ich meine, die Polizei wird sie doch gestern sicher sofort befragt haben. Egal, wie sehr Leon beteuert, dass sie nichts damit zu tun haben, mussten sie doch als Erste befragt worden sein.«

An Kyleens Logik war leider etwas dran. »Vermutlich waren sie einfach nur schlau genug, alle Beweise gut genug zu verstecken, sodass man ihnen nichts anhängen kann.«

»Mag sein.« Kyleen klang weiterhin nicht überzeugt davon.

Ich trank einen Schluck von meinem Gin Tonic. »Wer ist für dich der naheliegendste Kandidat?«

Ein gequälter Ausdruck erschien auf ihrem Gesicht. »Ehrlich gesagt will ich da gar nicht so genau drüber nachdenken. Also ich kann mir auch nicht vorstellen, dass es jemand aus den Lodges ist, weil wir sonst seit Jahren mit einem Verräter zusammengearbeitet und es nicht bemerkt hätten, aber genauso wenig möchte ich darüber nachdenken, dass es irgendjemand anderes aus Glencoe sein soll.«

Es war fast niedlich, wie sehr Kyleen immer an das Gute in allen Menschen glauben wollte. »Aber irgendjemand muss es sein. Diese Dinge sind nicht von allein passiert.«

»Ich weiß.« Sie ließ die Stirn auf die Tischplatte sinken, und die nächsten Worte kamen gedämpft hervor. »Das macht es ja so furchtbar, dass ich nicht darüber nachdenken will.«

Ich verkniff mir ein Lächeln. »Sollen wir das Thema wechseln?«

»Ja, bi…«

»Hey, Leute«, unterbrach uns eine Stimme. Ich sah über meine Schulter und entdeckte Adrien und Nihat, die, beide mit einem Bier in der Hand, auf unseren Tisch zusteuerten. »Ist bei euch noch frei?«

»Für euch immer.« Ich rückte in der Bank weiter rein, um ihnen Platz zu machen.

Nihat zog mich in eine kurze Umarmung, dann schlug er über den Tisch hinweg mit Kyleen ein. Er trug ein weißes, eng anliegendes Longsleeve über einer dunkelblauen Jeans. Sein Dreitagebart war akkurat gestutzt, und er hatte sich seine Brille, die er nur zum Lesen brauchte, auf den Kopf geschoben. Adrien war wie immer in Jeans und Hoodie gekleidet, und sein Basecap war tief in seine Stirn gezogen.

»Habt ihr es schon gehört?«, raunte Nihat uns zu.

Unwillkürlich lehnte ich mich näher zu ihm. »Haben wir *was* schon gehört?«

Seine dunklen Augen funkelten aufgeregt, als er sich zu Adrien umdrehte. »Du hattest recht, sie haben keine Ahnung.«

Nervöse Energie summte unter meiner Haut. »Bloody hell, jetzt spann uns nicht weiter auf die Folter, sondern sag, was Sache ist.«

Alle um mich herum lachten, selbst Kyleen, die genauso ahnungslos war wie ich. Genauso ahnungslos, aber deutlich geduldiger.

»Nach dem Vorfall beim Wildwasserrafting wurde bei Mike die Garage durchsucht, und es muss irgendwas gefunden worden sein?«

Meine Finger kribbelten. »Was?«

»Keine Ahnung, was genau«, sagte Nihat mit verschwörerischer Stimme, »aber sie haben etliche Kisten daraus mitgenommen und die Garage danach mit Sperrband verriegelt.«

»Ha!« Siegesgewiss ballte ich meine Hand zur Faust. Ich hatte es doch gewusst.

Adrien legte eine Hand auf meinen Unterarm. »Wir sollten keine voreiligen Schlüsse ziehen. Sie haben zwar Kisten mitgenommen, aber nicht Mike. Wir wissen also noch gar nicht, was das zu bedeuten hat. Ob es überhaupt etwas zu bedeuten hat.«

Nach der kurzen Euphorie fühlten sich Adriens Worte wie ein Schlag in die Magengrube an. Vor allem, weil er recht hatte. Wir wussten nicht, was das zu bedeuten hatte. Und viel wichtiger war, dass ich niemanden ungerechtfertigt verdächtigen wollte. Als Leon mir Finns und Duncans Namen um die Ohren gehauen hatte, einfach nur, weil sie ihm als Täter gut in den Kram passten, war mir erst einmal bewusst geworden, dass ich mich anders verhalten wollte. Wenn ich das nächste Mal einen Namen mit den Vorkommnissen der letzten Zeit in Verbindung brachte, dann sollte es die Person sein, die auch wirklich hinter der ganzen Sache steckte.

»Du hast recht«, sagte ich an Adrien gewandt. »Wir sollten keine Vermutungen mehr anstellen. Ich hoffe nur, dass die Polizei bald einen Durchbruch erlangt und die Person findet, denn ich kann das alles nicht mehr.«

Ich *wollte* auch nicht mehr. Das Ganze war zu einem Spießrutenlauf geworden. Andauernd sah ich über meine Schulter, obwohl da natürlich niemand war. Jedes Mal, wenn ich zur Arbeit ging, erwartete ich, dass irgendetwas schieflief. Mein Ruhepuls war gar nicht mehr wirklich *ruhig*, weil ich ständig unter Strom stand in Erwartung dessen, was als Nächstes passieren würde.

Kyleen, Adrien und Nihat wechselten einen Blick, und plötzlich kippte die Stimmung am Tisch. »Was?«, fragte ich und deutete der Reihe nach auf sie. »Was wisst ihr, das ich nicht weiß?«

Kyleen schluckte sichtbar. »Wenn das noch länger so läuft, wissen wir auch gar nicht, ob die Lodges das überstehen.«

Ich hörte die Worte, verstand ihre Bedeutung aber nicht. »Was soll das heißen?« Adrien hatte mir zwar gesagt, dass wir uns kein Jahr wie die letzten zwei mehr erlauben konnten, aber ich hatte gedacht, wir wären aus dem Gefahrenbereich heraus, weil wir durch die Zusammenarbeit mit Leon wieder alle Aktivitäten anbieten konnten. Ich war zwar kein Genie in Buchhaltung, aber eigentlich mussten wir damit in diesem Jahr mehr eingenommen haben als zuvor.

Kyleen und Adrien sahen sich an, tauschten vielsagende Blicke aus, dann wandte sich Adrien mir zu. »Wir haben in der letzten Woche fünf Stornierungen gehabt.«

Scharf zog ich die Luft ein. »*Fünf?*« Ich konnte kaum glauben, was ich da hörte. »Aber warum? Wegen der Vorfälle? Davon kann doch niemand wissen.« Was hier passierte, war bisher noch in keiner Zeitung zu lesen gewesen, und selbst die Bewertungen, die wir in der letzten Woche erhalten hatten, gingen nicht darauf ein. Klar gab es mal welche, die uns nur drei Sterne gaben und von *chaotischen Zuständen* in den Lodges sprachen, aber es war bei Weitem nicht so, als würde davor gewarnt werden, dass man hier um sein Leben bangen müsste.

»Keine Ahnung.« Verzweiflung schwang in Kyleens Stimme mit. »Vielleicht ist es wirklich bloß ein blöder Zufall, aber wir haben noch nie so viele Stornierungen auf einen Haufen bekommen. Selbst während Corona nicht. Da waren *wir* diejenigen, die die Reservierungen auflösen mussten, weil die Leute trotzdem gerne gekommen wären.«

Adrien lehnte sich zu uns vor. »Normalerweise würde ich sagen, dass das nichts zu bedeuten hat, aber die Stornierungen kamen nur ein paar Stunden nach dem Vorfall beim Wildwasserrafting. Als hätte jemand die Leute, die zu uns kommen wollten, gewarnt.«

Mir wurde heiß und kalt. »Aber das kann doch nicht sein, oder?«

»Ich hoffe nicht«, warf Kyleen ein, die ebenfalls etwas blass um die Nasenspitze aussah. »Das würde sonst bedeuten, dass sich jemand Zugriff zu unseren sensiblen Kundendaten verschafft hat.«

»Was heißen würde, dass es doch jemand aus den Lodges ist.« Ich sträubte mich noch immer, diese Möglichkeit in Betracht zu ziehen. In der Hinsicht war ich keinen Deut besser als Leon.

»Muss nicht sein«, entgegnete Nihat. »Wenn euch jemand gehackt hat, kann das von überall auf der Welt geschehen sein.«

Adrien schüttelte entschieden den Kopf, und ich bekam das Gefühl, als wäre es nicht das erste Mal, dass die beiden darüber diskutierten. »Ich finde das immer noch etwas weit hergeholt. Wie gesagt, handelt es sich vermutlich nur um einen blöden Zufall, dass diese Stornierungen so gehäuft kommen, und hat gar nichts mit den Vorfällen zu tun.«

Irgendwie konnte ich das nicht glauben. Dafür waren mittlerweile einfach zu viele Dinge passiert. »Hast du das der Polizei gemeldet?«

Er lachte auf. »Natürlich nicht. Die halten mich doch für komplett durchgedreht.«

»Aber vielleicht hängen die Stornierungen ja doch mit den Sabotagen zusammen«, beharrte ich.

»Selbst wenn dem so ist, ist das jedermanns gutes Recht, seinen Urlaub zu stornieren, wenn man sich damit nicht sicher fühlt. Das ist nun wirklich kein Fall für die Polizei.«

»Aber wenn sich tatsächlich jemand Zugang zu unseren vertraulichen Daten verschafft hat?«

»Isla!« Adriens Stimme duldete keinen Widerspruch mehr, und obwohl ich noch mehr Argumente hätte vorbringen können, presste ich die Lippen fest aufeinander und schluckte jedes weitere Worte herunter. Jetzt gerade war vermutlich weder der richtige Ort noch der richtige Zeitpunkt dafür. Und wer weiß, vielleicht klärte sich auch ohnehin alles von selbst in den kommenden Tagen auf.

Daher beteiligte ich mich an dem Themenwechsel, den Nihat einleitete, und es wurde noch ein harmonischer Abend. Nihat und Adrien machten sich gegen Mitternacht auf den Weg nach Hause, Kyleen folgte ihnen keine Viertelstunde später. Ich blieb, bis meine Eltern das *Tavern* um eins schließen mussten, und half ihnen noch beim Aufräumen, ehe ich ebenfalls den Weg nach Hause antrat.

Es hatte deutlich abgekühlt, als ich das *Tavern* verließ, und ein leichter Nieselregen hatte eingesetzt. Ich zog den Reißverschluss meiner Jacke bis oben hin zu und schob die Kapuze über meinen Kopf, dann lief ich mit zügigen Schritten los. Es war stockfinster, nur vereinzelte Straßenlaternen spendeten spärliches Licht. Zudem war es fast unheimlich still, mein Atem und meine Schritte waren die einzigen Geräusche weit und breit, weshalb ich es sofort hörte.

Schritte. Da waren Schritte hinter mir.

Mein Puls beschleunigte sich, und ich drehte mich um, konnte hinter mir aber nichts entdecken. Allerdings war die Straße so dunkel, dass sich jemand in den Schatten aufhalten konnte. Mit angehaltenem Atem blieb ich stehen und lauschte in die Dunkelheit hinein, aber ich konnte weder etwas sehen noch hören. Vielleicht waren es schlicht meine eigenen Schritte gewesen, die ich vernommen hatte. Oder ich begann schon, mir Dinge einzubilden, die nicht da waren.

Nach den letzten Wochen wäre das definitiv nicht verwunderlich.

Ich schüttelte den Kopf, schob die Hände in meine Jackentaschen und ging weiter. Wenn ich noch länger hier herumstand, würde ich nie zu Hause ankommen, und es war definitiv zu kühl, um die Nacht draußen zu verbringen.

Aber sobald ich mich umgedreht hatte, hörte ich es wieder. Schlurfende Schritte, die eindeutig hinter mir waren. Ich trat so leise auf, dass meine eigenen nicht zu hören waren, und hielt erneut den Atem an. Ja, eindeutig, es klang, als würde mir jemand folgen.

Abrupt wandte ich mich um, und diesmal war ich mir sicher, dass ich eine dunkle Gestalt entdeckte, bevor sie sich in einem Hauseingang verbarg. Angst kroch mit kalten Fingern meinen Nacken empor. Wer war das, und was wollte die Person von mir? Ich holte mein Handy hervor, ohne zu wissen, was genau ich damit machen wollte. Es zur Not als Waffe zur Verteidigung einsetzen? Es mir ans Ohr halten und so tun, als würde ich mit jemandem telefonieren, auch wenn um diese Uhrzeit längst alle schliefen? Selbst meine Eltern, die direkt über dem *Tavern* wohnten, wären mittlerweile vermutlich schon im Bett.

Aber ich konnte nicht länger mitten auf der Straße herumstehen, auch wenn es schien, dass derjenige, der mich verfolgte, sich versteckte, sobald ich in seine Richtung sah. Denn dass die Gestalt, die sich in den Hauseingang geschoben hatte, zu einem Mann gehörte, war mehr als offensichtlich gewesen. Für eine Frau war sie viel zu groß und breitschultrig gewesen.

Ich wandte mich um und ging mit eiligen Schritten die Straße entlang, das Handy mit meiner Faust umklammert, doch diesmal warf ich alle paar Schritte einen Blick über meine Schulter. Es dauerte nicht lange, bis die Gestalt sich aus dem Hauseingang löste und mir weiter folgte. Der Typ trug komplett schwarze Kleidung und hatte die Kapuze eines Hoodies über den Kopf gezogen. Zudem drückte er sich in die Schatten der Häuser, sodass ich nicht erkennen konnte, wer das war. Er matchte meine Geschwindigkeit. Wenn ich schneller lief, legte auch er einen Zahn zu, und wenn ich langsamer wurde, drosselte er ebenfalls sein Tempo. Und jedes Mal, wenn ich stehen blieb, versteckte er sich eilig.

Wer ist das, und was will er von mir?

Hatte er etwas mit den Anschlägen zu tun? War er deshalb hinter mir her, weil er eine weitere Aktion geplant hatte? Oder ging meine Fantasie gerade wieder mit mir durch?

Was auch immer es war, es machte mir eine Scheißangst. Mein Puls raste mittlerweile, und ich lief, so schnell ich konnte. Mit meiner freien Hand angelte ich nach meinem Schlüssel und funktionierte ihn zur Waffe um. Ich legte ihn fest in die Handfläche und steckte einen Schlüssel zwischen jeden Finger, sodass die spitzen Enden nach außen wegstanden. Keine Ahnung, ob das im Ernstfall funktionieren würde, aber ich hatte das mal irgendwo im Fernsehen gesehen, und zumindest fühlte ich mich so nicht mehr komplett wehrlos.

An der nächsten Ecke bog ich rechts ab. Ich hatte meine Straße fast erreicht. Nur noch ein wenig durchhalten, dann würde ich in Sicherheit sein.

Doch als mein Verfolger ebenfalls um die Ecke bog, hatte ich das Gefühl, dass er mir näher war als zuvor. *Viel näher*. Ich konnte seine Schritte jetzt viel deutlicher hören und bildete mir sogar ein, auch seine Atmung vernehmen zu können. Sie war irgendwie rasselnd und schickte ein kaltes Schaudern über meinen Rücken.

Ich legte noch einen Zahn zu. Das Handy an meine Brust gedrückt und den Schlüssel weiterhin fest umklammert, rannte ich so schnell, wie meine Beine mich trugen. Ich wagte auch nicht mehr, mich nach meinem Verfolger umzudrehen. Nicht nur, weil ich dadurch an Geschwindigkeit einbüßen würde, sondern vor allem, weil ich Angst hatte, in dem Moment zu stolpern und hinzufallen.

Ich rannte einfach weiter, bis ich mein kleines Häuschen erreicht hatte. Vor der Haustür wandte ich mich nach dem Typen um, konnte aber niemanden entdecken. Hatte er die Verfolgung aufgegeben oder versteckte er sich nur wieder in den Schatten? Meine Hände zitterten, als ich den Schlüssel ins Schloss stecken wollte, und ich brauchte drei Anläufe, bis er endlich drin war. Dann drehte ich ihn um, öffnete die Tür und huschte ins Haus, wo ich sie, so schnell ich konnte, wieder zuschlug. Dann schloss ich sie zusätzlich von innen mit dem Schlüssel ab.

Mein Puls dröhnte mir weiterhin in den Ohren, als ich nach oben ging und vom Fenster aus auf unsere Straße sah. Aber mein Verfolger war nicht mehr zu sehen. Unsere Straße lag still und verlassen da, und je länger ich in die Dunkelheit starrte, ohne eine Bewegung ausmachen zu können, desto mehr beruhigte sich mein rasendes Herz.

Trotzdem konnte ich fast die ganze Nacht kaum schlafen.

26. KAPITEL

LEON

»Kommt mal bitte kurz zusammen.«

Ich wartete, bis die Wandergruppe um mich herumstand, ehe ich erneut das Wort an sie richtete. »Wir müssen jetzt diesen schmalen Bergkamm entlang auf die andere Seite laufen.« Ich deutete auf den knapp einen halben Meter breiten Pfad vor uns, bei dem es an beiden Seiten steil den Berg hinabging. »Wir müssen hier einzeln und hintereinander gehen. Passt auf, wo ihr hintretet. Es hat heute Nacht geregnet und kann rutschig sein. Es geht hier immer nur einer, und wir warten, bis er drüben ist, ehe der Nächste startet. Wer will anfangen?«

Zielstrebig trat eine rothaarige Frau vor. Sie war klein, kaum eins sechzig groß, aber mit durchtrainierten Armen, die ihre Sportlichkeit unterstrichen. Obwohl es heute recht frisch war, trug sie nur ein T-Shirt und Wandershorts, hatte sich eine Funktionsjacke aber um die Hüfte gebunden. Dazu trug sie feste Wanderstiefel, die fast bis zu ihren Knien geschnürt waren. »Ich mach das.« Sie lächelte mich flüchtig an, dann konzentrierte sie sich auf den Weg vor sich.

Sie machte einen Schritt auf den Pfad, dann einen zweiten. Sicher, aber mit Bedacht setzte sie die Füße auf, die Hände für das Gleichgewicht leicht zur Seite ausgestreckt. Dabei achtete sie genau auf den Weg vor sich, ließ sich nicht ablenken und sah auch nicht zu uns zurück – oder zur Seite den Abhang hinunter.

»Schaut euch das genau an, so wird das gemacht«, sagte ich zum Rest der Gruppe, die gemeinsam mit mir wartete.

Nachdem die Erste drüben war, schickte ich die anderen nach und nach über den schmalen Pass. Während ich eine Person nach der anderen beobachtete, schweiften meine Gedanken wie so oft in letzter Zeit ab.

Seit meinem Streit mit Isla war eine Woche vergangen, in der wir uns gegenseitig aus dem Weg gegangen waren. Ich vermied es, zu den Lodges zu gehen, und hatte sie genauso wenig am *Three Sisters Resort* gesehen. Anfangs hatte ich überlegt, ob ich ihr schreiben sollte, es dann aber gelassen. Zwar tat es mir leid, dass wir uns gestritten hatten und Dinge gesagt wurden, die ich so nicht gemeint hatte, aber mein Standpunkt war noch derselbe. Ich war davon überzeugt, dass die Person, die für die Anschläge zuständig war, aus den Lodges kam. Umso mehr, nachdem ich mit Nicky und Mike gesprochen hatte. Sie hatten mir glaubhaft versichert, dass sie von einem Magenvirus heimgesucht worden waren, außerdem hatten die beiden die Zusammenarbeit mit den Lodges von Anfang an unterstützt.

Aus Mikes Garage wurden Kisten mitgenommen, die ihm jedoch nach zwei Tagen zurückgebracht worden waren. In ihnen war überwiegend Werkzeug gewesen. Materialien wie Sägen, Bohrer und Hammer, die zu den Anschlägen hätten verwendet werden können, von ihm aber benutzt wurden, um eine Laube in seinem Garten zu bauen. Dass die Polizei das sofort erkannt und Mike seine Sachen zurückgebracht hatte, war für mich ein deutliches Zeichen, dass er nichts damit zu tun hatte.

Trotzdem wusste ich nicht, wie ich damit umgehen sollte, was darin resultierte, dass ich der Situation – oder in dem Fall Isla – aus dem Weg ging. Dabei vermisste ich sie tierisch. Ich vermisste ihr Lachen, die Gespräche mit ihr, sogar die Widerworte, die sie ständig gab. Mit Isla zu diskutieren war zu einer meiner liebsten Nebenaktivitäten geworden, und dass sie nicht klein beigab, gefiel mir daran am besten. Aber vor allem vermisste ich es, sie im Arm zu halten und zu küssen. Es war erschreckend, wie etwas, das ich erst viel zu selten getan hatte, mir derart in Fleisch und Blut übergegangen war, dass mir ihre Abwesenheit körperliche Schmerzen bereitete.

Ich nahm einen tiefen, leicht zittrigen Atemzug, der mir skeptische Blicke von den umstehenden Gästen einbrachte. *Himmel, reiß dich zusammen, Leon.* Es konnte doch wirklich nicht angehen, dass ich mir von einer Frau derart den Kopf verdrehen ließ, dass ich nicht mehr in der Lage war, vernünftig meinen Tagesablauf zu bestreiten.

Was Isla sagen würde, wenn sie mich so sehen könnte? Ob es ihr ähnlich ging? Oder hatte sie gar keine Probleme damit, ihre Gefühle auszuschalten und sich den Aufgaben zu widmen, die vor ihr lagen? Irgendwie vermutete ich Letzteres, zumindest erweckte sie immer den Anschein, als würde sie eher rational mit ihrem Emotionen umgehen. Wobei … vielleicht täuschte ich mich da auch, immerhin hatte sie es mir bis vor Kurzem übel genommen, was während der Highschool passiert war. Das war alles andere als rational. Trotzdem hatte sie es so dargestellt, als ob sie in den letzten Jahren keinen Gedanken an mich verschwendet hätte, also musste es nicht unbedingt etwas heißen, dass jetzt Funkstille herrschte.

Der letzte Gast war gerade über den Pass gegangen, und ich folgte ihm und schloss zur Gruppe auf, die auf der anderen Seite versammelt stand. Der Wind frischte etwas auf, raschelte in den Kronen der Bäume, und einige der Gäste zogen die Reißverschlüsse ihrer Jacken weiter hoch.

»Sommer in Schottland«, murmelte eine Frau mit langen, blonden Haaren, die sie zu einem dicken Zopf geflochten hatte und die dem Akzent nach aus einem deutschsprachigen Land kam.

»Wenigstens bekommt man hier bei Wanderungen keinen Hitzschlag.«

Aus dem Augenwinkel warf sie mir einen Blick zu und lachte. »Das stimmt natürlich, aber ich bin ganz ehrlich, so fünf Grad wärmer könnte es schon sein.« Sie fiel neben mir in Schritt, als ich die Gruppe weiterführte.

Und sie hatte nicht ganz unrecht, es war wirklich frisch heute, mit Spitzenwerten deutlich unter fünfzehn Grad. Aber einem echten Schotten konnte das nichts anhaben. »Meistens ist das Wetter im August und September schöner, falls du noch mal wiederkommen und Wanderungen bei Sonne und annähernd zwanzig Grad machen willst.«

Sie grinste breit, und erst jetzt fiel mir der kleine Nasenstecker auf, den sie trug. »Das wäre das perfekte Wetter. Nicht zu warm, nicht zu kalt, und ich habe auch überhaupt nichts dagegen, wenn es zwischendurch regnet. Das kennen wir in Deutschland ja ebenfalls zur Genüge.«

Hatte ich es doch gewusst, dass sie dem Akzent nach aus Deutschland kam. Wenn man schon sein Leben lang mit Touristen arbeitete, konnte man irgendwann jeden Akzent heraushören. »Und was führt dich nach Schottland?«

»Die schöne Natur?« Sie breitete die Arme aus und drehte sich im Kreis. »Ich habe eine Rundreise durch die Highlands gemacht und wollte die letzten Tage mit Wandern verbringen. Ich komme aus dem Schwarzwald und gehe zu Hause regelmäßig wandern.«

Mir fiel sofort auf, dass sie nur von sich sprach. »Bist du denn ganz allein hier?«

Sie lachte laut. »Schau nicht so geschockt. Keine meiner Freundinnen wollte den Sommer in Schottland verbringen, die sind lieber ans Meer geflogen, aber ich wollte diesen Urlaub unbedingt durchziehen.« Sie zuckte mit den Schultern, den Blick in die Ferne gerichtet, wo gerade die drei Bergkuppen der *Three Sisters of Glencoe* zwischen den Wolken zu erkennen waren. Ein kleines Lächeln umspielte ihre Lippen, als würde sie sich an eine schöne Zeit erinnern. »Es war anfangs auch seltsam für mich, zum ersten Mal allein in den Urlaub zu fahren, sich abends zum Essen allein ins Restaurant zu setzen, aber ich habe die Zeit hier sehr genossen. Man ist niemandem Rechenschaft schuldig, muss sich nach niemandem richten und kann machen, was man will. Ich wünschte nur, es gäbe mehr Angebote für Singles. Zum Beispiel ein Tisch im Restaurant beim Abendessen, an dem sie sich zusammensetzen können, wenn sie nicht allein bleiben wollen. Mir sind im Resort mehrere aufgefallen, die allein essen, und vielleicht hätten sie abends gern Gesellschaft, aber trauen sich natürlich nicht, sich zu jemand Fremdes an den Tisch zu setzen. Wenn es aber einen Tisch gäbe, an dem es gewünscht wird, dass Fremde zusammenkommen …« Erneut zuckte sie die Schultern, und eine leichte Röte schoss in ihre Wangen. »Sorry, manchmal geht meine Fantasie mit mir durch.«

»Nein, das ist eine super Idee«, beeilte ich mich zu sagen. Warum war ich darauf nicht längst von selbst gekommen? Denn die Deutsche hatte recht, auch mir war schon aufgefallen, dass öfter mal Leute allein bei uns Urlaub machten. Teilweise waren es Ältere, die ihren Partner oder ihre Partnerin bereits verloren hatten, aber auch immer mehr Jüngere verreisten solo. Und weitere Anreize für Singles zu schaffen, ihren Urlaub bei uns zu verbringen, war etwas, das bisher nicht in meine Überlegungen zu den Neuerungen eingeflossen war. »Ich muss …«

Ein lauter Schrei unterbrach mich, dann waren das Rascheln von Blättern und Knacken von Ästen zu hören, ehe es einen dumpfen Knall gab. Erschrocken fuhr ich herum, weil das Geräusch von hinten gekommen war. Ich war so in das Gespräch mit der Frau vertieft gewesen, dass ich kaum noch auf die Gäste um mich herum geachtet hatte.

Zehn Meter hinter mir standen drei Gäste am Wegesrand zusammen. Wir wanderten gerade durch ein Waldstück, das am

Hang lag. Der Weg war zwar breit, fiel zu einer Seite aber steil ab, und genau dort standen sie und blickten in die Tiefe.

»Was ist passiert?«, fragte ich sie.

Der Rechte sah zu mir auf, Panik im Blick, und deutete mit einem zittrigen Finger in die Tiefe. »O … Olivia«, stotterte er, »sie meinte, sie würde da unten was sehen, hat sich vorgebeugt und ist dann abgerutscht.«

Shit, shit, shit.

Ich hielt mich an einem Baumstamm fest und sah nach unten. Zwischen dem Grün der Blätter konnte ich etwas Rotes ausmachen, was vermutlich von ihrer Jacke stammte. »Olivia?«, brüllte ich nach unten.

»Ja?«, rief sie zurück.

»Bist du okay?«

»Mein Bein … ich glaube, es ist gebrochen oder zumindest verstaucht, ich kann nicht mehr auftreten.«

Fuck. Ich dachte nicht lange darüber nach. »Ich komme zu dir runter.«

Aber zuerst zog ich mein Handy hervor und wandte mich den Männern neben mir zu. »Ruft die Mountain Rescue, die Nummer ist hier gespeichert. Sie müssen kommen, um Olivia hochzuziehen und sie dann ins Krankenhaus zu fliegen.« Ich drückte mein Handy dem Typen neben mir in die Hand, dann wandte ich mich dem Abhang zu.

Vorsichtig ließ ich mich von Baum zu Baum rutschen, sodass ich mich immer irgendwo festhalten konnte. Es war mühsam und dauerte lange, bis ich Olivia erreicht hatte, aber niemandem wäre geholfen gewesen, wäre ich durch Unachtsamkeit ebenfalls abgestürzt und hätte mich verletzt.

»Hey, Olivia.« Als ich sie endlich erreicht hatte, lehnte ich mich gegen einen Baum neben sie, um nicht abzurutschen. Olivia war gegen zwei Baumstämme geprallt, die ihren Sturz abgefangen hatten, und ich erkannte auf den ersten Blick, dass ihr rechter Fuß in einem seltsamen Winkel abstand. »Wir kriegen das schon wieder hin.«

»Hey.« Sie lächelte schwach. »Das war unglaublich unaufmerksam von mir, sorry.«

Ich schüttelte den Kopf. »Unfälle passieren«, beschwichtigte ich sie. »Selbst geübten Wanderern, die sich in dem Gebiet auskennen.«

»Tatsächlich?« Sie klang nicht überzeugt. »Wie oft musstest du denn schon gerettet werden?«

»Okay, ertappt.« Ich lächelte entschuldigend. »Ich musste noch nie vom Berg gerettet werden, aber ich verdiene auch meinen Lebensunterhalt damit. Wie sollte ich meine Gruppe sicher zurück zum Hotel bringen, wenn ich das nicht mal mit mir selbst schaffe?«

Sie lachte leise, was genau das war, was ich erreichen wollte. »Stimmt, das würde sich in deinem Lebenslauf nicht so gut machen.«

»Und in Bewertungen auf Urlaubsplattformen auch nicht.« Ich lehnte mich etwas näher zu ihr. »Was genau tut dir denn weh?«

»Eigentlich nur mein Bein.« Sie wollte sich aufrichten, um mir die Stelle zu zeigen, verzog aber sofort schmerzhaft das Gesicht. »Ah, shit.«

»Ist schon okay.« Ich legte ihr eine Hand auf die Schulter, um sie von weiteren Bewegungen abzuhalten. Es war auch ohnehin nicht nötig, weil ich ihr verletztes Bein längst gesehen hatte. Es war eindeutig ein Bruch, der jedoch im Krankenhaus sicher schnell gerichtet werden konnte.

»Wie soll ich es denn je wieder den Berg hinaufschaffen?« Olivia deutete den steilen Hang hinauf, den sie heruntergestürzt war.

»Die Mountain Rescue ist schon unterwegs. Die ziehen uns hier hoch und bringen dich dann mit dem Hubschrauber ins Krankenhaus.«

»Oh, absolut großartig.« Der Sarkasmus war deutlich aus ihrer Stimme herauszuhören. »Das werde ich mir von meinem Freund noch für den Rest meines Lebens anhören müssen. Olivia Mitchell ist beim Wandern so talentiert, dass sie mit dem Hubschrauber vom Berg gerettet werden muss.«

Mitfühlend lächelte ich sie an. »Das ist eine Story, die ihr später mal euren Kindern und Enkeln erzählen könnt.«

Jetzt lachte sie richtig. »Wir wollen beide keine Kinder, daher eher nein. Aber vielleicht enden wir als verschrobene Rentner mit zwanzig Katzen, denen ich das als Gutenachtgeschichte vortragen kann.«

Während ich in ihr Lachen mit einstimmte, hörte ich das rhythmische Schlagen von Rotorblättern näher kommen. Innerhalb von Minuten schien er direkt über uns zu sein und dann irgendwo zu landen. Durch den dichten Wald, der Olivia und mich umgab, konnten wir ihn nicht sehen, aber ich wusste, dass es in der Nähe eine Lichtung gab, die groß genug für den Helikopter war.

»Hallo?«, brüllte keine zwei Minuten später jemand von oben zu uns herunter.

»Wir sind hier«, rief ich zurück. »Wir haben eine verletzte, weibliche Person hier unten. Vermutlich Knöchel gebrochen, davon abgesehen aber keine Beschwerden. Sie ist wach und ansprechbar.«

»Alles klar. Wir bauen hier eben die Sicherung auf, dann schicken wir zwei Retter zu euch runter.«

Es dauerte nicht annähernd so lange, wie ich gedacht hatte. Innerhalb von fünf Minuten sah ich zwei Gestalten, die sich zu uns abseilten. Beide trugen die hellorangenen Jacken der Mountain Rescue mit den Reflektorstreifen an Brust und Armen. Einer hatte zudem eine Trage an seinen Rucksack gebunden, mit der sie Olivia gleich nach oben ziehen würden. Ein erlösendes Gefühl machte sich in meiner Brust frei, und auch

Olivia sah aus, als würde sie vor Erleichterung gleich anfangen zu weinen.

Als die zwei Erstelfer noch näher kamen, erkannte ich, dass einer von ihnen Finlay war. Er war derjenige, der die Trage umgeschnallt hatte, und jetzt sah ich auch, dass er zudem ein Tragegeschirr über die andere Schulter geschlungen hatte. Vermutlich würden sie das mir anlegen, damit ich mich am Seil nach oben ziehen konnte.

»Da seid ihr ja.« Die zweite Person war Magnus Jones. Er war ausgebildeter Rettungssanitäter und arbeitete hauptberuflich für die Berufsfeuerwehr in Fort William. Nur in seiner Freizeit engagierte er sich ehrenamtlich für die Mountain Rescue. Er hockte sich sofort vor Olivia und kümmerte sich um sie.

Finlay dagegen kam sofort zu mir. »Bei dir alles okay, Leon?«

»Ja, ich hab mir nichts getan. Ich bin nur auch runter, weil ich nicht wollte, dass sie hier so lange allein ist.«

»Das war genau richtig.« Er klopfte mir auf die Schulter, dann legte er das Geschirr vor mir ab. »Ich vermute, du weißt, wie du das anlegen musst?«

Mit einem Nicken nahm ich es an mich. Ich hatte mein Leben lang Wanderungen auf dem Glencoe Mountain unternommen und unzählige Sicherheitsunterweisungen hinter mich gebracht, wie man diese Geschirre anzog. Ich hielt es vor mir hoch, bis ich unten von oben unterscheiden konnte, dann richtete ich mich an meinen Baumstamm gelehnt auf. Zuerst schlüpfte ich mit den Beinen hinein, dann mit den Armen, und zum Schluss verband ich die Enden fest vor meiner Brust.

Als ich damit fertig war, zog Finlay an unterschiedlichen Stellen des Geschirrs herum, um zu prüfen, dass alles festsaß, ehe er zufrieden nickte. Er hakte mich in den Karabiner am Seil ein und teilte seinen Kollegen oben mit, dass sie mich raufziehen sollten.

Wenn ich gedacht hatte, dass ich lange gebraucht hatte, um

zu Olivia nach unten zu rutschen, war das nichts im Vergleich zum Aufstieg, der gefühlt doppelt so lange dauerte. Ständig rutschte ich auf dem steilen und mit Laub bedeckten Waldboden aus, einmal stolperte ich sogar über eine aus dem Boden ragende Wurzel, die ich übersehen hatte. Ich hatte einen langen Kratzer auf dem Arm und war völlig außer Atem, als ich endlich am Wegesrand ankam.

Mel, Finlays Freundin, die ebenfalls bei der Mountain Rescue arbeitete, kümmerte sich kurz um mich, desinfizierte meine kleine Verletzung, maß meinen Puls und Blutdruck – nur zu Sicherheit, wie sie sagte –, dann drückte sie mir eine Flasche Wasser in die Hand und befahl mir, mich auszuruhen.

Es dauerte bestimmt zwanzig Minuten, bis Finlay und Magnus mit Olivia zwischen sich auf der Trage ebenfalls den Weg nach oben fanden. Dort wurden sie sofort in Empfang genommen und weiter in Richtung der Lichtung getragen, wo wohl der Helikopter geparkt war. Einer der Typen, die mir vorhin gezeigt hatten, wo Olivia angestürzt war, war sofort an ihrer Seite. Vermutlich war das ihr Freund, von dem sie vermutet hatte, dass er sie den Rest ihres Lebens mit diesem Malheur aufziehen würde, aber im Moment sah er nur zu gleichen Teilen erleichtert und besorgt aus. Es würde vermutlich noch dauern, bis der Schock nachgelassen hatte und er anfangen konnte, Witze darüber zu machen.

Finlay zurrte Olivia auf der Trage fest, und als die anderen sie in Richtung Helikopter trugen, joggte er zu mir zurück. Ich konnte Entschlossenheit auf seinem Gesicht lesen, als er sich direkt vor mir aufbaute. »Bring das mit Isla wieder in Ordnung.«

Meine Augenbrauen hoben sich. »Bitte was?«

Mit einem Seufzen rückte er den schweren Rucksack auf seinen Schultern zurecht. Sein Blick bohrte sich dabei in mich hinein, als müsste ich längst wissen, was er meinte. Und vielleicht tat ich das auch, aber ich wollte es ihn trotzdem sagen hören.

»Hör zu, ich weiß, dass wir zwei nie dicke miteinander waren, aber dafür kenne ich Isla umso besser. Und ihr geht es miserabel, um ehrlich zu sein. Sie gibt das natürlich nicht zu und tut so, als wäre alles in Ordnung, aber ich kenne sie. Ich weiß, dass du ihr fehlst.« Er brach ab und presste für einen Moment die Lippen aufeinander. »Und du siehst ehrlich gesagt auch nicht wie das blühende Leben aus. Keine Ahnung, was zwischen euch vorgefallen ist, es geht mich auch nichts an, aber redet einfach miteinander. Ich bin sicher, das lässt sich aus der Welt schaffen.«

Es rührte mich, dass Finlay zwischen uns vermitteln wollte, trotzdem konnte ich ein Schnauben nicht verhindern. »Das wird wohl frühestens passieren, wenn der gefasst wird, der seit Wochen die Lodges und das *Three Sisters Resort* terrorisiert.«

Fassungslos verengte Finlay die Augen und rieb über seine Stirn. »Ihr zwei, ey. Seid froh, dass niemand von euch dahintersteckt und ihr vor allem beide gesund und munter seid. Aber ich seh schon, dass du genauso stur wie Isla bist. Ihr passt echt gut zusammen.« Beim letzten Satz lachte er und klopfte mir auf die Schulter, dann folgte Finlay seinen Kollegen zurück zum Hubschrauber.

Ich sah ihm hinterher, und seine Worte geisterten mir noch im Kopf herum, als sich jemand neben mir räusperte und mich aus meiner Trance riss. Erst da fiel mir wieder ein, dass ich ja noch eine Wandergruppe hier oben hatte, die ich zurück zum Resort bringen musste.

27. KAPITEL

ISLA

»Das kann doch nicht wahr sein.« Kyleen raufte sich die Haare und sah flehend zu mir auf.

»Ich verstehe das auch nicht.« Ich schluckte. »Wir müssen das irgendwie wieder zurechtbiegen.« Ich konnte die Panik aus meiner eigenen Stimme nicht heraushalten, aber wir mussten das hier irgendwie schaffen. Und mit *das hier* meinte ich die Stornierungen, die sich in den letzten Tagen gehäuft hatten. Der August war nur zur Hälfte belegt, und wenn das so weiterging, würden wir spätestens im Oktober nicht mehr zahlungsfähig sein.

Dabei verstand ich immer noch nicht, wo die Stornierungen so plötzlich herkamen. Es war nicht so, als gäbe es eine große Berichterstattung über die Vorfälle hier. Selbst in den lokalen Zeitungen hatten sie kaum vier Zeilen darüber berichtet, dass wir mit den Booten beim Wildwasserrafting beinahe gekentert waren. Ich konnte mir also beim besten Willen nicht vorstellen, dass jemand aus – ich checkte die letzte E-Mail mit einer Stornierung – Irland mitbekommen hatte, was bei uns vorging. Auch in unseren Bewertungen hatte ich davon nichts finden können. In der letzten Woche hatte ich sämtliche Plattformen fast schon gebetsmühlenartig mehrmals täglich gecheckt, weil ich Angst hatte, dass sich der Vorfall auf dem Fluss negativ auf uns auswirken würde. Aber das genaue Gegenteil war der Fall gewesen. Wir hatten nur gute Bewertungen bekommen, und die Sache war nicht einmal irgendwo erwähnt worden. Und zwar weder bei uns noch beim Resort.

Aber was war es dann? Denn irgendetwas musste es sein. Es waren mittlerweile weit mehr Stornierungen, als dass es sich um einen Zufall handeln konnte. Selbst während der Corona-Hochphase, als wir mitten im Lockdown gesteckt hatten, waren mehr Leute gewillt gewesen, ihren Urlaub trotz allem bei uns zu verbringen, als jetzt. Es kam mir fast wie die böse Schwester des Schicksals vor, dass uns ausgerechnet jetzt alles vor die Füße zu fallen schien. Jetzt, wo Corona vorbei war und wir gedacht hatten, dass wir das erste normale Jahr seit der Pandemie erleben konnten, nachdem wir im letzten Jahr so viele Aktivitäten durch Personalmangel hatten ausfallen lassen müssen. Ausgerechnet jetzt, wo sich alles zum Guten hatte wenden sollen, schien alles wie ein Kartenhaus in sich zusammenzufallen.

Tränen der Frustration brannten in meinen Augenwinkeln. Es war so verflucht unfair, dass sich mein ganzes Leben gegen mich zu wenden schien. Als wäre der Streit mit Leon nicht schon genug gewesen. Leon, dem ich weiterhin aus dem Weg ging und dessen Fehlen ein Loch in meine Brust gerissen hatte. Genau an der Stelle, an der einmal mein Herz gesessen hatte, klaffte nun eine offene Wunde.

»Finlay hat gestern übrigens Leon gesehen«, sagte Kyleen plötzlich, als hätte sie meine Gedanken erraten.

»Was?« Abrupt sah ich zu ihr auf. »Wo? Und vor allem, warum hast du Finlay gesehen?«

»Finn ist immer noch mein bester Freund.«

»Von dem du dich fernhalten wolltest, weil er nie dasselbe für dich empfinden wird wie du für ihn«, erinnerte ich sie an das Gespräch, das wir vor nicht allzu langer Zeit geführt hatten.

Kyleen winkte ab, als sei das alles Schnee von gestern. »Wir haben nur einen Filmabend bei mir gemacht. Nichts Weltbewegendes. Aber das …«

Mein lautes Lachen unterbrach sie. »Ihr habt *nur* einen Filmabend gemacht? Wie so ein altes Pärchen? Schön zusammengekuschelt auf der Couch mit einer Schüssel Popcorn, in die ihr beide gleichzeitig greift und in der sich eure Finger dann wie durch Zufall berühren?«

»Du hast echt zu viele Hollywoodfilme gesehen. So was passiert doch nicht in der Realität.« Kyleen betrachtete mich, als hätte ich den Verstand verloren. »Wir erinnern uns, dass Finn in mir nie etwas anderes als die beste Freundin gesehen hat und das auch nie tun wird? Wir saßen mit Sicherheitsabstand auf der Couch, und anstatt Popcorn hatte jeder von uns seine eigene Tüte Chips.«

»Da wäre ich mir echt nicht mehr so sicher. Ich meine, sei mir nicht böse, aber einen Filmabend sollte er lieber mit seiner Freundin machen. Ich an Mels Stelle wäre angepisst, wenn mein Freund einen Filmabend mit einer anderen als mir macht. Also wenn ihr jetzt in einer großen Gruppe gewesen wärt, wäre das noch mal was anderes. Aber nur ihr zwei?«

Kyleen verdrehte die Augen. »Da ist nichts passiert, und da wird auch nie etwas passieren, und das weiß Mel genauso gut wie wir beide. Aber darauf wollte ich gar nicht hinaus. Eigentlich wollte ich dir von Leon erzählen.«

Nur seinen Namen zu hören, brachte die Schmetterlinge in meinem Bauch dazu, aufgeregt umherzufliegen. Etwas in meiner Brust zog sich schmerzhaft zusammen, und ich war mir nicht sicher, ob ich hören wollte, was Kyleen zu sagen hatte. »Was ist mit Leon?«

»Finn ist gestern zu einem Einsatz bei Leons Wanderroute gerufen worden …«

»Oh, mein Gott, ist er okay?« Das Herz sprang mir bis in die Kehle hoch, und ich rollte mit meinem Stuhl näher zu Kyleen.

»Jaja, Leon geht es bestens«, beruhigte sie mich sofort, ehe sie die Stirn krauszog. »Oder vielleicht nicht bestens, denn Finn sagt, er sieht genauso beschissen aus wie du, aber er ist zumindest nicht verletzt. Eine Wanderin aus seiner Gruppe ist einen Abhang hinuntergestürzt, deswegen war Finn oben.«

Ich verengte die Augen. »Ich sehe nicht beschissen aus.« Okay, da waren dunkelviolette Schatten unter meinen Augen, weil ich aus Angst vor dem ominösen Verfolger nachts kaum noch schlief, aber deswegen sah ich doch nicht gleich *beschissen* aus.

Seit der Nacht, in der ich vom *Tavern* nach Hause verfolgt worden war, bekam ich kaum noch ein Auge zu. Sobald ich mich in mein Bett legte und das Licht ausschaltete, hörte ich seine Schritte wieder. Sah seine dunkle Gestalt wieder, wie sie sich in den Schatten hielt, mir aber gleichzeitig unaufhörlich näher kam. Bedrohlich, ohne dass ich genau wusste, was er von mir wollte. Ich unterdrückte ein Schaudern.

Ich hatte niemandem davon erzählt, was mir an dem Abend widerfahren war, nicht einmal Kyleen, daher schob ich meine Angst nun weit zurück und setzte ein Lächeln auf.

Kyleen lachte. »Aber so was von. Du hast diesen ›Geschlagener-Hund‹-Blick drauf. Als wärst du ein Welpe, den jemand grundlos getreten hat.«

Entsetzt schnappte ich nach Luft. »Du übertreibst maßlos.« Es konnte nicht anders sein, weil es zwar so war, dass ich mich so *fühlte*, wie Kyleen es beschrieb, ich aber alles dafür tat, dass man es mir nicht anmerkte. Obwohl mir nicht danach zumute war, lachte ich in Unterhaltungen an den entsprechenden Stellen, ich kam mit guter Laune zur Arbeit und hob mir das Trübsalblasen für den Abend auf, wenn ich allein zu Hause war. »Ich bemühe mich wirklich, positiv zu wirken.«

»Das sehe ich, und die meisten bemerken vermutlich nichts, aber ich kenne dich viel zu gut, um mich davon blenden zu lassen, denn deine aufgesetzte gute Laune erreicht deine Augen nicht.«

Langsam ließ ich die Luft entweichen. »Dabei will ich das gar nicht fühlen. Am liebsten wäre es mir, wenn mir das alles egal wäre und ich Leon wieder vergessen könnte.« Dabei hatte ich ihn noch nie vergessen können. Nicht wirklich zumindest. Ich hatte verdrängt, was ich für ihn empfand, und mir jahrelang eingeredet, dass es mir gut damit ging, aber erst jetzt, wo wir uns wieder angenähert hatten, war mir klar geworden, dass ich mich nur selbst belogen hatte.

Und nachdem mir das bewusst war, konnte ich mir nicht länger einreden, dass Leon mir nichts bedeutete.

»Ach, Süße.« Kyleen legte einen Arm um meine Schultern. »Aber Leon fühlt doch genauso wie du. Das versuche ich dir schon die ganze Zeit zu sagen. Finn meint, er hätte denselben Blick drauf wie du, und als er ihn auf dich angesprochen hat, sei er beim Klang deines Namens zusammengezuckt.«

Ich schnaubte. »Das heißt aber noch lange nicht, dass er *traurig* ist, dass das mit uns auseinandergegangen ist. Vielleicht ist er ja froh und hatte in dem Moment nur Angst, dass ich, sobald Finn meinen Namen nennt, hinter irgendeinem Baum hervorgesprungen komme.«

Kyleen tippte sich an die Stirn. »Träum weiter. Leon ist mindestens genauso in dich verliebt wie du in ihn. Das merkt jeder, der euch beide einmal zusammen gesehen hat.«

»Ich bin nicht in Leon verliebt.« Das kam völlig automatisch raus, wie ein Reflex, den ich mir jahrelang antrainiert hatte. Denn wenn ich ehrlich zu mir war – und wenn ich zu mir selbst schon nicht ehrlich sein konnte, zu wem denn sonst? –, musste ich mir eingestehen, dass ich schon lange verliebt in Leon war. Vermutlich hatte ich damit seit der Highschool nicht wirklich aufgehört, auch wenn ich mir lange eingeredet hatte, dass ich nur noch Hass für ihn empfand.

»Wenn du nicht in Leon verliebt bist, dann bin ich auch nicht in Finn verliebt. Worüber diskutieren wir dann die ganze Zeit?«, konterte Kyleen.

Wir sahen uns an. Eine Sekunde, zwei Sekunden, drei … dann begannen wir gleichzeitig zu lachen. Es war das erste Mal seit meinem Streit mit Leon, dass sich mein Lachen echt anfühlte, und es tat so unfassbar gut, mit Kyleen unbeschwert zu sein. Wenigstens für einen kurzen Augenblick, während um uns herum gefühlt die halbe Welt brannte.

»Was macht ihr denn noch hier?« Angelockt durch unser lautes Lachen, steckte Adrien den Kopf in das Büro. »Habt ihr nicht mitbekommen, wie spät es schon ist? Außerdem zieht ein Sturm auf, ihr solltet euch langsam mal auf den Weg nach Hause machen.«

Mein Blick streifte die Uhr an der Wand, deren Zeiger auf kurz nach sechs standen. Mir war wirklich nicht bewusst gewesen, wie spät es mittlerweile war. Irgendwie verging die Zeit mit Kyleen immer viel schneller als gedacht, selbst wenn wir uns über unangenehme Themen unterhielten.

»Ach, Mist«, sagte Kyleen, als würde es ihr genauso gehen wie mir. »Kannst du mich mitnehmen, Adrien?«

»Aber klar doch.«

In Windeseile packte Kyleen ihre Sachen zusammen, stopfte alles in ihre Handtasche und umarmte mich zum Abschied. Dann schob sie die Brille auf ihrer Nase hoch, ehe sie Adrien zur Tür hinaus folgte. »Wir sehen uns morgen.«

»Kommt gut heim«, rief ich den beiden hinterher.

An der Tür blieb Adrien stehen. »Was ist mit dir?«

»Ich mach hier noch alles aus, dann verschwinde ich ebenfalls.«

»Alles klar, fahr vorsichtig.«

»Ich bemühe mich.« Ich winkte den beiden hinterher, bis sie im Flur verschwunden waren, dann wandte ich mich dem Computer zu. Als alles ausgeschaltet war, schnappte ich mir meine Handtasche und verließ das Büro. Hinter mir schloss ich zweimal ab, dann ging ich den Flur entlang, bis ich das Gebäude verlassen konnte.

Lauter Donner krachte über den Himmel, kaum dass ich im Freien war. Fast zeitgleich fielen die ersten dicken Regentropfen vom Himmel. »Shit«, fluchte ich, hielt mir die Handtasche wie einen Regenschirm über den Kopf und beschleunigte meine Schritte. In der Ferne sah ich, wie Kyleen und Adrien auf dem Parkplatz gerade in seinen Pick-up stiegen, aber ich musste noch was aus der Umkleide holen, daher steuerte ich das Nebengebäude an.

Warmer Dampf traf auf mein Gesicht, sobald ich das Gebäude betrat, und kurz darauf hörte ich das Wasserrauschen einer laufenden Dusche. Vermutlich war es einer der Gäste, denn von den Mitarbeitenden waren alle längst nach Hause gegangen.

Mit einem Schmunzeln trat ich an meinen Spind und gab die Zahlenkombination ein, um ihn zu öffnen. Ich entdeckte das Ladegerät für mein Handy sofort und steckte es in meine Handtasche, ehe ich den Spind wieder verschloss. Eigentlich hatte ich es mitgenommen, um mein Handy den Tag über zu laden, weil ich schon nur mit fünfzig Prozent Akku zur Arbeit gefahren war. Aber dann hatte ich es im Stress des Tages vergessen, und jetzt war der Akkustand so niedrig, dass ich befürchtete, es könnte jeden Moment ausgehen.

Das Wasser wurde abgdreht, als ich mich gerade abwandte, um die Umkleiden wieder zu verlassen. Eine Sekunde später krachte ein weiterer Donnerschlag über das Gebäude hinweg, der sich näher anhörte als der erste. Ich knallte meinen Spind zu, um so schnell wie möglich nach Hause zu kommen. Frodo hatte bei Gewitter Angst, und da wollte ich ihn nicht zu lange allein lassen.

Ich schlang mir die Handtasche über die Schulter und verließ mit zügigen Schritten das Gebäude. Draußen war es deutlich dunkler geworden, als hätte die Dämmerung bereits eingesetzt. Schwarze Wolken hingen so tief am Himmel, dass ich das Gefühl hatte, ich müsste nur den Arm ausstrecken, um sie berühren zu können. Ein Blitz erhellte das tief unter uns liegende Glencoe und den Loch Linnhe. Im Kopf zählte ich mit, wie lange es dauerte, bis der dazugehörige Donner folgte. Zehn Sekunden, also war das Gewitter eigentlich noch ein gutes Stück entfernt. Oder es zog komplett an uns vorbei und erreichte Glencoe gar nicht.

Ich trat unter dem Vordach hervor in den stärker gewordenen Regen. Kühl trafen die Tropfen auf mein Gesicht. Es kam mir vor, als wäre es in den letzten zehn Minuten mindestens fünf Grad kälter geworden, aber das war sicher nur Einbildung.

Als ich mich gerade in Richtung Parkplatz wenden wollte, sah ich es. Da war Licht im Schuppen. Und die Tür war geöffnet.

Eiskalt lief es mir über den Rücken. Hatte ich etwa meinen Schlüssel verlegt? Panisch riss ich mir die Handtasche von der Schulter und zog meinen Schlüsselbund hervor, aber nein, der Schlüssel für den Schuppen war noch immer daran.

Erleichterung wollte sich trotzdem nicht einstellen, denn aktuell hatte außer mir nur Adrien einen Schlüssel, und der war vor nicht einmal zehn Minuten mit Kyleen weggefahren.

Also wer zur Hölle war da in unserem Schuppen und wie war er hineingekommen?

Kurz zögerte ich, ob ich nachsehen oder lieber sofort Adrien informieren sollte, dann zog ich mein Handy hervor. Der Balken für den Akkustand blinkte mir rot entgegen, und ich konnte nur hoffen, dass er ausreichend für diesen einen Anruf sein würde. Ich wählte seine Nummer an und hielt mir das Handy ans Ohr. Es klingelte einmal, zweimal … dann gab mein Handy den Geist auf.

Shit!

Ich zog es vom Ohr, und blickte darauf, aber der Bildschirm war schwarz, und das blieb er auch, egal wie ich es wendete oder mit dem Finger darauf tippte. »Lass mich jetzt nicht im

Stich«, murmelte ich unnötigerweise, denn dass es dazu gekommen war, war meine eigene Schuld. Hätte ich das Handy rechtzeitig geladen, würde ich mich nicht in dieser Bredouille befinden.

Ein Scheppern erklang aus dem Schuppen und erinnerte mich daran, warum ich überhaupt noch hier stand. Kurz blitzte in mir der Gedanke auf, dass das keine gute Idee war. Dass ich warten oder Hilfe holen sollte. Aber wenn ich jetzt davonfuhr, wusste ich ja nicht einmal, ob die Person noch da wäre, bis ich Adrien informiert hatte.

Ich schob diesen Gedanken beiseite und ging auf den Schuppen zu. Vorsichtig nahm ich die Treppe, um nicht auf die Bretter zu treten, die knarzten, dann duckte ich mich unter eins der Fenster. Das Herz schlug mir bis zum Hals. Das hier fühlte sich gefährlich an, dabei wusste ich noch gar nicht, was ich vorfinden würde. Trotzdem beschlich mich bereits eine dunkle Vorahnung, dass es mir nicht gefallen würde. Denn dafür war das hier viel zu shady. Wer auch immer da drin war, hatte gewartet, bis Adrien, Kyleen und ich gerade gegangen waren. Oder zumindest hatte die Person *gedacht,* wir wären bereits alle gegangen und sie könnte hier in Ruhe tun, was auch immer sie vorhatte.

Aber nicht mit mir!

Ich zwang mich dazu, mich langsam aufzurichten, bis ich einen Blick durch das schmale Fenster in den Schuppen werfen konnte.

Was ich sah, ließ mir das Blut in den Adern gefrieren.

Das konnte nicht wahr sein!

28. KAPITEL

ISLA

Ich blinzelte, aber das Bild vor mir blieb dasselbe. Kurz fragte ich mich, ob das vor mir eine Halluzination war, ausgelöst durch die Anschuldigungen, die Leon mir immer an den Kopf geworfen hatte. Denn das konnte eigentlich nicht sein, das *durfte* nicht sein. Es würde bedeuten, dass jemand aus den *Glencoe View Lodges* von Anfang an für die Anschläge verantwortlich war, und das wollte ich einfach nicht akzeptieren.

Aber völlig egal, was ich tat oder wollte, das Bild vor mir änderte sich nicht. Da kniete Duncan vor einem Fahrrad, und auch, wenn ich mich mit Mountainbikes absolut nicht auskannte, war ich mir ziemlich sicher, dass er an den Kabeln für die Bremsen herumschraubte. Die Fahrräder, mit denen Toby morgen früh eine Tour auf dem Glencoe Mountain geplant hatte.

Ich wollte mir gar nicht ausmalen, was passieren könnte, wenn bei der steilen Abfahrt die Bremsen der Bikes nicht funktionieren würden …

Nicht darüber nachdenken, Isla.

Viel lieber sollte ich mir überlegen, was ich jetzt tun wollte. Weil mein Handy tot war, konnte ich weder Adrien noch die Polizei rufen. Das wäre in diesem Fall eindeutig die richtige Vorgehensweise. Ich konnte nicht einmal Beweisbilder von dem machen, was ich gerade vor mir sah. Gleichzeitig sträubte sich alles in mir dagegen, jetzt einfach zu fahren, um Hilfe zu holen. Wer wusste schon, ob Duncan noch da wäre, bis wir zurück waren. Vielleicht könnte ich es schaffen, zurück ins Büro zu schleichen, um Adrien vom Festnetz aus anzurufen.

Wie ging man damit um, wenn jemand, den man als Freund betrachtet hatte, einen seit Wochen hintergangen hatte? Wegen Duncan war ich beim Bogenschießen verletzt worden. Er war dafür zuständig, dass das Wasser ausgefallen war, der Sessellift stecken geblieben war und wir ohne Vorräte dagestanden hatten. Er hatte mich zum Wildwasserrafting dazugeholt, in dem vollen Bewusstsein, dass er die Boote manipuliert hatte und wir in Gefahr geraten würden. Und dann hatte er mich danach noch ganz scheinheilig in die Arme gezogen und mich gefragt, ob alles okay war. Jetzt verstand ich erst, warum er so viel ruhiger gewesen war als ich. Weil er genau gewusst hatte, was bei dieser Tour auf uns zukommen würde.

Viel schlimmer jedoch war, dass Duncan dann auch derjenige gewesen sein musste, der mich nach dem Pub-Besuch verfolgt und mir das Päckchen mit den Rattenaugen vor die Tür gelegt hatte. Ich hätte ihn nicht für einen Tierquäler gehalten, und ich wusste nicht einmal, warum mich das mehr schockierte als alles andere. Vielleicht lag es daran, weil ich es Duncan niemals zugetraut hatte. Auch wenn wir nicht das engste Verhältnis hatten, hatte er auf mich immer einen ruhigen und besonnenen Eindruck gemacht. Nie hätte ich vermutet, dass diese Niedertracht in ihm schlummerte.

Wobei das Allerschlimmste an dieser ganzen Sache nicht einmal war, was Duncan getan hatte, sondern dass Leon recht behalten hatte. Er hatte Duncan von Anfang an verdächtigt, und ich hatte nicht auf ihn hören wollen. Hatte ihn sogar weggeschickt und war ihm seitdem aus dem Weg gegangen. Und jetzt würde ich vor ihm zu Kreuze kriechen müssen. Wenn Leon nur ein kleines bisschen wie ich war, würde er mir das für den Rest meines Lebens vorhalten.

In dem Moment drehte Duncan den Kopf in meine Richtung. Weil ich zu sehr in Gedanken gewesen war, reagierte ich nicht schnell genug, und sein Blick fiel direkt auf mich. Seine Augen weiteten sich überrascht, und der Schraubenschlüssel fiel so plötzlich aus seinen Fingern, als hätte er sich daran verbrannt.

Falls mir zuvor nicht schon bewusst gewesen wäre, dass Duncan die Fahrräder nicht reparierte, sondern irgendwas an ihnen kaputt machte, hätte mich spätestens seine Körpersprache darauf gebracht. Alles an ihr schrie geradezu nach einem Schuldeingeständnis. Fast wie bei einer Katze, die gerade deine Küche verwüstet hatte und sich jetzt überlegte, was sie anstellen könnte, damit du nicht böse wirst. Nur dass die Katze dabei süß aussah, und man mit ihr eigentlich nicht schimpfen konnte.

Bei Duncan war das aber etwas völlig anderes. Schnell trat ich vom Fenster weg und durch die offen stehende Tür in den Geräteschuppen hinein. »Was machst du hier?«, fragte ich, als wüsste ich das nicht längst. Aber ich wollte wissen, wie Duncan reagieren würde. Ich wollte es aus seinem Mund hören, dass er uns die ganzen letzten Wochen hintergangen hatte.

Etwas Kalkulierendes lag in seinem Blick. Ich konnte genau erkennen, wie er mit sich rang, ob es sich lohnen würde, noch mal zu versuchen, sich aus der Situation herauszureden, oder ob ich ohnehin längst Bescheid wusste.

»Versuch gar nicht erst, mir eine Lüge aufzutischen«, warnte ich ihn.

Duncan rollte mit den Augen. »Warum fragst du dann überhaupt so blöd, wenn du es eh schon weißt?«

Wut regte sich in mir, nicht nur wegen dieser patzigen Antwort, sondern auch wegen seines respektlosen Tonfalls. »Weil ich von dir hören will, dass du derjenige bist, der uns seit Wochen terrorisiert.« Ich schnaubte verächtlich. »Wenn ich darüber nachdenke, dass ich dich letzte Woche noch in Schutz genommen und mich deinetwegen mit Leon gestritten hab, wird mir schlecht.«

»Es hat dich niemand darum gebeten, das zu tun.« Er hockte sich wieder vor das Bike und nahm den Schraubenschlüssel zurück in die Hand, der ihm zuvor aus den Fingern gefallen war. Ganz so, als könnte er jetzt, wo ich ihn eh entdeckt hatte, zu Ende führen, was er angefangen hatte.

»Du brauchst damit gar nicht weiterzumachen. Mit diesen Bikes wird morgen niemand fahren.«

Duncan sah auf. Da war eine Eiseskälte in seinem Blick, bei der mir angst und bange wurde. Ich schwankte und musste mich kurzzeitig an der Türzarge neben mir festhalten.

»Das werden wir ja noch sehen.« Aus seiner Stimme war jegliche Emotion verschwunden, und mein Kopf schaffte es einfach nicht, diesen Duncan vor mir mit dem zu vereinbaren, mit dem ich die letzten zwei Jahre zusammengearbeitet hatte. Er sah zwar aus wie derselbe Typ, aber davon abgesehen, passte nichts zusammen. Nicht seine Stimme, nicht seine Worte, selbst seine Haltung war völlig anders.

Ich ging weiter in den Raum hinein, während der Regen draußen noch mal stärker zu werden schien. »Warum?«, fragte ich. »Warum machst du das alles?«

Duncan war wohl an einem Fahrrad fertig, schob es zur Seite und nahm sich das nächste vor. Er arbeitete in einer Seelenruhe, als ging er tatsächlich davon aus, ich würde es zulassen, dass Toby morgen mit seiner Gruppe und den sabotierten Bikes losfuhr.

»Ich dachte eigentlich, du würdest mich verstehen. Als Adrien uns seine Pläne vorgestellt hat, warst du wie ich dagegen.«

»Wir waren *alle* dagegen, aber das rechtfertigt doch nicht, Menschenleben in Gefahr zu bringen.« Ich konnte kaum glauben, was ich da hörte. Machte Duncan das wirklich, weil er nicht mit dem *Three Sisters Resort* kooperieren wollte? »Und ich war vor allem gegen die Zusammenarbeit, weil ich befürchtete, dass Leon uns hintergehen könnte. Aber der Einzige, der gegen uns arbeitet, bist du.«

Duncan sah auf, und da war etwas Wildes und gleichzeitig Entschlossenes in seinem Blick, das mir einen eiskalten Schauder über den Rücken jagte. Seine Augen wirkten mehr wie die von einem wilden Tier, das in die Ecke gedrängt wurde, als wie die eines Menschen. »Und doch bist du diejenige, die sich dann von Leon hat ficken lassen.«

Ich schnappte nach Luft.

Langsam richtete Duncan sich auf. »Oder willst du das etwa bestreiten? Ich habe euch gesehen, und ich muss sagen, ich bin wirklich enttäuscht von dir, Isla. Ich dachte, du wärst hier auf meiner Seite. Du hast Leon in etwa so sehr gehasst wie ich, aber ich hätte es mir vermutlich denken können. Er macht dir drei Tage lang schöne Augen, schon machst du die Beine für ihn breit, und plötzlich ist er Everybody's Darling.« Abscheu sprach aus jedem seiner Worte, und mir schwirrte der Kopf. Duncan hasste Leon? Das hatte ich nicht gewusst.

»Warum hasst du Leon?« Meine eigene Stimme krächzte und klang, als würde sie einer anderen gehören. Duncan trat zwei Schritte auf mich zu, und ich ging drei zur Seite weg, um etwas mehr Abstand zwischen uns zu bringen. Er hielt immer noch diesen Schraubenschlüssel in der Hand, und mir wurde erst jetzt bewusst, dass er so lang wie mein Unterarm war.

Die ganze Situation war mir nicht geheuer, weil ich diesen Duncan, der gerade vor mir stand, nicht einschätzen konnte.

Mit den Unterarmen stützte er sich auf dem Lenkrad eines Fahrrads ab und drehte den Schraubenschlüssel zwischen den Fingern. »Du bist nicht die Einzige, die eine Vergangenheit mit den McLachlans hat. Meine Mum hat dort als Nanny gearbeitet. Damals, als Penny gerade in die Schule gekommen ist. Der alte Gregor hatte ja nie Zeit für die Kinder, für ihn war immer nur das Hotel wichtig.« Duncan stieß sich von dem Fahrrad ab und kam einen Schritt auf mich zu, während ich einen zurück machte. »Mum hatte eine Affäre mit Gregor. Er hat wohl nur nach ein wenig Spaß und Ablenkung gesucht, aber sie hat so viel mehr darin gesehen. Sie hat sich in Gregor verliebt und hat von einer gemeinsamen Zukunft geträumt, während es ihm vermutlich unangenehm war, mit der Nanny in der Öffentlichkeit gesehen zu werden. Denn alles, was zwischen den beiden vorgefallen war, ist hinter geschlossenen Türen passiert. Du weißt ja, wie er ist.«

Das wusste ich allerdings, auch wenn ich Duncan gerade in nichts zustimmen wollte. Aber nach allem, was ich bisher über Gregor erfahren hatte, konnte ich es ihm nicht einmal verdenken, dass er keine neue Liebe, sondern einfach etwas Abwechslung gesucht hatte, um weniger einsam zu sein. Und grundsätzlich war da auch gar nichts dagegen einzuwenden, solange sich alles einvernehmlich zwischen zwei Erwachsenen abspielte.

Aber Duncan war noch lange nicht fertig. »Als Gregor herausgefunden hat, dass meine Mum mehr in ihm sieht, ist er völlig ausgerastet. Er hat ihr vorgeworfen, nur hinter seinem Geld her zu sein und ihm zudem die Kinder wegnehmen zu wollen. Es war total schizophren, wenn du mich fragst, aber das änderte nichts daran, dass er meine Mum damit völlig verstört hat. Er hat sie natürlich sofort gefeuert und sie zudem überall schlechtgeredet, sodass sie nie wieder einen anderen Job als Nanny oder Kinderbetreuerin angeboten bekommen hat.«

Was ich gehört hatte, war, dass seine Mum etwas aus dem *Three Sisters Resort* geklaut haben sollte. Und zwar nicht nur das Tafelsilber oder etwas ähnlich Unwichtiges, sondern dass sie etwas aus der Schmuckschatulle von Gregors verstorbener Frau entwendet haben sollte und deshalb gefeuert worden war. Aber nichts davon sprach ich aus. Zum einen war das so lange her, dass ich nicht mit Sicherheit sagen konnte, ob meine Erinnerung mich trog, zum anderen wollte ich Duncan nicht noch weiter verärgern.

Duncan lachte bitter. »Weißt du, warum ich noch immer zu Hause wohne? Nicht aus Bequemlichkeit oder weil Mummy mir da noch die Wäsche wäscht, wie man mir so gerne nachsagt. Sondern weil Mum sich das Haus ohne mein zusätzliches Einkommen nicht mehr leisten könnte. Mit dem, was ich bei Adrien verdiene, kommen wir gerade so hin, damit wir mein Elternhaus nicht aufgeben müssen. Aber das ist nicht der einzige Grund. Seit Mum von Gregor gefeuert wurde, ist sie nicht mehr dieselbe. Mit den Jahren ist sie immer tiefer in ein Loch gefallen, geht mittlerweile kaum noch vor die Tür. Ich wollte längst ausgezogen sein und die Welt bereisen, aber stattdessen räume ich zu Hause meiner Mum hinterher wie einem kleinen Kind.«

Weil Duncan einen weiteren Schritt auf mich zu machte, trat ich zurück und stieß mit dem Rücken gegen die Wand. Hektisch sah ich mich um und bemerkte erst jetzt, dass ich mich von ihm in die Ecke hatte drängen lassen. Mittlerweile stand Duncan direkt vor mir. Ich hatte keine Ahnung, wie ich an ihm vorbeikommen sollte. Ich musste ihn am Reden halten und es irgendwie schaffen, dass sich unsere Positionen wieder änderten.

»Das tut mir total leid«, begann ich und fügte in Gedanken hinzu, dass das alles noch lange kein Grund war, deswegen Menschenleben in Gefahr zu bringen und seine Freunde zu hintergehen. »Aber wenn du Bedenken wegen der Zusammenarbeit hattest, hättest du mit Adrien …«

Er unterbrach mich schnaubend. »Natürlich habe ich mit Adrien gesprochen. Ganz am Anfang, als er uns die Zusammenarbeit erläutert hat. Weißt du, was er mir geraten hat? Dass meine Mum sicher Depressionen hat und ich ihr einen Therapeuten suchen soll. Er hat meine Bedenken genauso abgetan wie die von uns allen.« Er sagte das mit so viel Abscheu, dass ich nur verständnislos blinzeln konnte. Ich kannte seine Mum nicht, aber nach allem, was er mir gerade erzählt hatte, musste ich Adrien recht geben.

»Wenn du deiner Mum helfen möchtest, scheint das ein guter Schritt zu sein«, schlug ich vor.

Unwirsch schüttelte er den Kopf. »Das Einzige, was ihr noch hilft, ist, wenn ich die Leute aus dem Resort als das bloßstelle, was sie sind: ein Haufen arroganter Arschlöcher, die über Leichen gehen.«

»Der Einzige, der hier über Leichen geht, bist du.« Ich konnte mich nicht davon abhalten, das auszusprechen, aber es war die Wahrheit. Nie hätte ich Duncan auf meiner Liste gehabt. Was mich gerade nur an meiner eigenen Wahrnehmung zweifeln ließ. Hatte ich mich so sehr darin verrannt, dass der Täter aus dem Resort kommen musste? Oder war Duncan tatsächlich halbwegs schlau vorgegangen, weil er es so aussehen lassen wollte, dass der Täter aus dem Resort kam?

»Ich krieg das alles wieder hin.« Duncan ging gar nicht auf meine Worte ein. Sah mich nicht einmal an. Als wäre er in seinem eigenen Kopf gefangen, wo ich gar nicht existierte. »Wenn ich Adriens volle Aufmerksamkeit erlangt habe, wird er einsehen, dass ich recht habe, und die Zusammenarbeit mit dem *Three Sisters Resort* wieder auflösen.«

»Wenn Adrien wüsste, dass du dahintersteckst, hättest du seine Aufmerksamkeit längst.«

Duncan kam noch näher, und ich rückte seitlich von ihm zurück. Es war wie ein Tanz, den wir hier vollführten, nur dass mir dabei weiterhin das Herz raste, als wollte es von mir davonlaufen.

»Es ist zu früh«, murmelte Duncan. »Adrien ist noch nicht bereit, die Zusammenarbeit aufzugeben, es muss noch mehr passieren.«

Ich presste die Lippen fest aufeinander, um nicht herauszuplappern, dass niemand von uns bereit war, die Zusammenarbeit mit Leon zu beenden. Trotz meiner anfänglichen Befürchtungen war sie eine Bereicherung für die Lodges geworden. Und dachte Duncan wirklich, dass wir *ihn* noch weiter beschäftigen würden, nachdem ich ihm auf die Schliche gekommen war? Ihm musste doch bewusst sein, dass es das für ihn gewesen war. Sobald ich Adrien davon erzählte, war Duncan gefeuert, und wir würden ihn der Polizei übergeben.

Duncan jedoch schien derartige Gedanken nicht zu haben. Oder vielleicht doch, denn als er einen weiteren Schritt auf mich zu machte, kam er an einem Werkzeugkoffer vorbei, aus dem er eine riesige Rohrbiegezange griff. Sie war aus Eisen, bestimmt so lang wie mein Unterarm, und das wulstige Oberteil war so massiv, dass ich das Gefühl hatte, mir würde der Boden unter den Füßen weggezogen.

Jetzt landete sein Blick auf mir. Da war ein Schimmer in seinen Augen, der mich frösteln ließ, so kalt und kalkulierend war er.

Ich musste gegen die plötzliche Trockenheit in meiner Kehle anschlucken, weil mir in dem Moment erneut bewusst wurde, dass ich mich selbst in die Falle manövriert hatte. Gegen Duncan hatte ich keine Chance. Außer uns war niemand mehr hier. Adrien und Kyleen waren kurz vor uns gefahren, und durch den lauten Regen würde man mich bis zu den Lodges nicht einmal schreien hören. Ich hatte keine Ahnung, wie ich mich aus diesem Dilemma wieder befreien sollte. Rennen war ebenfalls keine Option. Selbst wenn ich es irgendwie an ihm vorbeischaffen sollte, würde Duncan mich in wenigen Sekunden eingeholt haben. Mit seinen eins neunzig war er sehr viel größer als ich und konnte mit den langen Beinen schneller rennen.

»Wie bist du eigentlich an den Schlüssel gekommen?«, wollte

ich wissen, um Zeit zu schinden. Wenn ich Duncan weiterhin ablenkte, fiel mir vielleicht doch noch ein Ausweg ein.

Duncan lachte. »Easy. Ich hab mir den Schlüssel geliehen, um etwas im Schuppen nachzusehen, und hab hier schnell einen Abdruck von ihm gemacht, den ich zu Hause mit Zinn aufgefüllt habe.« Er hielt einen Schlüssel in die Höhe, der deutlich heller aussah als der, den Adrien mir gegeben hatte, und ich wollte vor Scham im Boden versinken. Ich konnte es nicht fassen, dass es so leicht für ihn gewesen war, uns auszutricksen.

»Und die Schlüsselkarte vom *Three Sisters Resort?*« Mir fiel wieder ein, dass Duncan dort in Bereiche eingedrungen war, für die man die Schlüsselkarte benötigte. Dass dort bis heute nie eine als gestohlen gemeldet wurde, war mit einer der Gründe gewesen, die mich davon überzeugt hatten, dass der Widersacher aus dem Resort kommen musste.

»Ich habe mit Mary ein wenig geflirtet.« Mary war eins der Zimmermädchen, wenn ich mich recht erinnerte. »Es ist erstaunlich, wie sorglos die Menschen werden, wenn sie denken, dass du auf sie stehst. Ich konnte ihr ganz easy die Karte aus der Tasche entwenden und sie zurücklegen, bevor sie das Fehlen überhaupt bemerkt hat.«

Gedanklich wollte ich mir die Hand vor die Stirn schlagen. Über diesen Ausgang hatte ich nicht einmal nachgedacht. Mir war gar nicht in den Sinn gekommen, dass deswegen niemand seine Karte als gestohlen gemeldet hatte, weil der Verlust nicht einmal bemerkt worden war.

»Und ihr werdet mich auch jetzt nicht aufhalten.« Duncan umfasste die Rohrbiegezange fester. »Ich werde durchziehen, was ich angefangen habe, und niemand wird etwas dagegen tun können.«

Vor Angst spürte ich meinen Puls in meiner Kehle. Was genau hatte Duncan vor? Wie wollte er verhindern, dass ich andere darüber informierte, dass er hinter den Sabotagen steckte? Wollte er mich mundtot machen? Entführen und verstecken, bis er seinen Plan in die Tat umgesetzt hatte? Aktuell traute ich ihm alles zu.

Ehe ich noch etwas dazu sagen konnte, bemerkte ich eine Bewegung hinter Duncan …

29. KAPITEL

LEON

Das Gewitter war in vollem Gange, als ich fertig geduscht hatte und die Umkleiden verlassen wollte. Einfach nur großartig. Heute war definitiv nicht mein Tag. Wie ein Anfänger war ich bei der Wanderung ausgerutscht und in ein Schlammloch gefallen, weil ich nicht auf den Weg geachtet hatte. Und jetzt, wo ich nach der Dusche in den Lodges gerade wieder sauber und trocken war, sollte ich raus in das Gewitter und mit dem Motorrad nach Hause fahren.

An Tagen wie heute wünschte ich mir, dass ich mir doch ein Auto gekauft hätte.

Ich unterdrückte ein Seufzen, schaltete das Licht in den Umkleiden aus, weil außer mir niemand mehr da war, trat hinaus in den strömenden Regen … und stutzte.

Im Geräteschuppen brannte Licht, und die Tür stand sperrangelweit offen, dabei sollte außer mir niemand mehr da sein. Dann bemerkte ich eine Bewegung im Inneren, und anstatt auf den Parkplatz zu gehen, lief ich auf den Geräteschuppen zu. Langsam näherte ich mich dem Gebäude, und bald konnte ich auch Stimmen ausmachen. Eine davon war eindeutig Isla, und ihren Worten nach zu schließen hatte sie dort die Person, die für die Anschläge verantwortlich war, auf frischer Tat ertappt. Ich konnte die andere Stimme nicht einordnen, aber ich wusste, was zu tun war.

Ich schrieb Adrien eine Nachricht, dass er sofort zu den Lodges kommen sollte, weil wir den Täter ertappt hatten, dann schlich ich langsam um das Gebäude herum. Ich näherte mich von der Seite, sodass ich weder durch ein Fenster noch die Tür zu sehen sein würde, versuchte dabei aber selbst ins Innere spähen zu können.

Was ich entdeckte, ließ mir das Blut in den Adern gefrieren. Da stand Isla, die buchstäblich in die Ecke gedrängt war. Sie stand mit dem Rücken zur Wand, rechts von ihr befanden sich die aufgereihten Fahrräder, die für die Tour morgen gebraucht wurden. Links von ihr waren die Bögen fürs Bogenschießen aufgereiht, und zwischen ihr und der Tür stand, mit einer Eisenzange in der Hand, Duncan. Obwohl ich in nur von hinten sah, erkannte ich ihn sofort. Die breiten Schultern, die kurzen blonden Haare, aber vor allem konnte ich jetzt auch seine Stimme einordnen.

»Du wirst mich nicht aufhalten, Isla«, sagte er jetzt und trat einen drohenden Schritt auf sie zu. Die Rohrzange war dabei erhoben, als wollte er jede Sekunde zum Schlag ausholen.

Ich sah die Angst in Islas Augen, aber auch ihre Entschlossenheit. Stolz schwellte in meiner Brust, dass sie sich nicht so einfach geschlagen gab, auch wenn sie sich damit mal wieder in Gefahr brachte. »Du wirst mich nicht zum Schweigen bringen«, sagte sie und drückte den Rücken durch. Angriffslustig funkelte sie Duncan an. »Ich werde nicht zulassen, dass du Toby seine Mountainbike-Tour mit diesen Fahrrädern starten lässt. Weißt du, wie viele Menschenleben du damit in Gefahr bringst? Das wird nicht passieren, und wenn es das Letzte ist, was ich in meinem Leben tue.« Islas Hände waren zu Fäusten geballt, und ein Schauer raste über meinen Rücken. Ich verstand so langsam, bei was sie Duncan erwischt hatte, und unbändige Wut ballte sich tief in meinem Bauch zu einem festen Knoten zusammen.

Die Mountainbike-Touren starteten hoch oben auf dem Gipfel des Glencoe Mountain und führten als Erstes einige steile Abhänge hinunter. Wenn dort die Bremsen nicht funktionierten … ich wollte mir gar nicht ausmalen, was dann passierte.

»Du hast keine Chance gegen mich«, riss mich Duncans Stimme aus meinen Überlegungen. »Was willst du denn gegen mich ausrichten? Mich so lange zuquatschen, bis ich vergesse, was ich eigentlich tun wollte? Das wird nicht passieren. Ich werde das durchziehen, es gibt für mich keine andere Möglichkeit mehr, und wenn du dich nicht freiwillig ergibst, dann werde ich dich eben dazu bringen.«

Dazu bringen …

Ich wollte mir gar nicht vorstellen, was Duncan damit meinte. Er war mir noch nie geheuer gewesen, weil er für mich diesen seltsamen Vibe versprühte, als würde da eine dunkle Schicht unter der netten Oberfläche schlummern, die er der Welt präsentierte, aber eine derartige Durchtriebenheit hätte ich nicht darunter vermutet. Selbst seine Stimme klang gerade völlig anders, als hätte er vollumfänglich die Maske fallen lassen, mit der er uns alle an der Nase herumgeführt hatte.

Aber ich hatte genug von dieser Scharade, daher trat ich aus meiner Deckung und platzierte mich im Eingang zum Geräteschuppen. »Du wirst niemanden zu irgendwas bringen«, sagte ich laut und registrierte zufrieden, wie Duncan beim Klang meiner Stimme erschrocken zusammenzuckte und zu mir herumwirbelte.

Hinter ihm sah ich die Erleichterung in Islas Blick, und es kostete mich das letzte Fitzelchen meiner Selbstbeherrschung, um nicht sofort zu ihr zu rennen und sie in den Arm zu nehmen. »Adrien ist bereits darüber informiert, dass du für die Anschläge verantwortlich bist. Er sollte längst auf dem Weg hierher sein, und ich vermute stark, dass er die Polizei gleich mitbringt. Es ist vorbei, Duncan.«

»Leon McLachlan.« Er spie meinen Namen regelrecht heraus, als wäre er ein Fluch, den er von der Zunge schneiden musste. »Natürlich musst *du* dich hier wieder als Retter in der Not aufspielen.«

»Ach.« Ich zuckte die Schultern. »Ich bin mir sicher, dass Isla auch allein mit dir fertiggeworden wäre, aber ich war gerade in der Nähe und dachte, ich schaue mal vorbei.«

»Seit du Adrien mit diesem Vorschlag der *Zusammenarbeit* um den Finger gewickelt hast, geht hier alles vor die Hunde.«

Wut regte sich erneut in mir, und ich verschränkte die Arme vor der Brust. »Das ist nicht wahr, du bist für die ganze Scheiße verantwortlich, die in den letzten Wochen passiert ist.« Erst jetzt wurde mir richtig bewusst, was das bedeutete. *Er* war in mein Büro eingebrochen, hatte es verwüstet und meine Unterlagen gestohlen. Wegen *ihm* war ich auf dem Sessellift stecken geblieben und Isla beim Bogenschießen verletzt worden. Aber das schien ihm alles nicht genug gewesen zu sein, denn er plante noch so viel Schlimmeres.

Und vor allem sprach er weiter, als hätte er mich überhaupt nicht gehört. »Aber ich bringe das wieder in Ordnung. Bald werden auch die anderen erkennen, dass es besser wäre, die Zusammenarbeit wieder aufzulösen und zum alten System zurückzukehren.«

Langsam kam Duncan mir vor, als würde er in seiner eigenen Traumwelt feststecken. Er musste doch realisieren, dass es für ihn vorbei war, oder? Selbst wenn er es irgendwie schaffen würde, Isla und mich zu überwältigen, wusste Adrien längst Bescheid. Vermutlich würde es in weniger als einer halben Stunde hier vor Leuten wimmeln, die wild darauf waren, Duncan das Handwerk zu legen. Wie konnte er da immer noch denken, dass er aus dieser Nummer wieder herauskam?

»Gib auf«, sagte ich zu ihm. »Du hast keine Chance.«

Etwas änderte sich in Duncans Blick. Hatte ihn zuvor noch Selbstbewusstsein umgeben, das fast schon an Arroganz grenzte, haftete jetzt etwas an ihm, das an ein wildes Tier erinnerte, das sein Opfer fest im Blick hatte und kurz davor war, zuzuschlagen.

»Ihr könnt mich nicht aufhalten«, sagte er, dann ging alles ganz schnell.

Duncan bewegte sich so plötzlich, dass ich nicht darauf vorbereitet war. Flink riss er die Rohrbiegezange hoch und wandte sich Isla zu. Vor meinem inneren Auge sah ich, wie er das schwere Eisenteil auf ihren Kopf schlagen wollte, und ich reagierte, ohne darüber nachzudenken.

So schnell ich konnte, raste ich auf die beiden zu, erreichte Duncan in letzter Sekunde und schmiss mich auf ihn. Ich wollte ihn einfach nur umschmeißen, damit er Isla nicht verletzen konnte, und das schaffte ich auch. Womit ich aber nicht gerechnet hatte, war, wie schnell und wendig Duncan war. Noch im Fallen wirbelte er zu mir herum. Ich versuchte auszuweichen, aber er erwischte mich trotzdem an der Schläfe.

Mein Schädel wummerte, und kurzzeitig verlor ich jegliche Orientierung. Dann schlug ich mit der Schulter hart auf dem Boden auf. Mein Kopf fühlte sich an, als würde er nur noch aus Schmerz bestehen. Er dröhnte in meiner Schläfe und zog sich über meine komplette Stirn. Dunkle Punkte tanzten vor meinem Blickfeld, und die Welt um mich herum drehte sich. Stöhnend hielt ich meine Hand an die Stelle, wo Duncan mich mit der Zange getroffen hatte, und ertastete das warme Blut, das mir aus der Wunde floss. Mir wurde leicht schwarz vor Augen, aber ich konnte nicht sagen, ob es an der Verletzung an sich lag oder an der Realisation, dass ich eine klaffende Wunde hatte.

»Leon!« Islas Stimme war voller Panik, und eine Sekunde später kniete sie bereits neben mir. Sie legte ihre kühlen Hände an meine Wangen, ihre Augen scannten mein Gesicht.

»Es blutet ganz schön«, murmelte sie.

»Kopfwunden sehen immer schlimmer aus, als sie sind.« Ich wusste nicht, ob ich damit sie oder mich selbst beruhigen wollte. »Wo ist Duncan?«

»Abgehauen.« Grimmige Zufriedenheit trat in ihren Blick.

»Aber draußen ist schon Blaulicht zu sehen, weit wird er also nicht kommen.«

Als wäre das das Stichwort, erklangen in dem Moment Schritte auf den Holzstufen, die zum Geräteschuppen führten. »Isla? Leon?« Adrien stürmte in den Raum, sah sich hektisch um, bis sein Blick auf uns fiel. Er trug Jogginghosen und einen Fleece-Hoodie, als hätte er bereits auf der Couch gelegen, als meine Nachricht bei ihm eintraf. »Seid ihr verletzt?« Schlitternd kam er neben uns zum Stehen und hockte sich zu uns. Er scannte uns von Kopf bis Fuß und stoppte schließlich an meiner Schläfe. »Shit, das sieht übel aus.«

»Halb so wild«, winkte ich ab, obwohl mein Schädel mittlerweile ordentlich pochte und ein paar Blutstropfen neben mir auf den Boden fielen. »Nichts, was ein paar Ibus nicht heilen könnten.«

Isla verdrehte die Augen. »Das muss genäht werden, mein Freund. Um die Notaufnahme kommst du heute nicht herum.« Dann drehte sie sich zu Adrien um. »Habt ihr Duncan noch erwischt?«

»Er ist uns direkt in die Arme gelaufen. Noch mit der Eisenstange in der Hand, von der Blut tropfte. Wie in einem schlechten Film.« Ein Zittern erfasste ihn und machte deutlich, wie viel Angst Adrien um uns gehabt hatte.

»Es ist alles gut ausgegangen«, versicherte Isla ihm, die es ebenfalls bemerkt hatte, und legte Adrien eine Hand auf die Schulter.

Hinter ihm trat Officer Colby in den Geräteschuppen. »Wir müssen aufhören, uns in solchen Situationen zu treffen.« Ich wusste nicht, ob er damit Isla, mich oder uns beide meinte.

»Das wäre zu wünschen.« Mit einem Mal klang Isla unfassbar erschöpft. Sie sackte neben mir auf dem Boden zusammen, suchte mit ihrer Hand nach meiner und verschränkte unsere Finger miteinander. »Aber nicht mehr heute und auch nicht morgen. Jetzt will ich Leon nur noch ins Krankenhaus bringen, damit er verarztet werden kann, und dann mit ihm nach Hause.«

Ihr fragender Blick traf mich, in dem ich eine Unsicherheit erkennen konnte, die ich eigentlich nicht von Isla gewöhnt war, und ich nickte.

Officer Colby räusperte sich. »Das kann ich verstehen, aber zuerst will ich Ihre Statements aufnehmen, solange die Ereignisse noch frisch sind. Bis wir fertig sind, sollte der Krankenwagen auch da sein, der Leon in die Notaufnahme bringt.«

»Alles klar. Was wollen Sie wissen?«

»Was genau sich zugetragen hat. Am besten der Reihe nach.«

Dann begann Isla zu erzählen, wie sie gemeinsam mit Adrien und Kyleen das Büro abgeschlossen hatte, weil sie nach Hause gehen wollten, sie aber noch etwas aus den Umkleiden geholt hatte und danach Licht im Schuppen hatte brennen sehen. Ihre Stimme war ruhig, ihre Worte mit Bedacht gewählt, trotzdem klang sie noch etwas zittrig, und ich konnte es ihr nicht verdenken.

Im Gegensatz zu mir hatte sie niemandem Bescheid geben können, bevor sie Duncan gestellt hatte. Ganz allein und ohne Rückendeckung hatte sie sich zu ihm gewagt, mit dem Hintergedanken, dass niemand wusste, wo sie war und was gerade passierte. Ich wollte mir gar nicht ausmalen, was geschehen wäre, wenn ich nicht noch in der Dusche gewesen, sondern direkt nach Hause gefahren wäre. Wäre jemand anders Isla zu Hilfe gesprungen? Oder hätte Duncan seine Drohung wahr gemacht und Isla am Reden gehindert?

Als Isla über die Gründe berichtete, die Duncan ihr für seine Aktionen genannt hatte, zog Adrien scharf die Luft ein. »Es stimmt. Duncan ist zu mir gekommen und hat darum gebeten, die Zusammenarbeit mit dem Resort zu beenden. Er erwähnte etwas von seiner Mutter und Gregor McLachlan, aber ich muss gestehen, dass ich das nicht ganz ernst genommen habe. Es war ein recht kurzes Gespräch, und er ist abgezischt, nachdem ich ihm gesagt hatte, dass ich es mit der Zusammenarbeit zumindest versuchen will. Als er am nächsten Tag zur Arbeit erschien, wirkte er völlig normal, und ich dachte, dass er sich wieder beruhigt hatte. Er war auch nicht der Einzige, der anfangs dagegen war. Ich hätte es keinem von euch zugetraut, so etwas zu tun.«

»Es ist nicht deine Schuld«, versicherte ihm Isla sofort. »Ich meine, seien wir ehrlich, ich war vermutlich diejenige, die sich am lautesten dagegen ausgesprochen hat.«

Ich schluckte, denn es war noch immer schwer für mich zu akzeptieren, dass Isla anfangs gegen die Zusammenarbeit gewesen war.

Sie warf mir einen zerknirschten Blick zu, als hätte sie meine Gedanken erraten. »Aber das entschuldigt nicht, mehrfach Menschenleben in Gefahr zu bringen. Er wollte das wohl alles irgendwie dem Resort in die Schuhe schieben, damit du die Zusammenarbeit wieder beendest.« Ihr Blick bohrte sich regelrecht in Adrien hinein. »Er hat die Bremsen an den verdammten Fahrrädern sabotiert. Ist dir bewusst, in was für einer Katastrophe das morgen hätte enden können?«

»Ist es.« Adrien war der Horror deutlich anzuhören. »Aber ist *dir* bewusst, was hätte passieren können, wenn Leon nicht rechtzeitig gekommen wäre?«

Isla schluckte sichtbar, und ihr Griff um meine Hand festigte sich. »Ja. *Jetzt*. Als ich Duncan an den Rädern herumschrauben sah, war mir ehrlich gesagt nicht klar, was hätte passieren können. Mein Ziel war nur, ihn nicht davonkommen zu lassen. Und mein Akku war leer … Außerdem dachte ich, dass es vielleicht eine logische Erklärung dafür gibt. Ich hätte Duncan nie verdächtigt.«

Adrien nickte. »Da denkt man, man kennt seine Mitarbeitenden.«

Auch wenn Duncan tatsächlich auf meiner Liste potenzieller Täter gestanden hatte, taten mir die beiden leid. Ich wollte mir gar nicht ausmalen, wie es sich anfühlen musste, wenn man plötzlich entdeckte, dass sich Freunde als Feinde entpuppten.

Officer Colby wandte sich mir zu. »Haben Sie noch etwas zu ergänzen?«

In knappen Worten berichtete ich, was geschehen war, nachdem ich dazugekommen war, bis zu dem Punkt, an dem sich Duncan mit der Eisenstange auf Isla stürzen wollte und ich ihn aufhalten musste. »… und da sind Sie dann ja auch schon gekommen und konnten ihn bei seiner Flucht aufgreifen.«

Mit einem Nicken notierte sich Officer Colby etwas in sein Notizbuch, dann schlug er es zu und schob es zusammen mit dem Kuli in die Brusttasche seiner Jacke. »Vielen Dank, ich denke, ich habe jetzt erst mal alles. Wenn mir noch Fragen einfallen, würde ich mich zu gegebener Zeit melden. Aber jetzt sollten Sie erst mal ins Krankenhaus, wenn mich nicht alles täuscht, ist der Rettungswagen gerade eingetroffen.«

Als hätten sie nur auf das Stichwort gewartet, betraten in dem Moment zwei Rettungssanitäter den Raum. Einer trug einen riesigen Rucksack, den er neben mir abstellte. Sie fragten mich nach dem Tag, Datum und Jahr, in dem wir uns befanden, und wer der aktuelle schottische Regierungschef war, um zu prüfen, ob bei mir Anzeichen einer Gehirnerschütterung vorlagen. Sie legten mir eine Blutdruckmanschette an, maßen meine Vitalzeichen und verarzteten provisorisch meine Kopfwunde, und ehe ich michs versah, hoben sie mich schon auf die Trage und ich wurde in Richtung Krankenwagen geschoben. Kurz bevor wir diesen erreichten, trat Isla an meine Seite und griff nach meiner freien Hand, in der kein Zugang steckte.

»Sie bringen dich nach Fort William. Ich komme mit dem Auto hinterher, um dich anschließend nach Hause zu fahren. Okay?«

»Alles klar.«

Der Anflug eines Lächelns huschte über ihr hübsches Gesicht, und dann tat sie etwas, von dem ich befürchtet hatte, dass sie es nie wieder tun würde. Sie beugte sich zu mir herunter und presste ihre Lippen auf meine. Sie schmeckte süß, weil sie einfach Isla war. Es war ein unschuldiger Kuss mit geschlossenen Lippen, aber er war gleichzeitig auch ein Versprechen auf mehr.

30. KAPITEL

ISLA

Ich sah dabei zu, wie Leon in den Krankenwagen verfrachtet wurde und dieser langsam den Berg hinabfuhr. Dass sie langsam und ohne Blaulicht fuhren, verschaffte mir zumindest ein bisschen Beruhigung, dass seine Kopfwunde keine ernste Verletzung war, denn sie hatte wirklich übel ausgesehen. Und vor allem stark geblutet.

Adrien trat neben mich und legte einen Arm um meine Schultern. »Geht es dir gut? Bist du in der Lage, Auto zu fahren?«

»Klar.« Lächelnd drehte ich den Kopf in seine Richtung. »Jetzt, nachdem Duncan kein Unheil mehr anrichten kann, fühlt es sich an, als wäre eine riesige Last von meinen Schultern genommen.« Vor allem musste ich jetzt nicht mehr jeden Morgen befürchten, dass es zu weiteren Katastrophen bei der Arbeit kommen würde. Und erst jetzt, nachdem die Bedrohung ausgemerzt war, wurde mir tatsächlich bewusst, wie sehr mich das alles belastet hatte. Da war eine unterschwellige Anspannung in mir gewesen, die ich erst jetzt bemerkte, nachdem sie von mir abgefallen war.

»Ich bin froh, dass euch nichts passiert ist … also mal abgesehen von Leons Kopfverletzung.«

»Ich auch. So gedankenlos, wie Leon in die Situation gestürmt ist, hätte das auch anders ausgehen können.« Ich erinnerte mich noch genau an den Schockmoment, als ich realisierte, dass Leon sich einfach auf Duncan stürzen würde. Ohne sich mit irgendetwas verteidigen zu können und vermutlich ohne

Plan. Es war offensichtlich gewesen, dass er einfach nur reagiert hatte, als Duncan auf mich losgegangen war. Aber natürlich hatte ich mir um mich selbst keine Gedanken gemacht, sondern nur um Leon. Jetzt, wo die Gefahr gebannt war, drängten sich die Fragen danach auf, was Duncan mir wohl angetan hätte, wenn Leon ihn nicht hätte aufhalten können.

Ich schob sie resolut zur Seite.

Adrien zuckte mit den Schultern. »Manchmal ist gedankenlos genau das, was nötig ist. Hätte er über sein Handeln nachgedacht, hätte er Duncan vermutlich nicht aufhalten können.«

Ein Schauer rieselte über meinen Rücken, weil ich gerade praktisch das Gleiche gedacht hatte.

Adrien drückte meinen Arm noch einmal, dann ließ er mich los. »Nimm dir morgen frei, ich werde alle für morgen angesetzten Aktivitäten absagen, auch die Wanderungen.«

»Aber …«, wollte ich protestieren, doch Adrien unterbrach mich.

»Kein Aber! Leon wird ohnehin nicht in der Lage sein, etwas zu übernehmen, die Fahrräder müssen zuerst alle überprüft werden, und ich kann nicht die Aktivitäten von den Lodges und dem *Three Sisters Resort* über Nacht neu organisieren. Morgen findet nichts statt, und ich schaue mir alles in Ruhe an.«

Natürlich hatte Adrien recht, deshalb nickte ich. »Okay, meld dich einfach, wenn du Hilfe brauchst.«

»Und du gib mir ein Update, wie es Leon geht.«

»Mache ich.« Zur Verabschiedung umarmte ich ihn kurz, dann wandte ich mich ab und ging auf mein Auto zu. Auf dem Gelände der Lodges wimmelte es noch von Polizisten, die den Geräteschuppen mittlerweile mit gelbem Band abgesperrt hatten und darin vermutlich Spuren sicherstellten. Officer Colby hatte uns zuvor mitgeteilt, dass man zusätzlich auch bei Duncan zu Hause nach Beweisen suchen würde, die ihn mit einem oder mehreren der anderen Vorfälle verbanden, um ihm auch diese nachweisen zu können, sollte er sich in der Befragung nicht kooperativ zeigen.

Doch ich wollte jetzt nicht mehr über Duncan grübeln. Er hatte bereits zu viel von meinem Denken eingenommen und auch mein Handeln bestimmt. Vor allem bevor ich wusste, dass *er* hinter den Anschlägen steckte. Wegen ihm hatte ich mich mit Leon gestritten, und ich wollte jetzt alles daransetzen, das wieder in die richtigen Bahnen zu lenken.

Daher setzte ich mich in mein Auto und fuhr ohne Umschweife nach Fort William in das Krankenhaus.

Als ich die weißen Flure in der Notaufnahme entlangging, hatte ich ein verqueres Déjà-vu. Es war erst wenige Wochen her, seit ich selbst hier behandelt worden war. Nach dem Unfall beim Bogenschießen-Kurs war ich diejenige gewesen, die mit dem Krankenwagen hierhergebracht worden war. Damals hatte Leon mich abgeholt und nach Hause gefahren, und auch, wenn die Situation sehr ähnlich war, hätte es gleichzeitig nicht unterschiedlicher sein können. Ich hatte mich seitdem verändert, genauso wie meine Beziehung zu Leon.

Ich erinnerte mich noch daran, wie angespannt die Stimmung zwischen uns gewesen war, als Leon mich damals abgeholt hatte. Wie ich noch überlegt hatte, ob er hinter dem Anschlag gesteckt hatte und mich nur abholte, um den Schein zu wahren. Wie wir uns auf der Fahrt zu den Lodges nur stockend unterhalten hatten, und wenn überhaupt jemand von uns etwas gesagt hatte, dann meistens mit einem sarkastischen Unterton.

Wobei … sarkastisch gingen wir noch immer miteinander um. Ein Lächeln legte sich auf meine Lippen, während ich die Information in der Notaufnahme ansteuerte. Doch jetzt äußerte sich Sarkasmus spielerisch und neckend, während wir uns damals damit noch gegenseitig hatten verletzen wollen. Oder zumindest *ich* hatte das gewollt.

»Wie kann ich Ihnen helfen?« Die Pflegerin an der Information sah freundlich zu mir auf. Ihr Namensschild wies sie als Schwester Kathy aus, und sie hatte platinblonde Haare, die sie zu einem hohen Pferdeschwanz gebunden hatte.

»Ich bin wegen Leon McLachlan hier, er müsste vor Kurzem eingeliefert worden sein.« Ich ließ meine Handtasche von meiner Schulter gleiten und stellte sie auf dem Tresen ab, der mich von Kathy trennte.

Sie sah nach unten, blätterte in einem Buch herum und nickte dann. »Er ist in Behandlungsraum vier. Sind Sie eine Angehörige?«

Röte schoss mir in die Wangen, und für einen Moment wusste ich nicht, was ich darauf antworten sollte. »Ich bin seine Freundin«, platzte es schließlich aus mir heraus, denn das wollte ich zumindest sein, realisierte ich in dem Augenblick. Nicht mehr nur eine flüchtige Bekannte, Arbeitskollegin oder jemand, mit dem er geschlafen hatte, weil er vor Jahren mal in sie verliebt gewesen war. Ich wollte dauerhaft neben Leon aufwachen und morgens als Allererstes in seine blaugrünen Augen schauen. Ich wollte ihn zu Familienfeiern mitnehmen und mich sogar mit seinem Dad versöhnen, wenn er das zuließ.

»Dann darf ich Sie nicht reinlassen, tut mir leid«, riss Kathys Stimme mich aus meinen Tagträumen. »Aber Sie können hier warten.« Sie deutete auf eine Sitzgruppe in einem angrenzenden Raum, von dem aus ich die Information voll im Blick hätte.

Ich setzte mich auf einen der harten Plastikstühle und sah mich um. An der Wand hing ein Flachbild-TV, auf dem ohne Ton, aber mit Untertitel, ein Nachrichtensender lief. Rechts neben mir befand sich eine Spielecke für Kinder, die aber so ordentlich aufgeräumt war, als wäre den ganzen Tag kein Kind hier gewesen. Links von mir an der Wand hing ein Rack, in dem etliche Zeitschriften steckten, die allerdings schon so zerfleddert aussahen, dass sie unmöglich aktuell sein konnten. Vor allem, wenn man bedachte, dass die Notaufnahme gerade absolut leer war. Außer mir war niemand hier, und von den unterschiedlichen Behandlungsräumen standen die meisten Türen offen. Wir waren hier ziemlich ländlich gelegen, und auch wenn in Fort William das einzige Krankenhaus in einem großen Umkreis war, war es offensichtlich, dass nicht viel los war.

Das änderte sich vermutlich im Winter, wenn die Leute aus der Stadt, die das ganze Jahr über auf ihrer Couch gegammelt hatten, zum Skifahren herkamen und mit Übermut Pisten hinunterfuhren, die ihre Fähigkeiten weit überstiegen, aber jetzt, im Sommer, wo es höchstens mal einen verstauchten Knöchel vom Wandern gab, war es was anderes. Das war mir bei meinem Aufenthalt schon aufgefallen. Auch da war ich sofort in einen freien Behandlungsraum geschoben worden, und der Arzt war fast umgehend bei mir gewesen.

Nach einer knappen halben Stunde öffnete sich quietschend eine Tür, und ich hob ruckartig den Kopf. Leon trat aus dem nächsten Behandlungsraum. Ein großes Pflaster zierte seine Schläfe, und er war generell noch etwas blass um die Nase, aber als sein Blick auf mich fiel, begannen seine Augen zu strahlen, und er lächelte breit.

Ich sprang so schnell von meinem Stuhl auf, dass ich beinahe über meine eigenen Füße stolperte. »Hey«, sagte ich etwas atemlos, als ich vor ihm ankam. Ich legte ihm eine Hand auf die Hüfte, weil ich es nicht ertragen hätte, ihn nicht zu berühren.

Leon beugte sich vor und küsste mich sanft. »Hey. Danke, dass du mich abholst.«

»Natürlich.« Ich griff nach seiner Hand. »Das ist doch selbstverständlich.«

»Für mich ist es das nicht.«

»Tja, gewöhn dich trotzdem schon mal daran. Ich habe nicht vor, etwas daran zu ändern.«

Er schmunzelte. »Aber du hast ganz offensichtlich vor, viel Zeit mit mir zu verbringen.«

»Hast du je daran gezweifelt?«

Er zuckte mit den Schultern. »Ehrlich gesagt schon.«

Augenblicklich traf mich das schlechte Gewissen. Unsere *Trennung* war für mich nie endgültig gewesen, sondern nur auf Zeit. Ich hatte immer gedacht, dass wir uns spätestens dann aussprachen, wenn der Täter gefasst war, aber offenbar hatte ich das nicht nach außen transportiert.

»Tut mir leid«, murmelte ich und lehnte mich näher an ihn. »Ich wollte dir nie das Gefühl vermitteln, dass das mit uns endgültig vorbei ist.«

Er beugte sich zu einem weiteren Kuss zu mir herunter. »Schon okay, wir haben es am Ende ja geklärt.«

Eigentlich hatten wir noch gar nichts geklärt, aber das wollte ich auch nicht auf dem Flur der Notaufnahme in Fort William besprechen, egal wie gähnend leer dieser auch sein mochte. »Wollen wir erst einmal nach Hause fahren?«

»Gern.«

Gemeinsam verließen wir das Krankenhaus und setzten uns in meinen kleinen Kia, der wie immer schnurrend ansprang, seit Freddie sich um ihn gekümmert hatte. Ich startete den Motor und lenkte den Wagen vom Parkplatz.

»Was hat der Arzt jetzt eigentlich gesagt?«

»So weit ist alles in Ordnung. Die Wunde musste zwar mit sechzehn Stichen genäht werden, und vermutlich werde ich eine Narbe davontragen, aber das war es auch schon. Eine Gehirnerschütterung kann ausgeschlossen werden, weshalb ich auch schon nach Hause darf. Ich soll die nächste Woche von anstrengenden Tätigkeiten absehen, die meinen Blutdruck und Puls erhöhen können, weil das die Blutung wieder starten könnte, aber ich soll in einer Woche zum Fädenziehen kommen, und wenn da alles in Ordnung ist, kann ich alles wieder machen.«

Ich nickte, denn so ähnlich war es bei mir damals auch gewesen. »Wir können morgen mit Adrien sprechen, wie wir deine Gruppen am besten unter uns aufteilen, bis du wieder fit bist.«

Er schnaubte. »Ein paar Wanderungen kann ich schon übernehmen.«

Aus dem Augenwinkel warf ich ihm einen strafenden Blick zu. »*Solltest* du aber nicht. Es ist okay, sich einfach mal für 'ne Woche zu schonen.«

Leons Blick bohrte sich regelrecht in mich hinein, und schließlich stieß er die zuvor angehaltene Luft aus. »Ich weiß, ich kann das nur ganz schlecht, weil ich mir dann faul und überflüssig vorkomme.«

Auch wenn er es nicht direkt sagte, hatte ich so im Gefühl, dass es mit seinem Dad zusammenhängen könnte. Und obwohl ich neugierig war, fragte ich nicht weiter nach, weil ich die Stimmung nicht kippen lassen wollte. »Das liegt nur daran, weil du dich krank noch nie von mir hast betüddeln lassen«, sagte ich stattdessen.

Leon lachte rau auf und lehnte sich entspannt im Beifahrersitz zurück. »Soso, was macht das denn so besonders?«

»Meine Anwesenheit natürlich.«

Jetzt lachte er richtig. »Und du hältst mir ständig vor, sehr von mir selbst überzeugt zu sein.«

»Pah.« Ich schnaubte. »Du wirst schon sehen, dass ich recht habe.«

Noch immer lachend griff Leon nach meiner Hand, die auf dem Schaltknauf lag, und streichelte über meine Finger. Ein wohliges Gefühl breitete sich in mir aus, das ich so zuvor noch nicht gekannt hatte. Eines, das mir mitteilte, wie wohl und geborgen ich mich bei Leon fühlte, aber auch – und das war vielleicht das Wichtigste –, dass wir uns streiten und unterschiedlicher Ansicht sein konnten, aber am Ende doch wieder zusammenfinden würden.

In Glencoe angekommen, steuerte ich auf das *Three Sisters Resort zu* und nicht zu meinem Haus. Nach den ganzen Strapazen konnte ich mir vorstellen, dass Leon lieber in seinem eigenen Bett schlief als auswärts. Wie selbstverständlich stieg ich mit ihm gemeinsam aus dem Auto und betrat das große Hotel, das trotz dieser späten Stunde hell erleuchtet vor uns lag.

Leon begrüßte den Mitarbeiter hinter der Rezeption und winkte dem Barkeeper zu, an dessen Theke noch einige Gäste saßen. Aber davon abgesehen war niemand aus seiner Familie zu sehen. Niemand wollte wissen, wie es ihm ging, nachdem Leon den Schuldigen für die Anschläge praktisch im Alleingang gestellt und sich dabei verletzt hatte. Wusste hier denn niemand davon? Das konnte ich mir kaum vorstellen, immerhin funktionierte der Buschfunk in Glencoe normalerweise wie ein Lauffeuer. Als ich beim Bogenschießen verletzt worden war, hatte meine Mum mich angerufen, als ich gerade im Krankenwagen auf dem Weg nach Fort William gewesen war. Damals hatte es keine Viertelstunde gedauert, bis die Information vom Glencoe Mountain bis zu ihr ins *Lanky Tavern* getrudelt war, und ich konnte mir kaum vorstellen, dass es heute anders war. Eine Schwere machte sich in meinem Magen breit, weil das nur bedeuten konnte, dass es niemanden interessierte, wie es Leon ging.

Vielleicht hat er aus dem Krankenhaus längst mit ihnen telefoniert, mahnte mich eine kleine Stimme.

Leon führte uns vor eine Tür, auf der PRIVAT stand, und öffnete sie mit einer Schlüsselkarte. Dahinter traten wir in einen schmalen, länglichen Flur, der sich deutlich vom Hotel unterschied. Die Wände waren in einem hellen Violett gestrichen, und etliche Fotos befanden sich daran. Es waren Bilder, die den

Werdegang des Hotels dokumentierten. Auf einem Schwarz-Weiß-Bild war Leons Ururgroßvater zu sehen, der das Hotel eröffnet hatte. Damals war es nur ein kleines Gebäude, mehr eine Pension mit lediglich sieben Zimmern gewesen, die sich in dem Teil befand, durch den wir gerade gingen. Der Rest war nach und nach drum herumgebaut worden, und je weiter wir den Flur entlanggingen, desto ähnlicher wurde das *Three Sisters Resort* auf den Bildern dem Hotel, das ich heute kannte.

Ganz am Ende des Flurs entdeckte ich ein Bild an der Wand, das Leon mit seinen Eltern zeigte. Leon war auf dem Foto vielleicht zwei Jahre alt, Gregor hatte den Arm um seine Frau gelegt, die eindeutig hochschwanger war. Vermutlich war es eins der letzten Bilder, die von ihr aufgenommen worden waren.

Am Ende des Flurs bogen wir rechts ab und stoppten vor der zweiten Tür an der linken Seite. Leon zog einen Schlüssel aus seiner Jeans, schloss auf und hielt die Tür für mich auf. Rasch trat ich ein und sah mich neugierig um. Ich wusste nicht, was ich von Leons privaten Gemächern erwartet hatte, aber auf den ersten Blick fiel mir nur ein Begriff ein: gemütlich.

Ich stand mitten in einem großen Wohnzimmer. Drei breite Fenster nahmen fast die komplette linke Wand ein und würden tagsüber viel Licht in den Raum lassen. Eine helle Couchlandschaft dominierte den Raum, auf der etliche Kissen und Decken lagen, die mich regelrecht anschrien, mich sofort drauf zu fläzen. Ein Flachbildfernseher hing an der Wand, und daneben stand ein vollgestelltes Bücherregal. Aber was meinen Blick nahezu magisch anzog, war die Collage mit persönlichen Bildern, die ich an der gegenüberliegenden Wand entdeckte.

Ich ging darauf zu, um mir die Bilder genauer anzusehen. Da waren einige mit seiner Schwester Penny. Bei den meisten sah es danach aus, als wären sie im Hotel oder auf dem Gipfel des Glencoe Mountain aufgenommen worden. Dann gab es etliche zusammen mit Freddie. Einige aus der Schulzeit, als sie noch deutlich jünger ausgesehen hatten, aber auch eins, das wohl bei der Eröffnung von Freddies Gin-Destillerie entstanden war. Und dann entdeckte ich auch welche aus seiner Studienzeit. Leon hatte an der renommierten Edinburgh University studiert, und auch, wenn ich ihn früher dafür gehasst hatte, war ich mittlerweile stolz, dass er sich dort durchgesetzt hatte.

Leon trat hinter mich, legte einen Arm um meine Mitte und drückte mir einen Kuss auf den Nacken.

»Ich hab dich vermisst«, murmelte er an meiner Haut, und eine süße Wärme breitete sich von meinem Herzen in meinem ganzen Körper aus.

»Du hast mir auch gefehlt«, gestand ich. »Es tut mir leid, dass ich so stur war und es zu unserem doofen Streit hab kommen lassen.«

Leon lachte leise und drehte mich, bis wir uns gegenüberstanden. Seine Nasenspitze war nur Zentimeter von meiner entfernt, und eine Wärme lag in seinem Blick, die ein Feuer in mir entfachte. »Wir waren beide stur und damit zu gleichen Teilen schuld an unserem Streit. Und vor allem wollte niemand von uns den ersten Schritt machen und auf den anderen zugehen.«

»Ja, aber du hattest am Ende recht. Es war niemand aus dem Resort, und es tut mir leid, dass ich das nicht erkennen konnte.« Es nagte an mir, wie Duncan mich – und die anderen aus den Lodges – an der Nase herumgeführt hatte. Viel mehr ärgerte mich jedoch, dass ich nicht hatte einsehen wollen, dass es jemand aus den Lodges sein könnte. Ich hatte so sehr auf meinem Standpunkt beharrt, dass ich nicht einmal darüber nachdenken wollte. Und hatte uns alle damit ebenfalls in Gefahr gebracht.

Leon legte seine Hände an meine Wangen, und ein wohliger Schauer durchlief mich. »Mir ging es doch nie ums Rechthaben.« Er beugte sich vor und presste einen süßen Kuss auf meine Lippen. »Ich wollte von Anfang an nur, dass der Täter geschnappt wird, damit wir die erfolgreiche Zusammenarbeit zwischen den Lodges und dem Resort fortsetzen können. Außerdem …« Er brach ab und sah zur Seite. Nahm einen zittrigen Atemzug. Mit einem Mal wirkte er unsicher und nervös. Etwas, das ich bei Leon noch nie gesehen hatte. »Ich wollte vor allem dich nicht verlieren«, sagte er schließlich und sah mich wieder an. Sein Blick war so weich und warm, dass er sich wie eine Decke um meine Schultern legte. »Du bist das Beste, was mir je passiert ist, und ich wollte auf keinen Fall das, was zwischen uns ist, zerstören. Auch wenn ich weiß, dass ich das beinahe getan hätte.«

Leise lachend schüttelte ich den Kopf. »Niemals.« Jetzt war ich diejenige, die sich vorbeugte und Leon küsste. »Du hättest das, was zwischen uns ist, nie auf diese Weise zerstören können. Nicht, indem du deine eigene Meinung sagst, bitte vergiss das nie. Und ich würde auch nie zulassen, dass ein simpler Streit das Ende zwischen uns bedeutet. Ich wollte mich nur nicht weiter mit dir streiten, weshalb ich dachte, ich halte mich von dir fern, bis der Täter gefasst ist.« Ich seufzte und legte die Arme um Leon, presste mich so eng an ihn, dass kein Millimeter Platz mehr zwischen uns war. »Aber es war das Schwierigste, was ich in meinem Leben je tun musste. Ich will nie wieder so lange von dir getrennt sein.«

Leon verwob eine Hand in meinen Haaren und zog meinen Kopf in den Nacken, bis ich zu ihm aufsehen musste. Seine blaugrünen Augen strahlten so viel Liebe aus, dass mein Herz zu rasen begann und meine Atmung flacher wurde. »Mir ging es genauso. Also lass uns doch heute einfach beschließen, dass wir uns nie wieder wegen einer Meinungsverschiedenheit voneinander fernhalten. Beim nächsten Mal akzeptieren wir einfach, dass wir nicht auf einen Nenner kommen, und niemand versucht, den anderen von seiner Sichtweise zu überzeugen. Dann kommt es erst gar nicht zum Streit.«

»Das gefällt mir.« Ich kuschelte mich noch enger an Leons Brust und sog tief seinen vertrauten Geruch ein. »Aber bist du sicher, dass wir das können? Also vor allem den »Versucht den anderen nicht von seiner Meinung zu überzeugen«-Part?« Dafür diskutierten wir doch viel zu gern, und eigentlich war das auch etwas, das ich an unserer Beziehung mochte.

Schmunzelnd beugte sich Leon vor und stupste mit seiner Nase gegen meine. »Wir werden es sehen, oder? Ich bin auf jeden Fall mehr als gewillt, beim nächsten Mal, wenn ich das Gefühl habe, wir stehen kurz vor einem Streit, mich zurückzunehmen und darüber nachzudenken und zu überlegen, ob das jetzt wirklich nötig ist. Ich will damit nicht unsere Diskussionen einschränken, denn die sind ja auch wichtig für eine funktionierende Beziehung …«

»Außerdem machen sie Spaß«, warf ich ein.

»Und den Spaß wollen wir dir natürlich nicht nehmen.«

Spielerisch schlug ich ihn auf den Oberarm. »Tu jetzt nicht so, als hättest du nicht genauso viel Vergnügen daran.«

»Okay, okay. Natürlich habe ich das. Ich wollte damit ja auch nur sagen, dass ich das hier …«, er drückte mir einen Kuss auf die Lippen, der nach *mehr* schmeckte, »nicht einfach so wieder aufs Spiel setzen will. Dafür bist du mir zu wichtig. Dafür habe ich mich zu sehr in dich verliebt.«

Ein wohliges Prickeln raste bei seinen Worten durch mich. Ich wusste das natürlich. Dass er in mich verliebt war, spürte ich tief in mir drin. Ebenso wie ich wusste, dass ich ihm mindestens genauso sehr verfallen war. Aber es war noch mal etwas völlig anderes, es ihn sagen zu hören. Denn das machte es umso realer. »Ich bin auch in dich verliebt, weißt du.«

Sein rechter Mundwinkel hob sich, und das Grübchen auf seiner Wange erschien. »Ich weiß.«

»Zitierst du gerade *Star Wars?*«

Er beugte sich vor und küsste mich sanft. Einmal, zweimal. »Okay, können wir dann endlich aufhören zu quatschen und ins Bett gehen?«

Ich nickte eifrig. So würde er mich wohl jedes Mal dazu bekommen, die Klappe zu halten und nachzugeben. Leon entließ mich aus seinen Armen, nahm stattdessen meine Hand und zog mich in sein Schlafzimmer, von dem ich an diesem Abend nicht viel mehr als sein Bett mitbekam.

EPILOG

ISLA

ZWEI MONATE SPÄTER

»Auf die Zukunft.«

Wir stießen gemeinsam an, und alle um uns herum taten es uns gleich. Dann trank ich einen Schluck von dem prickelnden Sekt, während ich in die Grube hinabschaute, die seit dem Morgen gegraben wurde.

Heute war ein denkwürdiger Tag, denn nachdem Leon die Bewilligung des Kredites bekommen hatte, war heute der erste Spatenstich für den Neubau gesetzt worden, in dem unter anderem die Boulderhalle untergebracht werden sollte. Wenn alles nach Plan lief, konnten wir schon ab dem späten Frühjahr auch Indoor-Aktivitäten anbieten.

Aber das war nicht der einzige Grund, den wir zum Feiern hatten. Denn heute war der 1. Oktober, der Sommer war damit ganz offiziell vorbei, und es war einer der erfolgreichsten, den wir je gehabt hatten. Nachdem Duncan aus dem Verkehr gezogen worden war und uns nicht mehr dazwischenfunken konnte, waren die Aktivitäten regelrecht aufgeblüht. Wir hatten einen Rekord an Besuchern aufgestellt, der vor allem im September noch einmal angezogen hatte. Und wir hatten schon jetzt deutlich mehr Buchungen für das kommende Jahr als je zuvor.

Mit Duncans Festnahme waren einige seiner weiteren Taten ans Licht gekommen. Er war für die ganzen Stornierungen verantwortlich gewesen, die uns ereilt hatten. Von einem Computer im *Three Sisters Resort* aus hatte er unsere Gäste angeschrieben, ihnen die Probleme in den Lodges geschildert und sie dazu aufgefordert, ihre Buchungen bei uns zu stornieren – was einige dann auch getan hatten. Nachdem wir davon erfahren hatten, hatten Adrien, Kyleen und ich die Leute angerufen und konnten den Großteil davon überzeugen, ihren Urlaub doch bei uns zu verbringen.

Außerdem hatte Duncan der Polizei einen Tipp gegeben, dass sich in Mikes Garage belastendes Material befinden würde, warum sie überhaupt durchsucht worden war. Aber wie Officer Colby uns berichtet hatte, konnten sie dort nichts finden, was auf eine Beteiligung schloss, weshalb sie Mike aus dem Kreis der Verdächtigen entließen.

Leon trat neben mich, legte einen Arm um meine Schultern und drückte mir einen Kuss auf die Schläfe. »Das ist der erste Schritt in die Zukunft.«

Ich sah zu ihm hoch, blinzelte gegen den Nieselregen an, und mein Herz schwoll an vor Liebe für diesen Mann. Eine Aura fast kindlicher Vorfreude umgab ihn. Dieses Projekt war ein lang gehegter Traum von ihm, und es endlich angehen zu können, ließ ihn fast ausgelassen werden.

»Ich freue mich so, dass wir endlich starten können.« Seine Begeisterung hatte sich längst auf mich übertragen.

Die letzten Wochen waren unglaublich gewesen. Jede freie Minute hatten wir miteinander verbracht, und ich hatte mich mehr und mehr auch im *Three Sisters Resort* mit eingebunden – vor allem, seit Penny vor zwei Wochen zurück nach Glasgow an die Uni gegangen war. In der Zeit hatte ich natürlich alles mitbekommen, was den Bau der neuen Halle anbelangte. Die letzten Gespräche mit der Bank, ehe der Kredit bewilligt worden war. Die unzähligen Berechnungen, ob sich das am Ende lohnte und ab wann schwarze Zahlen zu erwarten wären.

Leon hatte mich in alle Überlegungen miteinbezogen, hatte zu jeder Frage auch meine Meinung hören wollen, und wir waren über die Zeit enger zusammengewachsen, als ich es je für möglich gehalten hatte. Mir war nicht bewusst gewesen, dass man jemanden so sehr lieben konnte. Auch war mir nicht klar gewesen, dass sich Liebe so leicht anfühlen und gleichzeitig so umfassend sein konnte.

»Wenn alles gut geht, können wir ab März oder April die Halle eröffnen.« Leons Augen strahlten wie die eines kleinen Kindes, für das Weihnachten und Geburtstag gerade auf denselben Tag fielen. Es war ansteckend, sodass auch ich ein Dauergrinsen auf dem Gesicht hatte, gleichzeitig wollte ich jedoch nicht, dass er übermütig wurde.

»*Wenn* alles glatt läuft. Ich denke, ein oder zwei kleinere Verzögerungen sollten wir mit einplanen.« Ich wollte wirklich nicht die Pessimistin sein, die von Anfang an wieder alles schwarzmalte, aber es war mehr als unrealistisch, dass so ein Neubau vonstattenging, ohne dass in dessen Verlauf irgendwelche Probleme auftauchten.

Leon seufzte. »Ich weiß, aber heute will ich mich einfach nur freuen.«

»Das hast du dir auch mehr als verdient.« Ich streckte mich auf die Zehenspitzen und drückte ihm einen Kuss auf die Lippen. Ich hatte einen kurzen, unschuldigen geplant, aber Leon schob eine Hand in meinen Nacken, legte den Kopf schief und vertiefte unseren Kuss, bis mir ganz schwindelig davon war. Schwindelig vor Glück und all der Liebe, die ich für diesen Mann in mir trug.

Ein Räuspern neben uns beendete jäh den Kuss. Kyleen stand mit einem wissenden Grinsen neben uns. »Solltet ihr über die Phase der ersten Verliebtheit nicht längst hinaus sein?«

Ich verdrehte die Augen. »Vielleicht kommen wir da nie hinaus?«

»Gott steh uns bei«, grummelte Finlay, der sich in dem Moment neben sie stellte. Er betrachtete uns wie ein Geschwür, das er loswerden wollte, aber ich wusste, dass es nicht an uns lag. Mel hatte sich vor einigen Tagen überraschend von ihm getrennt. Niemand verstand, wieso, am allerwenigsten Finn, aber seitdem war seine Laune verständlicherweise im Keller.

Kyleen schlug ihm mit dem Handrücken auf den Oberarm. »Sei nett«, ermahnte sie ihn, dann wandte sie sich Leon zu. »Das war mega interessant, auch wenn man noch nicht mehr als ein Loch sieht. Danke, dass du das möglich gemacht hast.« Sie und die anderen aus den Lodges und dem Resort hatten vom Bauleiter eine Führung um die Ausgrabung herum bekommen, bei der er ihnen genau erklärt hatte, was am Ende wo stehen würde und welches die nächsten Schritte wären.

»Gern. Ich dachte mir, dass das vielleicht auch für euch interessant ist.« Leon wischte sich dicke Regentropfen von der Stirn und warf einen strafenden Blick gen Himmel. »Sollen wir wieder reingehen, bevor wir komplett nass werden?«

Zustimmendes Gemurmel erklang um uns herum, und so führten wir die Gruppe auf dem Weg zurück ins Resort an. Wir wollten sie an die Bar bringen, um dort den Abend mit unseren Freunden ausklingen zu lassen, aber ehe wir sie erreichten, stellte sich uns Leons Dad in den Weg.

Augenblicklich hielt ich die Luft an. Gregor McLachlan hatte mich in den letzten Wochen ignoriert, seit Leon ihm eröffnet hatte, dass wir nun ein Paar wären und ich regelmäßig im *Three Sisters Resort* ein und ausgehen würde, aber Leon hatte mir mehrfach berichtet, dass sich sein Verhältnis zu ihm deutlich gebessert hatte. Offenbar hatte die Aussprache der beiden etwas bewirkt.

Und jetzt sah er von Leon zu mir … und bildete ich es mir nur ein, oder war das ein Lächeln, das seine Lippen umspielte?

»Können wir uns kurz unterhalten?« Er deutete auf sein Büro, aus dem er gerade getreten war.

Leon schluckte sichtlich und griff nach meiner Hand. Dann

nickte er, und gemeinsam folgten wir seinem Vater. Ich rechnete fast damit, dass Gregor mich anweisen würde, draußen zu bleiben, aber nichts dergleichen geschah. Ich betrat das Büro, von dem ich nie gedacht hätte, dass ich je einen Fuß hineinsetzen würde.

Neugierig sah ich mich um, obwohl es nicht viel zu entdecken gab. Auf einem Eichenholzschreibtisch am Fenster stand ein Computer, an der gegenüberliegenden Wand in einem Regal standen diverse Ordner, die mit Jahreszahlen versehen waren und vermutlich irgendwelche Dokumente enthielten, die das Resort betrafen. Dazu gab es ein einziges eingerahmtes Bild an der Wand. Das Hochzeitsfoto von Gregor und seiner verstorbenen Frau. Ich fand es fast erschreckend, wie glücklich er da ausgesehen hatte, fast wie ein anderer Mensch.

»Was gibt's, Dad?«, ergriff Leon das Wort. Äußerlich erschien er total ruhig und gefasst, aber an dem festen Griff, mit dem er meine Hand umklammert hielt, erkannte ich seine Nervosität.

Gregor sah von Leon zu mir und wieder zurück zu seinem Sohn. »Ich wollte dich zu deinem neuen Bauprojekt beglückwünschen.«

Gespannt hielt ich die Luft an, während sich Leons Augenbrauen hoben. Das waren ja völlig neue Töne. »Bis letzte Woche warst du noch dagegen, dass ich das angehe.«

Mit einem Seufzen ließ Gregor sich auf seinen Schreibtischstuhl sinken und verschränkte die Arme auf dem Tisch. »Es ist auch immer noch nichts, was ich selbst angeleiert hätte. Dieses Hotel steht für mich für Ski- und Wanderurlaub, für Ruhe und Erholung, und ich werde wohl nie verstehen, warum das den jungen Leuten heutzutage nicht mehr genug ist. Dieses ›*immer mehr, immer schneller, immer höher*‹ passt so gar nicht zu der Art, wie ich aufgewachsen bin oder wie wir bisher dieses Hotel geführt haben.« Er rieb sich über die Stirn, die in Falten lag, und zuckte entschuldigend mit den Schultern.

»Aber ich vermute, ich muss das auch gar nicht mehr verstehen, denn du hattest recht.« Jetzt sah er seinen Sohn direkt an, und bei der Intensität in seinem Blick raste ein Schauer über meinen Rücken.

»Womit?«, fragte Leon leise, als befürchtete er, die Situation möglicherweise zu zerstören, wenn er zu laut sprach.

»Es ist an der Zeit, dass ich mehr Verantwortung an dich abgebe. Du hast in den letzten Jahren bewiesen, dass du nur das Beste für das Resort im Sinn hast. Du hast dich richtig reingehängt, um eine Lösung für die Aktivitäten zu finden, und der Erfolg in diesem Jahr spricht für sich. Für diese neue Kletterhalle hast du ganz allein einen Kredit bewilligt bekommen, und ich bin davon überzeugt, dass du auch das zum Erfolg führen wirst. Du hast gezeigt, dass du eigenständig Entscheidungen treffen kannst, die das Hotel voranbringen.«

»Ich würde Entscheidungen aber lieber mit dir gemeinsam fällen, wenn du nicht ständig gegen alles wärst, was ich vorschlage.« Die brutale Ehrlichkeit, die aus Leon sprach, raubte mir den Atem, und auch Gregor wirkte, als hätte er damit nicht gerechnet. Er öffnete den Mund und schloss ihn wortlos wieder. Dann stand er auf und ging zu dem großen Fenster, das nach hinten zum Wald hinaus zeigte und gegen dessen Scheibe eifrig Regentropfen klatschten.

»Ich weiß, und es tut mir leid, dass ich so lange nicht der Vater war, den du gebraucht hast. Nach dem Tod deiner Mutter war ich viele Jahre der Einzige, der hier Entscheidungen treffen konnte. Und dann war ich nicht sicher, ob meine Kinder überhaupt Interesse an diesem alternden Hotel haben. Penny hat nie einen Hehl daraus gemacht, dass sie etwas anderes machen möchte, und auch du bist zum Studieren nach Edinburgh gegangen, ohne mir vorher zu sagen, dass du überhaupt studieren willst.«

Ich spürte, dass Leon etwas erwidern wollte, und auch Gregor muss es bemerkt haben, denn er hielt eine Hand hoch, um ihn aufzuhalten. »Lass mich erst zu Ende reden. Bitte.« Leon nickte und entspannte sich zum ersten Mal, seit wir das Büro seines Vaters betreten hatten, ein bisschen.

»Ich weiß, dass ich daran selbst schuld bin. Ich habe euch nie in Entscheidungen miteinbezogen, also wieso solltet ihr das bei mir tun? Es tut mir auch leid, dass ich so lange gegen deine Neuerungen war, aber ich dachte wirklich, du willst das Hotel nur aufpäppeln, um es dann möglichst gewinnbringend zu verkaufen.«

Leon hatte mir von diesem Gespräch mit seinem Dad erzählt, und ich konnte noch immer nicht fassen, dass ein blödes Missverständnis so lange zwischen den beiden gestanden hatte.

»Aber ich möchte mich wirklich bessern, und es würde mich freuen, wenn du mit neuen Ideen, die das Hotel betreffen, zu mir kommst, um sie mit mir zu besprechen.«

Leon lachte leise. »Ich habe ständig neue Ideen. Die meisten davon sind nicht umsetzbar, wenn man genauer drüber nachdenkt, aber ich komme ständig mit irgendwas um die Ecke, was ich gern verbessern oder ausprobieren *würde*.«

Gregor zuckte die Schultern, ebenfalls ein kleines Lächeln auf den Lippen. »Wir können auch einfach einen wöchentlichen Termin in den Kalender eintragen, an dem du mir davon erzählst. Und wenn du keine Ideen zum Vortragen hast, können wir einfach darüber sprechen, was die Woche so ansteht.« Er beugte sich zu seinem Computer vor und klickte ein paarmal auf der Maus herum, ehe er wieder zu Leon aufsah. »Passt dir montags um siebzehn Uhr?«

Leon reagierte nicht sofort, und ich spürte seine Überraschung. Für ein, zwei Sekunden konnte er seinen Dad nur anstarren, unfähig, sich zu rühren oder ihm eine Antwort zu geben. Dann riss er sich aus seiner Erstarrung und nickte eifrig.

»Montag um siebzehn Uhr passt hervorragend. Bist du sicher, dass du dir das jede Woche antun willst?«

»Absolut, mein Junge. Ich freue mich schon darauf, mehr davon zu erfahren, was dir so im Kopf herumspinnt. Und Isla darfst du natürlich jederzeit gerne mitbringen.« Er blickte hinter uns zur Tür und machte eine wegscheuchende Handbewegung. »Aber jetzt solltet ihr erst mal zu euren Freunden gehen und mit ihnen feiern.«

Ich räusperte mich. »Sie sollten uns begleiten, das ist immerhin auch Ihr Hotel.«

Sein Blick wanderte zu mir, und er schüttelte den Kopf. »Das ist nett gemeint, aber ich passe nicht so recht in die Gruppe der jungen Leute hinein. Außerdem habt *ihr* das alles in die Wege geleitet …«

»Vor allem Leon«, warf ich ein, aber Gregor schien mich gar nicht zu hören, denn er sprach sofort weiter.

»… daher solltet ihr diesen Abend auch für euch haben. Eine große Feier können wir immer noch abhalten, wenn das Gebäude fertig ist und wir es in Betrieb nehmen können.«

»Danke, Dad«, sagte Leon, und ich spürte, dass er es aus vollem Herzen meinte. »Wir sehen uns später.« Dann ergriff Leon meine Hand und zog mich mit sich.

Ich kicherte leicht, als wir Gregors Büro wieder verließen, und fühlte mich leichter als zuvor, auch wenn ich nicht gedacht hätte, dass das überhaupt noch möglich wäre. »Hat er uns gerade etwa seinen Segen gegeben?« Ich hatte nicht gedacht, dass es je dazu kommen würde, so feindselig, wie Gregor sich meinen Eltern gegenüber all die Jahre benommen hatte, und so heftig, wie er auch mich immer gehasst zu haben schien.

»Hat er.« Leon legte einen Arm um meine Schultern, zog mich eng an seine Brust und drückte einen Kuss auf meine Schläfe. »Nicht, dass wir den brauchen würden«, schob er hinterher.

Ich schmiegte mich an ihn. »Nur weil man etwas nicht braucht, heißt es ja nicht, dass es nicht trotzdem schön ist, es zu haben.«

Er seufzte und vergrub sein Gesicht in meinen Haaren. »Ich weiß. Und ich freue mich auch, dass er diesen Schritt auf uns zugegangen ist, es fühlt sich nur so seltsam an, nach den langen Monaten, in denen ich genau dafür gekämpft habe. Es dauert einfach noch ein bisschen, bis ich das realisiert habe.«

Ich lehnte mich zurück, bis ich ihm in die Augen sehen konnte, und legte meine Hände an seine Wangen. »Das ist okay. Nimm dir so viel Zeit, wie du brauchst, und wenn du darüber reden willst, bin ich jederzeit für dich da.«

»Danke.« Er drückte mir einen Kuss auf die Lippen. »Nicht nur für heute, sondern für die ganzen letzten Monate. Ich weiß nicht, ob ich das alles ohne dich geschafft hätte.«

»Das hättest du ganz sicher, aber es wäre nur halb so schön gewesen.«

Das brachte ihn zum Lachen, und das Grübchen auf seiner Wange erschien. »Ohne dich ist alles nur halb so schön.«

»Dann solltest du einfach für den Rest deines Lebens bei mir bleiben.«

»Genau das habe ich vor.«

Dann beugte er sich zu mir herab und verschloss meine Lippen mit einem Kuss, der wie ein Neuanfang schmeckte, dabei waren wir schon lange nicht mehr am Anfang. Wir steckten mittendrin in unserem gemeinsamen Leben, und ich hoffte, dass es so schnell nicht enden würde. Am besten nie, wenn es nach mir ginge.

DANKSAGUNG

Diese Reihe ist meine Liebeserklärung an Schottland, und ich hoffe, dass man das in *Two Hearts, One Lie* bereits spüren konnte. In kein Land kehre ich lieber zurück, und als ich 2021 bei einem Schottland-Roadtrip nur durch Glencoe durchgefahren bin und auf einem Aussichtspunkt direkt vor den *Three Sisters of Glencoe* angehalten habe, wusste ich sofort, dass ich dort mal ein Buch spielen lassen wollte. Aus einem sind zum Glück zwei geworden, und ich bin froh, dass wir uns jetzt noch nicht verabschieden müssen.

Das alles wäre ohne einige besondere Personen nicht möglich gewesen.

Zuerst möchte ich Antje Martin danken. Ihr ist das Buch gewidmet, und ohne unsere Rundreise hätte ich Glencoe vielleicht nie entdeckt. Danke, dass du mit mir gemeinsam den Midgies getrotzt hast.

Danke auch an Klaus und Micha Gröner von der erzähl:perspektive Literatur-Agentur. Ihr seid immer da, seid immer meine erste Anlaufstelle, und eure Begeisterung, wenn ich euch neue Projekte vorstelle, hilft mir ungemein. So auch hier. Dieses Projekt würde es ohne euch nicht geben.

Vielen Dank an das komplette Team von Droemer Knaur, allen voran Anne Verhoeven, die das Projekt eingekauft hat, und vor allem meiner wundervollen Lektorin Anja Franzen. Auch wenn (oder vielleicht gerade weil) wir diesmal mehr Lektoratsrunden als gewöhnlich hatten, bin ich mit dem Endergebnis sehr zufrieden. Danke für alles!

Auch meine Lektorin Michelle Stöger verdient meinen Dank. Wie immer hast du meinen Text so viel besser und geradliniger gemacht (und ich hoffe wirklich, dass du jetzt mal nach Schottland in den Urlaub fährst).

Ein spezieller Dank geht an Bianca Iosivoni. Nicht nur bist du gleich zweimal zur Recherche mit mir nach Glencoe gefahren, du bist auch ganz allgemein nicht mehr aus meinem Leben wegzudenken. Mit niemandem würde ich lieber vor dem falschen Haus stehen als mit dir!

Die wundervollen Cover hat Alexander Kopainski gestaltet, und ich war vom ersten Moment an in sie verliebt. Danke für alles!

Danke an meine wundervollen Testleserinnen Roxy (special hug an diesen Engel, wir müssen uns echt häufiger sehen!), Laura, Nadja, Isabel und Sophie. Eure Anmerkungen haben mir so sehr weitergeholfen.

Ein Leben wäre auch nicht mehr möglich ohne meine wundervollen Autorenfreund*innen. Caro, Becka, Nadine, Andi, Laura, Anabelle, Nicole, Marie, Ava und Tami. Ich wüsste manchmal nicht, was ich ohne euch tun sollte.

Meine Freunde und Familie dürfen nicht unerwähnt bleiben, halten sie mir doch den Rücken frei und haben immer Verständnis dafür, wenn ich Treffen absagen muss, weil mir die Deadline im Nacken sitzt (was zum Glück echt selten vorkommt).

Last but not least danke ich DIR, liebe*r Leser*in. Danke, dass du zu diesem Buch gegriffen und bis hierher gelesen hast. Wir sehen uns im Februar wieder, wenn es in Band 2 mit Kyleen und Finn weitergeht.

Wenn du bis dahin mit mir in Kontakt treten willst, kannst du gern auf Instagram oder TikTok unter @nina.bilinszki bei mir vorbeischauen.

Alles Liebe
Nina

Eine Liebe, die einen Neuanfang möglich macht und alte Schuld heilen kann

NINA BILINSZKI

NO FLAMES TOO WILD

ROMAN

Auf der Suche nach ihrem australischen Vater, den sie nie kennengelernt hat, verschlägt es die 21-jährige Deutsche Isabel Tander in die kleine Küstenstadt Eden in New South Wales. Wegen heftiger Buschbrände wird in einem Koala-Reservat dringend Hilfe benötigt, und weil Isabel Geld braucht, nimmt sie den Job an, obwohl sie seit einem traumatischen Erlebnis in ihrer Kindheit Angst vor Tieren hat.
Isabel versucht, sich eher im Büro nützlich zu machen und lernt so Liam kennen, dessen Eltern das Reservat betreiben. Mit seiner ruhigen, nachdenklichen Art fasziniert er Isabel, bleibt aber seltsam verschlossen. Sie kann nicht ahnen, dass Liam, dem die Koalas und das Reservat alles bedeuten, eine riesige Schuld auf sich geladen hat …

Voller Gefühl, intensiv und zum Träumen schön: Nina Bilinszki erzählt in ihrem New-Adult-Roman von einer Liebe, die sich gegen alle Hindernisse stemmt.

KNAUR